CW01022400

Russian Classics in Russian

LEARN RUSSIAN WITH CHEKHOV

Find us online:

Russian Novels in Russian and English page
on Facebook

Alexander Vassiliev's page
on Amazon.com and Amazon.co.uk

Russian Classics in Russian and English

LEARN RUSSIAN WITH CHEKHOV
ISBN: 978-0-9573462-4-6

LEARN RUSSIAN WITH DOSTOEVSKY
ISBN: 978-0-9573462-3-9

CRIME AND PUNISHMENT
by Fyodor Dostoevsky — ISBN: 978-0-9567749-2-7

NOTES FROM UNDERGROUND
by Fyodor Dostoevsky — ISBN: 978-0-9564010-8-3

ANNA KARENINA (volume 1)
by Leo Tolstoy — ISBN: 978-0-9567749-3-4

ANNA KARENINA (volume 2)
by Leo Tolstoy — ISBN: 978-0-9567749-4-1

THE KREUTZER SONATA & THE DEATH OF IVAN ILYICH
by Leo Tolstoy — ISBN: 978-0-9564010-6-9

DEAD SOULS
by Nikolai Gogol — ISBN: 978-0-9567749-1-0

THE LADY WITH THE DOG & OTHER STORIES
by Anton Chekhov — ISBN: 978-0-9564010-7-6

PLAYS
by Anton Chekhov — ISBN: 978-0-9564010-3-8

A HERO OF OUR TIME
by Mikhail Lermontov — ISBN: 978-0-9564010-4-5

THE TORRENTS OF SPRING
by Ivan Turgenev — ISBN: 978-0-9564010-9-0

FIRST LOVE & ASYA
by Ivan Turgenev — ISBN: 978-0-9567749-0-3

Find us online:

French Classics in French and English page
on Facebook

Alexander Vassiliev's page
on Amazon.com and Amazon.co.uk

French Classics in French and English

THREE TALES
by Gustave Flaubert — ISBN: 978-0-9573462-2-2

THE TEMPTATION OF SAINT ANTHONY
by Gustave Flaubert — ISBN: 978-0-9573462-1-5

MADAME BOVARY
by Gustave Flaubert — ISBN: 978-0-9564010-5-2

THE LADY OF THE CAMELLIAS
by Alexandre Dumas fils — ISBN: 978-0-9573462-0-8

THE SHAGREEN SKIN
by Honoré de Balzac — ISBN: 978-0-9567749-9-6

PIERRE AND JEAN
by Guy de Maupassant — ISBN: 978-0-9567749-8-9

BEL-AMI
by Guy de Maupassant — ISBN: 978-0-9567749-5-8

SWANN'S WAY
by Marcel Proust — ISBN: 978-0-9567749-7-2

THE RED AND THE BLACK
by Stendhal — ISBN: 978-0-9567749-6-5

Contents

Дочь Альбиона

Кдому помещика Грябова подкатила прекрасная коляска с каучуковыми шинами, толстым кучером и бархатным сиденьем. Из коляски выскочил уездный предводитель дворянства Фёдор Андреич Отцов. В передней встретил его сонный лакей.

– Господа дома? – спросил предводитель.

– Никак нет-с. Барыня с детьми в гости поехали, а барин с мамзелью-гувернанткой рыбу ловят-с. С самого утра-с.

Отцов постоял, подумал и пошёл к реке искать Грябова. Нашёл он его версты за две от дома, подойдя к реке. Поглядев вниз с крутого берега и увидев Грябова, Отцов прыснул... Грябов, большой, толстый человек с очень большой головой, сидел на песочке, поджав под себя по-турецки ноги, и удил. Шляпа у него была на затылке, галстук сполз набок. Возле него стояла высокая, тонкая англичанка с выпуклыми рачьими глазами и большим птичьим носом, похожим скорей на крючок, чем на нос. Одета она была в белое кисейное платье, сквозь которое сильно просвечивали тощие, жёлтые плечи. На золотом поясе

Doch` Al`biona

Kdomu pomeshchika Griabova podkatila prekrasnaia koliaska s kauchukovy`mi shinami, to`lsty`m kucherom i barhatny`m siden`em. Iz koliaski vy`skochil uezdny`i` predvoditel` dvorianstva Fyodor Andreich Ottsov. V perednei` vstretil ego sonny`i` lakei`.

– Gospoda doma? – sprosil predvoditel`.

– Nikak net-s. Bary`nia s detiami v gosti poehali, a barin s mamzel`iu-guvernantkoi` ry`bu loviat-s. S samogo utra-s.

Ottsov postoial, podumal i poshyol k reke iskat` Griabova. Nashyol on ego versty` za dve ot doma, podoi`dia k reke. Pogliadev vniz s krutogo berega i uvidev Griabova, Ottsov pry`snul... Griabov, bol`shoi`, to`lsty`i` chelovek s ochen` bol`shoi` golovoi`, sidel na pesochke, podzhav pod sebia po-turetski nogi, i udil. Shliapa u nego by`la na zaty`lke, galstuk spolz nabok. Vozle nego stoiala vy`sokaia, tonkaia anglichanka s vy`pucly`mi rach`imi glazami i bol`shim ptich`im nosom, pohozhim skorei` na kriuchok, chem na nos. Odeta ona by`la v beloe kisei`noe plat`e, skvoz` kotoroe sil`no prosvechivali toshchie, zhyolty`e plechi. Na zolotom poiase viseli zoloty`e

A Daughter of Albion

A fine carriage with rubber tyres, a fat coachman, and velvet on the seats, rolled up to the house of a landowner called Gryabov. Fyodor Andreich Otsov, the district Marshal of Nobility, jumped out of the carriage. A drowsy footman met him in the hall.

"Are the family at home?" asked the Marshal.

"No, sir. The mistress and the children are gone out paying visits, while the master and mademoiselle the governess are catching fish. Fishing since the morning, sir."

Otsov stood a little, thought a little, and then went to the river to look for Gryabov. Going down to the river he found him a mile and a half from the house. Looking down from the steep bank and catching sight of Gryabov, Otsov gushed with laughter... Gryabov, a big fat man, with a very big head, was sitting on the sand, angling, with his legs tucked under him like a Turk. His hat was on the back of his head and his cravat had slipped on one side. Beside him stood a tall thin Englishwoman, with prominent eyes like a crawfish's, and a big bird-like nose more like a hook than a nose. She was dressed in a white muslin gown through which her scraggy yellow shoul-

Vocabulary

поме́щик	landowner; landlord; squire; country gentleman
подкати́ть, подка́тывать	drive up; wheel; roll up
подка́т	slide tackle
прекра́сный, прекра́сная	beautiful; fine; splendid; excellent; lovely; superb; brave; elegant; gallant; gorgeous; great
коля́ска	carriage; baby carriage; perambulator; sidecar; caleche; pram
то́лстый, то́лстая	thick; fat; gross; porky; pudgy
толстя́к, толсту́ха	fatty; fatso; pudge
толсте́ть, потолсте́ть	grow stout; thicken; plump; fatten; put on weight; chub up; plump up; put on flesh
толсто́вка	smock; fleece
толсто́вец	Tolstoyan; Tolstoyist
сиде́нье	sitting; bottom; place; space; seat; saddle

висе́ли золоты́е ча́сики. Она́ то́же уди́ла. Вокру́г обо́их цари́ла гробо́-
ва́я тишина́. О́ба бы́ли неподви́жны, как река́, на кото́рой пла́вали их
поплавки́.

– Охо́та сме́ртная, да у́часть го́рькая! – засмея́лся Отцо́в. – Здра́вствуй,
Ива́н Кузьми́ч!

– А... э́то ты? – спроси́л Гря́бов, не отрыва́я глаз от воды́. – При-
е́хал?

– Как ви́дишь... А ты всё ещё свое́й ерундо́й занима́ешься! Не отвы́к
ещё?

– Кой чёрт... Весь день ловлю́, с утра́... Пло́хо что́-то сего́дня ло́вится.
Ничего́ не пойма́л ни я, ни э́та кики́мора. Сиди́м, сиди́м и хоть бы
оди́н чёрт! Про́сто хоть карау́л кричи́.

– А ты наплю́й. Пойдём во́дку пить!

– Посто́й... Мо́жет быть, что́-нибудь да пойма́ем. Под ве́чер ры́ба
клюёт лу́чше... Сижу́, брат, здесь с са́мого утра́! Така́я скучи́ща, что
и вы́разить тебе́ не могу́. Дёрнул же меня́ чёрт привы́кнуть к э́той
ло́вле! Зна́ю, что чепуха́, а сижу́! Сижу́, как подле́ц како́й-нибудь, как
ка́торжный, и на во́ду гляжу́, как дура́к како́й-нибудь! На поко́с на́до

───────────────────────────────

chasíki. Oná tózhe udíla. Vokrúg obóikh tsaríla grobováia tishiná. Óba
bý`li nepodvízhny`, kak reká, na kotóroi` plávali ikh poplavkí.

– Ohóta smértnaia, da úchast` gór`kaia! – zasmeiálsia Ottsóv. – Zdrávstvui`,
Iván Kuz`mích!

– A... é`to ty`? – sprosíl Griábov, ne otry`váia glaz ot vodý`. – Priéhal?

– Kak vídish`... A ty` vsyo eshchyó svoéi` erundói` zanimáesh`sia! Ne
otvý`k eshchyó?

– Koi` chyort... Ves` den` lovliú, s utrá... Plóho shtó-to segódnia lóvitsia.
Nichegó ne poi`mál ni ia, ni é`ta kikímora. Sidím, sidím i hot` by` odín
chyort! Prósto hot` karaúl krichí.

– A ty` napliúi`. Poi`dyóm vódku pit`!

– Postói`... Mózhet by`t`, shtó-nibud` da poi`máem. Pod vécher rý`ba
cliuyót lúchshe... Sizhú, brat, zdes` s sámogo utrá! Takáia skuchíshcha,
shto i vy`razit` tebé ne mogú. Dyórnul zhe meniá chyort privý`knut` k e`tói`
lóvle! Znáiu, shto chepuhá, a sizhú! Sizhú, kak podléts kakói`-nibud`, kak
ká torzhny`i`, i na vódu gliazhú, kak durák kakói`-nibud`! Na pokós nádo

ders were very distinctly apparent. On her gold belt hung a little gold watch. She too was angling. The stillness of the grave reigned about them both. Both were motionless, as the river upon which their floats were swimming.

"A desperate passion, but deadly dull!" laughed Otsov. "Good-day, Ivan Kuzmich!"

"Ah... is that you?" asked Gryabov, not taking his eyes off the water. "Have you come?"

"As you see... And you are still taken up with your crazy nonsense! Not given it up yet?"

"The devil's in it... I begin in the morning and fish all day... The fishing is not up to much today. I've caught nothing and this hobgoblin hasn't either. We sit on and on and not a devil of a fish! I could scream!"

"Well, chuck it up then. Let's go and have some vodka!"

"Wait a little... Maybe we shall catch something. Towards evening the fish bite better... I've been sitting here, my brother, ever since the morning! I can't tell you how fearfully boring it is. It was the devil drove me to take to this fishing! I know that it is rotten idiocy for me to sit here! I sit here like some scoundrel, like a convict, and I stare at the water like a fool! I ought

Vocabulary

висе́ть	hang; dangle; swing; hinge; hover; be suspended; overhang
вися́щий, вися́щая, вися́чий, вися́чая	dangling; floppy; suspended; impending; pendent; pendulous
уди́ть	angle; fish
у́дочка	fishing rod
удила́	bit; bridle; reins
цари́ть, воцари́ться	reign; prevail; predominate; queen
царь	czar; tsar; tzar
цари́ца	czarina; czaritza; tzarina; tsaritsa
царе́вич	czarevitch; tzarevitch
царе́вна	czarevna; tzarevna
ца́рство	empire; kingdom; rule; realm; world; czardom
гробово́й, гробова́я	coffin; tomb; deadly
гроб	casket; coffin

е́хать, а я ры́бу ловлю́. Вчера́ в Хапо́ньеве преосвяще́нный служи́л, а я не пое́хал, здесь просиде́л вот с э́той стерля́дью... с чертовко́й с э́той...

— Но... ты с ума́ сошёл? — спроси́л Отцо́в, конфу́зливо кося́сь на англича́нку. — Брани́шься при да́ме... и её же...

— Да чёрт с ней! Всё одно́, ни бельме́са по-ру́сски не смы́слит. Ты её хоть хвали́, хоть брани́ — ей всё равно́! Ты на нос посмотри́! От одного́ но́са в о́бморок упадёшь! Сиди́м по це́лым дням вме́сте, и хоть бы одно́ сло́во! Стои́т, как чу́чело, и бе́льмы на во́ду тара́щит.

Англича́нка зевну́ла, перемени́ла червячка́ и заки́нула у́дочку.

— Удивля́юсь, брат, я нема́ло! — продолжа́л Гря́бов. — Живёт дури́ща в Росси́и де́сять лет, и хоть бы одно́ сло́во по-ру́сски!.. Наш како́й-нибудь аристокра́тишка пое́дет к ним и жи́во по-и́хнему бреха́ть нау́чится, а они́... чёрт их зна́ет! Ты посмотри́ на нос! На нос ты посмотри́!

— Ну, переста́нь... Нело́вко... Что напа́л на же́нщину?

---

e′hat`, a ia ry′bu lovliu. Vchera′ v Hapon`eve preosviashchenny`i` sluzhi′l, a ia ne poe′hal, zdes` proside′l vot s e′toi` sterliad`iu... s chertovkoi` s e′toi`...

— No... ty` s uma′ soshyo′l? — sprosi′l Ottso′v, konfu′zlivo kosia′s` na angli-cha′nku. — Brani′sh`sia pri da′me... i eyo′ zhe...

— Da chyort s nei`! Vsyo odno′, ni bel`me′sa po-ru′sski ne smy′slit. Ty` eyo′ hot` khvali′, hot` brani′ — ei` vsyo ravno′! Ty` na nos posmotri′! Ot odnogo′ no′sa v o′bmorok upadyo′sh`! Sidi′m po tse′ly`m dniam vme′ste, i hot` by` odno′ slo′vo! Stoi′t, kak chu′chelo, i be′l`my` na vo′du tara′shchit.

Anglicha′nka zevnu′la, peremeni′la cherviachka′ i zaki′nula u′dochku.

— Udivlia′ius`, brat, ia nema′lo! — prodolzha′l Gria′bov. — Zhivyo′t duri′shcha v Rossi′i de′siat` let, i hot` by` odno′ slo′vo po-ru′sski!.. Nash kako′i`-nibud` aristokra′tishka poe′det k nim i zhi′vo po-i′khnemu brehat` nau′chitsia, a oni′... chyort ikh znaet! Ty` posmotri′ na nos! Na nos ty` posmotri′!

— Nu, peresta′n`... Nelo′vko... Shto napa′l na zhe′nshchinu?

to go to the haymaking, but here I sit catching fish. Yesterday His Holiness held a service at Haponyevo, but I didn't go. I spent the day here with this sterlet... with this she-devil..."

"But... have you taken leave of your senses?" asked Otsov, glancing in embarrassment at the Englishwoman. "Cursing before a lady... and her..."

"Oh, confound her! It doesn't matter, she doesn't understand a syllable of Russian. Whether you praise her or blame her, it is all the same to her! Just look at her nose! Her nose alone is enough to make one faint! We sit here for whole days together and not a single word! She stands like a stuffed image and rolls the whites of her eyes at the water."

The Englishwoman gave a yawn, put a new worm on, and dropped the hook into the water.

"I wonder at her not a little," Gryabov went on, "the great stupid has been living in Russia for ten years and not a word of Russian!.. Any little aristocrat among us goes to them and quickly learns to babble away in their lingo, while they... there's no making them out! Just look at her nose! Do look at her nose!"

"Come, drop it... It's embarrassing... Why attack a woman?"

Vocabulary

служи́ть	serve; work; minister; beg; act; be employed; be in service; do military service; celebrate
слу́жба	service; employment; office; work; duty; place; employ; situation; church office
слу́жка	altar boy; chaplain services assistant
служби́ст, служби́стка	ramrod; career-minded
служе́бный, служе́бная	office; official; work-related
брани́ться	wrangle; swear; curse; quarrel; scold; spat; call names
брань	abuse; quarrel; invective; battle; fight; abusive language; strong language; name-calling
хвали́ть, похвали́ть	laud; praise; commend; compliment; eulogize; talk up; chant the praises; speak highly of; glorify; recommend; give credit

– Она́ не же́нщина, а деви́ца... О женихáх, небóсь, мечтáет, чёртова ку́кла. И пáхнет от неё како́ю-то гни́лью... Возненави́дел, брат, её! Ви́деть равноду́шно не могу́! Как взгля́нет на меня́ свои́ми глази́щами, так меня́ и покоро́бит всего́, сло́вно я ло́ктем о пери́ла уда́рился. То́же лю́бит ры́бу лови́ть. Погляди́: ло́вит и священноде́йствует! С през-ре́нием на всё смо́трит... Стои́т, кана́лья, и сознаёт, что она́ челове́к и что, ста́ло быть, она́ царь приро́ды. А зна́ешь, как её зову́т? Уи́лька Ча́рльзовна Тфайс! Тьфу!.. и не вы́говоришь!

Англича́нка, услы́шав своё и́мя, ме́дленно повела́ нос в сто́рону Гря́бова и изме́рила его́ презри́тельным взгля́дом. С Гря́бова подняла́ она́ глаза́ на Отцо́ва и его́ облила́ презре́нием. И всё э́то мо́лча, ва́жно и ме́дленно.

– Вида́л? – спроси́л Гря́бов, хохоча́. – На́те, мол, вам! Ах ты, кики́мора! Для дете́й то́лько и держу́ э́того трито́на. Не будь дете́й, я бы её и за де́сять вёрст к своему́ име́нию не подпусти́л... Нос то́чно у я́стреба... А та́лия? Э́та ку́кла напомина́ет мне дли́нный гвоздь. Так, зна́ешь, взял бы и в зе́млю вбил. Посто́й... У меня́, ка́жется, клюёт...

———————————————————

– Ona´ ne zhe´nshchina, a devi´tsa... O zhenihákh, nebós`, mechtáet, chyórtova ku´cla. I pákhnet ot neyó kako´iu-to gnil`iu... Voznenaví´del, brat, eyó! Ví´det` ravnodu´shno ne mogu´! Kak vzglia´net na menia´ svoi´mi glazi´shchami, tak menia´ i pokoro´bit vsego´, slóvno ia lóktem o peri´la udári´lsia. Tózhe liu´bit ry´`bu lovi´t`. Pogliadi´: lóvit i sviashchennode`i´stvuet! S prezre´niem na vsyo smótrit... Stoi´t, kana´l`ia, i soznayót, shto ona´ chelove´k i shto, stálo by´t`, ona´ tsar` priro´dy´. A znáesh`, kak eyó zovu´t? Ui´l`ka Cha´rl`zovna Tfai`s! T`fu!.. i ne vy´`govorish`!

Anglichánka, uslý`shav svoyó i´mia, mе´dlenno povelá nos v sto´ronu Griábova i izmе´rila ego´ prezri´tel`ny´m vzglia´dom. S Griábova podniala´ oná glazá na Ottsóva i ego´ oblilá prezre´niem. I vsyo e´to mólcha, vázhno i me´dlenno.

– Vida´l? – sprosí´l Griábov, hohocha´. – Náte, mol, vam! Akh ty`, kiki´mora! Dlia dete´i` tól`ko i derzhu´ e´togo tritóna. Ne bud` dete´i`, ia by` eyó i za de´siat` vyorst k svoemu´ ime´niiu ne podpustí´l... Nos tóchno u iástreba... A ta´liia? É´ta ku´cla napomináet mne dli´nny`i` gvozd`. Tak, znáesh`, vzial by` i v ze´mliu vbil. Posto´i`... U menia´, ka´zhetsia, cliuyót...

"She's not a woman, but a maiden lady... I bet she's dreaming of suitors, the devil's dummy. And she smells of something decaying... I've got a loathing for her, my brother! I can't look at her with indifference! When she turns her ugly eyes on me it sends a twinge all through me as though I had knocked my elbow on the parapet. She likes fishing too. Watch her: she fishes as though it were a holy rite! She looks upon everything with disdain... She stands there, the wretch, and is conscious that she is a human being, and that therefore she is the monarch of nature. And do you know what her name is? Wilka Charlesovna Tfyce! Tfoo!.. there is no getting it out!"

The Englishwoman, hearing her name, slowly turned her nose in Gryabov's direction and scanned him with a disdainful glance. She raised her eyes from Gryabov to Otsov and steeped him in disdain, too. And all this in silence, with dignity and deliberation.

"Did you see?" asked Gryabov chuckling. "As though to say 'take that.' Ah, you hobgoblin! It's only for the children's sake that I keep that triton. If it weren't for the children, I wouldn't let her come within ten miles of my estate... She has got a nose like a hawk's... And her waist! That dummy makes me think of a long nail, so I could take her, and knock her into the ground, you know. Stay... I believe I have got a bite..."

Vocabulary

де́вица	girl; maiden; hussy; miss; young woman; spinster; wench
жени́х	fiance; bridegroom; suiter; intended; bachelor; betrothed
жениха́ться	be courting
небо́сь	probably; most likely; sure; no doubt; I suppose
мечта́ть	dream; think; wish; be lost in reverie
мечта́	dream; reverie; daydream; desire; vision; fancy; hope
мечта́тель, мечта́тельница	dreamer; visionary; illusionist; castle-builder; day-dreamer
па́хнуть	scent of; smell of; puff; savour of; smack; reek
за́пах	smell; scent; perfume; odour; smack; flavour
гниль	rottenness; rot; dead-wood; putridity; putridness; decay; dote

Грябов вскочил и поднял удилище. Леска натянулась... Грябов дёрнул ещё раз и не вытащил крючка́.

– Зацепилась! – сказал он и поморщился. – За камень, должно́ быть... Чёрт возьми...

На лице́ у Грябова выразилось страда́ние. Вздыха́я, беспоко́йно дви́гаясь и бормоча́ прокля́тья, он на́чал дёргать за ле́су. Дёрганье ни к чему́ не привело́. Гря́бов побледне́л.

– Э́кая жа́лость! В во́ду лезть на́до.

– Да ты брось!

– Нельзя́... Под ве́чер хорошо́ ло́вится... Ведь э́такая коми́ссия, прости́ Го́споди! Придётся лезть в во́ду. Придётся! А е́сли бы ты знал, как мне не хо́чется раздева́ться! Англича́нку-то турну́ть на́до... При ней нело́вко раздева́ться. Всё-таки ведь да́ма!

Грябов сбро́сил шля́пу и га́лстук.

– Мисс... эээ... – обрати́лся он к англича́нке. – Мисс Тфайс! Жё ву при... [Я прошу́ вас (Je vous prie) – *франц.*] Ну, как ей сказа́ть? Ну, как тебе́ сказа́ть, чтобы ты поняла́? Послу́шайте... туда́! Туда́ уходи́те! Слы́шишь?

<hr>

Griabov vskochi'l i po'dnial udi'lishche. Le'ska natianu'las`... Gria'bov dyo'rnul eshchyo' raz i ne vy'tashchil kriuchka'.

– Zatsepi'las`! – skaza'l on i pomo'rshchilsia. – Za ka'men`, dolzhno' by't`... Chyort voz'mi'...

Na litse' u Gria'bova vy'razilos` strada'nie. Vzdy'ha'ia, bespoko'i`no dvi'gaias` i bormocha' procliat`ia, on na'chal dyo'rgat` za le'su. Dyo'rgan`e ni k chemu' ne privelo'. Gria'bov pobledne'l.

– E'`kaia zha'lost`! V vo'du lezt` na'do.

– Da ty' bros`!

– Nel`zia'... Pod ve'cher horosho' lo'vitsia... Ved` e'`takaia komi'ssiia, prosti' Go'spodi! Pridyo'tsia lezt` v vo'du. Pridyo'tsia! A e'sli by' ty' znal, kak mne ne ho'chetsia razdeva't`sia! Anglicha'nku-to turnu't` na'do... Pri nei` nelo'vko razdeva't`sia. Vsyo'-taki ved` da'ma!

Gria'bov sbro'sil shlia'pu i ga'lstuk.

– Miss... e'e`e`... – obrati'lsia on k anglicha'nke. – Miss Tfai`s! ZHyo vu pri... [Ia proshu' vas (frants. Je vous prie).] Nu, kak ei` skaza't`? Nu, kak tebe' skaza't`, shtoby' ty' poniala'? Poslu'shai`te... tuda'! Tuda' uhodi'te! Sly'shish`?

Gryabov jumped up and raised his rod. The line drew taut... Gryabov tugged again, but could not pull out the hook.

"It has caught," he said, frowning, "on a stone I expect... Damnation take it..."

There was a look of distress on Gryabov's face. Sighing, moving uneasily, and muttering oaths, he began tugging at the line. Tugging lead to nothing. Gryabov turned pale.

"What a pity! I shall have to go into the water."

"Oh, chuck it!"

"I can't... There's always good fishing in the evening... What a nuisance, Lord, forgive us! I shall have to wade into the water. I must! And if only you knew, I have no inclination to undress! I shall have to get rid of the Englishwoman... It's awkward to undress before her. After all, she is a lady, you know!"

Gryabov flung off his hat, and his cravat.

"Meess... er, er..." he said, addressing the Englishwoman, "Meess Tfyce, je voo pree... [I'm asking you (Je vous prie. – French).] Well, what am I to say to her? How am I to tell you so that you can understand? I say... over there! Go away over there! Do you hear?"

Vocabulary

вскочи́ть, вска́кивать	hop; spring; jump into; jump on; start up
подня́ть, поднима́ть	boost; raise; cock; elevate; erect; gather; heave; levitate; lift; rear; get up; haul up; knock up; pick up; put up; level up; give a lift; reach up; bring up for discussion
дёрнуть, дёргать	jerk; pull; buck; give a wrench; give a jerk; give a tug
дёрганье	pluck; wrench; pull; tug; twitch; wrest; yank; jerk
бледне́ть, побледне́ть	turn pale; blanch; pale; whiten; wan; pale into insignificance
бле́дность	pallor; paleness; pallidness; whiteness; washiness; anæmia; faintness; pallid complexion
бле́дный, бле́дная	pale; ashy; ashy-gray; bleak; bloodless; pallid; wan; white

Мисс Тфайс облила́ Гря́бова презре́нием и издала́ носово́й звук.

— Что-с? Не понима́ете? Ступа́й, тебе́ говоря́т, отсю́да! Мне разде-ва́ться ну́жно, чёртова ку́кла! Туда́ ступа́й! Туда́!

Гря́бов дёрнул мисс за рука́в, указа́л ей на кусты́ и присе́л: ступа́й, мол, за кусты́ и спря́чься там... Англича́нка, энерги́чески дви́гая бро-вя́ми, бы́стро проговори́ла дли́нную англи́йскую фра́зу. Поме́щики пры́снули.

— Пе́рвый раз в жи́зни её го́лос слы́шу... Не́чего сказа́ть, голосо́к! Не понима́ет! Ну, что мне де́лать с ней?

— Плюнь! Пойдём во́дки вы́пьем!

— Нельзя́, тепе́рь лови́ться должно́... Ве́чер... Ну, что ты прика́жешь де́лать? Вот коми́ссия! Придётся при ней раздева́ться...

Гря́бов сбро́сил сюрту́к и жиле́т и сел на песо́к снима́ть сапоги́.

— Послу́шай, Ива́н Кузьми́ч, — сказа́л предводи́тель, хохоча́ в кула́к. — Э́то уж, друг мой, глумле́ние, издева́тельство.

— Её никто́ не про́сит не понима́ть! Это нау́ка им, иностра́нцам!

Miss Tfai`s oblilá Gria´bova prezréniem i izdalá nosovoi` zvuk.

— Shto-s? Ne ponimaete? Stupa´i`, tebé govoriát, otsiúda! Mne razdevat`sia núzhno, chyórtova kúcla! Tudá stupa´i`! Tudá!

Gria´bov dyórnul miss za rukáv, ukazál ei` na kusty´ i prisél: stupa´i`, mol, za kusty´ i spriách`sia tam... Anglichánka, e`nergícheski dvígaia broviámi, by´stro progovoríla dlínnuiu anglí`i`skuiu frázu. Poméshchiki pry´snuli.

— Pérvy`i` raz v zhízni eyó gólos sly´shu... Néchego skazát`, golosók! Ne ponimáet! Nu, shto mne délat` s nei`?

— Pliun`! Poi`dyóm vódki vy´p`em!

— Nel`zia´, teper` lovít`sia dolzhnó... Vécher... Nu, shto ty` prikázhesh` délat`? Vot komíssiia! Pridyótsia pri nei` razdevat`sia...

Gria´bov sbrósil siurtúk i zhilét i sel na pesók snimát` sapogí.

— Poslúshai`, Iván Kuz`mích, — skazál predvodítel`, hohochá v kulák. — E´to uzh, drug moi`, glumlénie, izdevátel`stvo.

— Eyó nikto´ ne prósit ne ponimát`! E´to naúka im, inostrántsam!

Miss Tfyce enveloped Gryabov in disdain, and uttered a nasal sound.

"What? Don't you understand? Go away from here, I tell you! I must undress, you devil's dummy! Go over there! Over there!"

Gryabov pulled the lady by her sleeve, pointed her towards the bushes, and made as though he would sit down, as much as to say: Go behind the bushes and hide yourself there... The Englishwoman, moving her eyebrows vigorously, uttered rapidly a long sentence in English. The landowners gushed with laughter.

"It's the first time in my life I've heard her voice... There's no denying, it is a voice! She does not understand! Well, what am I to do with her?"

"Chuck it! Let's go and have a drink of vodka!"

"I can't. Now's the time to fish... It's evening... Come, what would you have me do? It is a nuisance! I shall have to undress before her..."

Gryabov flung off his coat and his waistcoat and sat on the sand to take off his boots.

"I say, Ivan Kuzmich," said the Marshal, chuckling behind his fist. "It's really outrageous, an insult, my friend."

"Nobody asks her not to understand! It's a lesson for these foreigners!"

Vocabulary

облить, обливать	pour over; wet; flood; soak; sluice
презрение	contempt; disdain; scorn
презирать	despise; disdain; scorn; have in contempt; hold in contempt; think scorn of; look down; spurn
презрительный, презрительная	contemptuous; scornful; disdainful; supercilious; hubristic; insolent; slighting; dismissive
издать, издавать	publish; edit; issue; enact; utter; emit; give forth; produce; send forth; constitute; heave; give out; put out; bring out
издание	publication; edition; issue; impression; issuing; printing; title; release
издатель	publisher
издательство	publishing house; publishers
прыснуть	titter

Грябов снял сапоги, панталоны, сбросил с себя бельё и очутился в костюме Адама. Отцов ухватился за живот. Он покраснел и от смеха и от конфуза. Англичанка задвигала бровями и замигала глазами... По жёлтому лицу её пробежала надменная, презрительная улыбка.

— Надо остынуть, — сказал Грябов, хлопая себя по бёдрам. — Скажи на милость, Фёдор Андреич, отчего это у меня каждое лето сыпь на груди бывает?

— Да полезай скорей в воду или прикройся чем-нибудь! Скотина!

— И хоть бы сконфузилась, подлая! — сказал Грябов, полезая в воду и крестясь. — Брр... холодная вода... Посмотри, как бровями двигает! Не уходит... Выше толпы стоит! Хе-хе-хе... И за людей нас не считает!

Войдя по колена в воду и вытянувшись во весь свой громадный рост, он мигнул глазом и сказал:

— Это, брат, ей не Англия!

Мисс Тфайс хладнокровно переменила червячка, зевнула и закинула удочку. Отцов отвернулся. Грябов отцепил крючок, окунулся и с со-

---

Griabov snial sapogí, pantalóny`, sbrósil s sebiá bel`yó i ochutílsia v kostiúme Adáma. Ottsóv ukhvatílsia za zhivót. On pokrasnél i ot sméha i ot konfúza. Anglichánka zadvígala broviámi i zamigála glazámi... Po zhyóltomu litsú eyó probezhála nadménnaia, prezrítel`naia uly`bka.

— Nádo osty`nut`, — skazál Griabov, khlópaia sebiá po biódram. — Skazhí na mílost`, Fyódor Andréich, otchegó e`to u meniá kázhdoe léto sy`p` na grudí by`váet?

— Da polezái` skoréi` v vódu íli prikrói`sia chém-nibud`! Skotína!

— I hot` by` skonfúzilas`, pódlaia! — skazál Griabov, polezáia v vódu i krestiás`. — Brr... holódnaia vodá... Posmotrí, kak broviámi dvígaet! Ne uhódit... Vy`she tolpy` stoít! Khe-khe-khe... I za liudéi` nas ne schitáet!

Voi`diá po koléna v vódu i vy`tianuvshis` vo ves` svoi` gromádny`i` rost, on mignúl glazóm i skazál:

— E`to, brat, ei` ne Ángliia!

Miss Tfai`s khladnokróvno peremeníla cherviachká, zevnúla i zakínula údochku. Ottsóv otvernúlsia. Griabov ottsepíl kriuchók, okunúlsia i s

Gryabov took off his boots and his trousers, flung off his undergarments and remained in the costume of Adam. Otsov held his sides. He turned crimson both from laughter and embarrassment. The Englishwoman twitched her eyebrows and blinked... A haughty, disdainful smile passed over her yellow face.

"I must cool off," said Gryabov, slapping himself on the hips. "Tell me if you please, Fyodor Andreich, why I have a rash on my chest every summer."

"Oh, do get into the water quickly or cover yourself with something, you beast!"

"And if only she were embarrassed, the nasty thing!" said Gryabov, crossing himself as he waded into the water. "Brr... the water's cold... Look how she moves her eyebrows! She doesn't go away... She is far above the crowd! He, he, he... And she doesn't reckon us as human beings!"

Wading knee deep in the water and drawing his huge figure up to its full height, he gave a wink and said:

"This isn't England, you see!"

Miss Tfyce coolly put on another worm, gave a yawn, and dropped the hook in. Otsov turned away. Gryabov released his hook, ducked into the

Vocabulary

снять, снима́ть	take; remove; discard; dismiss; withdraw; cut; rent; reap; strike off; deprive; release; photograph; dismantle; dismount; divest; gather; lift; pick up; skim; strip; get off; lay off; pull off; take down; take a photograph; take a picture
сбро́сить, сбра́сывать	throw off; drop; shed; discard; cast; dump; release; shoot; shuck; unsaddle; buck off; cast off; fling off; kick off; unseat
живо́т	belly; stomach; life; abdomen
красне́ть, покрасне́ть	redden; grow red; turn red; blush; be ashamed; crimson
конфу́з	embarrassment; discomfiture
конфу́зиться, сконфу́зиться	feel ill at ease; be ill at ease; feel ashamed of; feel embarrassed
скоти́на	cattle; brute; boor; beast; cad; animal; scum bag

пе́ньем вы́лез из воды́. Че́рез две мину́ты он сиде́л уже́ на песо́чке и
опя́ть уди́л ры́бу.

---

sopen`em vy´lez iz vody´. Che´rez dve minu´ty` on side´l uzhe´ na peso´chke i
opiat` udi´l ry´bu.

water and, spluttering, waded out. Two minutes later he was sitting on the sand and angling as before.

Vocabulary

вылеза́ть, вы́лезти	climb out; get out; fall out; crawl out; wade out; get off

После театра

Надя Зеленина, вернувшись с мамой из театра, где давали "Евгения Онегина", и придя к себе в комнату, быстро сбросила платье, распустила косу и в одной юбке и в белой кофточке поскорее села за стол, чтобы написать такое письмо, как Татьяна.

"Я люблю вас, – написала она, – но вы меня не любите, не любите!"

Написала и засмеялась.

Ей было только шестнадцать лет, и она ещё никого не любила. Она знала, что её любят офицер Горный и студент Груздев, но теперь, после оперы, ей хотелось сомневаться в их любви. Быть нелюбимой и несчастной – как это интересно! В том, когда один любит больше, а другой равнодушен, есть что-то красивое, трогательное и поэтическое. Онегин интересен тем, что совсем не любит, а Татьяна очаровательна, потому что очень любит, и если бы они одинаково любили друг друга и были счастливы, то, пожалуй, показались бы скучными.

"Перестаньте же уверять, что вы меня любите, – продолжала Надя писать, думая об офицере Горном. – Поверить вам я не могу. Вы очень умны, образованны, серьёзны, у вас громадный талант и, быть может,

Posle teatra

Nádia Zelénina, vernúvshis` s mámoi` iz teátra, gde davái-li "Evgéniia Onégina", i pridiá k sebé v kómnatu, bý`stro sbrósila plat`e, raspustí-la kosú i v odnói` iúbke i v béloi` kóftochke poskoreé séla za stol, shtóby` napisát` takoé pis`mó, kak Tat`iána.

"Ia liubliú vas, – napisála oná, – no vy` meniá ne liúbite, ne liúbite!"

Napisála i zasmeiá las`.

Ei` bý`lo tól`ko shestnádtsat` let, i oná eshchyó nikogó ne liubí-la. Oná znála, shto eyó liúbiat ofitsér Górny`i` i studént Grúzdev, no tepér`, pósle ópery`, ei` hotélos` somnevát`sia v ikh liubví. Bý`t` neliubímoi` i neschástnoi` – kak é`to interésno! V tom, kogdá odín liúbit ból`she, a drugói` ravnodúshen, est` shto-to krasívoe, trógatel`noe i poé`tícheskoe. Onegin interésen tem, shto sovsém ne liúbit, a Tat`iána ocharovátel`na, potomú shto óchen` liúbit, i esli by` oní odinákovo liubí-li drug drúga i bý`li schástlivy`, to, pozhálui`, pokazális` by` skúchny`mi.

"Perestán`te zhe uveriát`, shto vy` meniá liúbite, – prodolzhá la Nádia pisát`, dúmaia ob ofitsére Górnom. – Povérit` vam ia ne mogú. Vy` óchen` umný`, obrazóvanny`, ser`yózny`, u vas gromádny`i` talánt i, bý`t` mózhet,

After the Theatre

Nadya Zelenina had just come back with her mamma from a performance of "Eugene Onegin" at the theatre. As soon as she reached her room she threw off her dress, let down her braid, and in her petticoat and white dressing-jacket hastily sat down to the table to write a letter like Tatyana's.

"I love you," she wrote, "but you do not love me, do not love me!"

She wrote it and laughed.

She was only sixteen and did not yet love anyone. She knew that an officer called Gorny and a student called Gruzdev loved her, but now after the opera she wanted to be doubtful of their love. To be unloved and unhappy–how interesting that was! There is something beautiful, touching, and poetical about it when one loves and the other is indifferent. Onegin was interesting because he was not in love at all, and Tatyana was fascinating because she was so much in love; but if they had been equally in love with each other and had been happy, they would perhaps have seemed dull.

"Leave off declaring that you love me," Nadya went on writing, thinking of the officer Gorny. "I cannot believe you. You are very clever, cultivated, serious, you have immense talent, and perhaps a brilliant future awaits you,

Vocabulary

дава́ть, дать	present; show; give; let; bestow; take; pledge; make; afford; furnish; grant; lend; supply; yield; contribute; allow; impart; pass; produce; provide
коса́	plait; braid; tail; tongue; sand-bank; barrier; barrier beach; scythe
поскоре́е, скоре́е	somewhat quicker; faster; as soon as possible
написа́ть, писа́ть	write; scribe; compose; author; pen; paint; drop a line
люби́ть	love; like; be fond of; fall in love with; care for; fancy; enjoy; have a kindness; care; be attached to; be fond of; be in love
любо́вь	love; affection; fondness
люби́мый, люби́мая	beloved; darling; sweet
засмея́ться	laugh; begin to laugh
засмея́ть	laugh down; laugh away; scoff at; ridicule; sneer down

вас ожида́ет блестя́щая бу́дущность, а я неинтере́сная, ничто́жная де́вушка, и вы са́ми отли́чно зна́ете, что в ва́шей жи́зни я бу́ду то́лько поме́хой. Пра́вда, вы увлекли́сь мно́ю и вы ду́мали, что встре́тили во мне ваш идеа́л, но э́то была́ оши́бка, и вы тепе́рь уже́ спра́шиваете себя́ в отча́янии: заче́м я встре́тил э́ту де́вушку? И то́лько ва́ша доброта́ меша́ет вам созна́ться в э́том!..”

Наде ста́ло жаль себя́, она́ запла́кала и продолжа́ла:

“Мне тяжело́ оста́вить ма́му и бра́та, а то бы я наде́ла мона́шескую ря́су и ушла́, куда́ глаза́ глядя́т. А вы бы ста́ли свобо́дны и полюби́ли другу́ю. Ах, е́сли бы я умерла́!”

Сквозь слёзы нельзя́ бы́ло разобра́ть напи́санного; на столе́, на полу́ и на потолке́ дрожа́ли коро́ткие ра́дуги, как бу́дто На́дя смотре́ла сквозь при́зму. Писа́ть бы́ло нельзя́, она́ отки́нулась на спи́нку кре́сла и ста́ла ду́мать о Го́рном.

Бо́же мой, как интере́сны, как обая́тельны мужчи́ны! На́дя вспо́мнила, како́е прекра́сное выраже́ние, заи́скивающее, винова́тое и мя́гкое, быва́ет у офице́ра, когда́ с ним спо́рят о му́зыке, и каки́е при э́том он де́лает уси́лия над собо́й, что́бы его́ го́лос не звуча́л стра́стно. В о́бществе, где холо́дное высокоме́рие и равноду́шие счита́ются

---

vas ozhidáet blestiáshchaia búdushchnost`, a ia neinterésnaia, nichtózhnaia dévushka, i vy` sámi otlíchno znáete, shto v váshei` zhízni ia búdu tól`ko poméhoi`. Právda, vy` uvleclís` mnóiu i vy` dúmali, shto vstrétili vo mne vash ideál, no e`to by`lá oshíbka, i vy` tepér` uzhé spráshivaete sebiá v otcháianii: zachém ia vstrétil e`tu dévushku? I tól`ko vásha dobrotá mesháet vam soznát`sia v e`tom!..”

Náde stálo zhal` sebiá, oná zaplákala i prodolzhála:

“Mne tiazheló ostávit` mámu i bráta, a to by` ia nadéla monásheskuiu riásu i ushlá, kudá glazá gliadiát. A vy` by` stáli svobódny` i poliubíli druguíu. Akh, ésli by` ia umerlá!”

Skvoz` slyózy` nel`ziá by`lo razobrát` napísannogo; na stolé, na polú i na potolké drozháli korótkie rádugi, kak búdto Nádia smotréla skvoz` prízmu. Pisát` by`lo nel`ziá, oná otkínulas` na spínku krésla i stála dúmat` o Górnom.

Bózhe moi`, kak interésny`, kak obaiátel`ny` muzhchíny`! Nádia vspómnila, kakóe prekrásnoe vy`razhénie, zaískivaiushchee, vinovátoe i miágkoe, by`váet u ofitséra, kogdá s nim spóriat o múzy`ke, i kakíe pri e`tom on délaet usíliia nad sobói`, shtóby` egó gólos ne zvuchál strástno. V óbshchestve, gde holódnoe vy`sokomérie i ravnodúshie schitáiutsia

while I am an uninteresting girl of no importance, and you know very well that I should be only a hindrance in your life. It is true that you were attracted by me and thought you had found your ideal in me, but that was a mistake, and now you are asking yourself in despair: 'Why did I meet that girl?' And only your goodness of heart prevents you from owning it to yourself!.."

Nadya felt sorry for herself, she began to cry, and went on:

"It is hard for me to leave my mother and my brother, or I should take a nun's cassock and go whither chance may lead me. And you would be left free and would love another. Oh, if I were dead!"

She could not make out what she had written through her tears; short rainbows were quivering on the table, on the floor, on the ceiling, as though Nadya were looking through a prism. She could not write, she sank back in her armchair and fell to thinking of Gorny.

My God! how interesting, how fascinating men were! Nadya recalled the fine expression, ingratiating, guilty, and soft, which came into the officer's face when one argued about music with him, and the effort he made to prevent his voice from betraying his passion. In a society where cold haughtiness and indifference are regarded as signs of good breeding and

Vocabulary

ожида́ть, ждать, поджида́ть	wait; expect; await; abide; bide; tarry for; stay; watch
блестя́щий, блестя́щая	brilliant; splendid; shiny; bright; fine; glazy; glossy; luminous; lustrous; resplendent; sheen; sheeny; shining; sparkling; sensational
блесну́ть, блесте́ть	glare; shine; sparkle; glisten
бу́дущность, бу́дущее	future; futurity; tomorrow; times to come; hereafter; future ages; years ahead; by and by; days to come
ничто́жный, ничто́жная	insignificant; tiny; vain; paltry; nominal; feeble; fiddling; naught; pitiable; pitiful; poor; puny; scrub; scrubby; shabby; small; narrow-souled
ничто́жество	nothingness; nonentity; nullity; nobody; nought
поме́ха	hindrance; trouble; disturbance; drawback; barrier; interference; handicap; impediment; obstruction; bottleneck; obstacle; spoiler

признаком хоро́шего воспита́ния и благоро́дного нра́ва, сле́дует пря́-
тать свою́ страсть. И он пря́чет, но э́то ему́ не удаётся, и все отли́чно
зна́ют, что он стра́стно лю́бит му́зыку. Бесконе́чные спо́ры о му́зыке,
сме́лые сужде́ния люде́й непонима́ющих де́ржат его́ в постоя́нном
напряже́нии, он напу́ган, ро́бок, молчали́в. Игра́ет он на роя́ле велико-
ле́пно, как настоя́щий пиани́ст, и е́сли бы он не был офице́ром, то
наве́рное был бы знамени́тым музыка́нтом.

Слёзы вы́сохли на глаза́х. На́дя вспо́мнила, что Го́рный объясня́лся
ей в любви́ в симфони́ческом собра́нии и пото́м внизу́ о́коло ве́шалок,
когда́ со всех сторо́н дул сквозно́й ве́тер.

"Я о́чень ра́да, что вы, наконе́ц, познако́мились со студе́нтом Гру́з-
девым, – продолжа́ла она́ писа́ть. – Он о́чень у́мный челове́к, и вы,
наве́рное, его́ полю́бите. Вчера́ он был у нас и просиде́л до двух часо́в.
Все мы бы́ли в восто́рге, и я жале́ла, что вы не прие́хали к нам. Он
говори́л мно́го замеча́тельного".

На́дя положи́ла на стол ру́ки и склони́ла на них го́лову, и её во́лосы
закры́ли письмо́. Она́ вспо́мнила, что студе́нт Гру́здев то́же лю́бит её
и что он име́ет тако́е же пра́во на её письмо́, как и Го́рный. В са́мом
де́ле, не написа́ть ли лу́чше Гру́здеву? Без вся́кой причи́ны в груди́

---

priznakom horoshego vospitaniia i blagorodnogo nrava, sleduet priatat`
svoiu strast`. I on priachet, no e'to emu ne udayotsia, i vse otlichno
znaiut, shto on strastno liubit muzy`ku. Beskonechny`e spory` o muzy`ke,
smely`e suzhdeniia liudei` neponimaiushchikh derzhat ego v postoiannom
napriazhenii, on napugan, robok, molchaliv. Igraet on na roiale velikolepno,
kak nastoiashchii` pianist, i esli by` on ne by`l ofitserom, to navernoe by`l
by` znamenity`m muzy`kantom.

Slyozy` vy`sokhli na glazakh. Nadia vspomnila, shto Gorny`i`
ob``iasnialsia ei` v liubvi v simfonicheskom sobranii i potom vnizu okolo
veshalok, kogda so vsekh storon dul skvoznoi` veter.

"Ia ochen` rada, shto vy`, nakonets, poznakomilis` so studentom Gruz-
devy`m, – prodolzhala ona pisat`. – On ochen` umny`i` chelovek, i vy`,
navernoe, ego poliubite. Vchera on by`l u nas i prosidel do dvukh chasov.
Vse my` by`li v vostorge, i ia zhalela, shto vy` ne priehali k nam. On govoril
mnogo zamechatel`nogo".

Nadia polozhila na stol ruki i sclonila na nikh golovu, i eyo volosy`
zakry`li pis`mo. Ona vspomnila, shto student Gruzdev tozhe liubit eyo i
shto on imeet takoe zhe pravo na eyo pis`mo, kak i Gorny`i`. V samom
dele, ne napisat` li luchshe Gruzdevu? Bez vsiakoi` prichiny` v grudi eyo

gentlemanly bearing, one must conceal one's passion. And he did try to conceal it, but he did not succeed, and everyone knew very well that he had a passionate love of music. The endless discussions about music and the bold criticisms of people who knew nothing about it kept him always on the strain; he was frightened, timid, and silent. He played the piano magnificently, like a professional pianist, and if he had not been an officer he would certainly have been a famous musician.

The tears on her eyes dried. Nadya remembered that Gorny had declared his love at a symphony concert, and again downstairs by the coat rack where there was a tremendous draught blowing in all directions.

"I am very glad that you have at last made the acquaintance of the student Gruzdev," she went on writing. "He is a very clever man, and you will be sure to like him. He came to see us yesterday and stayed till two o'clock. We were all delighted with him, and I regretted that you had not come. He said a great deal that was remarkable."

Nadya laid her arms on the table and leaned her head on them, and her hair covered the letter. She recalled that the student Gruzdev, too, loved her, and that he had as much right to a letter from her as Gorny. Wouldn't it be better after all to write to Gruzdev? There was a stir of joy in her bosom for

Vocabulary

при́знак	characteristic; attribute; mark; token; badge; symptom; signature; hallmark
благоро́дный, благоро́дная	noble; high-minded; distinguished; lofty; precious; honourable; exalted; generous; grand; high; knightly; chivalric
благоро́дство	nobility; nobleness; generosity; honour; big heart; gentlehood; gentlemanhood; lordliness; knighthood; loftiness; splendour
нрав	disposition; temper; humour; nature; temperament; demeanor; custom; character
пря́тать, спря́тать	hide; conceal; secrete; bury; tuck; put away; stow away; put out of sight; disguise; cover up
страсть	passion; flame; desire; hobby; lust; ardour
стра́стный, стра́стная	passionate; fervent; ardent; impassioned; vehement; hot; hotblooded
Страстна́я Пя́тница	Holy Friday

её шевельнулась радость: сначала радость была маленькая и каталась в груди, как резиновый мячик, потом она стала шире, больше и хлынула как волна. Надя уже забыла про Горного и Груздева, мысли её путались, а радость всё росла и росла, из груди она пошла в руки и в ноги, и казалось, будто лёгкий прохладный ветерок подул на голову и зашевелил волосами. Плечи её задрожали от тихого смеха, задрожал и стол, и стекло на лампе, и на письмо брызнули из глаз слёзы. Она была не в силах остановить этого смеха и, чтобы показать самой себе, что она смеётся не без причины, она спешила вспомнить что-нибудь смешное.

— Какой смешной пудель! — проговорила она, чувствуя, что ей становится душно от смеха. — Какой смешной пудель!

Она вспомнила, как Груздев вчера после чаю шалил с пуделем Максимом и потом рассказал про одного очень умного пуделя, который погнался на дворе за вороном, а ворон оглянулся на него и сказал:

— Ах ты, мошенник!

Пудель, не знавший, что он имеет дело с учёным вороном, страшно сконфузился и отступил в недоумении, потом стал лаять.

---

shevel`nu`las` radost`: snacha`la ra`dost` by`la` ma`len`kaia i kata`las` v grudi`, kak rezi`novy`i` mia`chik, poto`m ona` sta`la shi`re, bo`l`she i khly`nula kak volna`. Na`dia uzhe` zaby`la pro Go`rnogo i Gru`zdeva, my`sli eyo` puta`lis`, a ra`dost` vsyo rosla` i rosla`, iz grudi` ona` poshla` v ru`ki i v no`gi, i kaza`los`, bu`dto lyo`gkii` prokhla`dny`i` vetero`k podu`l na go`lovu i zasheveli`l volosa`mi. Ple`chi eyo` zadrozha`li ot ti`hogo sme`ha, zadrozha`l i stol, i steclo` na la`mpe, i na pis`mo` bry`znuli iz glaz slyo`zy`. Ona` by`la` ne v si`lakh ostanovi`t` e`togo sme`ha i, shtoby` pokaza`t` samo`i` sebe`, shto ona` smeyo`tsia ne bez prichi`ny`, ona` speshi`la vspo`mnit` shto-nibud` smeshno`e.

— Kako`i` smeshno`i` pu`del`! — progovori`la ona`, chu`vstvuia, shto ei` stano`vitsia du`shno ot sme`ha. — Kako`i` smeshno`i` pu`del`!

Ona` vspo`mnila, kak Gru`zdev vchera` po`sle cha`iu shali`l s pu`delem Maksi`mom i poto`m rasskaza`l pro odnogo` o`chen` u`mnogo pu`delia, kotory`i` pogna`lsia na dvore` za vo`ronom, a vo`ron oglianu`lsia na nego` i skaza`l:

— Akh ty`, moshe`nnik!

Pu`del`, ne zna`vshii`, shto on ime`et de`lo s uchyo`ny`m vo`ronom, stra`shno skonfu`zilsia i otstupi`l v nedoume`nii, poto`m stal la`iat`.

no reason whatever; at first the joy was small, and rolled in her bosom like a rubber ball; then it became broader, bigger, and rushed like a wave. Nadya forgot Gorny and Gruzdev; her thoughts were in a tangle and her joy grew and grew; from her bosom it passed into her arms and legs, and it seemed as though a light, cool breeze were breathing on her head and ruffling her hair. Her shoulders quivered with subdued laughter, the table and the lamp chimney shook, too, and tears from her eyes splashed on the letter. She could not stop laughing, and to prove to herself that she was not laughing about nothing she made haste to think of something funny.

"What a funny poodle!" she said, feeling as though she would choke with laughter. "What a funny poodle!"

She remembered how, after tea yesterday, Gruzdev had played with Maxim the poodle, and afterwards had told them about a very intelligent poodle who had run after a raven in the yard, and the raven had looked round at him and said:

"Oh, you rascal!"

The poodle, not knowing he had to do with a learned raven, was fearfully confused and retreated in perplexity, then began barking.

Vocabulary

ра́дость	joy; gladness; pleasure; mirth; joyfulness
рад, ра́да, ра́достный, ра́достная	joyful; glad; merry; jolly; joyous; cheery; mirthful; gay; gleeful; sunny; delighted; festal; riant; amused; cheerful; festive
ра́доваться	be glad; rejoice; exult; jubilate; be joyful; gloat; take delight; cheer about; to be excited
ма́ленький, ма́ленькая	small; short; trifling; petty; bijou; diminutive; puny; miniature
ката́ться	drive; skate; ride; row; roll; go skiing; fall about
ката́ние	driving; riding; skating; ride; roll
грудь	bosom; breast; chest; bust
хлы́нуть	gush; rush; pour in torrents; well; flush; flow; surge; outwell; spout; spurt; flood
волна́	wave; surge; roller; sea; tide; wash
забы́ть, забыва́ть	forget; leave behind; lose; lose sight of; put out of mind; get out of mind

— Нет, буду лучше любить Груздева, — решила Надя и разорвала письмо.

Она стала думать о студенте, об его любви, о своей любви, но выходило так, что мысли в голове расплывались и она думала обо всём: о маме, об улице, о карандаше, о рояле… Думала она с радостью и находила, что всё хорошо, великолепно, а радость говорила ей, что это ещё не всё, что немного погодя будет ещё лучше. Скоро весна, лето, ехать с мамой в Горбики, приедет в отпуск Горный, будет гулять с нею по саду и ухаживать. Приедет и Груздев. Он будет играть с нею в крокет и в кегли, рассказывать ей смешные или удивительные вещи. Ей страстно захотелось сада, темноты, чистого неба, звёзд. Опять её плечи задрожали от смеха и показалось ей, что в комнате запахло полынью и будто в окно ударила ветка.

Она пошла к себе на постель, села и, не зная, что делать со своею большою радостью, которая томила её, смотрела на образ, висевший на спинке её кровати, и говорила:

— Господи! Господи! Господи!

— Net, budu luchshe liubit` Gruzdeva, — reshila Nadia i razorvala pis`mo.

Ona stala dumat` o studente, ob ego liubvi, o svoei` liubvi, no vy`hodilo tak, shto my`sli v golove` rasply`valis` i ona dumala obo vsyom: o mame, ob ulitse, o karandashe, o roiale… Dumala ona s radost`iu i nahodila, shto vsyo horosho, velikolepno, a radost` govorila ei`, shto e`to eshchyo ne vsyo, shto nemnogo pogodia budet eshchyo luchshe. Skoro vesna, leto, e`hat` s mamoi` v Gorbiki, priedet v otpusk Gorny`i`, budet guliat` s neiu po sadu i uhazhivat`. Priedet i Gruzdev. On budet igrat` s neiu v kroket i v kegli, rasskazy`vat` ei` smeshny`e ili udivitel`ny`e veshchi. Ei` strastno zahotelos` sada, temnoty`, chistogo neba, zvyozd. Opiat` eyo plechi zadrozhali ot smeha i pokazalos` ei`, shto v komnate zapakhlo poly`n`iu i budto v okno udarila vetka.

Ona poshla k sebe na postel`, sela i, ne znaia, shto delat` so svoeiu bol`shoiu radost`iu, kotoraia tomila eyo, smotrela na obraz, visevshii` na spinke eyo krovati, i govorila:

— Gospodi! Gospodi! Gospodi!

"No, I'd rather love Gruzdev," Nadya decided, and she tore up the letter.

She fell to thinking of the student, of his love, of her love; but the thoughts in her head insisted on flowing in all directions, and she thought about everything–about her mother, about the street, about the pencil, about the piano... She thought of them joyfully, and felt that everything was good, splendid, and her joy told her that this was not all, that in a little while it would be better still. Soon it would be spring, summer, going with her mamma to Gorbiki. Gorny would come for his furlough, would walk about the garden with her and court her. Gruzdev would come too. He would play croquet and skittles with her, and would tell her funny or wonderful things. She had a passionate longing for the garden, the darkness, the pure sky, the stars. Again her shoulders shook with laughter, and it seemed to her that there was a scent of wormwood in the room and that a twig was tapping at the window.

She went to her bed, sat down, and not knowing what to do with the immense joy which filled her with yearning, she looked at the holy image hanging at the back of her bed, and said:

"Oh, Lord! Lord! Lord!"

Vocabulary

разорва́ть, разрыва́ть	tear; rend; break; burst; part; rive; sliver; bust; lacerate
разры́в	explosion; abruption; severance; discontinuity; disruption; laceration; divulsion; estrangement; breach; rupture; break-off; break-up
ду́мать, поду́мать	think; reflect; meditate; intend; suspect; believe; bethink; deem; dream; imagine; mean; reckon; see; suppose; cerebrate; metaphysicize; gather
ду́ма	thought; meditation; the state duma
е́хать, е́здить, съе́здить	go; drive; visit; ride; travel; come
прие́хать, приезжа́ть	arrive; come; come down; come over; come up; be along; to be along; show up
прие́зд	arrival; coming; visit
уха́живать	nurse; look after; court; woo; attend; flirt
ухажёр	gallant; wooer; boyfriend; suitor

Злой ма́льчик

Ива́н Ива́ныч Ла́пкин, молодо́й челове́к прия́тной нару́жности, и А́нна Семёновна Замбли́цкая, молода́я де́вушка со вздёрнутым но́сиком, спусти́лись вниз по круто́му бе́регу и усе́лись на скаме́ечке. Скаме́ечка стоя́ла у са́мой воды́, ме́жду густы́ми куста́ми молодо́го ивняка́. Чудно́е месте́чко! Се́ли вы тут, и вы скры́ты от ми́ра – ви́дят вас одни́ то́лько ры́бы да пауки́-плауны́, мо́лнией бе́гающие по воде́. Молоды́е лю́ди бы́ли вооружены́ у́дочками, сачка́ми, ба́нками с червя́ми и про́чими рыболо́вными принадле́жностями. Усе́вшись, они́ то́тчас же приняли́сь за ры́бную ло́влю.

– Я рад, что мы наконе́ц одни́, – на́чал Ла́пкин, огля́дываясь. – Я до́лжен сказа́ть вам мно́гое, А́нна Семёновна... О́чень мно́гое... Когда́ я уви́дел вас в пе́рвый раз... У вас клюёт... Я по́нял тогда́, для чего́ я живу́, по́нял, где мой куми́р, кото́рому я до́лжен посвяти́ть свою́ че́стную, трудову́ю жизнь... Э́то, должно́ быть, больша́я клюёт... Уви́дя вас, я полюби́л впервы́е, полюби́л стра́стно! Подожди́те дёргать... пусть лу́чше клю́нет... Скажи́те мне, моя́ дорога́я, заклина́ю вас, могу́ ли я

Zloi` ma`l`chik

Iván Ivány`ch Lápkin, molodói` chelovék priiátnoi` narúzhnosti, i Ánna Semyónovna Zamblítskaia, molodáia dévushka so vzdyórnuty`m nósikom, spustílis` vniz po krutómu béregu i usélis` na skaméechke. Ska-méechka stoiála u sámoi` vodý, mézhdu gustými kustámi molodógo iv-niaká. Chudnóe mestéchko! Séli vy` tut, i vy` skrýty` ot míra – ví diat vas odní tól`ko rýby` da paukí-plauný, mólniei` bégaiushchie po vodé. Molodýe liúdi býli vooruzhený údochkami, sachkámi, bánkami s cherviámi i próchimi ry`bolóvny`mi prinadlézhnostiami. Usévshis`, oní tótchas zhe prinialís` za ry`bnuiu ló vliu.

– Ia rad, shto my` nakonéts odní, – náchal Lápkin, ogliády`vaias`. – Ia dólzhen skazát` vam mnógoe, Ánna Semyónovna... Óchen` mnógoe... Kogdá ia uví del vas v pérvy`i` raz... U vas cliuyót... Ia pónial togdá, dlia chegó ia zhivú, pónial, gde moi` kumír, kotóromu ia dólzhen posviatít` svoiú chéstnuiu, trudovúiu zhizn`... E`́to, dolzhnó by`t`, bol`sháia cliuyót... Uví dia vas, ia poliubíl vpervý`e, poliubíl strástno! Podozhdíte dyórgat`... pust` lúchshe cliúnet... Skazhíte mne, moiá dorogáia, zaclináiu vas, mogú

A Wicked Boy

Ivan Ivanych Lapkin, a youth of pleasing exterior, and Anna Semyonovna Zamblitskaya, a girl with a tip-tilted nose, descended the steep river bank and took their seats on a bench. The bench stood at the water's edge in a thicket of young willows. It was a lovely spot! Sitting there, one was hidden from all the world and observed only by fish and the daddy-long-legs that skimmed like lightning across the surface of the water. The young people were armed with fishing-rods, nets, cans containing worms, and other fishing appurtenances. They sat down on the bench and immediately began to fish.

"I am glad that we are alone at last," began Lapkin glancing behind him. "I have a great deal to say to you, Anna Semyonovna... A very great deal... When first I saw you... You've got a bite... I realized then the purpose of my existence, I realized where was the idol at whose feet I was to lay the whole of an honourable and industrious life... That's a big one biting... On seeing you I fell in love for the first time in my life, I fell madly in love! Don't pull yet... let it bite a little longer... Tell me, dearest, I beg you, if I may aspire,

Vocabulary

молодо́й, молода́я	young; adolescent; new; junior; juvenile; kid; recent; fresh
мо́лодость	youth; adolescence; juvenility
молодёжь	youth; young people; young folk
молоды́е	newlyweds
прия́тный, прия́тная	pleasant; pleasing; agreeable; nice; pretty; graceful; kindly; likeable; palatable; pleasurable
нару́жность	appearance; exterior; look; looks; guise; brow; facade; semblance
вздёрнутый, вздёрнутая	snub; upturned; tip-tilted
вздёрнуть, вздёргивать	jerk up; hoick; string up
спусти́ться, спуска́ться	descend; dip; fall; get down; go down; go downstairs; step down; make a descent; come down
спуск	descent; slope; launch; drain; quarter; chute

рассчи́тывать – не на взаи́мность, нет! – э́того я не сто́ю, я не сме́ю да́же помы́слить об э́том, – могу́ ли я рассчи́тывать на... Тащи́те!

А́нна Семёновна подняла́ вверх ру́ку с уди́лищем, рвану́ла и вскри́кнула. В во́здухе блесну́ла серебри́сто-зелёная ры́бка.

– Бо́же мой, о́кунь! Ай, ах... Скоре́й! Сорва́лся!

О́кунь сорва́лся с крючка́, запры́гал по тра́вке к родно́й стихи́и и... бултых в во́ду!

В пого́не за ры́бой Ла́пкин, вме́сто ры́бы, ка́к-то неча́янно схвати́л ру́ку А́нны Семёновны, неча́янно прижа́л её к губа́м... Та отдёрнула, но уже́ бы́ло по́здно: уста́ неча́янно сли́лись в поцелу́й. Э́то вы́шло ка́к-то неча́янно. За поцелу́ем сле́довал друго́й поцелу́й, зате́м кля́твы, увере́ния... Счастли́вые мину́ты! Впро́чем, в э́той земно́й жи́зни нет ничего́ абсолю́тно счастли́вого. Счастли́вое обыкнове́нно но́сит отра́ву в себе́ само́м и́ли же отравля́ется че́м-нибудь извне́. Так и на э́тот раз. Когда́ молоды́е лю́ди целова́лись, вдруг послы́шался смех. Они́ взгляну́ли на ре́ку и обомле́ли: в воде́ по по́яс стоя́л го́лый ма́льчик. Э́то был Ко́ля, гимнази́ст, брат А́нны Семёновны. Он стоя́л в воде́, гляде́л на молоды́х люде́й и ехи́дно улыба́лся.

– А-а-а... вы целу́етесь? – сказа́л он. – Хорошо́ же! Я скажу́ мама́ше.

---

li ia rasschíty`vat` – ne na vzaímnost`, net! – étogo ia ne stóiu, ia ne sméiu dázhe pomýslit` ob étom, – mogú li ia rasschíty`vat` na... Tashchíte!

Ánna Semyónovna podnialá vverkh rúku s udílishchem, rvanúla i vskríknula. V vózdukhe blesnúla serebrísto-zelyónaia rýbka.

– Bózhe moi`, ókun`! Ai`, akh... Skoréi`! Sorválsia!

Ókun` sorválsia s kriuchká, zaprýgal po trávke k rodnói` stihíi i... bultýkh v vódu!

V pogóne za rýboi` Lápkin, vmésto rýby, kák-to necháianno skhvatíl rúku Ánny` Semyónovny`, necháianno prizhál eyó k gubám... Ta otdyó́rnula, no uzhé býlo pózdno: ustá necháianno slílis` v potselúi`. Éto výshlo kák-to necháianno. Za potselúem slédoval drugói` potselúi`, zatém cliátvy`, uveréniia... Schastlívy`e minúty`! Vpróchem, v étoi` zemnói` zhízni net nichegó absoliútno schastlívogo. Schastlívoe oby`knovénno nósit otrávu v sebé samóm íli zhe otravliaétsia chém-nibud` izvné. Tak i na étot raz. Kogdá molodý`e liúdi tselovális`, vdrug poslý`shalsia smekh. Oní vzglianúli na réku i obomléli: v vodé po póias stoiál góly`i` mál`chik. Éto býl Kólia, gimnazíst, brat Ánny` Semyónovny`. On stoiál v vodé, gliadél na molodý`kh liudéi` i ehídno uly`bálsia.

– A-a-a... vy` tselúetes`? – skazál on. – Horoshó zhe! Ia skazhú mamáshe.

not to a return of my affection–no, I am not worthy of that, I dare not even dream of it–but tell me if I may aspire to... Pull!"

With a shriek, Anna Semyonovna jerked the arm that held the fishing-rod into the air. A little silvery-green fish dangled glistening in the air.

"Goodness gracious, it's a perch! Oh, oh... Be quick! It's come off!"

The perch fell off the hook, flopped across the grass toward its native element, and... splashed into the water!

Somehow, while pursuing it, Lapkin accidentally seized Anna Semyonovna's hand instead of the fish and accidentally pressed it to his lips... She pulled it away, but it was too late, their lips accidentally met in a kiss. It all happened accidentally. A second kiss succeeded the first, and then followed vows and the plighting of troth... Happy moments! But perfect bliss does not exist on earth, it often bears a poison in itself, or else is poisoned by some outside circumstances. So it was in this case. When the young people had exchanged kisses they heard a sudden burst of laughter. They looked at the river in stupefaction; before them, up to his waist in water, stood a naked boy. It was Kolya, Anna Semyonovna's schoolboy brother. He stood there smiling maliciously with his eyes fixed on the young people.

"Aha... You're kissing?" he said. "All right! I'll tell mamma."

Vocabulary

рассчи́тывать	count upon; depend upon; look forward to; anticipate; bargain on; contemplate
рассчи́тывать, рассчита́ть	estimate; judge; calculate; build upon; figure; account; discharge
расчёт	computation; calculation; estimation; settlement; payment; consideration; intention; providence; design; accounting; expectation; dismissal; gun crew; detachment
взаи́мность	reciprocity; mutuality
взаи́мный, взаи́мная	mutual; reciprocal; relative to; intermutual; inter; recriminative; back-and-forth; interdependent
сто́ить	cost; be worth; require; need; matter; command; lose; stand in; count; run out; take; carry a price
сто́имость	cost; value; worth; appraisement; charge
сметь, посме́ть	dare; venture

– Надеюсь, что вы, как че́стный челове́к... – забормота́л Ла́пкин, красне́я. – Подсма́тривать по́дло, а переска́зывать ни́зко, гну́сно и ме́рзко... Полага́ю, что вы, как че́стный и благоро́дный челове́к...

– Да́йте рубль, тогда́ не скажу́! – сказа́л благоро́дный челове́к. – А то скажу́.

Ла́пкин вы́нул из карма́на рубль и пода́л его́ Ко́ле. Тот сжал рубль в мо́кром кулаке́, сви́стнул и поплы́л. И молоды́е лю́ди на э́тот раз уже́ бо́льше не целова́лись.

На друго́й день Ла́пкин привёз Ко́ле из го́рода кра́ски и мя́чик, а сестра́ подари́ла ему́ все свои́ коро́бочки из-под пилю́ль. Пото́м пришло́сь подари́ть и за́понки с соба́чьими мо́рдочками. Зло́му ма́льчику, очеви́дно, всё э́то о́чень нра́вилось, и, что́бы получи́ть ещё бо́льше, он стал наблюда́ть. Куда́ Ла́пкин с А́нной Семёновной, туда́ и он. Ни на мину́ту не оставля́л их одни́х.

– Подле́ц! – скрежета́л зуба́ми Ла́пкин. – Как мал, и како́й уже́ большо́й подле́ц! Что же из него́ да́льше бу́дет?!

Весь ию́нь Ко́ля не дава́л житья́ бе́дным влюблённым. Он грози́л доно́сом, наблюда́л и тре́бовал пода́рков; и ему́ всё бы́ло ма́ло, и в конце́

___

– Nadе́ius`, shto vy`, kak chе́stny`i` chelovе́k... – zabormotа́l Lа́pkin, krasnе́ia. – Podsmа́trivat` pо́dlo, a pereskа́zy`vat` nі́zko, gnу́sno i mе́rzko... Polagа́iu, shto vy`, kak chе́stny`i` i blagorо́dny`i` chelovе́k...

– Dа́i`te rubl`, togdа́ ne skazhу́! – skazа́l blagorо́dny`i` chelovе́k. – A to skazhу́.

Lа́pkin vу́nul iz karmа́na rubl` i podа́l egо́ Kо́le. Tot szhal rubl` v mо́krom kulakе́, svі́stnul i poplу́l. I molodу́e liу́di na е́tot raz uzhе́ bо́l`she ne tselovа́lis`.

Na drugо́i` den` Lа́pkin privyо́z Kо́le iz gо́roda krа́ski i miа́chik, a sestrа́ podarі́la emу́ vse svoі́ korо́bochki iz-pod piliу́l`. Potо́m prishlо́s` podarі́t` i zа́ponki s sobа́ch`imi mо́rdochkami. Zlо́mu mа́l`chiku, ochevі́dno, vsyo е́to о́chen` nrа́vilos, i, shtо́by` poluchі́t` eshchyо́ bо́l`she, on stal nabliudа́t`. Kudа́ Lа́pkin s А́nnoi` Semyо́novnoi`, tudа́ i on. Ni na minу́tu ne ostavliа́l ikh odnі́kh.

– Podlе́ts! – skrezhetа́l zubа́mi Lа́pkin. – Kak mal, i kakо́i` uzhе́ bol`shо́i` podlе́ts! Shto zhe iz negо́ dа́l`she bу́det?!

Ves` iiу́n` Kо́lia ne davа́l zhit`iа́ bе́dny`m vliublyо́nny`m. On grozі́l donо́som, nabliudа́l i trе́boval podа́rkov; i emу́ vsyo bу́lo mа́lo, i v kontsе́

"I hope that, as an honourable man..." faltered Lapkin, blushing. "To spy is mean, and to sneak is low, base, vile... I am sure that, as an honest and honourable man, you..."

"Give me a rouble and I won't say anything!" said the honourable man. "If you don't, I'll tell on you."

Lapkin took a rouble from his pocket and gave it to Kolya. The boy seized the rouble in his wet hand, whistled, and swam away. The young couple exchanged no more kisses on that occasion.

Next day Lapkin brought Kolya a box of paints from town and a ball; his sister gave him all her old pillboxes. They next had to present him with a set of studs with little dogs' snouts on them. The wicked boy obviously relished the game and began spying on them so as to get more presents. Wherever Lapkin and Anna Semyonovna went, there he went too. He never left them to themselves for a moment.

"The wretch!" muttered Lapkin grinding his teeth. "So young and yet so great a wretch! What will become of him?!"

All through the month of June Kolya tormented the unhappy lovers. He threatened them with betrayal, he spied on them, and then demanded

Vocabulary

че́стный, че́стная	honest; fair; above-board; downright; straight; straightforward; sincere; conscientious; forth-right; honorable; simple; stainless; upright; up-standing; fair and square
честь	credit; honour; privilege; tribute; accolade; repu-tation
че́стность	honesty; honour; integrity; rectitude; probity; sincerity; faith; sportsmanship; plain dealing; straight dealing; fair dealing; faithfulness; scru-pulousness; uprightness; bona fides
чести́ть	chide; scold
бормота́ть, забормота́ть	murmur; mutter; babble; gabble; mumble; jabber; sputter; stammer; gibber
бормота́ние	gabble; mutter; babble; jabber; mumble; mum-bling; murmuring; muttering; stammer; murmur
по́длый, по́длая	mean; base; low; blackguard; villainous; ignoble

концо́в он стал погова́ривать о карма́нных часа́х. И что же? Пришло́сь пообеща́ть часы́.

Ка́к-то раз за обе́дом, когда́ пода́ли ва́фли, он вдруг захохота́л, подмигну́л одни́м гла́зом и спроси́л у Ла́пкина:

— Сказа́ть? А?

Ла́пкин стра́шно покрасне́л и зажева́л вме́сто ва́фли салфе́тку. А́нна Семёновна вскочи́ла из-за стола́ и убежа́ла в другу́ю ко́мнату.

И в тако́м положе́нии молоды́е лю́ди находи́лись до конца́ а́вгуста, до того́ са́мого дня, когда́, наконе́ц, Ла́пкин сде́лал А́нне Семёновне предложе́ние. О, како́й э́то был счастли́вый день! Поговори́вши с роди́телями неве́сты и получи́в согла́сие, Ла́пкин пре́жде всего́ побежа́л в сад и приня́лся иска́ть Ко́лю. Найдя́ его́, он чуть не зарыда́л от восто́рга и схвати́л зло́го ма́льчика за у́хо. Подбежа́ла А́нна Семёновна, то́же иска́вшая Ко́лю, и схвати́ла за друго́е у́хо. И ну́жно бы́ло ви́деть, како́е наслажде́ние бы́ло напи́сано на ли́цах у влюблённых, когда́ Ко́ля пла́кал и умоля́л их:

— Ми́ленькие, сла́вненькие, голу́бчики, не бу́ду! Ай, ай, прости́те!

kontsóv on stal pogovárivat` o karmánny`kh chasákh. I shto zhe? Prishlós` poobeshchat` chasy´.

Ka´k-to raz za obe´dom, kogdá podáli váfli, on vdrug zahohotál, podmignúl odni´m glázom i sprosíl u Lápkina:

— Skazát`? A?

Lápkin stráshno pokrasnél i zazhevál vmésto váfli salfétku. Ánna Semyónovna vskochíla iz-za stolá i ubezhála v drugúiu kómnatu.

I v takóm polozhénii molody´e liúdi nahodílis` do kontsá ávgusta, do togó sámogo dnia, kogdá, nakonéts, Lápkin sdélal Ánne Semyónovne predlozhénie. O, kakoi` e´to by`l schastlívy`i` den`! Pogovorívshi s rodíteliami nevesty´ i poluchív soglásie, Lápkin prézhde vsegó pobezhál v sad i prínialsia iskát` Kóliu. Nai`día egó, on chut` ne zary´dál ot vostórga i skhvatíl zlógo mál`chika za úho. Podbezhála Ánna Semyónovna, tózhe iskávshaia Kóliu, i skhvatíla za drugóe úho. I núzhno by´lo vídet`, kakóe naslazhdénie by´lo napísano na lítsakh u vliublyónny`kh, kogdá Kólia plákal i umoliál ikh:

— Mílen`kie, slávnen`kie, golúbchiki, ne búdu! Ai`, ai`, prostíte!

presents; he could not get enough, and at last began talking of a pocket watch. And so they had to promise him the watch.

Once during dinner, while the waffles were on the table, he suddenly burst out laughing, winked, and asked Lapkin:

"Shall I tell them, eh?"

Lapkin blushed furiously and put his napkin into his mouth instead of a waffle. Anna Semyonovna jumped up from the table and ran into another room.

The young people remained in this situation until the end of August when the day at last came on which Lapkin proposed for Anna Semyonovna's hand. Oh, what a joyful day it was! No sooner had he spoken with his sweetheart's parents and obtained their consent to his suit, than Lapkin rushed into the garden in search of Kolya. He nearly wept with exultation on finding him, and caught the wicked boy by the ear. Anna Semyonovna came running up, too, looking for Kolya, and seized him by the other ear. The pleasure depicted on the faces of the lovers when Kolya wept and begged for mercy was well worth seeing.

"Dear, good, sweet angels, I won't do it again! Ouch, ouch! Forgive me!"

Vocabulary

карма́нный, карма́нная	pocket; pocketable; vest-pocket; puppet; hand-held; palm-size; pocket-size
карма́н	pocket; pouch
прикарма́нить, прикарма́нивать	abstract; pocket; cabbage; help oneself to; steal; filch
карма́нник	pickpocket; petty thief
часы́	clock; watch
час	hour; time; moment
часово́й	hour; hourly; hourlong; warder; sentinel; guard; warden
часовщи́к	watchmaker; watch repairer; clockmaker; horologer; horologist
хохота́ть, захохота́ть	laugh; roar with laughter; scream with laughter
хо́хот	laughter; roar; guffaw; laugh
хохоту́н, хохоту́шка	easily amused person

И пото́м о́ба они́ сознава́лись, что за всё вре́мя, пока́ бы́ли влюблены́ друг в дру́га, они́ ни ра́зу не испы́тывали тако́го сча́стья, тако́го захва́тывающего блаже́нства, как в те мину́ты, когда́ дра́ли зло́го ма́льчика за у́ши.

I potom o'ba oni' soznava'lis`, shto za vsyo vre'mia, poka' by'li vliubleny' drug v dru'ga, oni' ni ra'zu ne ispy'ty'vali tako'go schast`ia, tako'go zakhvaty'vaiushchego blazhe'nstva, kak v te minu'ty`, kogda' dra'li zlo'go ma'l`chika za u'shi.

They confessed afterward that during all their courtship they had never once experienced such bliss, such thrilling rapture, as they did during those moments when they were pulling the ears of that wicked boy.

Vocabulary

блаже́нство	bliss; blessedness; blessing; beatitude; felicity; blissfulness; cloud nine

Случа́й с кла́ссиком

Собира́ясь идти́ на экза́мен гре́ческого языка́, Ва́ня О́ттепелев пере-целова́л все ико́ны. В животе́ у него́ перека́тывало, под се́рдцем ве́яло хо́лодом, само́ се́рдце стуча́ло и замира́ло от стра́ха пе́ред не-изве́стностью. Что́-то ему́ бу́дет сего́дня? Тро́йка и́ли дво́йка? Раз шесть подходи́л он к мама́ше под благослове́ние, а уходя́, проси́л тётю помоли́ться за него́. Идя́ в гимна́зию, он пода́л ни́щему две копе́йки, в расчёте, что э́ти две копе́йки окупя́т его́ незна́ния и что ему́, бог даст, не попаду́тся числи́тельные с э́тими тессараконта и октокайде́ка.

Вороти́лся он из гимна́зии по́здно, в пя́том часу́. Пришёл и бесшу́мно лёг. То́щее лицо́ его́ бы́ло бле́дно. О́коло покрасне́вших глаз темне́ли круги́.

— Ну, что? Как? Ско́лько получи́л? — спроси́ла мама́ша, подойдя́ к крова́ти.

Ва́ня замига́л глаза́ми, скриви́л в сто́рону рот и запла́кал. Мама́ша побледне́ла, рази́нула рот и всплесну́ла рука́ми. Штани́шки, кото́рые она́ починя́ла, вы́пали у неё из рук.

Slúchai` s clássikom

Sobiráias` idtí na e`kzámen grécheskogo iazy`ká, Vánia Óttepelev pere-tselovál vse ikóny`. V zhivoté u negó perekáty`valo, pod sérdtsem véialo hólodom, samó sérdtse stuchálo i zamirálo ot stráha péréd neizvéstnost`iu. Shtó-to emú búdet segódnia? Trói`ka íli dvói`ka? Raz shest` podhodí l on k mamáshe pod blagoslovénie, a uhodiá, prosí l tyótiu pomolí t`sia za negó. Idiá v gimnáziiu, on podál ní shchemu dve kopéi`ki, v raschyóte, shto e`ti dve kopéi`ki okúpiat egó neznániia i shto emú, bog dast, ne popadútsia chislí tel`ny`e s e`timi tessarakónta i oktokai`dé ka.

Vorotí lsia on iz gimnázii pózdno, v piátom chasú. Prishyól i besshúmno lyog. Tóshchee litsó egó býlo blédno. Ókolo pokrasnévshikh glaz temné li krugí.

— Nu, shto? Kak? Skól`ko poluchí l? — sprosí la mamásha, podoi`diá k krová ti.

Vá nia zamigá l glazá mi, skriví l v stóronu rot i zaplá kal. Mamásha pobledné la, razí nula rot i vsplesnú la rukámi. Shtaní shki, kotóry`e oná pochiniá la, výpali u neyó iz ruk.

A Case with a Classicist

Before setting off for his examination in Greek, Vanya Ottepelev kissed all the holy images. His stomach felt as though it were upside down; there was a chill at his heart, while the heart itself throbbed and stood still with terror before the unknown. What would he get that day? A three or a two? Six times he went to his mother for her blessing, and, as he went out, asked his aunt to pray for him. On the way to school he gave a beggar two kopecks, in the hope that those two kopecks would atone for his ignorance, and that, please God, he would not get the numerals with those forties and eighties.

He came back from school late, between four and five. He came in, and noiselessly lay down on his bed. His thin face was pale. There were dark rings round his red eyes.

"Well, how did you get on? How were you marked?" asked his mamma, going to his bedside.

Vanya blinked, twisted his mouth, and burst into tears. His mamma turned pale, let her mouth fall open, and clasped her hands. The breeches she was mending dropped out of her hands.

Vocabulary

перецелова́ть, поцелова́ть, целова́ть	kiss; give a kiss
поцелу́й	kiss
ико́на	icon; ikon; holy image; sacred image
ико́нный, ико́нная	iconic
и́конопись	icon-painting
иконопи́сец	icon painter; iconographer
иконоста́с	iconostasis; altar screen; icon screen
замира́ть, замере́ть	stop; fade; die down; swoon; tail away; trail off; freeze; stand still; stand motionless
страх	fear; risk; peril; dismay; dread; terror
неизве́стность	uncertainty; suspense; obscurity; dark; unknown
неизве́стный, неизве́стная	unknown; obscure; uncertain; nameless; novel; strange; unheard; uncelebrated; of no repute; un-revealed; undiscovered

– Чего́ же ты пла́чешь? Не вы́держал, ста́ло быть? – спроси́ла она́.

– По... поре́зался... Дво́йку получи́л...

– Так и зна́ла! И предчу́вствие моё тако́е бы́ло! – заговори́ла мама́ша. – Ох, Го́споди! Как же ты э́то не вы́держал? Отчего́? По како́му предме́ту?

– По гре́ческому... Я, ма́мочка... Спроси́ли меня́, как бу́дет бу́дущее от "фе́ро", а я... я вме́сто того́, чтоб сказа́ть "ойсома́й", сказа́л "опсома́й". Пото́м... пото́м... облечённое ударе́ние не ста́вится, е́сли после́дний слог до́лгий, а я... я оробе́л... забы́л, что а́льфа тут до́лгая... взял да и поста́вил облечённое. Пото́м Артаксе́рксов веле́л перечи́слить энклити́ческие части́цы... Я перечисля́л и неча́янно местоиме́ние впута́л... Оши́бся... Он и поста́вил дво́йку... Несча́стный... я челове́к... Всю ночь занима́лся... Всю э́ту неде́лю в четы́ре часа́ встава́л...

– Нет, не ты, а я у тебя́ несча́стная, по́длый мальчи́шка! Я у тебя́ несча́стная! Ще́пку ты из меня́ сде́лал, и́род, мучи́тель, злоё моё произволе́ние! Плачу́ за тебя́, за дрянь э́такую непутя́щую, спи́ну гну, му́чаюсь и, мо́жно сказа́ть, страда́ю, а како́е от тебя́ внима́ние? Как ты у́чишься?

– Я... я занима́юсь. Всю ночь... Са́ми ви́дели...

– Chegó zhe ty` pla´chesh`? Ne vy´derzhal, sta´lo by´t`? – sprosi´la ona´.

– Po... pore´zalsia... Dvo´i`ku poluchi´l...

– Tak i zna´la! I predchu´vstvie moyó tako´e by´lo! – zagovori´la mama´sha. – Okh, Go´spodi! Kak zhe ty` e´to ne vy´derzhal? Otchego´? Po kako´mu predme´tu?

– Po gre´cheskomu... Ia, ma´mochka... Sprosi´li menia´, kak bu´det bu´dushchee ot "fe´ro", a ia... ia vme´sto togo´, shtob skaza´t` "oi`soma´i`", skaza´l "opsoma´i`". Poto´m... poto´m... oblechyónnoe udare´nie ne sta´vitsia, e´sli posle´dnii` slog do´lgii`, a ia... ia orobe´l... zaby´l, shto a´l`fa tut do´lgaia... vzial da i posta´vil oblechyónnoe. Poto´m Artakse´rksov vele´l perechi´slit` e`nkliti´cheskie chasti´tsy... Ia perechislia´l i necha´ianno mestoime´nie vputa´l... Oshi´bsia... On i posta´vil dvo´i`ku... Nescha´stny`i`... ia chelove´k... Vsiu noch` zanima´lsia... Vsiu e´tu nede´liu v chety´re chasa´ vstava´l...

– Net, ne ty`, a ia u tebia´ nescha´stnaia, po´dly`i` mal`chi´shka! Ia u tebia´ nescha´stnaia! Shche´pku ty` iz menia´ sde´lal, i´rod, muchi´tel`, zloyó moyó proizvole´nie! Plachu´ za tebia´, za drian` e´takuiu neputia´shchuiu, spi´nu gnu, mu´chaius` i, mo´zhno skaza´t`, strada´iu, a kako´e ot tebia´ vnima´nie? Kak ty` u´chish`sia?

– Ia... ia zanima´ius`. Vsiu noch`... Sa´mi ví´deli...

"What are you crying for? You've failed, then?" she asked.

"I am... plucked... I got a two..."

"I knew it would be so! I had a presentiment of it!" said his mamma. "Merciful God! How is it you have not passed? What is the reason of it? What subject have you failed in?"

"In Greek... Mammy, I... They asked me the future of phero, and I... instead of saying oisomai said opsomai. Then... then... there isn't an accent, if the last syllable is long, and I... I got flustered... I forgot that the alpha was long in it... I went and put in the accent. Then Artaxerxov told me to give the list of the enclitic particles... I did, and I accidentally mixed in a pronoun... and made a mistake... and so he gave me a two... I am a miserable person... I was working all night... I've been getting up at four o'clock all this week..."

"No, it's not you but I who am miserable, you wretched boy! It's I that am miserable! You've worn me to a thread-paper, you Herod, you torment, you bane of my life! I pay for you, you good-for-nothing rubbish; I've bent my back toiling for you, I'm worried to death, and, I may say, I suffer, and what do you care? How do you study?"

"I... I do study. All night... You've seen it yourself..."

Vocabulary

плáкать	weep; cry; lament
плач	weeping; blubber; cry; lamentation; mourning; lachrymation; lament; weep
плáкальщица	howler; wailer; weeper
плачéвный, плачéвная	unfortunate; poor; deplorable; pitiable; lamentable; plaintive; sorrowful; wailsome; weakened; precarious; sad
предчýвствие	presentiment; apprehension; foreboding; premonition; presage; feeling; omen; anticipation
предчýвствовать	have presentiment; anticipate; apprehend; forebode; presage; feel; be presentient of; have a hunch
предмéт	item; subject matter; thing; topic; matter; theme; business; article; piece
предмéтный, предмéтная	objective; substantive; presentive; meaningful; thematic

– Моли́ла Бо́га, чтоб смерть мне посла́л, не посыла́ет, гре́шнице… Мучи́тель ты мой! У други́х де́ти, как де́ти, а у меня́ оди́н-еди́нственный – и никако́й то́чки от него́, никако́го пути́. Бить тебя́? Би́ла бы, да где́ же мне сил взять? Где́ же, Бо́жья Ма́терь, сил взять?

Мама́ша закры́ла лицо́ поло́й ко́фточки и зары́да́ла. Ва́ня заверте́лся от тоски́ и прижа́л свой лоб к стене́. Вошла́ тётя.

– Ну, вот… Предчу́вствие моё… – заговори́ла она́, сра́зу догада́вшись, в чём де́ло, бледне́я и всплёскивая рука́ми. – Всё у́тро тоска́… Ну-у, ду́маю, быть беде́… Оно́ вот так и вы́шло…

– Разбо́йник мой, мучи́тель! – проговори́ла мама́ша.

– Чего́ же ты его́ руга́ешь? – набро́силась на неё тётя, не́рвно ста́скивая со свое́й голо́вки плато́чек кофе́йного цве́та. – Не́што он винова́т? Ты́ винова́тая! Ты́! Ну, с како́й ста́ти ты его́ в э́ту гимна́зию отдала́? Что ты за дворя́нка така́я? В дворя́не ле́зете? А-а-а… Как же, беспреме́нно, так вот вас и сде́лают дворя́нами! А бы́ло бы вот, как я говори́ла, по торго́вой бы ча́сти… в конто́ру-то, как мой Ку́зя… Ку́зя-то, вот, пятьсо́т в год получа́ет. Пятьсо́т – шу́тка ли? И себя́ ты

– Moli´la Bo´ga, shtob smert` mne posla´l, ne posy`la´et, gre´shnitse… Muchi´tel` ty` moi`! U drugi´kh de´ti, kak de´ti, a u menia´ odi´n-edi´nstvenny`i` – i nikako´i` to´chki ot nego, nikako´go puti´. Bit` tebia´? Bi´la by`, da gde zhe mne sil vziat`? Gde zhe, Bozh`ia Ma´ter`, sil vziat`?

Mama´sha zakry´la litso´ polo´i` ko´ftochki i zary`da´la. Va´nia zaverte´lsia ot toski´ i prizha´l svoi` lob k stene´. Voshla´ tyo´tia.

– Nu, vot… Predchu´vstvie moyo´… – zagovori´la ona´, sra´zu dogada´vshis`, v chyom de´lo, bledne´ia i vsplyo´skivaia ruka´mi. – Vsyo u´tro toska´… Nu-u, du´maiu, by`t` bede´… Ono´ vot tak i vy`shlo…

– Razbo´i`nik moi`, muchi´tel`! – progovori´la mama´sha.

– Chego´ zhe ty` ego´ ruga´esh`? – nabro´silas` na neyo´ tyo´tia, ne´rvno sta´skivaia so svoe´i` golo´vki plato´chek kofe´i`nogo tsve´ta. – Ne´shto on vinova´t? Ty` vinova´taia! Ty`! Nu, s kako´i` sta´ti ty` ego´ v e´tu gimna´ziiu otdala´? Shto ty` za dvoria´nka taka´ia? V dvoria´ne le´zete? A-a-a… Kak zhe, bespreme´nno, tak vot vas i sde´laiut dvoria´nami! A by`lo by` vot, kak ia govori´la, po torgo´voi` by` cha´sti… v konto´ru-to, kak moi` Ku´zia… Ku´zia-to, vot, piat`so´t v god polucha´et. Piat`so´t – shu´tka li? I sebia´ ty`

"I prayed to God to send death to me, but He won't send it to me, a sinful woman... You torment! Other people have children like everyone else, and I've one only and no sense, no comfort out of him. Beat you? I'd beat you, but where am I to find the strength? Mother of God, where am I to find the strength?"

The mamma hid her face in the folds of her blouse and broke into sobs. Vanya wriggled with anguish and pressed his forehead against the wall. The aunt came in.

"So that's how it is... Just what I expected..." she said, at once guessing what was wrong, turning pale and clasping her hands. "I've been depressed all the morning... There's trouble coming, I thought... and here it's come..."

"The villain, the torment!" said the mamma.

"Why are you swearing at him?" cried the aunt, nervously pulling her coffee-coloured kerchief off her head and turning upon the mother. "It's not his fault! It's your fault! You are to blame! Why did you send him to that school? You are a fine lady! You want to be a lady? A-a-ah... I dare say, as though you'll turn into gentry! But if you had sent him, as I told you, into business... to an office, like my Kuzya... here is Kuzya getting five hundred a year. Five hundred is worth having, isn't it? And you are wearing yourself

Vocabulary

смерть	death; fatality; decease; consummation; demise; dissolution
сме́ртный, сме́ртная	mortal; deadly; fatal; capital; human
смерте́льный, смерте́льная	deathful; do-or-die; ghastly; pestilent; vital; pernicious; mortal; fatal; deadly; killing; virulent; terminal; lethal
смертоно́сный, смертоно́сная	deadly; pestilent; killing; homicidal; internecine; lethal; murderous; lethiferous; mortiferous; slaughterous; death-dealing; thanatoid
сме́ртность	mortality; death rate; mortality rate; lethality; casualty rate
гре́шник, гре́шница	sinner; transgressor; evil-doer; wrong-doer; trespasser; culprit
грех	sin; fault; error; evil; guilt; transgression; trespass; wrongdoing; peccancy; wickedness
греши́ть, согреши́ть	sin; transgress; err; offend; do wrong

замучила, и мальчишку замучила учёностью этой, чтоб ей пусто было. Худенький, кашляет... погляди: тринадцать лет ему, а вид у него, точно у десятилетнего.

– Нет, Настенька, нет, милая! Мало я его била, мучителя моего! Бить бы нужно, вот что! У-у-у... иезуит, магомет, мучитель мой! – замахнулась она на сына. – Пороть бы тебя, да силы у меня нет. Говорили мне прежде, когда он ещё мал был: "Бей, бей"... Не послушала, грешница. Вот и мучаюсь теперь. Постой же! Я тебя выдеру! Постой...

Мамаша погрозила мокрым кулаком и, плача, пошла в комнату жильца. Её жилец, Евтихий Кузьмич Купоросов, сидел у себя за столом и читал "Самоучитель танцев". Евтихий Кузьмич – человек умный и образованный. Он говорит в нос, умывается с мылом, от которого пахнет чем-то таким, от чего чихают все в доме, кушает он в постные дни скоромное и ищет образованную невесту, а потому считается самым умным жильцом. Поёт он тенором.

– Батюшка! – обратилась к нему мамаша, заливаясь слезами. – Будьте столь благородны, посеките моего... Сделайте милость! Не выдержал, горе моё! Верите ли, не выдержал! Не могу я наказывать,

zamuchila, i mal`chishku zamuchila uchyonost`iu e`toi`, shtob ei` pusto by`lo. Huden`kii`, kashliaet... pogliadi: trinadtsat` let emu, a vid u nego, tochno u desiatiletnego.

– Net, Nasten`ka, net, milaia! Malo ia ego bila, muchitelia moego! Bit` by` nuzhno, vot shto! U-u-u... iezuit, magomet, muchitel` moi`! – zamakhnulas` ona na sy`na. – Porot` by` tebia, da sily` u menia net. Govorili mne prezhde, kogda on eshchyo mal by`l: "Bei`, bei`"... Ne poslushala, greshnitsa. Vot i muchaius` teper`. Postoi` zhe! Ia tebia vy`deru! Postoi`...

Mamasha pogrozila mokry`m kulakom i, placha, poshla v komnatu zhil`tsa. Eyo zhilets, Evtihii` Kuz`mich Cooporosov, sidel u sebia za stolom i chital "Samouchitel`tantsev". Evtihii` Kuz`mich – chelovek umny`i` i obrazovanny`i`. On govorit v nos, umy`vaetsia s my`lom, ot kotorogo pakhnet chem-to takim, ot chego chihaiut vse v dome, kushaet on v postny`e dni skoromnoe i ishchet obrazovannuiu nevestu, a potomu schitaetsia samy`m umny`m zhil`tsom. Poyot on tenorom.

– Batiushka! – obratilas` k nemu mamasha, zalivaias` slezami. – Bud`te stol` blagorodny`, posekite moego... Sdelai`te milost`! Ne vy`derzhal, gore moyo! Verite li, ne vy`derzhal! Ne mogu ia nakazy`vat`, po slabosti moe-

out, and wearing the boy out with this scholarism, plague take it! He is thin, he coughs... just look at him! He's thirteen, and he looks no more than ten."

"No, Nastenka, no, my dear! I haven't thrashed him enough, the torment! He ought to have been thrashed, that's what it is! Ugh... Jesuit, Mahomet, torment!" she shook her fist at her son. "You want a flogging, but I haven't the strength. They told me years ago when he was little, 'Whip him, whip him...' I didn't heed them, sinful woman as I am. And now I am suffering for it. You wait a bit! I'll flay you! Wait a bit..."

The mamma shook her wet fist, and went weeping into her lodger's room. The lodger, Yevtihy Kuzmich Kuporossov, was sitting at his table, reading "Dancing Self-taught." Yevtihy Kuzmich was a man of intelligence and education. He spoke through his nose, washed with a soap the smell of which made everyone in the house sneeze, ate meat on fast days, and was on the look-out for a bride of refined education, and so was considered the cleverest of the lodgers. He sang tenor.

"My good friend!" began the mamma, dissolving into tears. "If you would have the generosity–thrash my boy for me... Do me the favour! He's failed in his examination, the nuisance of a boy! Would you believe it, he's failed!

Vocabulary

му́чить, заму́чить	torture; vex; worry; torment; agonize; bedevil; excruciate; harrow; plague; victimize; tantalize
муче́ние	agony; torment; excruciation; fret; inquisition; worry; anguish; laceration; martyrdom; misery; victimization
муч́итель, муч́ительница	tormentor; crucifier; torturer; victimizer; gad fly
муч́ительный, муч́ительная	painful; agonizing; cruel; bitter; distressful; excruciating; racking; grievous; sore; troublesome; trying; tantalizing; tormenting; torturous
поро́ть, вы́пороть	whip; flog; trounce; rip; flagellate; lace; thrash; castigate; chastise
по́рка	beating; belting; threshing; lashing; flagellation; thrashing; corporal punishment; flogging
жиле́ц, жили́ца, жили́чка	lodger; roomer; inmate; occupant; tenant; boarder; resident; dweller

по слабости моего нездоровья... Посеки́те его заме́сто меня́, бу́дьте столь благоро́дны и делика́тны, Евти́хий Кузьми́ч! Ува́жьте больну́ю же́нщину!

Купоро́сов нахму́рился и вы́пустил сквозь но́здри глубоча́йший вздох. Он поду́мал, постуча́л па́льцами по столу́ и, ещё раз вздохну́в, пошёл к Ва́не.

– Вас, так сказа́ть, у́чат! – на́чал он. – Образо́вывают, ход даю́т, возмути́тельный молодо́й челове́к! Вы почему́?

Он до́лго говори́л, сказа́л це́лую речь. Упомяну́л о нау́ке, о све́те и тьме.

– Н-да-с, молодо́й челове́к!

Ко́нчив речь, он снял с себя́ реме́нь и потяну́л Ва́ню за ру́ку.

– С ва́ми ина́че нельзя́! – сказа́л он.

Ва́ня поко́рно нагну́лся и су́нул свою́ го́лову в его́ коле́ни. Ро́зовые, торча́щие у́ши его́ задви́гались по но́вым трико́вым брю́кам с кори́чневыми лампа́сами...

Ва́ня не изда́л ни одного́ зву́ка. Ве́чером, на семе́йном сове́те, решено́ бы́ло отда́ть его́ по торго́вой ча́сти.

---

go nezdoróv`ia... Posekíte egó zaméesto meniá, bud`te stol` blagoródny` i delikátny`, Evtíhii` Kuz`mích! Uvazh`te bol`núiu zhenshchinu!

Cooporósov nakhmúrilsia i výpustil skvoz` nózdri glubochái`shii` vzdokh. On podúmal, postuchál pál`tsami po stolú i, eshchyó raz vzdokhnúv, poshyól k Váne.

– Vas, tak skazát`, úchat! – náchal on. – Obrazóvy`vaiut, hod daiút, vozmutítel`ny`i` molodói` chelovék! Vy` pochemú?

On dólgo govoríl, skazál tséluiu rech`. Upomianúl o naúke, o svéte i t`me.

– N-da-s, molodói` chelovék!

Kónchiv rech`, on snial s sebiá remén` i potianúl Vániu za rúku.

– S vámi ináche nel`zia! – skazál on.

Vánia pokórno nagnúlsia i súnul svoiu gólovu v egó koléni. Rózovy`e, torchashchie úshi egó zadvígalis` po nóvy`m trikóvy`m briúkam s koríchnevy`mi lampásami...

Vánia ne izdál ni odnogó zvúka. Vécherom, na seméi`nom sovéte, resheno býlo otdát` egó po torgóvoi` chásti.

I can't punish him, through the weakness of my ill-health... Thrash him for me, if you would be so obliging and considerate, Yevtihy Kuzmich! Have regard for a sick woman!"

Kuporossov frowned and heaved a deep sigh through his nose. He thought a little, drummed on the table with his fingers, and sighing once more, went to Vanya.

"You are being taught, so to say," he began, "being educated, being given a chance, you revolting young man! Why have you done it?"

He talked for a long time, made a regular speech. He alluded to science, to light, and to darkness.

"Yes, young man!"

When he had finished his speech, he took off his belt and took Vanya by the arm.

"It's the only way to deal with you!" he said.

Vanya bent down submissively and thrust his head between the lodger's knees. His prominent pink ears moved up and down against the lodger's new serge trousers, with brown stripes on the outer seams...

Vanya did not utter a single sound. At the family council in the evening, it was decided to send him into business.

Vocabulary

слабость	weakness; infirmity; failing; foible; impotence; palsy; fragility; debility; languor; laxity
слабый, слабая	weak; feeble; faint; infirm; delicate; flabby; poor; anaemic; bland; low; dim; limp; impotent; mild
слабина́	slack; weak spot
слаба́к	cookie-pusher; sissy; softie; wuss; pussy
слабе́ть, ослабе́ть	weaken; slacken; bate; faint; diminish; decay; decline; wane; fade
делика́тный, делика́тная	delicate; considerate; queasy; scabrous; tender; dodgy; embarrassing; sensitive
делика́тность	tact; delicacy; lightness; light hand; canniness; softness; subtlety; finesse; courtesy; sensitivity
делика́тничать	mince words; treat with kid gloves
нахму́риться, хму́риться	frown; scowl; darkle; gloom; bend the brows; knit the brows

То́лстый и то́нкий

На вокза́ле Никола́евской желе́зной доро́ги встре́тились два прия́теля: оди́н то́лстый, друго́й то́нкий. То́лстый то́лько что пообе́дал на вокза́ле, и гу́бы его́, подёрнутые ма́слом, лосни́лись, как спе́лые ви́шни. Па́хло от него́ хе́ресом и флёр-д'ора́нжем. То́нкий же то́лько что вы́шел из ваго́на и был навью́чен чемода́нами, узла́ми и карто́нками. Па́хло от него́ ветчино́й и кофе́йной гу́щей. Из-за́ его́ спины́ выгля́дывала худе́нькая же́нщина с дли́нным подборо́дком – его́ жена́, и высо́кий гимнази́ст с прищу́ренным гла́зом – его́ сын.

– Порфи́рий! – воскли́кнул то́лстый, уви́дев то́нкого. – Ты ли э́то? Голу́бчик мой! Ско́лько зим, ско́лько лет!

– Ба́тюшки! – изуми́лся то́нкий. – Ми́ша! Друг де́тства! Отку́да ты взя́лся?

Прия́тели троекра́тно облобыза́лись и устреми́ли друг на дру́га глаза́, по́лные слёз. О́ба бы́ли прия́тно ошеломлены́.

– Ми́лый мой! – на́чал то́нкий по́сле лобыза́ния. – Вот не ожида́л! Вот сюрпри́з! Ну, да погляди́ же на меня́ хороше́нько! Тако́й же краса́вец, как и был! Тако́й же душо́нок и щёголь! Ах ты, Го́споди! Ну, что

Tólsty`i` i tónkii`

Na vokzále Nicolaevskoi` zheléznoi` dorógi vstrétilis` dva priiátelia: odín tólsty`i`, drugói` tónkii`. Tólsty`i` tól`ko shto poobédal na vokzále, i gúby` egó, podyórnuty`e máslom, losnílis`, kak spély`e víshni. Pákhlo ot negó khéresom i flyor-d'oránzhem. Tónkii` zhe tól`ko shto vý`shel iz vagóna i by`l nav`iúchen chemodánami, uzlámi i kartónkami. Pákhlo ot negó vetchinói` i koféi`noi` gúshchei`. Iz-zá egó spiný vy`gliа́dy`vala hudén`kaia zhénshchina s dlínny`m podboródkom – egó zhená, i vy`sókii` gimnazíst s prishchúrenny`m glázom – egó sy`n.

– Porfírii`! – vosclíknul tólsty`i`, uvídev tónkogo. – Ty` li é`to? Golúbchik moi`! Skól`ko zim, skól`ko let!

– Bátiushki! – izumílsia tónkii`. – Mísha! Drug détstva! Otkúda ty` vziálsia?

Priiáteli troekrátno obloby`zális` i ustremíli drug na drúga glazá, pólny`e slyoz. Óba bý`li priiátno oshelomlený`.

– Míly`i` moi`! – náchal tónkii` pósle loby`zániia. – Vot ne ozhidál! Vot siurpríz! Nu, da pogliadí zhe na meniá horoshе́n`ko! Takói` zhe krasávets, kak i by`l! Takói` zhe dushónok i shchyógol`! Akh ty`, Góspodi! Nu, shto

Fat and Thin

Two friends—one a fat man and the other a thin man—met at a station of the Nikolaevsky railway. The fat man had just dined in the station and his greasy lips shone like ripe cherries. He smelt of sherry and fleur d'orange. The thin man had just slipped out of the train and was laden with suitcases, bundles, and bandboxes. He smelt of ham and coffee grounds. A thin woman with a long chin, his wife, and a tall schoolboy with one eye screwed up, his son, came into view behind his back.

"Porfiry!" cried the fat man on seeing the thin man. "Is it you? My dear fellow! How many summers, how many winters!"

"Holy saints!" cried the thin man in amazement. "Misha! The friend of my childhood! Where have you dropped from?"

The friends kissed each other three times, and gazed at each other with eyes full of tears. Both were agreeably astounded.

"My dear boy!" began the thin man after the kissing. "This is unexpected! This is a surprise! Come have a good look at me! Just as handsome as I used to be! Just as great a darling and a dandy! Good gracious me! Well, and how

Vocabulary

встре́титься, встреча́ться	meet; encounter; see; get together; happen in; cross somebody's path
встре́ча	meeting; encounter; reception; interview; appointment; greeting; competition; rendezvous
то́нкий, то́нкая	thin; slim; slender; small; fine; delicate; subtle; keen; light; cunning; flimsy; sophisticated
лосни́ться	shine; be glossy; gloss
лоск	gloss; polish; shine; lustre; varnish; glossiness; sheen
спе́лый, спе́лая	ripe; mellow; mature; red-ripe
спе́лость	ripeness; mellowness
спеть	ripen; mellow; sing; give a song
ошеломлённый, ошеломлённая	taken aback; aghast; spellbound; perplexed; thunderstruck; nonplussed; astounded
ошеломи́ть, ошеломля́ть	bewilder; bemuse; daze; dumbfound; overwhelm; perplex; stun; stupefy; wow; take aback

же ты? Богат? Женат? Я уже́ жена́т, как ви́дишь... Э́то вот моя́ жена́, Луи́за, урождённая Ванценба́х... лютера́нка... А э́то сын мой, Нафана́ил, учени́к III кла́сса. Э́то, Нафа́ня, друг моего́ де́тства! В гимна́зии вме́сте учи́лись!

Нафана́ил немно́го поду́мал и снял ша́пку.

– В гимна́зии вме́сте учи́лись! – продолжа́л то́нкий. – По́мнишь, как тебя́ дразни́ли? Тебя́ дразни́ли Геростра́том за то, что ты казённую кни́жку папиро́ской прожёг, а меня́ Эфиа́льтом за то, что я я́бедничать люби́л. Хо-хо́... Детьми́ бы́ли! Не бо́йся, Нафа́ня! Подойди́ к нему́ побли́же... А э́то моя́ жена́, урождённая Ванценба́х... лютера́нка.

Нафана́ил немно́го поду́мал и спря́тался за спи́ну отца́.

– Ну, как живёшь, друг? – спроси́л то́лстый, восто́рженно гля́дя на дру́га. – Слу́жишь где? Дослужи́лся?

– Служу́, ми́лый мой! Колле́жским асе́ссором уже́ второ́й год и Станисла́ва име́ю. Жа́лованье плохо́е... ну, да Бог с ним! Жена́ уро́ки му́зыки даёт, я портсига́ры прива́тно из де́рева де́лаю. Отли́чные портсига́ры! По рублю́ за шту́ку продаю́. Е́сли кто берёт де́сять штук и

zhe ty`? Bogát? Zhenát? Ia uzhé zhenát, kak ví dish`... E´to vot moia´ zhena´, Luíza, urozhdyónnaia Vancenbákh... liuteránka... A e´to sy`n moi`, Nafanaí l, uchení k III classa. E´to, Nafánia, drug moegó détstva! V gimná zii vmés te uchí lis`!

Nafanaí l nemnógo podúmal i snial shápku.

– V gimná zii vmés te uchí lis`! – prodolzhá l tónkii`. – Pómnish`, kak tebiá drazní li? Tebiá drazní li Gerostrátom za to, shto ty` kazyónnuiu kní zhku papiróskoi` prozhyóg, a meniá E`fia`l`tom za to, shto ia ia`bednichat` liubí l. Ho-hó... Det`mí by` li! Ne bo`i`sia, Nafánia! Podoi`dí k nemú poblí zhe... A e´to moia´ zhena´, urozhdyónnaia Vancenbákh... liuteránka.

Nafanaí l nemnógo podúmal i spria´talsia za spí nu ottsa´.

– Nu, kak zhivyósh`, drug? – sprosí l tólsty`i`, vostórzhenno glia´dia na drúga. – Slúzhish` gde? Dosluzhí lsia?

– Sluzhú, mí ly`i` moi`! Kollézhskim asé ssorom uzhé vtoró i` god i Stanisláva imé iu. Zhá lovan`e plohó e... nu, da Bog s nim! Zhena´ uró ki mú zy`ki dayót, ia portsigáry` privátno iz déreva dé laiu. Otlíchny`e portsigáry`! Po rubliú za shtú ku prodaiu. É sli kto beryót dé siat` shtuk i

are you? Rich? Married? I am already married as you see... This is my wife Luise, her maiden name was Vantsenbach... of the Lutheran persuasion... And this is my son Nafanail, a schoolboy in the third class. This is the friend of my childhood, Nafanya! We were at school together!"

Nafanail thought a little and took off his cap.

"We were at school together!" the thin man went on. "Do you remember how they used to tease you? You were nicknamed Herostratus because you burned a hole in a schoolbook with a cigarette, and I was nicknamed Ephialtes because I was fond of snitching. Ho–ho... We were kids! Don't be shy, Nafanya! Go nearer to him... And this is my wife, her maiden name was Vantsenbach... of the Lutheran persuasion."

Nafanail thought a little and took refuge behind his father's back.

"Well, how are you doing, my friend?" the fat man asked, looking enthusiastically at his friend. "Are you in the service? What grade have you reached?"

"I am, dear boy! I have been a collegiate assessor for the last two years and I have the Stanislav order. The salary is poor... but that's no great matter! The wife gives music lessons, and I go in for carving wooden cigarette cases in a private way. Capital cigarette cases! I sell them for a rouble each.

Vocabulary

богáтый, богáтая	rich; wealthy; abundant; affluent; moneyed; opulent; plentiful; prosperous
богáтство	wealth; abundance; affluence; fortune; riches; opulence
богáтырь	hero; athlete; bogatyr
друг	friend; comrade; confidant; mate
дрýжба	friendship; association; amity; unity
дружúть	be friends; be on friendly terms
дрýжный, дрýжная	harmonious; concurrent; unanimous; vigorous; hand in hand; united; tight-knit
дружелю́бный, дружелю́бная	amicable; friendly; amiable; buddy-buddy; neighbourly; outgiving; sociable; genial; chummy
я́бедничать, ная́бедничать	snitch; grass; inform on; tell tales about; squeal
я́беда	snitch
жáлованье	pay; salary; wages; allowance

более, тому, понимаешь, уступка. Пробавляемся кое-как. Служил, знаешь, в департаменте, а теперь сюда переведён столоначальником по тому же ведомству... Здесь буду служить. Ну, а ты как? Небось, уже статский? А?

– Нет, милый мой, поднимай повыше, – сказал толстый. – Я уже до тайного дослужился... Две звезды имею.

Тонкий вдруг побледнел, окаменел, но скоро лицо его искривилось во все стороны широчайшей улыбкой; казалось, что от лица и глаз его посыпались искры. Сам он съёжился, сгорбился, сузился... Его чемоданы, узлы и картонки съёжились, поморщились... Длинный подбородок жены стал еще длиннее; Нафанаил вытянулся во фрунт и застегнул все пуговки своего мундира...

– Я, ваше превосходительство... Очень приятно-с! Друг, можно сказать, детства и вдруг вышли в такие вельможи-с! Хи-хи-с.

– Ну, полно! – поморщился толстый. – Для чего этот тон? Мы с тобой друзья детства – и к чему тут это чинопочитание!

– Помилуйте... Что вы-с... – захихикал тонкий, еще более съёживаясь.

– Милостивое внимание вашего превосходительства... вроде как бы

___

bólee, tomú, ponimáesh`, ustúpka. Probavliáemsia koe-kák. Sluzhíl, znáesh`, v departaménte, a tepér` siudá perevedyón stolonachál`nikom po tomú zhe védomstvu... Zdes` búdu sluzhít`. Nu, a ty` kak? Nebós`, uzhé státskii`? A?

– Net, míly`i` moi`, podnimái` povy´she, – skazál tólsty`i`. – Ía uzhé do tái`nogo dosluzhílsia... Dve zvezdy´ iméiu.

Tónkii` vdrug pobledné l, okamené l, no skóro litsó egó iskriví los` vo vse stórony` shirochái`shei` uly´bkoi`; kazá los`, shto ot litsá i glaz egó posy´palis` ískry. Sam on s`yozhílsia, sgórbilsia, súzilsia... Egó chemodány`, uzly´ i kartónki s`yozhilis`, pomórshchilis`... Dlínny`i` podborodok zheny´ stal eshché dlinnée; Nafanaíl vy´tianulsia vo frunt i zastegnúl vse púgovki svoegó mundíra...

– Ía, váshe prevoshodítel`stvo... Óchen` priiátno-s! Drug, mózhno skazát`, détstva i vdrug vy´shli v takíe vel`mózhi-s! Hi-hí-s.

– Nu, pólno! – pomórshchilsia tólsty`i`. – Dlia chegó e´tot ton? My` s tobói` druz`ia détstva – i k chemu tut e´to chinopochitánie!

– Pomí lui`te... Shto vy´-s... – zahihí kal tónkii`, eshché bólee s`yozhivaias`.

– Mílostivoe vnimánie váshego prevoshodítel`stva... vróde kak by`

If any one takes ten or more I make a discount, you see. We get along somehow. I served as a clerk, you know, and now I have been transferred here as
a head clerk in the same department... I am going to serve here. And what
about you? I bet you are a civil councillor by now? Eh?"

"No, dear boy, go higher than that," said the fat man. "I have risen to privy
councillor already... I have two stars."

The thin man turned pale and rigid all at once, but soon his face twisted
in all directions in the broadest smile; it seemed as though sparks were
flashing from his face and eyes. He squirmed, he doubled together, crumpled up... His suitcases, bundles and cardboard boxes seemed to shrink and
crumple up too... His wife's long chin grew longer still; Nafanail drew himself up to attention and fastened all the buttons of his uniform...

"Your Excellency, I... Exceedingly delighted! The friend, one may say, of
childhood and to have turned into such a grandee! He–he."

"Come, come!" the fat man frowned. "What's this tone for? You and I
were friends as boys, and there is no need of this official obsequiousness!"

"Merciful heavens... What are you saying..." sniggered the thin man, wriggling more than ever. "Your Excellency's gracious attention... is like life-

Vocabulary

уступка	concession; cession; abatement; reduction; re-bate; deduction; climbdown; capitulation
уступить, уступать	yield; give way; acquiesce; cede; comply; con-cede; consent; defer; relinquish; succumb; sur-render; fall in; give ground; give in; give up
уступчивый, уступчивая	compliant; accommodating; acquiescent; yield-ing; concessive; flexible; supple
уступ	ledge; projection; step; terrace; shelf
ведомство	department; administration; establishment; insti-tution; office
подведомственный, подведомственная	jurisdictional; subordinate; under the jurisdiction of; within the jurisdiction
с ведома	with the knowledge of; with the consent of
окаменеть	petrify; congeal; fossilate; harden into stone; freeze into position; turn to stone
окаменелость	petrifaction; fossil

живительной влаги... Это вот, ваше превосходительство, сын мой Нафанаил... жена Луиза, лютеранка, некоторым образом...

Толстый хотел было возразить что-то, но на лице у тонкого было
написано столько благоговения, сладости и почтительной кислоты,
что тайного советника стошнило. Он отвернулся от тонкого и подал
ему на прощанье руку.

Тонкий пожал три пальца, поклонился всем туловищем и захихикал,
как китаец: "хи-хи-хи". Жена улыбнулась. Нафанаил шаркнул ногой и
уронил фуражку. Все трое были приятно ошеломлены.

zhivítel`noi` vlági... E`to vot, váshe prevoshodítel`stvo, sy`n moi` Nafanaíl...
zhená Luíza, liuteránka, nékotory`m óbrazom...

Tólsty`i` hotél by`lo vozrazít` shto-to, no na litsé u tónkogo by`lo
napísano stól`ko blagogovéniia, sládosti i pochtítel`noi` kisloty`, shto
taí`nogo sovétneyka stoshnílo. On otvernúlsia ot tónkogo i podál emú na
proshchán`e rúku.

Tónkii` pozhál tri pál`tsa, poclonílsia vsem túlovishchem i zahihíkal,
kak kitáets: "hi-hi-hi". Zhená uly`bnúlas`. Nafanaíl sharknul nogói` i
uroníl furázhku. Vse tróe by`li priiátno oshelomleny`.

giving moisture... This, your Excellency, is my son Nafanail... my wife Luise, a Lutheran in a certain sense..."

The fat man was about to make some protest, but the face of the thin man wore an expression of such reverence, sugariness, and mawkish respectfulness that the privy councillor was sickened. He turned away from the thin man, giving him his hand at parting.

The thin man pressed three fingers, bowed his whole body and sniggered like a Chinaman: "He–he–he." His wife smiled. Nafanail scraped with his foot and dropped his cap. All three were agreeably overwhelmed.

Vocabulary

живи́тельный, живи́тельная	vivifying; crisp; animative; life-giving; refreshing; reviviscent; recuperative
возрази́ть, возража́ть	reply; object to; raise objections; answer; contradict; contravene; controvert; except; mind; protest; remonstrate against
возраже́ние	objection; rejoinder; protest; retort

Шу́точка

Я́сный, зи́мний по́лдень... Моро́з кре́пок, трещи́т, и у На́деньки, кото́рая де́ржит меня́ под ру́ку, покрыва́ются серебри́стым и́неем ку́дри на виска́х и пушо́к над ве́рхней губо́й. Мы стои́м на высо́кой горе́. От на́ших ног до са́мой земли́ тя́нется пока́тая пло́скость, в кото́рую со́лнце гляди́тся, как в зе́ркало. Во́зле нас ма́ленькие са́нки, оби́тые я́рко-кра́сным сукно́м.

– Съе́демте вниз, Наде́жда Петро́вна! – умоля́ю я. – Оди́н то́лько раз! Уверя́ю вас, мы оста́немся це́лы и невреди́мы.

Но На́денька бои́тся. Всё простра́нство от её ма́леньких кало́ш до конца́ ледяно́й горы́ ка́жется ей стра́шной, неизмери́мо глубо́кой про́пастью. У неё замира́ет дух и прерыва́ется дыха́ние, когда́ она́ гляди́т вниз, когда́ я то́лько предлага́ю сесть в са́нки, но что же бу́дет, е́сли она́ рискнёт полете́ть в про́пасть! Она́ умрёт, сойдёт с ума́.

– Умоля́ю вас! – говорю́ я. – Не на́до боя́ться! Пойми́те же, э́то мало-ду́шие, тру́сость!

Shútochka

Iásny`i`, zímnii` pólden`... Moróz krépok, treshchít, i u Náden`ki, kotóraia dérzhit meniá pod rúku, pokry`váiutsia serebrísty`m íneem kúdri na viskákh i pushók nad vérkhnei` gubói`. My` stoím na vy`sókoi` goré. Ot náshikh nog do sámoi` zemlí tiánetsia pokátaia plóskost`, v kotóruiu sólntse gliadítsia, kak v zérkalo. Vózle nas málen`kie sánki, obíty`e iárko-krásny`m suknóm.

– S`édemte vniz, Nadézhda Petróvna! – umoliáiu ia. – Odín tól`ko raz! Uveriáiu vas, my` ostánemsia tsély` i nevredímy`.

No Náden`ka boítsia. Vsyo prostránstvo ot eyó málen`kikh kalósh do kontsá ledianói` gorý kázhetsia ei` stráshnoi`, neizmerímo glubókoi` própast`iu. U neyó zamiráet dukh i prery`váetsia dy`hánie, kogdá oná gliadít vniz, kogdá ia tól`ko predlagáiu sest` v sánki, no shto zhe búdet, ésli oná risknyót poletét` v própast`! Oná umryót, soi`dét s umá.

– Umoliáiu vas! – govoriú ia. – Ne nádo boiát`sia! Poi`míte zhe, éto malodúshie, trúsost`!

A Little Joke

It was a bright winter midday...There was a sharp snapping frost and the curls on Nadenka's temples and the down on her upper lip were covered with silvery frost. She was holding my arm and we were standing on a high hill. From where we stood to the ground below there stretched a smooth sloping descent in which the sun was reflected as in a mirror. Beside us was a little sledge lined with bright red cloth.

"Let us go down, Nadezhda Petrovna!" I besought her. "Only once! I assure you we shall be all right and not hurt."

But Nadenka was afraid. The slope from her little galoshes to the bottom of the ice hill seemed to her a terrible, immensely deep abyss. Her spirit failed her, and she held her breath as she looked down, when I merely suggested her getting into the sledge, but what would it be if she were to risk flying into the abyss! She would die, she would go out of her mind.

"I entreat you!" I said. "You mustn't be afraid! You know it's poor-spirited, it's cowardly!"

Vocabulary

ясный, ясная	clear; bright; fine; limpid; distinct; evident; plain; explicit; straightforward; unequivocal; articulate; direct; fair; light; lucid; obvious
ясность	clarity; serenity; distinctiveness; distinctness; limpidity; lucidity; obviousness
крепкий, крепкая	strong; firm; solid; sound; robust; hard; affectionate; fast; able-bodied; beefy; potent; stout; sturdy; racy; stiff; durable; substantial
крепость	fortress; strength; firmness; deed; stronghold; soundness; citadel; concentration; fastness; hardiness; tenacity; stoutness; rigidity; solidity
крепчать	breeze up; blow higher; stiffen
крепнуть, окрепнуть	firm up; improve in health; improve in strength
трещать, затрещать	crack; crackle; rattle; chirp; prattle
треск	crack; crash; crackle; snap; rattle

Наденька наконец уступает, и я по лицу вижу, что она уступает с опасностью для жизни. Я сажаю её, бледную, дрожащую, в санки, обхватываю рукой и вместе с нею низвергаюсь в бездну.

Санки летят как пуля. Рассекаемый воздух бьёт в лицо, ревёт, свистит в ушах, рвёт, больно щиплет от злости, хочет сорвать с плеч голову. От напора ветра нет сил дышать. Кажется, сам дьявол обхватил нас лапами и с рёвом тащит в ад. Окружающие предметы сливаются в одну длинную, стремительно бегущую полосу... Вот-вот ещё мгновение, и кажется – мы погибнем!

– Я люблю вас, Надя! – говорю я вполголоса.

Санки начинают бежать всё тише и тише, рёв ветра и жужжанье полозьев не так уже страшны, дыхание перестаёт замирать, и мы наконец внизу. Наденька ни жива ни мертва. Она бледна, едва дышит... Я помогаю ей подняться.

– Ни за что в другой раз не поеду, – говорит она, глядя на меня широкими, полными ужаса глазами. – Ни за что на свете! Я едва не умерла!

Немного погодя она приходит в себя и уже вопросительно заглядывает мне в глаза: я ли сказал те четыре слова, или же они только

Naden`ka nakonéts ustupáet, i ia po litsú vízhu, shto oná ustupáet s opásnost`iu dlia zhízni. Ia sazháiu eyó, blédnuiu, drozháshchuiu, v sánki, obkhváty`vaiu rukói` i vméste s néiu nizvergáius` v bézdnu.

Sánki letiát kak púlia. Rassekáemy`i` vózdukh b`yot v litsó, revyót, svistít v ushákh, rvyot, ból`no shchíplet ot zlósti, hóchet sorvát` s plech gólovu. Ot napóra vétra net sil dy`shát`. Kázhetsia, sam d`iávol obkhvatíl nas lápami i s ryóvom táshchit v ad. Okruzháiushchie predméty` slivaiutsia v odnú dlínnuiu, stremítel`no begúshchuiu polosú... Vot-vot eshchyó mgnovénie, i kázhetsia – my` pogíbnem!

– Ia liubliú vas, Nádia! – govoriú ia vpolgólosa.

Sánki nachináiut bezhát` vsyo tíshe i tíshe, ryov vétra i zhuzhzhán`e polóz`ev ne tak uzhé strashny`, dy`hánie perestayót zamirát`, i my` nakonéts vnizú. Naden`ka ni zhivá ni mertvá. Oná bledná, edvá dy`shit... Ia pomogáiu ei` podniát`sia.

– Ni za shto v drugói` raz ne poédu, – govorít oná, gliádia na meniá shirókimi, pólny`mi úzhasa glazámi. – Ni za shto na svéte! Ia edvá ne umerlá!

Nemnógo pogodiá oná prihódit v sebiá i uzhé voprosítel`no zagliády`vaet mne v glazá: ia li skazál te chety`re slová, íli zhe oní tól`ko posly`shalis` ei`

Nadenka gave way at last, and from her face I saw that she gave way in mortal dread. I sat her in the sledge, pale and trembling, put my arm round her and with her cast myself down the precipice.

The sledge flew like a bullet. The air cleft by our flight beat in our faces, roared, whistled in our ears, tore at us, nipped us cruelly in its anger, tried to tear our heads off our shoulders. We had hardly strength to breathe from the pressure of the wind. It seemed as though the devil himself had caught us in his claws and was dragging us with a roar to hell. Surrounding objects melted into one long furiously racing streak... Another moment and it seemed we should perish!

"I love you, Nadya!" I said in a low voice.

The sledge began moving more and more slowly, the roar of the wind and the whirr of the runners was no longer so terrible, it was easier to breathe, and at last we were at the bottom. Nadenka was more dead than alive. She was pale and scarcely breathing... I helped her to get up.

"Nothing would induce me to go again," she said, looking at me with wide eyes full of horror. "Nothing in the world! I almost died!"

A little later she recovered herself and looked enquiringly into my eyes, wondering had I really uttered those four words or had she fancied them in

Vocabulary

наконе́ц	finally; at length; at last; in the end; after all
опа́сность	danger; peril; jeopardy; risk; gravity; menace; imminence; harmfulness; unsafety; pitfall
опа́сный, опа́сная	dangerous; adventurous; perilous; virulent; breakneck; wicked; critical; hazardous; heavy; insecure; nasty; precarious; risky
опасе́ние	fear; apprehension; anxiety; misgiving; dread; anticipation
опаса́ться	fear; apprehend; beware; dread; tremble; be afraid for; anticipate
дрожа́щий, дрожа́щая	tremulous; shivery; quaky; shaky; tremulant; vibrant; vibratory; shaking; faltering; quavery
дрожа́ть, задрожа́ть	tremble; shake; shiver; flicker; glimmer; quiver
дрожь	trembling; shiver; vibration; shake; shudder; chill; quake; quiver; tremble; tremor; trepidation
са́нки	sledge; toboggan; sleigh

послышались ей в шуме вихря? А я стою возле неё, курю и вниматель-но рассматриваю свою перчатку.

Она берёт меня под руку, и мы долго гуляем около горы. Загадка, видимо, не даёт ей покою. Были сказаны те слова или нет? Да или нет? Да или нет? Это вопрос самолюбия, чести, жизни, счастья, воп-рос очень важный, самый важный на свете. Наденька нетерпеливо, грустно, проникающим взором заглядывает мне в лицо, отвечает невпопад, ждёт, не заговорю ли я. О, какая игра на этом милом лице, какая игра! Я вижу, она борется с собой, ей нужно что-то сказать, о чём-то спросить, но она не находит слов, ей неловко, страшно, мешает радость...

— Знаете что? — говорит она, не глядя на меня.

— Что? — спрашиваю я.

— Давайте еще раз... прокатим.

Мы взбираемся по лестнице на гору. Опять я сажаю бледную, дрожащую Наденьку в санки, опять мы летим в страшную пропасть, опять ревёт ветер и жужжат полозья, и опять при самом сильном и шумном разлёте санок я говорю вполголоса:

---

v shúme ví khria? A ia stoiú vózle neyó, kuriú i vnimátel`no rassmátrivaiu svoiú perchátku.

Oná beryót meniá pod rúku, i my` dólgo guliáem ókolo gory̍. Zagádka, ví dimo, ne dayót ei` pokóiu. By̍ li skázany` te slová i̍ li net? Da i̍ li net? Da i̍ li net? E´to voprós samoliúbiia, chésti, zhízni, schást`ia, voprós óchen` vázhny`i`, sámy`i` vázhny`i` na svéte. Na´den`ka neterpelívo, grústno, pronikáiushchim vzórom zagliády`vaet mne v litsó, otvechét nevpopád, zhdyot, ne zagovoriú li ia. O, kakáia igrá na e´tom mí lom litsé, kakáia igrá! Ia ví zhu, oná bóretsia s sobói`, ei` núzhno shto-to skazát`, o chyóm-to sprosí t`, no oná ne nahódit slov, ei` nelóvko, stráshno, mesháet rádost`...

— Znáete shto? — govorí t oná, ne gliádia na meniá.

— Shto? — spráshivaiu ia.

— Davái`te eshché raz... prokátim.

My` vzbiráemsia po léstnetse na góru. Opiát` ia sazháiu blédnuiu, dro-zháshchuiu Na´den`ku v sánki, opiát` my` letí m v stráshnuiu própast`, opiát` revyót véter i zhuzhzhát poloz`ia, i opiát` pri sámom sí l`nom i shúmnom razlyóte sanok ia govoriú vpolgólosa:

the roar of the hurricane. And I stood beside her smoking and looking attentively at my glove.

She took my arm and we spent a long while walking near the ice-hill. The riddle evidently would not let her rest. Had those words been uttered or not? Yes or no? Yes or no? It was the question of pride, or honour, of life, of happiness–a very important question, the most important question in the world. Nadenka kept impatiently, sorrowfully looking into my face with a penetrating glance; she answered at random, waiting to see whether I would not speak. Oh, the play of feeling on that sweet face! I saw that she was struggling with herself, that she wanted to say something, to ask some question, but she could not find the words; she felt awkward and frightened and troubled by her joy...

"Do you know what," she said without looking at me.

"Well?" I asked.

"Let us... slide down again."

We clambered up the ice-hill by the steps again. I sat Nadenka, pale and trembling, in the sledge; again we flew into the terrible abyss, again the wind roared and the runners whirred, and again when the flight of our sledge was at its swiftest and noisiest, I said in a low voice:

Vocabulary

послы́шаться, слы́шаться	be heard
шум	noise; rush; bustle; buzz; hubbub; row; ado; bluster; crack; clamour; turmoil; uproar; sound; racket; boom; roaring; whir
шу́мный, шу́мная	noisy; loud; sensational; boisterous; tumultuous; uproarious; clamorous; hilarious; knockabout; rackety; rattling; roaring
шуме́ть, зашуме́ть	make noise; rustle; rush; roar; bustle; buzz; bluster; clutter; riot; row; whir
вихрь	whirlwind; vortex; whirl; twirl; tornado; twister
рассма́тривать, рассмотре́ть	examine; view; consider; discern; distinguish; give consideration to; look; contemplate; debate; envisage; review; study
рассмотре́ние	consideration; scrutiny; approval; contemplation; regarding; reviewing; reviewal; study

— Я люблю́ вас, На́денька!

Когда́ са́нки остана́вливаются, На́денька оки́дывает взгля́дом го́ру, по кото́рой мы то́лько что кати́ли, пото́м до́лго всма́тривается в моё лицо́, вслу́шивается в мой го́лос, равноду́шный и бесстра́стный, и вся, вся, да́же му́фта и башлы́к её, вся её фигу́рка выража́ют кра́йнее недоуме́ние. И на лице́ у неё напи́сано:

"В чём же де́ло? Кто произнёс те слова́? Он, и́ли мне то́лько послы́шалось?"

Эта неизве́стность беспоко́ит её, выво́дит из терпе́ния. Бе́дная де́вочка не отвеча́ет на вопро́сы, хму́рится, гото́ва запла́кать.

— Не пойти́ ли нам домо́й? — спра́шиваю я.

— А мне... мне нра́вится э́то ката́нье, — говори́т она́, красне́я. — Не прое́хаться ли нам ещё раз?

Ей "нра́вится" э́то ката́нье, а ме́жду тем, садя́сь в са́нки, она́, как и в те разы́, бледна́, е́ле ды́шит от стра́ха, дрожи́т.

Мы спуска́емся в тре́тий раз, и я ви́жу, как она́ смо́трит мне в лицо́, следи́т за мои́ми губа́ми. Но я прикла́дываю к губа́м плато́к, ка́шляю и, когда́ достига́ем середи́ны горы́, успева́ю вы́молвить:

— Я люблю́ вас, На́дя!

―――――――――――――――――――――――――

— ́Ia liubliú vas, Náden`ka!

Kogdá sánki ostanávlivaiutsia, Náden`ka okídy`vaet vzgliádom góru, po kotóroi my` tól`ko shto katíli, potóm dólgo vsmátrivaetsia v moyó litsó, vslúshivaetsia v moi` gólos, ravnodúshny`i` i besstrástny`i`, i vsia, vsia, dázhe múfta i bashlý`k eyó, vsia eyó figúrka vy`razháiut krái`nee nedouménie. I na litsé u neyó napísano:

"V chyom zhe délo? Kto proiznyós te slová? On, íli mne tól`ko poslý`shalos`?"

Éta neizvéstnost` bespokóit eyó, vy`vódit iz terpéniia. Bédnaia dévochka ne otvecháet na voprosý, khmúritsia, gotóva zaplákat`.

— Ne poi`tí li nam domói`? — spráshivaiu ia.

— A mne... mne nrávitsia éto katán`e, — govorít oná, krasnéia. — Ne proéhat`sia li nam eshchyó raz?

Ei` "nrávitsia" éto katán`e, a mézhdu tem, sadiás` v sánki, oná, kak i v te razý, bledná, éle dý`shit ot stráha, drozhít.

My` spuskáemsia v trétii` raz, i ia ví́zhu, kak oná smótrit mne v litsó, sledít za moími gubámi. No ia priklády`vaiu k gubám platók, káshliaiu i, kogdá dostigáem seredíny` gorý, uspeváiu vý`molvit`:

— ́Ia liubliú vas, Nádia!

"I love you, Nadenka!"

When the sledge stopped, Nadenka flung a glance at the hill down which we had both slid, then bent a long look upon my face, listened to my voice which was unconcerned and passionless, and the whole of her little figure, every bit of it, even her muff and her hood expressed the utmost bewilderment. And on her face was written:

"What does it mean? Who uttered those words? Did he, or did I only fancy it?"

The uncertainty worried her and drove her out of all patience. The poor girl did not answer my questions, frowned, and was on the point of tears.

"Hadn't we better go home?" I asked.

"Well, I... I like this tobogganing," she said, flushing. "Shall we go down once more?"

She "liked" the tobogganing, and yet as she got into the sledge she was, as both times before, pale, trembling, hardly able to breathe for terror.

We went down for the third time, and I saw she was looking at my face and watching my lips. But I put my handkerchief to my lips, coughed, and when we reached the middle of the hill I succeeded in bringing out:

"I love you, Nadya!"

Vocabulary

остановиться, останавливаться	stop; put up; dwell; stay; check; halt; stand; call at; pull up; stand still
остановка	stop; break; arrest; check; halt; pause; station; stay; stoppage; cessation; standstill; hitch; intermission; suspension; stopping; shutdown
всматриваться, всмотреться	look narrowly; peer at; peer into; peer through; introspect; stare; scrutinize
равнодушный, равнодушная	indifferent; apathetic; apathetical; aloof; lukewarm; half-hearted; cold; cool; insensitive; uninterested; cold-blooded; unconcerned; insensible; listless; impersonal; inhuman; unaffected; unmoved; uncaring; frigid; icy; nonchalant
равнодушие	indifference; aloofness; coldness; disregard; unconcern; cold-bloodedness; disinterest; iciness; noninvolvement; apathy; nonchalance
недоумение	bewilderment; perplexity; puzzle; crux

И загадка остаётся загадкой! Наденька молчит, о чём-то думает... Я провожаю её с катка домой, она старается идти тише, замедляет шаги и всё ждёт, не скажу ли я ей тех слов. И я вижу, как страдает её душа, как она делает усилия над собой, чтобы не сказать:

— Не может же быть, чтоб их говорил ветер! И я не хочу, чтобы это говорил ветер!

На другой день утром я получаю записочку: "Если пойдёте сегодня на каток, то заходите за мной. Н." И с этого дня я с Наденькой начинаю каждый день ходить на каток и, слетая вниз на санках, я всякий раз произношу вполголоса одни и те же слова:

— Я люблю вас, Надя!

Скоро Наденька привыкает к этой фразе, как к вину или морфию. Она жить без неё не может. Правда, лететь с горы по-прежнему страшно, но теперь уже страх и опасность придают особое очарование словам о любви, словам, которые по-прежнему составляют загадку и томят душу. Подозреваются всё те же двое: я и ветер... Кто из двух

I zagádka ostaétsia zagádkoi`! Náden`ka molchít, o chyóm-to dúmaet... Ia provozháiu eyó s katká domói`, oná staráetsia idtí tíshe, zamedliáet shagí i vsyo zhdyot, ne skazhú li ia ei` tekh slov. I ia vízhu, kak stradáet eyó dushá, kak oná délaet usíliia nad sobói`, shtóby` ne skazát`:

— Ne mózhet zhe by`t`, shtob ikh govoríl véter! I ia ne hochú, shtóby` éto govoríl véter!

Na drugói` den` útrom ia poluchaiu zapísochku: "Ésli poi`dyóte segódnia na katók, to zahodíte za mnoí`. N." I s étogo dnia ia s Náden`koi` nachináiu kázhdy`i` den` hodít` na katók i, sletáia vniz na sánkakh, ia vsiákii` raz proiznoshú vpolgólosa odní i te zhe slova:

— Ia liubliú vas, Nádia!

Skóro Náden`ka privy`káet k étoi` fráze, kak k vinú íli mórfiiu. Oná zhit` bez neyó ne mózhet. Právda, letét` s gory` po-prézhnemu stráshno, no tepér` uzhe strakh i opásnost` pridaiút osóboe ocharovánie slovám o liubví, slovám, kotóry`e po-prézhnemu sostavliáiut zagádku i tomiát dushu. Podozreváiutsia vsyo te zhe dvóe: ia i véter... Kto iz dvukh prizná etsia ei`

And the mystery remained a mystery! Nadenka was silent, pondering on something... I saw her home from the skating-ground, she tried to walk slowly, slackened her pace and kept waiting to see whether I would not say those words to her. And I saw how her soul was suffering, what effort she was making not to say:

"It cannot be that the wind said them! And I don't want it to be the wind that said them!"

Next morning I got a little note: "If you are tobogganing today, come for me. –N." And from that time I began going every day tobogganing with Nadenka, and as we flew down in the sledge, every time I pronounced in a low voice the same words:

"I love you, Nadya!"

Soon Nadenka grew used to that phrase as to alcohol or morphine. She could not live without it. It is true that flying down the ice-hill terrified her as before, but now the terror and danger gave a peculiar fascination to words of love—words which as before were a mystery and tantalized the soul. The same two—the wind and I—were still suspected... Which of the two

Vocabulary

загáдка	riddle; puzzle; conundrum; secret; enigma; mystery
загáдочный, загáдочная	enigmatic; mysterious; inscrutable; cryptic; secret; baffling; occult; problematic; mystic
молчáть, замолчáть	be silent; silence!; keep silent; hold one's peace; hold one's tongue; have lost one's tongue; be quiet; be speechless
молчáние	silence; hush; dumbness
молчалúвый, молчалúвая	taciturn; tacit; tongue-tied; silent; reticent; close; dumb; inarticulate; mum; mute; uncommunicative; wordless; soundless; speechless
провожáть, проводúть	accompany; follow; see off; show out; escort; usher
прóводы	farewell event; farewell performance; parting ceremony; parting event; send-off

признаётся ей в любви, она́ не зна́ет, но ей, по-ви́димому, уже́ всё равно́; из како́го сосу́да ни пить – всё равно́, лишь бы быть пья́ным.

Ка́к-то в по́лдень я отпра́вился на като́к оди́н; смеша́вшись с толпо́й, я ви́жу, как к горе́ подхо́дит На́денька, как и́щет глаза́ми меня́... Зате́м она́ ро́бко идёт вверх по ле́сенке... Стра́шно е́хать одно́й, о, как стра́шно! Она́ бледна́, как снег, дрожи́т, она́ идёт то́чно на казнь, но идёт, идёт без огля́дки, реши́тельно. Она́, очеви́дно, реши́ла, наконе́ц, попро́бовать: бу́дут ли слы́шны те изуми́тельные сла́дкие слова́, когда́ меня́ нет? Я ви́жу, как она́, бле́дная, с раскры́тым от у́жаса ртом, сади́тся в са́нки, закрыва́ет глаза́ и, прости́вшись наве́ки с землёй, тро́гается с ме́ста... "Жжжж..." – жужжа́т поло́зья. Слы́шит ли На́денька те слова́, я не зна́ю... Я ви́жу то́лько, как она́ поднима́ется из сане́й изнеможённая, сла́бая. И ви́дно по её лицу́, она́ и сама́ не зна́ет, слы́шала она́ что-нибудь и́ли нет. Страх, пока́ она́ кати́ла вниз, отня́л у неё спосо́бность слы́шать, различа́ть зву́ки, понима́ть...

Но вот наступа́ет весе́нний ме́сяц март... Со́лнце стано́вится ла́сковее. На́ша ледяна́я гора́ темне́ет, теря́ет свой блеск и та́ет наконе́ц.

v liubví, oná ne znáet, no ei`, po-ví dimomu, uzhé vsyo ravnó; iz kakógo sosúda ni pit` – vsyo ravnó, lish` by byt` p`iany`m.

Ká k-to v pó lden` ia otpra vilsia na katók odín; smeshá vshis` s tolpó i`, ia ví zhu, kak k goré podhódit Naden`ka, kak íshchet glazá mi menia... Zaté m oná ró bko idyót vverkh po lé senke... Strá shno é hat` odnó i`, o, kak strá shno! Oná bledná, kak sneg, drozhít, oná idyót tóchno na kazn`, no idyót, idyót bez ogliá dki, reshítel`no. Oná, ochеví dno, reshíla, nakonéts, popró bovat`: búdut li sly`shny te izumí tel`ny`e sládkie slová, kogdá meniá net? Ia ví zhu, kak oná, blé dnaia, s raskry`ty`m ot úzhasa rtom, sadí tsia v sánki, zakry`vá et glazá i, prostí vshis` navé ki s zemlé i`, trógaetsia s mésta... “Zhzhzhzh...” – zhuzhzhát polóz`ia. Sly`shit li Náden`ka te slová, ia ne znáiu... Ia ví zhu tól`ko, kak oná podnimáetsia iz sané i` iznemozhyónnaia, slábaia. I ví dno po eyó litsú, oná i samá ne znáet, sly`shala oná shto-nibud` í li net. Strakh, poka oná katí la vniz, otniál u neyó sposóbnost` sly`shat`, razlichát` zvúki, ponimát`...

No vot nastupáet vesénnii` mésiats mart... Sólntse stanóvitsia láskovee. Násha ledianáia gorá temnéet, teriáet svoi` blesk i táet nakonéts. My`

was making a declaration of love to her she did not know, but apparently by now she did not care; from which goblet one drinks matters little if only the beverage is intoxicating.

It happened I went to the skating-ground alone at midday; mingling with the crowd I saw Nadenka go up to the ice-hill and look about for me... Then she timidly mounted the steps... She was frightened of going alone–oh, how frightened! She was white as the snow, she was trembling, she went as though to the scaffold, but she went, she went without looking back, resolutely. She had evidently determined to put it to the test at last: would those sweet amazing words be heard when I was not there? I saw her, pale, her lips parted with horror, get into the sledge, shut her eyes and saying good-bye for ever to the earth, set off... "Whrrr..." whirred the runners. Whether Nadenka heard those words I do not know... I only saw her getting up from the sledge looking faint and exhausted. And one could tell from her face that she could not tell herself whether she had heard anything or not. Her terror while she had been flying down had deprived of her all power of hearing, of discriminating sounds, of understanding...

But then the month of March arrived... The sunshine was more kindly. Our ice-hill turned dark, lost its brilliance and finally melted. We gave up

Vocabulary

призна́ться, признава́ться	confess; avouch; avow oneself; confide; own up; declare oneself; come clean
призна́ть	recognize; acknowledge; see; admit; own; find; consider; declare; accept
при́знанный, при́знанная	admitted; licensed; acknowledged; accepted; top-ranked; reputable; acclaimed; recognised
призна́ние	acknowledgment; recognition; confession; declaration; acceptance; adoption
всё равно́	nevertheless; all the same; anyway; in any case; it doesn't matter; just the same
сосу́д	vessel; container; receptacle; tabernacle
пья́ный, пья́ная	drunk; boozy; drunken; plastered; pie-eyed; under-the-table; intoxicated
пья́нство	binge; excessive drinking; alcohol abuse
толпа́	crowd; throng; mob; swarm; herd; multitude
толпи́ться	crowd; throng; mob; cluster; herd

Мы перестаём кататься. Бедной Наденьке больше уж негде слышать тех слов, да и некому произносить их, так как ветра не слышно, а я собираюсь в Петербург – надолго, должно быть, навсегда.

Как-то перед отъездом, дня за два, в сумерки сижу я в садике, а от двора, в котором живёт Наденька, садик этот отделён высоким забором с гвоздями... Ещё достаточно холодно, под навозом ещё снег, деревья мертвы, но уже пахнет весной и, укладываясь на ночлег, шумно кричат грачи. Я подхожу к забору и долго смотрю в щель. Я вижу, как Наденька выходит на крылечко и устремляет печальный, тоскующий взор на небо... Весенний ветер дует ей прямо в бледное, унылое лицо... Он напоминает ей о том ветре, который ревел нам тогда на горе, когда она слышала те четыре слова, и лицо у неё становится грустным, грустным, по щеке ползёт слеза... И бедная девочка протягивает обе руки, как бы прося этот ветер принести ей еще раз те слова. И я, дождавшись ветра, говорю вполголоса:

– Я люблю вас, Надя!

perestayom katat`sia. Bednoi` Naden`ke bol`she uzh negde sly`shat` tekh slov, da i nekomu proiznosit` ikh, tak kak vetra ne sly`shno, a ia sobiraius` v Peterburg – nadolgo, dolzhno by`t`, navsegda.

Kak-to pered ot`ezdom, dnia za dva, v sumerki sizhu ia v sadike, a ot dvora, v kotorom zhivyot Naden`ka, sadik e`tot otdelyon vy`sokim zaborom s gvozdiami... Eshchyo dostatochno holodno, pod navozom eshchyo sneg, derev`ia mertvy`, no uzhe pakhnet vesnoi` i, uclady`vaias` na nochleg, shumno krichat grachi. Ia podhozhu k zaboru i dolgo smotriu v shchel`. Ia vizhu, kak Naden`ka vy`hodit na kry`lechko i ustremliaet pechal`ny`i`, tosku iushchii` vzor na nebo... Vesennii` veter duet ei` priamo v blednoe, uny`loe litso... On napominaet ei` o tom vetre, kotory`i` revel nam togda na gore, kogda ona sly`shala te chety`re slova, i litso u neyo stanovitsia grustny`m, grustny`m, po shcheke polzyot sleza... I bednaia devochka protiagivaet obe ruki, kak by` prosia e`tot veter prinesti ei` eshche raz te slova. I ia, dozhdavshis` vetra, govoriu vpolgolosa:
– Ia liubliu vas, Nadia!

tobogganing. There was nowhere now where poor Nadenka could hear those words, and indeed no one to utter them, since there was no wind and I was going to Petersburg –for long, perhaps for ever.

It happened two days before my departure I was sitting in the dusk in the little garden which was separated from the yard of Nadenka's house by a high fence with nails in it... It was still pretty cold, there was still snow by the manure heap, the trees looked dead but there was already the scent of spring and the rooks were cawing loudly as they settled for their night's rest. I went up to the fence and stood for a long while peeping through a chink. I saw Nadenka come out into the porch and fix a mournful yearning gaze on the sky... The spring wind was blowing straight into her pale dejected face... It reminded her of the wind which roared at us on the ice-hill when she heard those four words, and her face became very, very sorrowful, a tear trickled down her cheek... And the poor child held out both arms as though begging the wind to bring her those words once more. And waiting for the wind I said in a low voice:

"I love you, Nadya!"

Vocabulary

бе́дный, бе́дная	poor; impoverished; needy; beggarly; penniless; underprivileged; deprived; lower-income; destitute; low-grade; pauper
бедня́жка	poor lamb; poor little thing; poor fellow; wretch; poor little soul; poor bugger; poor creature
бедня́к	poor man; pauper
бедня́чка	poor woman; pauper
бе́дность	poverty; poorness; want; necessity; need; bareness; misery; penury; destitution
бедне́ть, обедне́ть	become poorer; grow poorer; peter out
произнести́, произноси́ть	pronounce; accent; deliver; enounce; utter; say
произноше́ние	accent; pronouncing; pronunciation; speech; utterance; sounding; enunciation; accentuation; phonetics

Бо́же мой, что де́лается с На́денькой! Она́ вскри́кивает, улыба́ется во всё лицо́ и протя́гивает навстре́чу ве́тру ру́ки, ра́достная, счастли́вая, така́я краси́вая.

А я иду́ укла́дываться...

Э́то бы́ло уже́ давно́. Тепе́рь На́денька уже́ за́мужем; её вы́дали, и́ли она́ сама́ вы́шла – э́то всё равно́, за секретаря́ дворя́нской опе́ки, и тепе́рь у неё уже́ тро́е дете́й. То, как мы вме́сте когда́-то ходи́ли на като́к и как ве́тер доноси́л до неё слова́ "Я вас люблю́, На́денька", не забы́то; для неё тепе́рь э́то са́мое счастли́вое, са́мое тро́гательное и прекра́сное воспомина́ние в жи́зни...

А мне тепе́рь, когда́ я стал ста́рше, уже́ непоня́тно, заче́м я говори́л те слова́, для чего́ шути́л...

Bózhe moí`, shto délaetsia s Náden`koí`! Oná vskríkivaet, uly`báetsia vo vsyo litsó i protiágivaet navstréchu vétru rúki, rádostnaia, schastlívaia, takáia krasívaia.

A ia idú uclády`vat`sia...

Éto býlo uzhé davnó. Tepér` Náden`ka uzhé zámuzhem; eyó výdali, íli oná samá výshla – éto vsyo ravnó, za sekretariá dvoriánskoí` opéki, i tepér` u neyó uzhé tróe detéí`. To, kak my` vméste kogdá-to hodíli na katók i kak véter donosíl do neyó slová "Ia vas liubliú, Náden`ka", ne zabýto; dlia neyó tepér` éto sámoe schastlívoe, sámoe trógatel`noe i prekrásnoe vospominánie v zhízni...

A mne tepér`, kogdá ia stal stárshe, uzhé neponiátno, zachém ia govoríl te slová, dlia chegó shutíl...

My God! The change that came over Nadenka! She uttered a cry, smiled all over her face and looking joyful, happy and beautiful, held out her arms to meet the wind.

And I went off to pack up...

That was long ago. Now Nadenka is married; she married–whether of her own choice or not does not matter–a secretary of the Nobility Wardenship and now she has three children. That we once went tobogganing together, and that the wind brought her the words "I love you, Nadenka," is not forgotten; it is for her now the happiest, most touching, and beautiful memory in her life...

But now that I am older I cannot understand why I uttered those words, what was my motive in that joke...

Vocabulary

Бо́же мой	good heavens; oh my God; goodness gracious; my goodness
вскри́кнуть, вскри́кивать	exclaim; bawl out; call out; yelp; give a cry; give a shout; give a shriek; give a yell; make a shout
улыба́ться, улыбну́ться	smile; give a smile to; grin at
счастли́вый, счастли́вая	happy; fortunate; lucky; blessed; blissful; felicitous; chancy; glad; joyful; joyous; providential
сча́стье	happiness; good luck; fortune; bliss; felicity

Студент

Погода вначале была хорошая, тихая. Кричали дрозды, и по соседству в болотах что-то живое жалобно гудело, точно дуло в пустую бутылку. Протянул один вальдшнеп, и выстрел по нём прозвучал в весеннем воздухе раскатисто и весело. Но когда стемнело в лесу, некстати подул с востока холодный пронизывающий ветер, всё смолкло. По лужам протянулись ледяные иглы, и стало в лесу неуютно, глухо и нелюдимо. Запахло зимой.

Иван Великопольский, студент духовной академии, сын дьячка, возвращаясь с тяги домой, шёл всё время заливным лугом по тропинке. У него закоченели пальцы, и разгорелось от ветра лицо. Ему казалось, что этот внезапно наступивший холод нарушил во всём порядок и согласие, что самой природе жутко, и оттого вечерние потёмки сгустились быстрей, чем надо. Кругом было пустынно и как-то особенно мрачно. Только на вдовьих огородах около реки светился огонь; далеко же кругом и там, где была деревня, версты за четыре, всё сплошь утопало в холодной вечерней мгле. Студент вспомнил, что, когда он уходил из

Student

Pogóda vnachále by`lá horóshaia, tíhaia. Kricháli drozdy`, i po sosédstvu v bolótakh shto-to zhivóe zhálobno gudélo, tóchno dúlo v pustúiu buty`lku. Protianúl odín vál`dshnep, i vy`strel po nyom prozvuchál v vesénnem vózdukhe raskátisto i véselo. No kogdá stemnélo v lesú, nekstáti podúl s vostóka holódny`i` proní`zy`vaiushchii` véter, vsyo smólclo. Po lúzham protianúlis` lediany`e ígly`, i stálo v lesú neuiútno, glúho i neliudímo. Zapákhlo zimói`.

Iván Velikopól`skii`, studént duhóvnoi` akadémii, sy`n d`iachká, vozvrashcháias` s tiági domói`, shyol vsyo vrémia zalivny`m lúgom po tropínke. U negó zakochenéli pál`tsy`, i razgorélos` ot vétra litsó. Emú kazálos`, shto e`tot vnezápno nastupívshii` hólod narúshil vo vsyom poriádok i soglásie, shto samói` priróde zhútko, i ottogó vechérnie potyómki sgustílis` by`stréi`, chem nádo. Krugóm by`lo pusty`nno i kák-to osóbenno mráchno. Tól`ko na vdóv`ikh ogoródakh ókolo rekí svetílsia ogón`; dalekó zhe krugóm i tam, gde by`lá derévnia, versty` za chety`re, vsyo splosh` utopálo v holódnoi` vechérnei` mgle. Studént vspómnil, shto, kogdá on uhodíl iz dómu, egó mat`, sídia v seniákh na polú, bosáia,

The Student

At first the weather was fine and still. The thrushes were calling, and in the swamps close by something alive droned pitifully with a sound like blowing into an empty bottle. A snipe flew by, and the shot aimed at it rang out with a gay, resounding note in the spring air. But when it got dark in the forest a cold, penetrating wind blew inappropriately from the east, and everything sank into silence. Needles of ice stretched across the pools, and it felt cheerless, remote, and lonely in the forest. There was a whiff of winter.

Ivan Velikopolsky, the son of a sacristan, and a student of the clerical academy, returning home from shooting, walked all the time by the path in the water-side meadow. His fingers were numb and his face was burning with the wind. It seemed to him that the cold that had suddenly come on had destroyed the order and harmony of things, that nature itself felt ill at ease, and that was why the evening darkness was falling more rapidly than usual. All around it was deserted and peculiarly gloomy. The only light was one gleaming in the widows' vegetable gardens near the river; the village, over three miles away, and everything in the distance all round was plunged in the cold evening mist. The student remembered that, as he went out from

Vocabulary

ти́хий, ти́хая	quiet; calm; soft; gentle; slow; flat; low; still; mild; restful; serene; silent; soft-spoken; noiseless; shy; soundless
тихо́ня	goody-goody; demure little thing; timid boy; timid girl
тишина́, тишь	silence; stillness; calm; hush; quiet; quietness; peace; repose; calmness
крича́ть, закрича́ть	cry; scream; exclaim
крик	cry; shout; bawl; outcry; squall; scream; call
духо́вный, духо́вная	spiritual; mental; ecclesiastical; clerical; religious; sacred; moral; immaterial; inward; otherworldly; unworldly; cultural; inner
дух	aura; breath; courage; ghost; scent; soul; spirit; sentiment; flavour; mood
духовни́к	confessor; personal priest; spiritual father
духове́нство	clergy; ministry; priesthood

дому, его́ мать, си́дя в сеня́х на полу́, боса́я, чи́стила самова́р, а оте́ц лежа́л на печи́ и ка́шлял; по слу́чаю страстно́й пя́тницы до́ма ничего́ не вари́ли, и мучи́тельно хоте́лось есть. И тепе́рь, пожима́ясь от хо́лода, студе́нт ду́мал о том, что то́чно тако́й же ве́тер дул и при Рю́рике, и при Иоа́нне Гро́зном, и при Петре́, и что при них была́ то́чно така́я же лю́тая бе́дность, го́лод, таки́е же дыря́вые соло́менные кры́ши, неве́жество, тоска́, така́я же пусты́ня круго́м, мрак, чу́вство гнёта, – все э́ти у́жасы бы́ли, есть и бу́дут, и оттого́, что пройдёт ещё ты́сяча лет, жизнь не ста́нет лу́чше. И ему́ не хоте́лось домо́й.

Огоро́ды называ́лись вдо́вьими потому́, что их содержа́ли две вдовы́, мать и дочь. Костёр горе́л жа́рко, с тре́ском, освеща́я далеко́ круго́м вспа́ханную зе́млю. Вдова́ Васили́са, высо́кая, пу́хлая стару́ха в мужско́м полушу́бке, стоя́ла во́зле и в разду́мье гляде́ла на ого́нь; её дочь Луке́рья, ма́ленькая, ряба́я, с глупова́тым лицо́м, сиде́ла на земле́ и мы́ла котёл и ло́жки. Очеви́дно, то́лько что отужинали. Слы́шались мужски́е голоса́; э́то зде́шние рабо́тники на реке́ пои́ли лошаде́й.

---

chístila samovár, a otéts lezhál na pechí i káshlial; po slúchaiu strastnói̇̀ piátneytsỳ dóma nichegó ne varíli, i muchítel`no hotélos̀ est̀. I tepér̀, pozhimáias̀ ot hóloda, studént dúmal o tom, shto tóchno takói̇̀ zhe véter dul i pri Riúrike, i pri Ioánne Gróznom, i pri Petré, i shto pri nikh bỳlá tóchno takáia zhe liútaia bédnost̀, gólod, takíe zhe dỳriávỳe solómennỳe krỳ́shi, nevézhestvo, toská, takáia zhe pustýnia krugóm, mrak, chúvstvo gnyóta, – vse éti úzhasỳ bỳ́li, est̀ i búdut, i ottogó, shto proi̇̀dyót eshchyó tỳ́siacha let, zhizǹ ne stánet lúchshe. I emú ne hotélos̀ domói̇̀.

Ogoródỳ nazỳ́vális̀ vdóv̀imi potomú, shto ikh soderzháli dve vdovỳ́, mat̀ i doch̀. Kostyór gorél zhárko, s tréskom, osveshcháia dalekó krugóm vspáhannuiu zémliu. Vdová Vasilísa, vỳ́sókaia, púkhlaia starúha v muzhskóm polushúbke, stoiála vózle i v razdúm̀e gliadéla na ogóǹ; eyó doch̀ Lukér̀ia, máleǹkaia, riabáia, s glupovátỳm litsóm, sidéla na zemlé i mỳ́la kotyól i lózhki. Ochevídno, tól̀ko shto otúzhinali. Slỳ́shalis̀ muzhskíe golosá; éto zdéshnie rabótneyki na reké póili loshadéi̇̀.

the house, his mother was sitting barefoot on the floor in the entry, cleaning the samovar, while his father lay on the stove coughing; as it was Good Friday nothing had been cooked, and the student was terribly hungry. And now, shrinking from the cold, he thought that just such a wind had blown in the days of Rurik and in the time of Ivan the Terrible and Peter, and in their time there had been just the same desperate poverty and hunger, the same thatched roofs with holes in them, ignorance, misery, the same desolation around, the same darkness, the same feeling of oppression—all these terrible things had existed, did exist, and would exist, and the lapse of a thousand years would make life no better. And he did not want to go home.

The vegetable gardens were called the widows' because they were kept by two widows, mother and daughter. A camp fire was burning brightly with a crackling sound, throwing out light far around on the ploughed earth. The widow Vasilisa, a tall, plump old woman in a man's short fur coat, was standing by and looking thoughtfully into the fire; her daughter Lukerya, a little pock-marked woman with a stupid-looking face, was sitting on the ground, washing a caldron and spoons. Apparently they had just had supper. There was a sound of men's voices; it was the local labourers watering their horses at the river.

Vocabulary

босо́й, боса́я	barefooted; barefoot; shoeless
бося́к	tramp; vagabond; lowlife
чи́стить, почи́стить	brush; polish; peel; purge; clean; sweep; burnish; cleanse
обчи́стить	pare away; pare off; send to the cleaner's; take to the cleaner's; ease smb. of his purse; clean out
чи́стый, чи́стая	clean; pure; neat; clear; net; blank; fine; faultless; genuine; sheer; austere; fresh; absolute; chaste; fair; immaculate; innocent
чистота́	cleanness; purity; chastity; clarity; innocence; integrity; immaculacy; serenity
чистю́ля	neatnik
чистоплю́й	fastidious person; cissy
чи́стильщик	cleaner; wiper; bootblack
чисти́лище	purgatory
трубочи́ст	chimney sweeper

– Вот вам и зима́ пришла́ наза́д, – сказа́л студе́нт, подходя́ к костру́.
– Здра́вствуйте!

Васили́са вздро́гнула, но то́тчас же узна́ла его́ и улыбну́лась приве́тливо.

– Не узна́ла, бог с тобо́й, – сказа́ла она́. – Бога́тым быть.

Поговори́ли. Васили́са, же́нщина быва́лая, служи́вшая когда́-то у госпо́д в ма́мках, а пото́м ня́ньках, выража́лась делика́тно, и с лица́ её всё вре́мя не сходи́ла мя́гкая, степе́нная улы́бка; дочь же её Луке́рья, дереве́нская ба́ба, заби́тая му́жем, то́лько щу́рилась на студе́нта и молча́ла, и выраже́ние у неё бы́ло стра́нное, как у глухонемо́й.

– То́чно так же в холо́дную ночь гре́лся у костра́ апо́стол Пётр, – сказа́л студе́нт, протя́гивая к огню́ ру́ки. – Зна́чит, и тогда́ бы́ло хо́лодно. Ах, кака́я то была́ стра́шная ночь, ба́бушка! До чрезвыча́йности уны́лая, дли́нная ночь!

Он посмотре́л круго́м на потёмки, су́дорожно встряхну́л голово́й и спроси́л:

– Небо́сь, была́ на двена́дцати ева́нгелиях?

– Была́, – отве́тила Васили́са.

─────────────

– Vot vam i zimá prishlá nazád, – skazál studént, podhodiá k kostrú.
– Zdrávstvui`te!

Vasilísa vzdrógnula, no tótchas zhe uznála egó i uly`bnúlas` privе́tlivo.

– Ne uznála, bog s tobói`, – skazála oná. – Bogáty`m by`t`.

Pogovoríli. Vasilísa, zhénshchina by`válaia, sluzhívshaia kogdá-to u gospód v mámkakh, a potóm nián`kakh, vy`razhálas` delikátno, i s litsá eyó vsyo vrémia ne shodíla miágkaia, stepennáia uly`bka; doch` zhe eyó Lukér`ia, derevénskaia bába, zabítaia múzhem, tól`ko shchúrilas` na studénta i molchála, i vy`razhе́nie u neyó by`lo stránnoe, kak u gluhonemói`.

– Tóchno tak zhe v holódnuiu noch` grélsia u kostrá apóstol Pyotr, – skazál studént, protiágivaia k ogniú rúki. – Znáchit, i togdá by`lo hólodno. Akh, kakáia to by`lá stráshnaia noch`, bábushka! Do chrezvy`chái`nosti uny`laia, dlínnaia noch`!

On posmotrél krugóm na potyómki, súdorozhno vstriakhnúl golovói` i sprosíl:

– Nebós`, by`lá na dvenádtsati evángeliiakh?

– By`lá, – otvétila Vasilísa.

"Here you have winter back again," said the student, going up to the camp fire. "Good evening!"

Vasilisa started, but at once recognized him and smiled cordially.

"I did not know you; God bless you," she said. "You'll be rich."

They talked. Vasilisa, a woman of experience, who had been in service with the gentry, first as a wet-nurse, afterwards as a children's nurse, expressed herself with refinement, and a soft, sedate smile never left her face; her daughter Lukerya, a village peasant woman, who had been beaten by her husband, simply screwed up her eyes at the student and said nothing, and she had a strange expression like that of a deaf-mute.

"At just such a fire the Apostle Peter warmed himself in a cold night," said the student, stretching out his hands to the fire, "so it must have been cold then, too. Ah, what a terrible night it must have been, granny! An utterly dismal long night!"

He looked round at the darkness, shook his head abruptly and asked:

"No doubt you have been at the reading of the Twelve Gospels?"
"Yes, I have," answered Vasilisa.

Vocabulary

вздро́гнуть, вздра́гивать	shiver; flinch; jump; shudder; start; startle; give a start; wince; give a jump; jump out of skin
то́тчас	anon; right away; forthwith; instantly; now; therewith; directly
узна́ть; узнава́ть	recognize; learn; find out; know; hear; enquire; inquire; discover; get to hear; get to know; get to learn; cognize; see; distinguish; become aware
узнава́ние	recognition; cognizance; kenning; awareness; appreciation
приве́тливый, приве́тливая	communicable; neighbourly; companionable; sweet; welcoming; cordial; smiling; jolly; friendly; amiable; affable
приве́т	greeting; regards; salute; compliment; respects
с приве́том	with compliments; wrong in the head; freak; nutty; off one's rocker
приве́тствие	greeting; salutation; salute

— Если помнишь, во время тайной вечери Пётр сказал Иисусу: "С тобою я готов и в темницу, и на смерть". А Господь ему на это: "Говорю тебе, Пётр, не пропоёт сегодня петел, то есть петух, как ты трижды отречёшься, что не знаешь меня". После вечери Иисус смертельно тосковал в саду и молился, а бедный Пётр истомился душой, ослабел, веки у него отяжелели, и он никак не мог побороть сна. Спал. Потом, ты слышала, Иуда в ту же ночь поцеловал Иисуса и предал его мучителям. Его связанного вели к первосвященнику и били, а Пётр, изнеможённый, замученный тоской и тревогой, понимаешь ли, не выспавшийся, предчувствуя, что вот-вот на земле произойдёт что-то ужасное, шёл вслед... Он страстно, без памяти любил Иисуса, и теперь видел издали, как его били...

Лукерья оставила ложки и устремила неподвижный взгляд на студента.

— Пришли к первосвященнику, — продолжал он, — Иисуса стали допрашивать, а работники тем временем развели среди двора огонь, потому что было холодно, и грелись. С ними около костра стоял Пётр и тоже грелся, как вот я теперь. Одна женщина, увидев его, сказала: "И этот был с Иисусом", то есть, что и его, мол, нужно вести к

— Esli pómnish`, vo vrémia taĭnoĭ vécheri Pyotr skazál Iisúsu: "S tobóiu ia gotóv i v temnítsu, i na smert`". A Gospód` emú na éto: "Govoriú tebé, Pyotr, ne propoyót segódnia pétel, to est` petúkh, kak ty trízhdy` otrechyósh`sia, shto ne znáesh` meniá". Pósle vécheri Iisús smerté1`no toskovál v sadú i molí1sia, a bédny`ĭ Pyotr istomí1sia dushóĭ, oslabél, véki u negó otiazhelé1i, i on nikák ne mog poborót` sna. Spal. Potóm, ty` sly`shala, Iúda v tu zhe noch` potselovál Iisúsa i prédal egó muchíteliam. Egó sviázannogo velí k pervosviashchénniku i bíli, a Pyotr, iznemozhyónny`ĭ, zamúchenny`ĭ toskóĭ i trevógoĭ, ponimáesh` li, ne vy`spavshiĭsia, predchúvstvuia, shto vot-vot na zemlé proizoĭdyót shto-to uzhásnoe, shyol vsled... On strástno, bez pámiati liubí1 Iisúsa, i tepér` vídel ízdali, kak egó bíli...

Luker`ia ostávila lózhki i ustremíla nepodvízhny`ĭ vzgliad na studénta.

— Prishlí k pervosviashchénniku, — prodolzhál on, — Iisúsa stáli doprášivat`, a rabótneyki tem vrémenem razvelí sredí dvorá ogón`, potomú shto bý`lo hólodno, i grélis`. S ními ókolo kostrá stoiál Pyotr i tózhe grélsia, kak vot ia tepér`. Odná zhénshchina, uvídev egó, skazála: "I étot bý`l s Iisúsom", to est`, shto i egó, mol, núzhno vestí k doprósu. I vse rabótneyki, shto

"If you remember at the Last Supper Peter said to Jesus, 'I am ready to go with Thee into darkness and unto death.' And our Lord answered him thus: 'I say unto thee, Peter, before the cock croweth thou wilt have denied Me thrice.' After the supper Jesus went through the agony of death in the garden and prayed, and poor Peter was weary in spirit and faint, his eyelids were heavy and he could not struggle against sleep. He fell asleep. Then you heard how Judas the same night kissed Jesus and betrayed Him to His tormentors. They took Him bound to the high priest and beat Him, while Peter, exhausted, worn out with misery and alarm, hardly awake, you know, feeling that something awful was just going to happen on earth, followed behind... He loved Jesus passionately, intensely, and now he saw from far off how He was beaten..."

Lukerya left the spoons and fixed an immovable stare upon the student.

"They came to the high priest's," he went on; "they began to question Jesus, and meantime the labourers made a fire in the yard as it was cold, and warmed themselves. Peter, too, stood with them near the fire and warmed himself as I am doing. A woman, seeing him, said: 'He was with Jesus, too'–that is as much as to say that he, too, should be taken to be questioned.

Vocabulary

помнить	remember; recollect; think of; have in mind; keep in mind; be in mind; mind; retain; bear in memory; have in memory; keep in memory; keep in mind; keep under hat
во время	during; during the course of; in the course of; whilst; at the time of
тайный, тайная	secret; vague; privy; stealth; covert; dark; clandestine; occult; underhand; mystic; sneaking; undercover; underground
тайна	enigma; mystery; secret; riddle
темница	dungeon; black hole; hold; prison; pit; jail
отречься, отрекаться	abdicate; backtrack; deny; disavow; disclaim; disown; recant; renounce; retract; resign; renunciate; repudiate
отречение	disavowal; abdication; renunciation; denial; disclaimer; disclamation; repudiation

допро́су. И все рабо́тники, что находи́лись о́коло огня́, должно́ быть, подозри́тельно и суро́во погляде́ли на него́, потому́ что он смути́лся и сказа́л: "Я не зна́ю его́". Немно́го погодя́ опя́ть кто-то узна́л в нём одного́ из ученико́в Иису́са и сказа́л: "И ты из них". Но он опя́ть отрёкся. И в тре́тий раз кто-то обрати́лся к нему́: "Да не тебя́ ли сего́дня я ви́дел с ним в саду́?" Он тре́тий раз отрёкся. И по́сле э́того ра́за то́тчас же запе́л пету́х, и Пётр, взгляну́в и́здали на Иису́са, вспо́мнил слова́, кото́рые он сказа́л ему́ на ве́чери… Вспо́мнил, очну́лся, пошёл со двора́ и го́рько-го́рько заплака́л. В ева́нгелии ска́зано: "И исше́д вон, плака́ся го́рько". Вообража́ю: ти́хий-ти́хий, тёмный-тёмный сад, и в тишине́ едва́ слы́шатся глухи́е рыда́ния…

Студе́нт вздохну́л и заду́мался. Продолжа́я улыба́ться, Васили́са вдруг всхли́пнула, слёзы, кру́пные, изоби́льные, потекли́ у неё по щека́м, и она́ заслони́ла рукаво́м лицо́ от огня́, как бы стыдя́сь свои́х слёз, а Луке́рья, гля́дя неподви́жно на студе́нта, покрасне́ла, и выраже́ние у неё ста́ло тяжёлым, напряжённым, как у челове́ка, кото́рый сде́рживает си́льную боль.

---

nahodí lis` ókolo ogniá, dolzhnó by`t`, podozrítel`no i suróvo pogliadéli na negó, potomú shto on smutí lsia i skazál: "Ia ne znáiu egó". Nemnógo pogodiá opiát` kto-to uznál v nyom odnogó iz uchenikóv Iisúsa i skazál: "I ty` iz nikh". No on opiát` otryóksia. I v trétii` raz kto-to obratí lsia k nemú: "Da ne tebiá li segódnia ia ví del s nim v sadú?" On trétii` raz otryóksia. I pósle e`togo ráza tótchas zhe zapél petúkh, i Pyotr, vzglianúv í zdali na Iisúsa, vspómnil slová, kotóry`e on skazál emú na vécheri… Vspómnil, ochnúlsia, poshyól so dvorá i gor`ko-gor`ko zaplakál. V evangelii skázano: "I isshéd von, plákasia gor`ko". Voobrazháiu: tí hii`-tí hii`, tyómny`i`-tyómny`i` sad, i v tishiné edvá sly`shatsia gluhíe ry`dániia…

Studént vzdokhnúl i zadúmalsia. Prodolzháia uly`bát`sia, Vasilísa vdrug vskhlípnula, slyózy`, krúpny`e, izobí l`ny`e, poteclí u neyó po shchekám, i oná zaslonila rukavóm litsó ot ogniá, kak by` sty`diás` svoíkh slyoz, a Luker`ia, gliádia nepodví zhno na studénta, pokrasnéla, i vy`razhénie u neyó stálo tiazhyóly`m, napriazhyónny`m, kak u chelovéka, kotóry`i` sdérzhivaet sí l`nuiu bol`.

And all the labourers that were standing near the fire must have looked sourly and suspiciously at him, because he was confused and said: 'I don't know Him.' A little while after again someone recognized him as one of Jesus' disciples and said: 'Thou, too, art one of them,' but again he denied it. And for the third time someone turned to him: 'Why, did I not see thee with Him in the garden today?' For the third time he denied it. And immediately after that time the cock crowed, and Peter, looking from afar off at Jesus, remembered the words He had said to him at the Last Supper... He remembered, he came to himself, went out of the yard and wept bitterly–bitterly. In the Gospel it is written: 'He went out and wept bitterly.' I imagine it: the still, still, dark, dark garden, and in the stillness, faintly audible, smothered sobbing..."

The student sighed and sank into thought. Still smiling, Vasilisa suddenly gave a gulp, big tears flowed freely down her cheeks, and she screened her face from the fire with her sleeve as though ashamed of her tears, and Lukerya, staring immovably at the student, flushed crimson, and her expression became strained and heavy like that of someone suppressing intense pain.

Vocabulary

допрос	interrogation; questioning; enquiry; interview
допросить, допрашивать	question; interrogate
работник, работница	labourer; maid; official; functionary; employee; member; clerk; worker; workman; jack; hand; workhand; help
работа	work; toil; assignment; task; job; labour; contribution; action; activity; operation; performance; run; function; employment
работать, поработать	work; function; labour; toil; act; be open; go; operate; do; keep; serve
подозрительный, подозрительная	suspicious; distrustful; dubious; suspect; questionable; shady; doubtful; fishy; shifty-looking
подозрение	suspicion; distrust; hunch; inkling; mistrust
подозревать	suspect; distrust; mistrust; scent; surmise; have a hunch; smell a rat

Рабо́тники возвраща́лись с реки́, и оди́н из них верхо́м на ло́шади был уже́ бли́зко, и свет от костра́ дрожа́л на нём. Студе́нт пожела́л вдо́вам споко́йной но́чи и пошёл да́льше. И опя́ть наступи́ли потёмки, и ста́ли зя́бнуть ру́ки. Дул жесто́кий ве́тер, в са́мом де́ле возвраща́лась зима́, и не́ было похо́же, что послеза́втра Па́сха.

Тепе́рь студе́нт ду́мал о Васили́се: е́сли она́ запла́кала, то, зна́чит, всё, происходи́вшее в ту стра́шную ночь с Петро́м, име́ет к ней како́е-то отноше́ние...

Он огляну́лся. Одино́кий ого́нь споко́йно мига́л в темноте́, и во́зле него́ уже́ не́ было ви́дно люде́й. Студе́нт опя́ть поду́мал, что е́сли Васили́са запла́кала, а её дочь смути́лась, то, очеви́дно, то, о чём он то́лько что расска́зывал, что происходи́ло девятна́дцать веко́в наза́д, име́ет отноше́ние к настоя́щему – к обе́им же́нщинам и, вероя́тно, к э́той пусты́нной дере́вне, к нему́ самому́, ко всем лю́дям. Е́сли стару́ха запла́кала, то не потому́, что он уме́ет тро́гательно расска́зывать, а потому́, что Пётр ей бли́зок, и потому́, что она́ всем свои́м существо́м заинтересо́вана в том, что происходи́ло в душе́ Петра́.

Rabо́tneyki vozvrashchа́lis` s rekи́, i odи́n iz nikh verhо́m na lо́shadi by`l uzhе́ blи́zko, i svet ot kostrа́ drozhа́l na nyom. Studе́nt pozhelа́l vdо́vam spoko`ı́noi` nо́chi i poshyо́l dа́l`she. I opiа́t` nastupи́li potyо́mki, i stа́li ziа́bnut` rу́ki. Dul zhestо́kii` vе́ter, v sа́mom dе́le vozvrashchа́las` zimа́, i nе́ by`lo pohо́zhe, shto poslezа́vtra Pа́sha.

Tepе́r` studе́nt dу́mal o Vasilи́se: е́sli onа́ zaplа́kala, to, znа́chit, vsyo, proishodи́vshee v tu strа́shnuiu noch` s Petrо́m, imе́et k nei` kakо́e-to otnoshе́nie...

On oglianу́lsia. Odinо́kii` ogо́n` spoko`ı́no migа́l v temnotе́, i vо́zle negо́ uzhе́ nе́ by`lo vи́dno liudе́i`. Studе́nt opiа́t` podу́mal, shto е́sli Vasilи́sa zaplа́kala, a eyо́ doch` smutи́las`, to, ochevи́dno, to, o chyom on tо́l`ko shto rasskа́zy`val, shto proishodи́lo deviatnа́dtsat` vekо́v nazа́d, imе́et otnoshе́nie k nastoiа́shchemu – k obе́im zhе́nshchinam i, veroiа́tno, k e`tоi` pusty`nnоi` derе́vne, k nemу́ samomу́, ko vsem liу́diam. Е́sli starу́ha zaplа́kala, to ne potomу́, shto on umе́et trо́gatel`no rasskа́zy`vat`, a potomу́, shto Pyotr eи́` blи́zok, i potomу́, shto onа́ vsem svoи́m sushchestvо́m zainteresо́vana v tom, shto proishodи́lo v dushе́ Petrа́.

The labourers were coming back from the river, and one of them riding a horse was quite near, and the light from the fire quivered upon him. The student said good-night to the widows and went on. And again the darkness was about him and his hands began to be numb. A cruel wind was blowing, winter was really coming back and it did not feel as though Easter would be the day after tomorrow.

Now the student was thinking about Vasilisa: since she had shed tears all that had happened to Peter that terrible night must have some relation to her...

He looked round. The solitary light was quietly gleaming in the darkness and no figures could be seen near it now. The student thought again that if Vasilisa had shed tears, and her daughter had been troubled, it was evident that what he had just been telling them about, which had happened nineteen centuries ago, had a relation to the present–to both women, to the desolate village, to himself, to all people. The old woman had wept, not because he could tell the story touchingly, but because Peter was near to her, because her whole being was interested in what was passing in Peter's soul.

Vocabulary

возвраща́ться, возврати́ться	revert; return; be back; get back; make back; retrace one's steps; reappear; resume; step back; come back
возвраще́ние	return; restitution; reversion; redemption; re-payment; recovery; refund; regress; regression; resumption; retrieval; reappearance; turn-up; backtracking; recurrence; reimbursement
возвра́т	return; repayment; restitution; reimbursement; refund
возвраща́ть, возврати́ть	return; refund; redeem; reimburse; repay; re-store; give back; pay back
невозвраще́нец, невозвраще́нка	defector
отноше́ние	attitude; treatment; relation; letter; respect; con-cern; bearing; way; reference; regard; feeling; relationship; sentiment; rapport

И ра́дость вдруг заволнова́лась в его́ душе́, и он да́же останови́лся на мину́ту, что́бы перевести́ дух. Про́шлое, ду́мал он, свя́зано с настоя́щим непреры́вною це́пью собы́тий, вытека́вших одно́ из друго́го. И ему́ каза́лось, что он то́лько что ви́дел о́ба конца́ э́той це́пи: дотро́нулся до одного́ конца́, как дро́гнул друго́й.

А когда́ он переправля́лся на паро́ме че́рез ре́ку и пото́м, поднима́ясь на го́ру, гляде́л на свою́ родну́ю дере́вню и на за́пад, где у́зкою полосо́й свети́лась холо́дная багро́вая заря́, то ду́мал о том, что пра́вда и красота́, направля́вшие челове́ческую жизнь там, в саду́ и во дворе́ первосвяще́нника, продолжа́лись непреры́вно до сего́ дня и, по-ви́димому, всегда́ составля́ли гла́вное в челове́ческой жи́зни и вообще́ на земле́; и чу́вство мо́лодости, здоро́вья, си́лы, – ему́ бы́ло то́лько 22 го́да, – и невырази́мо сла́дкое ожида́ние сча́стья, неве́домого, таи́нственного сча́стья овладева́ли им ма́ло-пома́лу, и жизнь каза́лась ему́ восхити́тельной, чуде́сной и по́лной высо́кого смы́сла.

I ra´dost` vdrug zavolnova´las` v ego´ dushe´, i on da´zhe ostanovi´lsia na minu´tu, shto´by` perevesti´ dukh. Pro´shloe, du´mal on, svia´zano s nastoia´shchim neprery`vnoiu tsep`iu soby`tii´, vy`teka´vshikh odno´ iz drugo´go. I emu´ kaza´los`, shto on to´l`ko shto vi´del o´ba kontsa´ e´toi` tsepi´: dotro´nulsia do odnogo´ kontsa´, kak dro´gnul drugo´i`.

A kogda´ on perepravlia´lsia na paro´me che´rez re´ku i poto´m, podnima´ias` na go´ru, gliade´l na svoiu´ rodnu´iu dere´vniu i na za´pad, gde u´zkoiu poloso´i` sveti´las` holo´dnaia bagro´vaia zaria´, to du´mal o tom, shto pra´vda i krasota´, napravlia´vshie chelove´cheskuiu zhizn` tam, v sadu´ i vo dvore´ pervosviashche´nnika, prodolzha´lis` neprery`vno do sego´ dnia i, po-vi´dimomu, vsegda´ sostavlia´li gla´vnoe v chelove´cheskoi` zhi´zni i voobshche´ na zemle´; i chu´vstvo mo´lodosti, zdoro´v`ia, si´ly`, – emu´ by`lo to´l`ko 22 go´da, – i nevy`razi´mo sla´dkoe ozhida´nie scha´st`ia, neve´domogo, tai´nstvennogo scha´st`ia ovladeva´li im ma´lo-poma´lu, i zhizn` kaza´las` emu´ voshiti´tel`noi`, chude´snoi` i po´lnoi` vy`so´kogo smy`sla.

And joy suddenly stirred in his soul, and he even stopped for a minute to take breath. "The past," he thought, "is linked with the present by an unbroken chain of events flowing one out of another." And it seemed to him that he had just seen both ends of that chain; that when he touched one end the other quivered.

When he crossed the river by the ferry boat and afterwards, mounting the hill, looked at his home village and towards the west where the cold crimson sunset lay a narrow streak of light, he thought that truth and beauty which had guided human life there in the garden and in the yard of the high priest had continued without interruption to this day, and had evidently always been the chief thing in human life and in all earthly life, indeed; and the feeling of youth, health, vigour–he was only twenty-two–and the inexpressible sweet expectation of happiness, of unknown mysterious happiness, took possession of him little by little, and life seemed to him enchanting, marvellous, and full of lofty meaning.

Vocabulary

вдруг	suddenly; all at once; all of a sudden; out of the blue; lo and behold
волнова́ться	be agitated; bother; ferment; fluster; fret; fuss; billow; thrill; wave; surge
волне́ние	agitation; excitement; unrest; troubles; riots; disturbance; ferment; flurry; fluster; flutter; fret; commotion; heave; uproar; emotion
душа́	soul; serf; psyche; linchpin; mind; temper; bosom; breast; ghost; spirit
душе́вный, душе́вная	mental; sincere; hearty; internal; soulful; heartful; warm-hearted; heartfelt; heartwarming
цепь	chain; line; train; range; network; circuit
смысл	meaning; respect; use; sense; point; spirit; signification; significance

Анюта

В самом дешёвом номерке меблированных комнат "Лиссабон" из угла в угол ходил студент-медик 3-го курса, Степан Клочков, и усердно зубрил свою медицину. От неустанной, напряжённой зубрячки у него пересохло во рту и выступил на лбу пот.

У окна, подёрнутого у краёв ледяными узорами, сидела на табурете его жилица, Анюта, маленькая, худенькая брюнетка лет 25-ти, очень бледная, с кроткими серыми глазами. Согнувши спину, она вышивала красными нитками по воротнику мужской сорочки. Работа была спешная... Коридорные часы сипло пробили два пополудни, а в номерке ещё не было убрано. Скомканное одеяло, разбросанные подушки, книги, платье, большой грязный таз, наполненный мыльными помоями, в которых плавали окурки, сор на полу – всё, казалось, было свалено в одну кучу, нарочно перемешано, скомкано...

– Правое лёгкое состоит из трёх долей... – зубрил Клочков. – Границы! Верхняя доля на передней стенке груди достигает до 4-5 рёбер, на боковой поверхности до 4-го ребра... назади до *spina scapul*?..

Aniuta

V samom deshyovom nomerke meblirovanny`kh komnat "Leessabon" iz ugla v ugol hodil student-medik 3-go kursa, Stepan Clochkov, i userdno zubril svoiu meditsinu. Ot neustannoi`, napriazhyonnoi` zubriachki u nego peresokhlo vo rtu i vy`stupil na lbu pot.

U okna, podyornutogo u krayov lediany`mi uzorami, sidela na taburete ego zhilitsa, Aniuta, malen`kaia, huden`kaia briunetka let 25-ti, ochen` blednaia, s krotkimi sery`mi glazami. Sognuvshi spinu, ona vy`shivala krasny`mi nitkami po vorotneyku muzhskoi` sorochki. Rabota by`la speshnaia... Koridorny`e chasy` siplo probili dva popoludni, a v nomerke eshchyo ne by`lo ubrano. Skomkannoe odeialo, razbrosanny`e podushki, knigi, plat`e, bol`shoi` griazny`i` taz, napolnenny`i` my`l`ny`my pomoiami, v kotory`kh plavali okurki, sor na polu – vsyo, kazalos`, by`lo svaleno v odnu kuchu, narochno peremeshano, skomkano...

– Pravoe lyogkoe sostoit iz tryokh dolei`... – zubril Clochkov. – Granitsy`! Verkhniaia dolia na perednei` stenke grudi dostigaet do 4-5 ryober, na bokovoi` poverkhnosti do 4-go rebra... nazadi do *spina scapul*?..

Anyuta

In the cheapest room of a big block of furnished apartments "Lisbon" Stepan Klochkov, a medical student in his third year, was walking to and fro, zealously conning his anatomy. His mouth was dry and his forehead perspiring from the unceasing effort to learn it by heart.

By the window, covered on the edges by patterns of frost, sat on a stool his roommate–Anyuta, a thin little brunette of about twenty-five, very pale with mild grey eyes. Sitting with bent back she was busy embroidering with red thread the collar of a man's shirt. She was working against time... The clock in the passage struck two drowsily, yet the little room had not been cleaned up. Crumpled blanket, pillows thrown about, books, clothes, a big filthy slop-pail filled with soap-suds in which cigarette ends were swimming, and the litter on the floor–all seemed as though purposely jumbled and crumpled together in one confusion...

"The right lung consists of three parts..." Klochkov repeated. "Boundaries! Upper part on anterior wall of thorax reaches the fourth or fifth rib, on the lateral surface, the fourth rib... behind to the *spina scapulæ*..."

Vocabulary

дешёвый, дешёвая	cheap; inexpensive; low cost; low price; nickel and dime
дешёвка	cheapness; low price; bargain-sale; dead bargain; chippie
дешевизна	cheapness; low price
дешеветь, подешеветь	cheapen; become cheaper; fall in price
продешевить	sell too cheap; undersell; make a bad bargain
номер	number; size; room; item; tag; plate; event; turn; act; issue
угол, уголок	corner; nook; angle
зубрить, зазубрить	cram; learn by rote; grind; con
зубрёжка (зубрячка - *устаревшее слово*)	cramming; rote; grind
зубрила	grinder
зубр	bison

Клочко́в, си́лясь предста́вить себе́ то́лько что прочи́танное, по́днял глаза́ к потолку́. Не получи́в я́сного представле́ния, он стал прощу́пывать у себя́ сквозь жиле́тку ве́рхние рёбра.

– Э́ти рёбра похо́жи на роя́льные кла́виши, – сказа́л он. – Что́бы не спу́таться в счёте, к ним непреме́нно ну́жно привы́кнуть. Придётся поштуди́ровать на скеле́те и на живо́м челове́ке... А ну-ка, Аню́та, дай-ка я ориенти́руюсь!

Аню́та оста́вила вышива́нье, сняла́ ко́фточку и вы́прямилась. Клочко́в сел про́тив неё, нахму́рился и стал счита́ть ее́ рёбра.

– Гм... Пе́рвое ребро́ не прощу́пывается... Оно́ за ключи́цей... Вот э́то бу́дет второ́е ребро́... Так-с... Э́то вот тре́тье... Э́то вот четвёртое... Гм... Так-с... Что ты жмёшься?

– У вас па́льцы холо́дные!

– Ну, ну... не умрёшь, не верти́сь... Ста́ло быть, э́то тре́тье ребро́, а э́то четвёртое... То́щая ты така́я на вид, а рёбра едва́ прощу́пываются. Э́то второ́е... э́то тре́тье... Нет, э́так спу́таешься и не предста́вишь себе́ я́сно... Придётся нарисова́ть. Где мой уголёк?

Клочко́в взял уголёк и начерти́л им на груди́ у Аню́ты не́сколько паралле́льных ли́ний, соотве́тствующих рёбрам.

Clochkóv, síliasʹ predstávitʹ sebé tólʹko shto prochítannoe, pódnial glazá k potolkú. Ne poluchív iásnogo predstavléniia, on stal proshchúpyʹvatʹ u sebia skvozʹ zhilétku vérkhnie ryóbra.

– Éti ryóbra pohózhi na roiálʹnyʹe clávishi, – skazál on. – Shtóbyʹ ne spútatʹsia v schyóte, k nim nepreménno núzhno privyʹknutʹ. Pridyótsia poshtudírovatʹ na skeléte i na zhivóm chelovéke... A nú-ka, Aniúta, daíʹ-ka ia orientíruiusʹ!

Aniúta ostávila vyʹshivánʹe, sniala kóftochku i vyʹpriamilasʹ. Clochkóv sel prótiv neyó, nakhmúrilsia i stal schitátʹ eé ryóbra.

– Gm... Pérvoe rebró ne proshchúpyʹvaetsia... Onó za cliuchítseiʹ... Vot éto búdet vtoroe rebró... Tak-s... Éto vot tretʹe... Éto vot chetvyórtoe... Gm... Tak-s... Shto tyʹ zhmyóshʹsia?

– U vas pálʹtsyʹ holódnyʹe!

– Nu, nu... ne umryóshʹ, ne vertísʹ... Stálo byʹtʹ, éto tretʹe rebró, a éto chetvyórtoe... Tóshchaia tyʹ takáia na vid, a ryóbra edvá proshchúpyʹvaiutsia. Éto vtoroe... éto tretʹe... Net, étak spútaeshʹsia i ne predstávishʹ sebé iásno... Pridyótsia narisovátʹ. Gde moiʹ ugolyók?

Clochkóv vzial ugolyók i nachertíl im na grudí u Aniútyʹ néskolʹko parallélʹnyʹkh línii, sootvétstvuiushchikh ryóbram.

Klochkov raised his eyes to the ceiling, striving to visualise what he had just read. Unable to form a clear picture of it, he began feeling his upper ribs through his waistcoat.

"These ribs are like the keys of a piano," he said. "One must familiarise oneself with them somehow, if one is not to get muddled over them. One must study them in the skeleton and the living body... I say, Anyuta, let me pick them out!"

Anyuta put down her sewing, took off her blouse, and straightened herself up. Klochkov sat down facing her, frowned, and began counting her ribs.

"H'm... One can't feel the first rib... It's behind the shoulder-blade... This must be the second rib... Yes... This is the third... This is the fourth... H'm... Yes... Why are you wriggling?"

"Your fingers are cold!"

"Come, come... It won't kill you, don't twist about... That must be the third rib, then, this is the fourth... You look such a skinny thing, and yet one can hardly feel your ribs. That's the second... that's the third... Oh, this is muddling, and one can't see it clearly... I must draw it. Where's my crayon?"

Klochkov took his crayon and drew on Anyuta's chest several parallel lines corresponding with the ribs.

Vocabulary

представить, представлять	present; imagine; introduce; adduce; afford; deliver; prefer; produce; propose; recommend; render; represent; subject; put in; send in; set before; elaborate; conceive; demonstrate
представление	presentation; performance; introduction; idea; notion; application; account; insight; submission; representation; play; spectacle
представитель	representative; advocate; delegate; spokesman
получить, получать	receive; get; achieve; collect; obtain; purchase; contract; derive; draw; fetch; find; gain; take
получение	getting; receipt; reception; procurement; realization; receiving; acquisition; obtainment
получатель, получательница	addressee; recipient; receiver; payee; beneficiary
получка	pay; pay envelope; pay day
штудировать	study thoroughly

– Превосхо́дно. Всё, как на ладо́ни... Ну-с, а тепе́рь и постуча́ть мо́жно. Встань-ка!

Аню́та вста́ла и подняла́ подборо́док. Клочко́в заня́лся выстукиванием и так погрузи́лся в э́то заня́тие, что не заме́тил, как гу́бы, нос и па́льцы у Аню́ты посине́ли от хо́лода. Аню́та дрожа́ла и боя́лась, что ме́дик, заме́тив её дрожь, переста́нет черти́ть углём и стуча́ть, и пото́м, пожа́луй, ду́рно сдаст экза́мен.

– Тепе́рь всё я́сно, – сказа́л Клочко́в, переста́в стуча́ть. – Ты сиди́ так и не стира́й у́гля, а я пока́ подзубрю́ ещё немно́жко.

И ме́дик опя́ть стал ходи́ть и зубри́ть. Аню́та, то́чно тату́ированная, с чёрными полоса́ми на груди́, съёжившись от хо́лода, сиде́ла и ду́мала. Она́ говори́ла вообще́ о́чень ма́ло, всегда́ молча́ла и всё ду́мала, ду́мала...

За все шесть-семь лет её шата́ния по меблиро́ванным ко́мнатам, таки́х, как Клочко́в, зна́ла она́ челове́к пять. Тепе́рь все они́ уже́ поконча́ли ку́рсы, вы́шли в лю́ди и, коне́чно, как поря́дочные лю́ди, давно́ уже́ забы́ли её. Оди́н из них живёт в Пари́же, два доктора́ми, четвёртый худо́жник, а пя́тый да́же, говоря́т, уже́ профе́ссор. Клочко́в

– Prevoshódno. Vsyo, kak na ladóni... Nu-s, a teper` i postuchát` mózhno. Vstán`-ka!

Aniúta vstála i podniala podboródok. Clochkóv zanialsiá vy`stúkivaniem i tak pogruzílsia v éto zaniátie, shto ne zamétil, kak gúby`, nos i pál`tsy` u Aniúty` posinéli ot hóloda. Aniúta drozhála i boiálas`, shto médik, zamétiv eyó drozh`, perestánet chertít` uglyóm i stuchát`, i potóm, pozhálui`, dúrno sdast e`kzámen.

– Teper` vsyo iásno, – skazál Clochkóv, perestáv stuchát`. – Ty` sidí tak i ne stirái` úglia, a ia poká podzubriú eshchyó nemnózhko.

I médik opiát` stal hodít` i zubrít`. Aniúta, tóchno tatuírovannaia, s chyórny`mi polosámi na grudí, s``yozhivshis` ot hóloda, sidéla i dúmala. Oná govoríla voobshche óchen` málo, vsegdá molchála i vsyo dúmala, dúmala...

Za vse shest`-sem` let eyó shatániia po mebliróvanny`m kómnatam, takíkh, kak Clochkóv, znála oná chelové k piat`. Teper` vse oní uzhé pokoncháli kúrsy`, vý`shli v liúdi i, konéchno, kak poriádochny`e liúdi, davnó uzhé zabý`li eyó. Odín iz nikh zhivyót v Parízhe, dva doktorámi, chetvyórty`i` hudózhnik, a piáty`i` dázhe, govoriát, uzhé proféssor. Clochkóv – shestói`...

"Excellent. That's all straightforward... Well, now I can sound you. Stand up!"

Anyuta stood up and raised her chin. Klochkov began sounding her, and was so absorbed in this occupation that he did not notice how Anyuta's lips, nose, and fingers turned blue with cold. Anyuta shivered, and was afraid the medical student, noticing it, would leave off drawing and sounding her, and then, perhaps, might fail in his exam.

"Now it's all clear," said Klochkov when he had finished sounding her. "You sit like that and don't rub off the crayon, and meanwhile I'll learn up a little more."

And the medical student again began walking to and fro, repeating to himself. Anyuta, with black stripes across her chest, looking as though she had been tattooed, sat thinking, huddled up and shivering with cold. She said very little as a rule; she was always silent, thinking and thinking...

In the six or seven years of her wanderings from one furnished room to another, she had known five students like Klochkov. Now they had all finished their studies, had gone out into the world, and, of course, like respectable people, had long ago forgotten her. One of them was living in Paris, two were doctors, the fourth was an artist, and the fifth was said to

Vocabulary

превосходный, превосходная	excellent; superior; superlative; admirable; prime; surpassing; smashing
превосходство	superiority; excellence; supremacy; dominance; leadership; precedence; predominance; preponderance; advantage
превосходить, превзойти	excel; exceed; leave behind; outdo; preponderate over; surpass; beg; transcend; outstrip; predominate; beat; better; knock; lead; outmatch; outrank; precede; top; overpass; take precedence of; outperform; outreach; overpower
теперь	now; at present; nowadays; presently; currently; for the time being
стучать, постучать	knock; rap; tap; throb; chatter; clatter; rattle; bicker; hammer; drub; drum; patter; pump; thump; beat
стукач	snitch; rat; informant

– шестой... Скоро и этот кончит курс, выйдет в люди. Несомненно, будущее прекрасно, и из Клочкова, вероятно, выйдет большой человек, но настоящее совсем плохо: у Клочкова нет табаку, нет чаю, и сахару осталось четыре кусочка. Нужно как можно скорее оканчивать вышиванье, нести к заказчице и потом купить на полученный четвертак и чаю и табаку.

– Можно войти? – послышалось за дверью.

Анюта быстро накинула себе на плечи шерстяной платок. Вошел художник Фетисов.

– А я к вам с просьбой, – начал он, обращаясь к Клочкову и зверски глядя из-под нависших на лоб волос. – Сделайте одолжение, одолжите мне вашу прекрасную девицу часика на два! Пишу, видите ли, картину, а без натурщицы никак нельзя!

– Ах, с удовольствием! – согласился Клочков, – Ступай, Анюта.

– Чего я там не видела! – тихо проговорила Анюта.

– Ну, полно! Человек для искусства просит, а не для пустяков каких-нибудь. Отчего не помочь, если можешь?

Анюта стала одеваться.

Skoro i e'tot konchit kurs, vy`i`det v liudi. Nesomnenno, budushchee prekrasno, i iz Clochkova, veroiatno, vy`i`det bol'shoi` chelovek, no nastoiashchee sovsem plokho: u Clochkova net tabaku, net chaiu, i saharu ostalos' chety're kusochka. Nuzhno kak mozhno skoree okanchivat` vy`shivan`e, nesti k zakazchitse i potom kupit` na poluchenny`i` chetvertak i chaiu i tabaku.

– Mozhno voi`ti? – posly`shalos` za dver`iu.

Aniuta by`stro nakinula sebe na plechi sherstianoi` platok. Voshel hudozhnik Fetisov.

– A ia k vam s pros`boi`, – nachal on, obrashchaias` k Clochkovu i zverski gliadia iz-pod navisshikh na lob volos. – Sdelai`te odolzhenie, odolzhite mne vashu prekrasnuiu devitsu chasika na dva! Pishu, vidite li, kartinu, a bez naturshchitsy` nikak nel`zia!

– Akh, s udovol`stviem! – soglasilsia Clochkov, – Stupai`, Aniuta.

– Chego ia tam ne videla! – tiho progovorila Aniuta.

– Nu, polno! Chelovek dlia iskusstva prosit, a ne dlia pustiakov kakikh-nibud`. Otchego ne pomoch`, esli mozhesh`?

Aniuta stala odevat`sia.

be already a professor. Klochkov was the sixth... Soon he, too, would finish his studies and go out into the world. There was a fine future before him, no doubt, and Klochkov probably would become a great man, but the present was anything but bright; Klochkov had no tobacco and no tea, and there were only four lumps of sugar left. She must make haste and finish her embroidery, take it to the woman who had ordered it, and with the quarter rouble she would get for it, buy tea and tobacco.

"Can I come in?" asked a voice behind the door.

Anyuta quickly threw a woollen shawl over her shoulders. Fetisov, the artist, walked in.

"I have come to ask you a favour," he began, addressing Klochkov, and glaring like a wild beast from under the long locks that hung over his brow. "Do me a favour; lend me your fine girl just for a couple of hours! I'm painting a picture, you see, and I can't get on without a model!"

"Oh, with pleasure!" Klochkov agreed. "Go along, Anyuta."

"The things I've had to put up with there!" Anyuta murmured softly.

"Rubbish! The man's asking you for the sake of art, and not for any sort of nonsense. Why not help him if you can?"

Anyuta began dressing.

Vocabulary

вы́йти, выходи́ть	walk out; get out; alight; open on to; pass out; appear; emerge; foster; give; lead out; marry
вы́ход	exit; way out; outlet; departure; withdrawal; retirement; appearance; publication; entrance; solution
вы́йти в лю́ди	arrive; make one's way in life; go up in the world; rise in the world; come up in the world
выходно́й, выходна́я	exit; outlet; output; cocktail; go-to-meeting
выходно́й, выходны́е	day off; weekend; festive
несомне́нный, несомне́нная	doubtless; decided; apparent; undeniable; undoubted; unmistakable; unquestionable; absolute; certain; questionless; indubious; unequivocal
зака́зчик, зака́зчица	customer; employer; client; patron; contractor
зака́з	order; commission; contract

— А что вы пи́шете? – спроси́л Клочко́в.

— Психе́ю. Хоро́ший сюже́т, да всё ка́к-то не выхо́дит; прихо́дится всё с ра́зных нату́рщиц писа́ть. Вчера́ писа́л одну́ с си́ними нога́ми. Почему́, спра́шиваю, у тебя́ си́ние но́ги? Э́то, говори́т, чулки́ линя́ют. А вы всё зубри́те! Счастли́вый челове́к, терпе́ние есть.

— Медици́на така́я шту́ка, что ника́к нельзя́ без зубря́чки.

— Гм... Извини́те, Клочко́в, но вы ужа́сно по-сви́нски живёте! Чёрт зна́ет как живёте!

— То есть как? Ина́че нельзя́ жить... От ба́тьки я получа́ю то́лько двена́дцать в ме́сяц, а на э́ти де́ньги мудрено́ жить поря́дочно.

— Та́к-то так... – сказа́л худо́жник и брезгли́во помо́рщился, – но мо́жно всё-таки лу́чше жить... Развито́й челове́к обяза́тельно до́лжен быть эсте́тиком. Не пра́вда ли? А у вас тут чёрт зна́ет что! Посте́ль не при́брана, помо́и, сор... вчера́шняя ка́ша на таре́лке... тьфу!

— Э́то пра́вда, – сказа́л ме́дик и сконфу́зился, – но Аню́те не́когда бы́ло сего́дня убра́ть. Всё вре́мя за́нята.

Когда́ худо́жник и Аню́та вы́шли, Клочко́в лёг на дива́н и стал зубри́ть лёжа, пото́м неча́янно усну́л и, просну́вшись че́рез час, подпёр го́лову кулака́ми и мра́чно заду́мался. Ему́ вспо́мнились сло-

---

— A shto vy̍ pi̍shete? – sprosi̍l Clochko̍v.

— Psikhe̍iu. Horo̍shii̍ siuzhe̍t, da vsyo ka̍k-to ne vy̍ho̍dit; priho̍ditsia vsyo s ra̍zny̍kh natu̍rshchits pisa̍t`. Vchera̍ pisa̍l odnu̍ s si̍nimi noga̍mi. Pochemu̍, spra̍shivaiu, u tebia̍ si̍nie no̍gi? E̍to, govori̍t, chulki̍ linia̍iut. A vy̍ vsyo zubri̍te! Schastli̍vy̍i̍ chelove̍k, terpe̍nie est`.

— Meditsi̍na taka̍ia shtu̍ka, shto nika̍k nel`zia̍ bez zubria̍chki.

— Gm... Izvini̍te, Clochko̍v, no vy̍ uzha̍sno po-svi̍nski zhivyo̍te! Chyort zna̍et kak zhivyo̍te!

— To est` kak? Ina̍che nel`zia̍ zhit`... Ot ba̍t`ki ia polucha̍iu to̍l`ko dvena̍dtsat` v me̍siats, a na e̍ti de̍n`gi mudre̍no zhit` poria̍dochno.

— Ta̍k-to tak... – skaza̍l hudo̍zhnik i brezgli̍vo pomo̍rshchilsia, – no mo̍zhno vsyo-taki lu̍chshe zhit`... Razvito̍i̍ chelove̍k obiaza̍tel`no do̍lzhen by̍t` e̍ste̍tikom. Ne pra̍vda li? A u vas tut chyort zna̍et shto! Poste̍l` ne pri̍brana, pomo̍i, sor... vchera̍shniaia ka̍sha na tare̍lke... t`fu!

— E̍to pra̍vda, – skaza̍l me̍dik i skonfu̍zilsia, – no Aniu̍te ne̍kogda by̍lo sego̍dnia ubra̍t`. Vsyo vre̍mia zania̍ta.

Kogda̍ hudo̍zhnik i Aniu̍ta vy̍shli, Clochko̍v lyog na diva̍n i stal zubri̍t` lyo̍zha, poto̍m necha̍ianno usnu̍l i, prosnu̍vshis` che̍rez chas, podpyo̍r go̍lovu kulaka̍mi i mra̍chno zadu̍malsia. Emu̍ vspo̍mnilis` slova̍ hudo̍zhni-

"And what are you painting?" asked Klochkov.

"Psyche. It's a fine subject but it won't go, somehow; I have to keep painting from different models. Yesterday I was painting one with blue legs. 'Why are your legs blue?' I asked her. 'It's my stockings stain them,' she said. And you're still grinding! Lucky fellow! You have patience."

"Medicine's a job one can't get on with without grinding."

"H'm... Excuse me, Klochkov, but you do live like a pig! It's awful the way you live!"

"How do you mean? I can't help it... I only get twelve roubles a month from my father, and it's hard to live decently on that money."

"Yes... yes..." said the artist, frowning with an air of disgust; "but, still, you might live better... An educated man is in duty bound to have taste, isn't he? And goodness knows what it's like here! The bed not made, the slops, the dirt... yesterday's porridge on the plate... Tfoo!"

"That's true," said the medical student in confusion; "but Anyuta has had no time today to tidy up. She's been busy all the while."

When Anyuta and the artist had gone out Klochkov lay down on the sofa and began learning, lying down; then he accidentally dropped asleep, and waking up an hour later, propped his head on his fists and sank into

Vocabulary

писа́ть, написа́ть	write; scribe; compose; author; pen; paint; drop a line
спроси́ть, спра́шивать	ask; inquire; demand; enquire; interrogate; question; hold someone responsible
спрос	demand; request; market
ра́зный, ра́зная	various; different; diverse; unlike; varied; random; miscellaneous
ра́зница	difference; discrepancy; odds; vary; differential; dissemblance; distinction; inequality
разни́ться	diverge; vary; differ
линя́ть, полиня́ть	fade; moult; mew; shed
линя́ть, слиня́ть	run away
ли́нька	mew; deplumation; moult; shedding; ecdysis
терпе́ние	patience; bearing; sufferance; tolerance; endurance
терпе́ть	suffer; endure; tolerate; bear; stand

ва художника о том, что развитой человек обязательно должен быть эстетиком, и его обстановка в самом деле казалась ему теперь противной, отталкивающей. Он точно бы провидел умственным оком то своё будущее, когда он будет принимать своих больных в кабинете, пить чай в просторной столовой, в обществе жены, порядочной женщины, — и теперь этот таз с помоями, в котором плавали окурки, имел вид до невероятия гадкий. Анюта тоже представлялась некрасивой, неряшливой, жалкой... И он решил расстаться с ней, немедля, во что бы то ни стало.

Когда она, вернувшись от художника, снимала шубу, он поднялся и сказал ей серьёзно:

— Вот что, моя милая... Садись и выслушай. Нам нужно расстаться! Одним словом, жить с тобою я больше не желаю.

Анюта вернулась от художника такая утомлённая, изнеможённая. Лицо у неё от долгого стояния на натуре осунулось, похудело, и подбородок стал острей. В ответ на слова медика она ничего не сказала, и только губы у неё задрожали.

---

ka o tom, shto razvitoi` cheloveќ obiazatel`no dolzhen by`t`, e`stetikom, i ego obstanovka v samom dele kazalas` emu teper` protivnoi`, ottalkivaiushchei`. On tochno by` providel umstvenny`m okom to svoe budushchee, kogda on budet prinimat` svoikh bol`ny`kh v kabinete, pit` chai` v prostornoi` stolovoi`, v obshchestve zheny`, poriadochnoi` zhenshchiny`, — i teper` e`tot taz s pomoiami, v kotorom plavali okurki, imel vid do neveroiatiia gadkii`. Aniuta tozhe predstavlialas` nekrasivoi`, neriashlivoi`, zhalkoi`... I on reshil rasstat`sia s nei`, nemedlia, vo shto by` to ni stalo.

Kogda ona, vernuvshis` ot hudozhnika, snimala shubu, on podnialsia i skazal ei` ser`yozno:

— Vot shto, moia milaia... Sadis` i vy`slushai`. Nam nuzhno rasstat`sia! Odnim slovom, zhit` s toboiu ia bol`she ne zhelaiu.

Aniuta vernulas` ot hudozhnika takaia utomlyonnaia, iznemozhyonnaia. Litso u neyo ot dolgogo stoianiia na nature osunulos`, pohudelo, i podborodok stal ostrei`. V otvet na slova medika ona nichego ne skazala, i tol`ko guby` u neyo zadrozhali.

gloomy reflection. He recalled the artist's words that an educated man was in duty bound to have taste, and his surroundings actually struck him now as loathsome and revolting. He saw, as it were in his mind's eye, his own future, when he would see his patients in his consulting-room, drink tea in a large dining-room in the company of his wife, a decent woman. And now that slop-pail in which the cigarette ends were swimming looked incredibly disgusting. Anyuta, too, rose before his imagination–a plain, slovenly, pitiful figure... And he made up his mind to part with her at once, at all costs.

When, on coming back from the artist's, she took off her fur coat, he got up and said to her seriously:

"Look here, my good girl... Sit down and listen. We must part! The fact is, I don't want to live with you any longer."

Anyuta had come back from the artist's worn out and exhausted. Standing so long as a model had made her face look thin and sunken, and her chin sharper than ever. She said nothing in answer to the medical student's words, only her lips began to tremble.

Vocabulary

развито́й, развита́я, ра́звитый, ра́звитая	advanced; fullfledged; developed; high level; grown; full-blown
разви́ть, развива́ть	develop; evolve; untwist; exert; amplify; elaborate; exercise; expand; cultivate; educe; follow; uncurl; unwind; expound; educate; explicate
разви́тие	development; evolution; evolvement; extension; elaboration; growth; cultivation; education; progress
обяза́тельно	certainly; without fail; necessarily; surely; by all means; definitely
обяза́тельный, обяза́тельная	obligatory; indispensable; stringent; required; bound; mandatory; obliging; willing to oblige
обяза́тельство	obligation; liability; engagement; bond; commitment; committal; undertaking
обяза́ть, обя́зывать	bind; engage; obligate; oblige; compel; bind over; lay under obligation

– Согласи́сь, что ра́но и́ли по́здно нам всё равно́ пришло́сь бы рас-
ста́ться, – сказа́л ме́дик. – Ты хоро́шая, до́брая, и ты не глу́пая, ты
пойме́шь...

Аню́та опя́ть наде́ла шу́бу, мо́лча заверну́ла своё вышива́нье в бу-
ма́гу, собрала́ ни́тки, иго́лки; свёрток с четырьмя́ кусо́чками са́хару
нашла́ на окне́ и положи́ла на столе́ во́зле книг.

– Это ва́ше... са́хар... – ти́хо сказа́ла она́ и отверну́лась, что́бы скрыть
слёзы.

– Ну, что же ты пла́чешь? – спроси́л Клочко́в.

Он прошёлся по ко́мнате в смуще́нии и сказа́л:

– Стра́нная ты, пра́во... Сама́ ведь зна́ешь, что нам необходи́мо рас-
ста́ться. Не век же нам быть вме́сте.

Она́ уже́ забрала́ все свои́ узелки́ и уже́ поверну́лась к нему́, что́бы
прости́ться, и ему́ ста́ло жаль её.

"Ра́зве пусть ещё одну́ неде́лю поживёт здесь? – поду́мал он. – В
са́мом де́ле, пусть еще́ поживёт, а че́рез неде́лю я велю́ ей уйти́".

И, доса́дуя на свою́ бесхара́ктерность, он кри́кнул ей суро́во:

– Soglasís`, shto ráno íli pózdno nam vsyo ravnó prishlós` by` rasstát`sia,
– skazál médik. – Ty` horóshaia, dóbraia, i ty` ne glúpaia, ty` poi`myósh`...

Aniúta opiát` naḍéla shúbu, mólcha zaverṇúla svoyó vy`shiván`e v bu-
mágu, sobralá nítki, igólki; svyórtok s chety`r`miá kusóchkami sáharu
nashlá na okné i polozhíla na stolé vózle knig.

– E`to váshe... sáhar... – tího skazála oná i otverṇúlas`, shtóby` skry`t`
slyózy`.

– Nu, shto zhe ty` pláchesh`? – sprosíl Clochkóv.

On proshyólsia po kómnate v smushchénii i skazál:

– Stránnaia ty`, právo... Samá ved` znáesh`, shto nam neobhodímo ras-
stát`sia. Ne vek zhe nam by`t` vméste.

Oná uzhé zabralá vse svoí uzelkí i uzhé poverṇúlas` k nemú, shtóby`
prostít`sia, i emú stálo zhal` eyó.

«Rázve pust` eshchyó odnú neḍéliu pozhivyót zḍes`? – poḍúmal on. – V
sámom déle, pust` eshché pozhivyót, a chérez neḍéliu ia veliú ei` uítí».

I, dosáduia na svoiú besharákternost`, on kríknul ei` suróvo:

"You know we should have to part sooner or later, anyway," said the medical student. "You're a nice, good girl, and not a fool; you'll understand..."

Anyuta put on her fur coat again, in silence wrapped up her embroidery in paper, gathered together her needles and thread; she found the packet with the four lumps of sugar in the window, and laid it on the table by the books.

"That's yours... sugar..." she said softly, and turned away to conceal her tears.

"Why are you crying?" asked Klochkov.

He walked about the room in confusion, and said:

"You are a strange girl, really... Why, you know we shall have to part. We can't stay together for ever."

She had gathered together all her belongings, and turned to say good-bye to him, and he felt sorry for her.

"Shall I let her stay on here another week?" he thought. "She really may as well stay, and I'll tell her to go in a week."

And vexed at his own weakness, he shouted to her roughly:

Vocabulary

согласи́ться, соглаша́ться	agree; consent; assent; admit; accede; accept; comply; concur; come along; fall in; concede
согла́сие	consent; agreement; concord; accord; compliance
соглаше́ние	agreement; understanding; consent; convention; accord; accommodation; arrangement; concert; concord; deal; contract; bargain
согла́сный, согла́сная	agreeable; accordant; harmonious; consonant; concordant; willing; correspondent; content; ready; acceptant; like-minded; willing
согласи́тельный, согласи́тельная	conciliative; conciliatory
соглаша́тельский, соглаша́тельская	conciliatory; opportunistic
ра́но и́ли по́здно	sooner or later; some day or other; some time or other; some time; at some point; eventually

– Ну, что же стои́шь? Уходи́ть, так уходи́ть, а не хо́чешь, так снима́й шу́бу и остава́йся! Остава́йся!

Аню́та сняла́ шу́бу, мо́лча, потихо́ньку, пото́м вы́сморкалась, то́же потихо́ньку, вздохну́ла и бесшу́мно напра́вилась к свое́й постоя́нной пози́ции – к табуре́ту у окна́.

Студе́нт потяну́л к себе́ уче́бник и опя́ть заходи́л из угла́ в у́гол.

– Пра́вое лёгкое состои́т из трёх доле́й... – зубри́л он. – Ве́рхняя до́ля на пере́дней сте́нке груди́ достига́ет до 4-5 рёбер...

А в коридо́ре кто́-то крича́л во всё го́рло:

– Грриго́рий, самова́р!

– Nu, shto zhe stoísh`? Uhodít`, tak uhodít`, a ne hóchesh`, tak snimái` shúbu i ostavái`sia! Ostavái`sia!

Aniúta snialá shúbu, mólcha, potihon`ku, potóm výsmorkalas`, tózhe potihon`ku, vzdokhnúla i besshúmno naprávilas` k svoéi` postoiánnoi` pozítsii – k taburе́tu u okná.

Studе́nt potianúl k sebе́ uchе́bnik i opiát` zahodíl iz uglá v úgol.

– Právoe lyógkoe sostoít iz tryokh dolе́i`... – zubríl on. – Vе́rkhniaia dólia na perе́dnei` stе́nke grudí dostigáet do 4-5 ryóber...

A v koridо́re któ-to krichál vo vsyo górlo:

– Grrigо́rii`, samovár!

"Come, why are you standing there? If you are going, go; and if you don't want to, take off your fur coat and stay! Stay!"

Anyuta took off her fur coat, silently, stealthily, then blew her nose also stealthily, sighed, and noiselessly returned to her invariable position on her stool by the window.

The student drew his textbook to him and began again pacing from corner to corner.

"The right lung consists of three parts," he repeated; "the upper part, on anterior wall of thorax, reaches the fourth or fifth rib..."

In the passage some one shouted at the top of his voice:

"Grrigory! The samovar!"

Vocabulary

уходи́ть, уйти́	leave; depart; go; pass; escape; evade; resign; retire; be lost; get away; make off; retreat; shove; withdraw; be away; go away; slip away; walk away; buzz off; make oneself scarce
ухо́д	departure; tendance; nursing; attendance; going; recession; withdrawal; outgo; attention; exit; handling; leave; treatment

Учи́тель слове́сности

I

Послы́шался стук лошади́ных копы́т о бреве́нчатый пол; вы́вели из коню́шни снача́ла вороно́го Гра́фа Ну́лина, пото́м бе́лого Велика́на, пото́м сестру́ его́ Ма́йку. Всё э́то бы́ли превосхо́дные и дороги́е ло́шади. Стари́к Ше́лестов оседла́л Велика́на и сказа́л, обраща́ясь к свое́й до́чери Ма́ше:

– Ну, Мари́я Годфруа́, иди́ сади́сь. Опля́!

Ма́ша Ше́лестова была́ са́мой мла́дшей в семье́; ей бы́ло уже́ 18 лет, но в семье́ ещё не отвы́кли счита́ть её ма́ленькой и потому́ все зва́ли её Ма́ней и Маню́сей; а по́сле того́, как в го́роде побыва́л цирк, кото́рый она́ усе́рдно посеща́ла, её все ста́ли звать Мари́ей Годфруа́.

– Опля́! – кри́кнула она́, садя́сь на Велика́на.

Сестра́ её Ва́ря се́ла на Ма́йку, Ники́тин – на Гра́фа Ну́лина, офице́ры – на свои́х лошаде́й, и дли́нная краси́вая кавалька́да, пестре́я бе́лыми

Uchítel` slovésnosti

I

Poslýshalsia stuk loshadíny`kh kopýt o brevénchaty`i` pol; výveli iz koniúshni snachála voronógo Gráfa Núlina, potóm bélogo Velikána, potóm sestrú egó Mái`ku. Vsyo éto býli prevoshódny`e i dorogíe lóshadi. Starík Shélestov osedlál Velikána i skazál, obrashcháias` k svoéi` dócheri Máshe:

– Nu, Maríia Godfruá, idí sadís`. Opliá!

Másha Shélestova býlá sámoi` mládshei` v sem`é; ei` býlo uzhé 18 let, no v sem`é eshchyó ne otvýcli schitát` eyó málen`koi` i potomú vse zváli eyó Mánei` i Maniúsei`; a pósle togó, kak v górode pobývál tsirk, kotorýi` oná usérdno poseshchála, eyó vse stáli zvat` Maríei` Godfruá.

– Opliá! – kríknula oná, sadiás` na Velikána.

Sestrá eyó Variá séla na Mái`ku, Nikítin – na Gráfa Núlina, ofitséry` – na svoíkh loshadéi`, i dlínnaia krasívaia kaval`káda, pestréia bély`mi

The Teacher of Literature

I

There was the thud of horses' hoofs on the wooden floor; they brought out of the stable the black horse, Count Nulin; then the white, Giant; then his sister Maika. They were all magnificent, expensive horses. Old Shelestov saddled Giant and said, addressing his daughter Masha:

"Well, Marie Godefroi, come, get on! Hop-la!"

Masha Shelestova was the youngest of the family; she was eighteen, but her family could not get used to thinking that she was not a little girl, and so they still called her Manya and Manyusya; and after there had been a circus in the town which she had eagerly visited, every one began to call her Marie Godefroi.

"Hop-la!" she cried, mounting Giant.

Her sister Varya got on Maika, Nikitin on Count Nulin, the officers on their horses, and the long picturesque cavalcade, with the officers in white

Vocabulary

выводи́ть, вы́вести	output; lead; move; derive; conclude; hatch; cultivate; construct; remove; draw carefully; depict; deduce; infer; extricate; breed; incubate; educe; recall; trace; rub off; show out; take out
вы́вод	conclusion; output; withdrawal; breeding; derivation; development; inference; consequence; deduction
вы́водок	brood; aery; hatch; clutch; litter
снача́ла	at first; first; over again; primarily; in the first instance; in the first place; originally; first and foremost; first of all
пото́м	then; afterwards; after; next; subsequently; thereafter; later; later on
дорого́й, дорога́я	valuable; expensive; costly; precious; sweet; love; dear; darling; sweetheart; sweetie
дороговизна́	dearness; high price; costliness

офице́рскими ки́телями и чёрными амазо́нками, ша́гом потяну́лась со двора́.

Ники́тин заме́тил, что, когда́ сади́лись на лошаде́й и пото́м вы́ехали на у́лицу, Маню́ся почему́-то обраща́ла внима́ние то́лько на него́ одного́. Она́ озабо́ченно огля́дывала его́ и Гра́фа Ну́лина и говори́ла:

— Вы, Серге́й Васи́льич, держи́те его́ всё вре́мя на мундштуке́. Не дава́йте ему́ пуга́ться. Он притворя́ется.

И оттого́ ли, что её Велика́н был в большо́й дру́жбе с Гра́фом Ну́линым, и́ли выходи́ло э́то случа́йно, она́, как вчера́ и тре́тьего дня, е́хала всё вре́мя ря́дом с Ники́тиным. А он гляде́л на её ма́ленькое стро́йное те́ло, сиде́вшее на бе́лом го́рдом живо́тном, на её то́нкий про́филь, на цили́ндр, кото́рый во́все не шёл к ней и де́лал её старе́е, чем она́ была́, гляде́л с ра́достью, с умиле́нием, с восто́ргом, слу́шал её, ма́ло понима́л и ду́мал:

"Даю́ себе́ че́стное сло́во, кляну́сь бо́гом, что не бу́ду робе́ть и сего́дня же объясню́сь с ней..."

Был седьмо́й час ве́чера – вре́мя, когда́ бе́лая ака́ция и сире́нь па́хнут так си́льно, что, ка́жется, во́здух и са́ми дере́вья сты́нут от своего́ за́паха. В городско́м саду́ уже́ игра́ла му́зыка. Ло́шади зво́нко стуча́ли

---

ofitsérskimi kíteliami i chyórny`mi amazónkami, shágom potianúlas` so dvorá.

Nikítin zamétil, shto, kogdá sadílis` na loshadéi` i potóm vý`ehali na úlitsu, Maniúsia pochemú-to obrashchála vnimánie tól`ko na negó odnogó. Oná ozabóchenno ogliády`vala egó i Gráfa Núlina i govoríla:

— Vy`, Sergéi` Vasíl`ich, derzhíte egó vsyo vrémia na mundshtuké. Ne davái`te emú pugát`sia. On pritvoriáetsia.

I ottogó li, shto eyó Velikán by`l v bol`shói` drúzhbe s Gráfom Núliny`m, íli vý`hodílo éto slucháí`no, oná, kak vchéra i trét`ego dnia, éhala vsyo vrémia riádom s Nikítiny`m. A on gliadél na eyó málen`koe stroí`noe télo, sidévshee na bélom górdom zhivótnom, na eyó tónkii` profíl`, na tsilíndr, kotóry`i` vóvse ne shyol k neí` i délal eyó starée, chem oná bý`la, gliadél s rádost`iu, s umilénium, s vostórgom, slúshal eyó, málo ponimál i dúmal:

"Daiú sebé chéstnoe slóvo, clianús` bógom, shto ne búdu robét` i segódnia zhe ob``iasniús` s neí`..."

By`l sed`mói` chas véchera – vrémia, kogdá bélaia akátsiia i sirén` páhnut tak síl`no, shto, kázhetsia, vózdukh i sámi derév`ia stý`nut ot svoegó zápaha. V gorodskóm sadú uzhé igrála mú`zy`ka. Lóshadi zvónko

coats and the ladies in their black riding habits, moved at a walking pace out of the yard.

Nikitin noticed that when they were mounting the horses and afterwards riding out into the street, Manyusya for some reason paid attention to no one but himself. She looked anxiously at him and at Count Nulin and said:

"You must hold him all the time on the curb, Sergey Vassilych. Don't let him shy. He's pretending."

And either because her Giant was very friendly with Count Nulin, or perhaps by chance, she rode all the time beside Nikitin, as she had done the day before, and the day before that. And he looked at her graceful little figure sitting on the proud white beast, at her delicate profile, at the top hat, which did not suit her at all and made her look older than her age–looked at her with joy, with tenderness, with rapture; listened to her, taking in little of what she said, and thought:

"I promise on my honour, I swear to God, I won't be afraid and I'll speak to her today..."

It was before seven o'clock in the evening–the time when the scent of white acacia and lilac is so strong that the air and the very trees seem heavy with the fragrance. The band was already playing in the town gardens. The

Vocabulary

китель	jacket; tunic; coat
шагом	at a footpace; at slow pace; at a walking pace
шаг	step; pace; stride; bat; move; footstep; remove; thread; walk
шагать	step; march; walk; advance; cross; stride; tread; leg; foot; stride; step out; pace
шагнуть	step; take a step; take a leap
шагистика	squarebashing
пошаговый, пошаговая	incremental; step by step
тянуться, потянуться	drag on; last; sweep; draw on; continue; extend; lengthen; linger; range; reach; strain after; stretch forth; stretch forward; stretch out
заметить, замечать	notice; mark; observe; remark; reprove; behold; comment; distinguish; note; spy; gain sight of; get sight of; take notice

по мостовой; со всех сторон слышались смех, говор, хлопанье калиток. Встречные солдаты козыряли офицерам, гимназисты кланялись Никитину; и, видимо, всем гуляющим, спешившим в сад на музыку, было очень приятно глядеть на кавалькаду. А как тепло, как мягки на вид облака, разбросанные в беспорядке по небу, как кротки и уютны тени тополей и акаций, – тени, которые тянутся через всю широкую улицу и захватывают на другой стороне дома до самых балконов и вторых этажей!

Выехали за город и побежали рысью по большой дороге. Здесь уже не пахло акацией и сиренью, не слышно было музыки, но зато пахло полем, зеленели молодые рожь и пшеница, пищали суслики, каркали грачи. Куда ни взглянешь, везде зелено, только кое-где чернеют бахчи да далеко влево на кладбище белеет полоса отцветающих яблонь.

Проехали мимо боен, потом мимо пивоваренного завода, обогнали толпу солдат-музыкантов, спешивших в загородный сад.

– У Полянского очень хорошая лошадь, я не спорю, – говорила Манюся Никитину, указывая глазами на офицера, ехавшего рядом с

stuchali po mostovoi`; so vsekh storon sly`shalis` smekh, govor, khlopan`e kalitok. Vstrechny`e soldaty` kozy`riali ofitseram, gimnazisty` clanialis` Nikitinu; i, vidimo, vsem guliaiushchim, speshivshim v sad na muzy`ku, by`lo ochen` priiatno gliadet` na kaval`kadu. A kak teplo, kak miagki na vid oblaka, razbrosanny`e v besporiadke po nebu, kak krotki i uiutny` teni topolei` i akatsii`, – teni, kotory`e tianutsia cherez vsiu shirokuiu ulitsu i zakhvaty`vaiut na drugoi` storone doma do samy`kh balkonov i vtory`kh e`tazhei`!

Vy`ehali za gorod i pobezhali ry`s`iu po bol`shoi` doroge. Zdes` uzhe ne pakhlo akatsiei` i siren`iu, ne sly`shno by`lo muzy`ki, no zato pakhlo polem, zeleneli molody`e rozh` i pshenitsa, pishchali susliki, karkali grachi. Kuda ni vzglianesh`, vezde zeleno, to`l`ko koe-gde cherneiut bakhchi da daleko vlevo na cladbishche beleet polosa ottsvetaiushchikh iablon`.

Proehali mimo boen, potom mimo pivovarennogo zavoda, obognali tolpu soldat-muzy`kantov, speshivshikh v zagorodny`i` sad.

– U Polianskogo ochen` horoshaia loshad`, ia ne sporiu, – govorila Maniusia Nikitinu, ukazy`vaia glazami na ofitsera, e`havshego riadom s

horses made a resounding thud on the pavement, on all sides there were sounds of laughter, talk, and the banging of gates. The soldiers they met saluted the officers, the schoolboys bowed to Nikitin, and all the people who were hurrying to the gardens to hear the band were pleased at the sight of the cavalcade. And how warm it was! How soft-looking were the clouds scattered carelessly about the sky, how kindly and comforting the shadows of the poplars and the acacias, which stretched across the broad street and reached as far as the balconies and second stories of the houses on the other side!

They rode on out of the town and set off at a trot along the highroad. Here there was no scent of lilac and acacia, no music of the band, but there was the fragrance of the fields, there was the green of young rye and wheat, the marmots were squeaking, the rooks were cawing. Wherever one looked it was green, with only here and there black patches of bare ground, and far away to the left in the cemetery a white streak of ceasing apple-blossom.

They passed the slaughter-houses, then the brewery, and overtook a military band hastening to the suburban gardens.

"Polyansky has a very fine horse, I don't deny that," Manyusya said to Nikitin, with a glance towards the officer who was riding beside Varya. "But

Vocabulary

смех	laughter; joke; fun; laugh; laughing
смеши́ть; насмеши́ть	make laugh; set laughing; amuse
смешно́й, смешна́я	laughable; ludicrous; ridiculous; funny; amusing; absurd; comic; droll; humorous
смея́ться, насмеха́ться	laugh; mock; deride; joke; chaff; jest
го́вор	talk; hum; murmur; accent; dialect; speech
говори́ть	speak; say; tell; talk
хло́панье	clap; pop; slam; pat; flip-flap; plunk; bang
хлопо́к	flap; clap; pat; booming; sonic bang; sonic boom
хло́пать, захло́пать	clap; pop; slam; flap; slap; smack; snap; spank; spat; tap
козыря́ть	salute; trump
козырёк	peak; visor
ко́зырь	trump card

Ва́рей. – Но она́ брако́ванная. Совсе́м уж некста́ти э́то бе́лое пятно́ на ле́вой ноге́ и, погляди́те, голово́й заки́дывает. Тепе́рь уж её ниче́м не оту́чишь, так и бу́дет заки́дывать, пока́ не издо́хнет.

Маню́ся была́ тако́й же стра́стной лоша́дницей, как и её оте́ц. Она́ страда́ла, когда́ ви́дела у кого́-нибу́дь хоро́шую ло́шадь, и была́ ра́да, когда́ находи́ла недоста́тки у чужи́х лошаде́й. Ники́тин же ничего́ не понима́л в лошадя́х, для него́ бы́ло реши́тельно всё равно́, держа́ть ли ло́шадь на пово́дьях и́ли на мундштуке́, скака́ть ли ры́сью и́ли гало́пом; он то́лько чу́вствовал, что по́за у него́ была́ неесте́ственная, напряжённая и что поэ́тому офице́ры, кото́рые уме́ют держа́ться на седле́, должны́ нра́виться Маню́се бо́льше, чем он. И он ревнова́л её к офице́рам.

Когда́ е́хали ми́мо за́городного са́да, кто́-то предложи́л зае́хать и вы́пить се́льтерской воды́. Зае́хали. В саду́ росли́ одни́ то́лько дубы́; они́ ста́ли распуска́ться то́лько неда́вно, так что тепе́рь сквозь молоду́ю листву́ ви́ден был весь сад с его́ эстра́дой, сто́ликами, каче́лями, видны́ бы́ли все воро́ньи гнёзда, похо́жие на больши́е ша́пки. Вса́дники и их да́мы спе́шились о́коло одного́ из сто́ликов и потре́бовали се́льтерской воды́. К ним ста́ли подходи́ть знако́мые, гуля́вшие в саду́. Ме́жду

Várei`. – No oná brakóvannaia. Sovsém uzh nekstáti éto béloe piatnó na lévoi` nogé i, pogliadíte, golovói` zakídy`vaet. Tepér` uzh eyó nichém ne otúchish`, tak i búdet zakídy`vat`, poká ne izdókhnet.

Maniúsia by`lá takói` zhe strástnoi` loshádnitsei`, kak i eyó otéts. Oná stradála, kogdá vídela u kogo-nibúd` horóshuiu lóshad`, i by`lá ráda, kogdá nahodíla nedostátki u chuzhíkh loshadéi`. Nikítin zhe nichegó ne ponimál v loshadiákh, dlia negó by`lo reshítel`no vsyo ravnó, derzhát` li lóshad` na povód`iakh íli na mundshtuké, skakát` li rýs`iu íli galópom; on tól`ko chúvstvoval, shto póza u negó by`lá neestéstvennaia, napriazhyónnaia i shto poétomu ofitséry`, kotóry`e uméiut derzhát`sia na sedlé, dolzhný nrávit`sia Maniúse ból`she, chem on. I on revnovál eyó k ofitséram.

Kogdá éhali mímo zágorodnogo sáda, kto-to predlozhíl zaéhat` i výpit` sél`terskoi` vodý. Zaéhali. V sadú roslí odní tól`ko dubý; oní stáli raspuskát`sia tól`ko nedávno, tak shto tepér` skvoz` molodúiu listvú víden by`l ves` sad s egó éstrádoi`, stólikami, kachéliami, vidný by`li vse vorón`i gnyózda, pohózhie na bol`shíe shápki. Vsádniki i ikh dámy` spéshilis` ókolo odnogó iz stólikov i potrébovali sél`terskoi` vodý. K nim stáli podhodít` znakómy`e, guliávshie v sadú. Mézhdu próchim podoshlí

it has blemishes. That white patch on its left leg ought not to be there, and, look, it tosses its head. You can't train it not to now; it will toss its head till the end of its days."

Manyusya was as passionate a lover of horses as her father. She felt a pang when she saw other people with fine horses, and was pleased when she saw defects in them. Nikitin knew nothing about horses; it made absolutely no difference to him whether he held his horse on the bridle or on the curb, whether he trotted or galloped; he only felt that his position was strained and unnatural, and that consequently the officers who knew how to sit in their saddles must please Manyusya more than he could. And he was jealous of the officers.

As they rode by the suburban gardens some one suggested their going in and getting some seltzer-water. They went in. There were no trees but oaks in the gardens; they had only just come into leaf, so that through the young foliage the whole garden could still be seen with its platform, little tables, and swings, and the crows' nests were visible, looking like big hats. The horsemen and their ladies dismounted near a table and asked for seltzer-water. People they knew, walking about the garden, came up to them. Among

Vocabulary

бракóванный, бракóванная	defective; flawed; faulty; rejected; discarded
браковáть, забраковáть	scrap; reject; condemn; cast; cull
брак	marriage; wedlock; alliance; matrimony; defective articles; spoilage; refuse; reject rate; rejects; discard; faulty work; defect
совсéм	quite; entirely; at all; whatever; whatsoever; just
некстáти	inopportunely; inappropriately; beside the mark; beside the question; off the point; out of turn; at inappropriate times; embarrassingly
глядéть, поглядéть	look; glance; look after; peep; see; stare
отучúть, отучáть	dishabituate
отучúться, отучáться	unlearn; fall out of a habit; get out of a habit; grow out of a habit

прочим подошли военный доктор в высоких сапогах и капельмейстер, дожидавшийся своих музыкантов. Должно быть, доктор принял Никитина за студента, потому что спросил:

— Вы изволили на каникулы приехать?

— Нет, я здесь постоянно живу, – ответил Никитин. – Я служу преподавателем в гимназии.

— Неужели? – удивился доктор. – Так молоды и уже учительствуете?

— Где же молод? Мне 26 лет... Слава тебе господи.

— У вас и борода и усы, но всё же на вид вам нельзя дать больше 22 – 23 лет. Как вы моложавы!

”Что за свинство! – подумал Никитин. – И этот считает меня молокососом!”

Ему чрезвычайно не нравилось, когда кто-нибудь заводил речь об его молодости, особенно в присутствии женщин или гимназистов. С тех пор как он приехал в этот город и поступил на службу, он стал ненавидеть свою моложавость. Гимназисты его не боялись, старики величали молодым человеком, женщины охотнее танцевали с ним, чем слушали его длинные рассуждения и он дорого дал бы за то, чтобы постареть теперь лет на десять.

---

voenny`i` doktor v vy`sokikh sapogakh i kapel`mei`ster, dozhidavshii`sia svoikh muzy`kantov. Dolzhno by`t`, doktor prinial Nikitina za studenta, potomu shto sprosil:

— Vy` izvolili na kanikuly` priehat`?

— Net, ia zdes` postoianno zhivu, – otvetil Nikitin. – Ia sluzhu prepodavatelem v gimnazii.

— Neuzheli? – udivilsia doktor. – Tak molody` i uzhe uchitel`stvuete?

— Gde zhe molod? Mne 26 let... Slava tebe gospodi.

— U vas i boroda i usy`, no vsyo zhe na vid vam nel`zia dat` bol`she 22 – 23 let. Kak vy` molozhavy`!

”Shto za svinstvo! – podumal Nikitin. – I e`tot schitaet menia molokososom!”

Emu chrezvy`chai`no ne nravilos`, kogda kto-nibud` zavodil rech` ob ego molodosti, osobenno v prisutstvii zhenshchin ili gimnazistov. S tekh por kak on priehal v e`tot gorod i postupil na sluzhbu, on stal nenavidet` svoiu molozhavost`. Gimnazisty` ego ne boialis`, stariki velichali molody`m chelovekom, zhenshchiny` ohotnee tantsevali s nim, chem slushali ego dlinny`e rassuzhdeniia i on dorogo dal by` za to, shtoby` postaret` teper` let na desiat`.

them the army doctor in high boots, and the conductor of the band, waiting for the musicians. The doctor must have taken Nikitin for a student, for he asked:

"Have you come for the summer holidays?"

"No, I am here permanently," answered Nikitin. "I am a teacher at the school."

"Really?" said the doctor, with surprise. "So young and already a teacher?"

"Young, indeed! My goodness, I'm twenty-six..."

"You have a beard and moustache, but yet one would never guess you were more than twenty-two or twenty-three. How young-looking you are!"

"What swinishness!" thought Nikitin. "He, too, takes me for a whippersnapper!"

He disliked it extremely when people referred to his youth, especially in the presence of women or the schoolboys. Ever since he had come to the town as a master in the school he had detested his own youthful appearance. The schoolboys were not afraid of him, old people called him "young man," ladies preferred dancing with him to listening to his long arguments, and he would have given a great deal to be ten years older.

Vocabulary

подойти́, подходи́ть	come; match; suit; answer; get around; befit; do; fit; near; pertain; rise; come up to; approach; step up to; stride up to; walk up
подхо́д	access; approach; arrival; tack; perspective; method
подходя́щий, подходя́щая	proper; applicable; convenient; right; fitting; acceptable; agreeable; befitting; recommendable; matchable; qualified; correct; appropriate
вое́нный, вое́нная	military; war; martial; warlike; army; service; soldierly; military man; soldier
война́	war; warfare
воева́ть	be at war; carry on war; fight; make war; wage war
войнственный, войнственная	martial; bellicose; belligerent; warlike; soldierly; soldierlike; combative; combatant; militant; battailous; militaristic

Из сада поехали дальше, на ферму Шелестовых. Здесь остановились около ворот, вызвали жену приказчика Прасковью и потребовали парного молока. Молока никто не стал пить, все переглянулись, засмеялись и поскакали назад. Когда ехали обратно, в загородном саду уже играла музыка; солнце спряталось за кладбище, и половина неба была багрова от зари.

Манюся опять ехала рядом с Никитиным. Ему хотелось заговорить о том, как страстно он её любит, но он боялся, что его услышат офицеры и Варя, и молчал. Манюся тоже молчала, и он чувствовал, отчего она молчит и почему едет рядом с ним, и был так счастлив, что земля, небо, городские огни, чёрный силуэт пивоваренного завода – всё сливалось у него в глазах во что-то очень хорошее и ласковое, и ему казалось, что его Граф Нулин едет по воздуху и хочет вскарабкаться на багровое небо.

Приехали домой. На столе в саду уже кипел самовар, и на одном краю стола со своими приятелями, чиновниками окружного суда, сидел старик Шелестов и, по обыкновению, что-то критиковал.

– Это хамство! – говорил он. – Хамство и больше ничего. Да-с, хамство-с!

Iz sáda poéhali dál`she, na férmu Shelestovy`kh. Zdes` ostanoví lis` ókolo vorót, vy´zvali zhenu´ prikázchika Praskóv`iu i potrébovali párnogo moloká. Moloká nikto´ ne stal pit`, vse pereglianú lis`, zasmeiá lis` i poskaká li nazád. Kogdá éhali obrátno, v zágorodnom sadú uzhé igrála múzy`ka; sólntse spriátalos` za cládbishche, i polovína néba by`lá bagróva ot zarí.

Maniúsia opiát` éhala riádom s Nikítiny`m. Emú hotélos` zagovorít` o tom, kak strástno on eyó liúbit, no on boiálsia, shto egó usly´shat ofitséry` i Variá, i molchál. Maniúsia tózhe molchála, i on chúvstvoval, otchegó oná molchít i pochemú édet riádom s nim, i by`l tak schástliv, shto zemliá, nébo, gorodskíe ogní, chyórny`i` siluét pivovárennogo zavóda – vsyo sliválos` u negó v glazákh vo shto-to óchen` horóshee i láskovoe, i emú kazálos`, shto egó Graf Nú lin édet po vózduhu i hóchet vskarábkat`sia na bagróvoe nébo.

Priéhali domói`. Na stolé v sadú uzhé kípel samovár, i na odnóm kraiu stolá so svoími priiáteliami, chinóvnikami okruzhnógo sudá, sidél starík Shelestov i, po oby`knovéniiu, shto-to kritikovál.

– E´to hámstvo! – govorí l on. – Hámstvo i ból`she nichegó. Da-s, hamstvo-s!

From the garden they went on to the Shelestovs' farm. There they stopped at the gate and asked the steward's wife, Praskovya, to bring some new milk. Nobody drank the milk; they all looked at one another, laughed, and galloped back. As they rode back the band was playing in the suburban garden; the sun was setting behind the cemetery, and half the sky was crimson from the sunset.

Manyusya again rode beside Nikitin. He wanted to tell her how passionately he loved her, but he was afraid he would be overheard by the officers and Varya, and he was silent. Manyusya was silent, too, and he felt why she was silent and why she was riding beside him, and was so happy that the earth, the sky, the lights of the town, the black outline of the brewery–all blended for him into something very pleasant and comforting, and it seemed to him as though Count Nulin were stepping on air and would climb up into the crimson sky.

They arrived home. The samovar was already boiling on the table in the garden, old Shelestov was sitting with his friends, officials in the Circuit Court, and as usual he was criticizing something.

"It's loutishness!" he said. "Loutishness and nothing more. Yes, loutishness!"

Vocabulary

е́хать, пое́хать	go; drive; go for a ride; travel
езда́	ride; riding; drive; driving
ездо́к	rider; horseman
да́льше	farther; further; then; next; only; forth; forward; on; hereafter; onward
о́коло	about; around; by; at; near; nearby; some; something like; beside; close to; nearly; next; toward; alongside; pushing; something; in the vicinity of
вы́звать, вызыва́ть	call; entail; induce; give rise to; arouse; breed; cause; challenge; convene; create; dare; draw; elicit; engender; evoke; excite; fetch; generate; involve; move; occasion; produce; prompt; provoke; raise; summon; trigger; bring about
вы́зов	invitation; challenge; call; summons
вызыва́ющий, вызыва́ющая	provoking; defiant; provocative; offending; insolent; extravagant; confrontational

Никитину с тех пор, как он влюбился в Манюсю, всё нравилось у Шелестовых: и дом, и сад при доме, и вечерний чай, и плетёные стулья, и старая нянька, и даже слово "хамство", которое любил часто произносить старик. Не нравилось ему только изобилие собак и кошек, да египетские голуби, которые уныло стонали в большой клетке на террасе. Собак дворовых и комнатных было так много, что за всё время знакомства с Шелестовыми он научился узнавать только двух: Мушку и Сома. Мушка была маленькая облезлая собачонка с мохнатою мордой, злая и избалованная. Никитина она ненавидела; увидев его, она всякий раз склоняла голову набок, скалила зубы и начинала: "ррр... нга-нга-нга-нга... ррр..."

Потом садилась под стул. Когда же он пытался прогнать её из-под своего стула, она заливалась пронзительным лаем, а хозяева говорили:

– Не бойтесь, она не кусается. Она у нас добрая.

Сом же представлял из себя огромного чёрного пса на длинных ногах и с хвостом, жёстким, как палка. За обедом и за чаем он обыкновенно ходил молча под столом и стучал хвостом по сапогам и по ножкам стола. Это был добрый глупый пёс, но Никитин терпеть его не мог за то, что он имел привычку класть свою морду на колени обедающим

Nikitinu s tekh por, kak on vliubilsia v Maniusiu, vsyo nravilos` u Shelestovy`kh: i dom, i sad pri dome, i vechernii` chai`, i pletyony`e stul`ia, i staraia nian`ka, i dazhe slovo "hamstvo", kotoroe liubil chasto proiznosit` starik. Ne nravilos` emu tol`ko izobilie sobak i koshek, da egipetskie golubi, kotory`e uny`lo stonali v bol`shoi` cletke na terrase. Sobak dvorovy`kh i komnatny`kh by`lo tak mnogo, shto za vsyo vremia znakomstva s Shelestovy`mi on nauchilsia uznavat` tol`ko dvukh: Mushku i Soma. Mushka by`la malen`kaia oblezlaia sobachonka s mokhnatoiu mordoi`, zlaia i izbalovannaia. Nikitina ona nenavidela; uvidev ego, ona vsiakii` raz scloniala golovu nabok, skalila zuby` i nachinala: "rrr... nga-nga-nga-nga... rrr..."

Potom sadilas` pod stul. Kogda zhe on py`talsia prognat` eyo iz-pod svoego stula, ona zalivalas` pronzitel`ny`m laem, a hoziaeva govorili:

– Ne boi`tes`, ona ne kusaetsia. Ona u nas dobraia.

Som zhe predstavlial iz sebia ogromnogo chyornogo psa na dlinny`kh nogakh i s khvostom, zhyostkim, kak palka. Za obedom i za chaem on oby`knovenno hodil molcha pod stolom i stuchal khvostom po sapogam i po nozhkam stola. E`to by`l dobry`i` glupy`i` pyos, no Nikitin terpet` ego ne mog za to, shto on imel privy`chku clast` svoiu mordu na koleni

Since Nikitin had been in love with Manyusya, everything at the Shelestovs' pleased him: the house, the garden, and the evening tea, and the
wickerwork chairs, and the old nurse, and even the word "loutishness,"
which the old man was fond of using. The only thing he did not like was the
number of cats and dogs and the Egyptian pigeons, who moaned disconsolately in a big cage in the veranda. There were so many house-dogs and
yard-dogs that he had only learnt to recognize two of them in the course
of his acquaintance with the Shelestovs: Mushka and Som. Mushka was a
little mangy dog with a shaggy face, spiteful and spoiled. She hated Nikitin: when she saw him she put her head on one side, showed her teeth, and
began: "rrr... nga-nga-nga-nga... rrr..."

Then she would get under his chair, and when he would try to drive her
away she would go off into piercing yaps, and the owners would say:

"Don't be frightened. She doesn't bite. She is a good-natured dog."

Som was a huge black dog with long legs and a tail as hard as a stick. At
dinner and tea he usually moved about under the table, and thumped on
people's boots and on the legs of the table with his tail. He was a good-natured, stupid dog, but Nikitin could not endure him because he had the habit
of putting his head on people's knees at dinner and messing their trousers

Vocabulary

влюби́ться, влюбля́ться	fall in love; be in the suction; be mashed on; be soft on; be stuck on; lose heart to
влюблённость	heart-throb; crush
влюблённый, влюблённая	amorous; enamored; passionate; smitten
влюбчивый, влюбчивая	amorous; amative; susceptible; fickle
нра́виться	please; like; appeal; fancy; take; have appeal
ста́рый, ста́рая	old; ancient; antique; olden; back; aged; veteran; elder; used
старе́ть, постаре́ть	grow old; age; get along in years; get old
стари́к	old man; old boy; oldster; old chap; old fellow
стару́ха	old woman; old wife; granny
стари́ковский, стари́ковская	old man's; old woman's
старина́	olden time; antiquity; old chap; old fella

и пачкать слюною брюки. Никитин не раз пробовал бить его по большому лбу колодкой ножа, щёлкал по носу, бранился, жаловался, но ничто не спасало его брюк от пятен.

После прогулки верхом чай, варенье, сухари и масло показались очень вкусными. Первый стакан все выпили с большим аппетитом и молча, перед вторым же принялись спорить. Споры всякий раз за чаем и за обедом начинала Варя. Ей было уже 23 года, она была хороша собой, красивее Манюси, считалась самою умной и образованной в доме и держала себя солидно, строго, как это и подобало старшей дочери, занявшей в доме место покойной матери. На правах хозяйки она ходила при гостях в блузе, офицеров величала по фамилии, на Манюсю глядела как на девочку и говорила с нею тоном классной дамы. Называла она себя старою девой – значит, была уверена, что выйдет замуж.

Всякий разговор, даже о погоде, она непременно сводила на спор. У неё была какая-то страсть – ловить всех на слове, уличать в противоречии, придираться к фразе. Вы начинаете говорить с ней

<hr>

obedaiushchim i pachkat` sliunoiu briuki. Nikitin ne raz proboval bit` ego po bol`shomu lbu kolodkoi` nozha, shchyolkal po nosu, branilsia, zhalovalsia, no nishto ne spasalo ego briuk ot piaten.

Posle progulki verhom chai`, varen`e, suhari i maslo pokazalis` ochen` vkusnymi. Pervy`i` stakan vse vy`pili s bol`shim appetitom i molcha, pered vtory`m zhe prinialis` sporit`. Spory` vsiakii` raz za chaem i za obedom nachinala Varia. Ei` by`lo uzhe 23 goda, ona by`la horosha soboi`, krasivee Maniusi, schitalas` samoiu umnoi` i obrazovannoi` v dome i derzhala sebia solidno, strogo, kak e`to i podobalo starshei` docheri, zaniavshei` v dome mesto pokoi`noi` materi. Na pravakh hoziai`ki ona hodila pri gostiakh v bluze, ofitserov velichala po famii lii, na Maniusiu gliadela kak na devochku i govorila s neiu tonom classnoi` damy`. Nazy`vala ona sebia staroiu devoi` – znachit, by`la uverena, shto vy`i`det zamuzh.

Vsiakii` razgovor, dazhe o pogode, ona nepremenno svodila na spor. U neyo by`la kakaia-to strast` – lovit` vsekh na slove, ulichat` v protivorechii, pridirat`sia k fraze. Vy` nachinaete govorit` s nei o chyom-nibud`, a ona

with saliva. Nikitin had more than once tried to hit him on his big forehead with a knife-handle, to flip him on the nose, had abused him, had complained of him, but nothing saved his trousers from the stains.

After their ride the tea, jam, rusks, and butter seemed very nice. They all drank their first glass in silence and with great relish; before the second they began an argument. It was always Varya who started the arguments at tea and dinner. She was already twenty-three, she was good-looking, more beautiful than Manyusya, and was considered the cleverest and most cultured person in the house, and she behaved with dignity and severity, as an eldest daughter should who has taken the place of her dead mother in the house. As the mistress of the house, she felt herself entitled to wear a smock in the presence of her guests, and to call the officers by their surnames; she looked on Manyusya as a little girl, and talked to her as though she were a schoolmistress. She used to speak of herself as an old maid—so she was certain she would marry.

Every conversation, even about the weather, she invariably turned into an argument. She had a passion for catching at words, pouncing on contradictions, quibbling over phrases. You would begin talking to her about some-

Vocabulary

па́чкать, испа́чкать	soil; blacken; blur; blot; foul; stain; smudge; smut; sully; besmirch; defile; dirty; discolor; grime; mess; muck; smear; smirch; spot; daub
пачкотня́	daub; daubery; scrawl
про́бовать, попро́бовать	attempt; prove; sample; take a shot; give it a try; have a go; try out
про́ба	trial; test; sample; standard; hallmark; essay; alloy; audition; attempt; taste; approbation; feeler; fineness; sampling; touch; try
про́бный, про́бная	trial; specimen; touch; pilot; test; sample; tentative; experimental; probationary; exploratory
бить, поби́ть	beat; churn; strike; smash; shoot; kill; trump; spout; bash; bat; flop; cuff; butcher; club; trounce; hammer; knock; whack
битьё́	beating; pounding; smash
ма́льчик для битья́	whipping boy

о чём-нибудь, а она уже пристально смотрит вам в лицо и вдруг перебивает: "Позвольте, позвольте, Петров, третьего дня вы говорили совсем противоположное!"

Или же она насмешливо улыбается и говорит: "Однако, я замечаю, вы начинаете проповедовать принципы третьего отделения. Поздравляю вас".

Если вы сострили или сказали каламбур, тотчас же вы слышите её голос: "Это старо!" или: "Это плоско!" Если же острит офицер, то она делает презрительную гримасу и говорит: "Арррмейская острота!"

И это "ррр"... выходило у неё так внушительно, что Мушка непременно отвечала ей из-под стула: "ррр... нга-нга-нга"...

Теперь за чаем спор начался с того, что Никитин заговорил о гимназических экзаменах.

– Позвольте, Сергей Васильич, – перебила его Варя. – Вот вы говорите, что ученикам трудно. А кто виноват, позвольте вас спросить? Например, вы задали ученикам VIII класса сочинение на тему: "Пушкин как психолог". Во-первых, нельзя задавать таких трудных тем, а во-вторых, какой же Пушкин психолог? Ну, Щедрин или, положим, Достоевский – другое дело, а Пушкин великий поэт и больше ничего.

uzhe pristal`no smotrit vam v litso i vdrug perebivaet: "Pozvol`te, pozvol`te, Petrov, tret`ego dnia vy` govorili sovsem protivopolozhnoe!"

Ili zhe ona nasmeshlivo uly`baetsia i govorit: "Odnako, ia zamechaiu, vy` nachinaete propovedovat` printsipy` tret`ego otdeleniia. Pozdravliaiu vas".

Esli vy` sostrili ili skazali kalambur, totchas zhe vy` sly`shite eyo golos: "E`to staro!" ili: "E`to plosko!" Esli zhe ostrit ofitser, to ona delaet prezritel`nuiu grimasu i govorit: "Arrrme`i`skaia ostrota!"

I e`to "rrr"... vy`hodilo u neyo tak vnushitel`no, shto Mushka nepremenno otvechala ei` iz-pod stula: "rrr... nga-nga-nga"...

Teper` za chaem spor nachalsia s togo, shto Nikitin zagovoril o gimnazicheskikh e`kzamenakh.

– Pozvol`te, Serge`i` Vasil`ich, – perebila ego Varia. – Vot vy` govorite, shto uchenikam trudno. A kto vinovat, pozvol`te vas sprosit`? Naprimer, vy` zadali uchenikam VIII classa sochinenie na temu: "Pushkin kak psiholog". Vo-pervy`kh, nel`zia zadavat` takikh trudny`kh tem, a vo-vtory`kh, kakoi` zhe Pushkin psiholog? Nu, Shchedrin ili, polozhim, Dostoevskii` – drugoe delo, a Pushkin veli`kii` poe`t i bol`she nichego.

thing, and she would stare at your face and suddenly interrupt: "Excuse me, excuse me, Petrov, the day before yesterday you said the very opposite!"

Or she would smile ironically and say: "I notice, though, you begin to advocate the principles of the secret police. I congratulate you."

If you jested or made a pun, you would hear her voice at once: "That's stale!" or "That's pointless!" If an officer ventured on a joke, she would make a contemptuous grimace and say, "An army joke!"

And she rolled the r so impressively that Mushka invariably answered from under a chair, "rrr... nga-nga-nga..."

On this occasion at tea the argument began with Nikitin's mentioning the school examinations.

"Excuse me, Sergey Vassilych," Varya interrupted him. "You say it's difficult for the boys. And whose fault is that, let me ask you? For instance, you set the boys in the eighth class an essay on 'Pushkin as a Psychologist.' To begin with, you shouldn't set such a difficult subject; and, secondly, Pushkin was not a psychologist. Shchedrin now, or Dostoevsky let us say, is a different matter, but Pushkin is a great poet and nothing more."

Vocabulary

пристальный, пристальная	steadfast; intent; staring; fixed; undiverted; close; steady
смотреть, посмотреть	look; gaze; view; see; watch; examine; inspect; mind; look out; behold; leer; eye; shepherd; superintend; supervise
смотр	inspection; muster; parade; review; show; ward; festival
вдруг	suddenly; all at once; all of a sudden; out of the blue; lo and behold
перебивать, перебить	break; kill; interrupt; catch; take the word; make a break; interjaculate; interpose
совсем	quite; entirely; at all; whatever; whatsoever; just; any; altogether; wholly; for good
насмешливый, насмешливая	mocking; derisive; quizzical; scornful; jestful; scoffing; sneering; pawky; sarcastic; satirical; derisory; wry; jeering; bitter

– Щедри́н сам по себе́, а Пу́шкин сам по себе́, – угрю́мо отве́тил Ники́тин.

– Я зна́ю, у вас в гимна́зии не признаю́т Щедри́на, но не в э́том де́ло. Вы скажи́те мне, како́й же Пу́шкин психо́лог?

– А то ра́зве не психо́лог? Изво́льте, я приведу́ вам приме́ры.

И Ники́тин продеклами́ровал не́сколько мест из ”Оне́гина”, пото́м из ”Бори́са Годуно́ва”.

– Никако́й не ви́жу тут психоло́гии, – вздохну́ла Варя́. – Психо́логом называ́ется тот, кто опи́сывает изги́бы челове́ческой души́, а э́то прекра́сные стихи́ и бо́льше ничего́.

– Я зна́ю, како́й вам ну́жно психоло́гии! – оби́делся Ники́тин. – Вам ну́жно, чтобы кто-нибудь пили́л мне тупо́й пило́ю па́лец и чтобы я ора́л во всё го́рло, – э́то, по-ва́шему, психоло́гия.

– Пло́ско! Одна́ко, вы всё-таки не доказа́ли мне: почему́ же Пу́шкин психо́лог?

Когда́ Ники́тину приходи́лось оспа́ривать то, что каза́лось ему́ рути́ной, у́зостью или чем-нибудь вро́де э́того, то обыкнове́нно он вска́кивал с ме́ста, хвата́л себя́ обе́ими рука́ми за го́лову и начина́л со сто́ном

– Shchedrín sam po sebé, a Púshkin sam po sebé, – ugriúmo otvétil Nikítin.

– Ía znaíu, u vas v gimnázii ne priznaiút Shchedrína, no ne v e´tom délo. Vy` skazhíte mne, kako´i` zhe Púshkin psihólog?

– A to rázve ne psihólog? Izvo´l`te, ía privedú vam priméry`.

I Nikítin prodeklamíroval néskol`ko mest iz “Onégina”, potóm iz “Borísa Godunóva”.

– Nikako´i` ne vízhu tut psihológii, – vzdokhnúla Variá. – Psihólogom nazy`váetsia tot, kto opi´sy`vaet izgíby` chelovécheskoi` dushí, a e´to prekrásny`e stihí i bo´l`she nichegó.

– Ía znaíu, kako´i` vam núzhno psihológii! – obi´delsia Nikítin. – Vam núzhno, shtoby` kto-nibud` pilíl mne tupo´i` pilóiu pálets i shtoby` ía orál vo vsyo górlo, – e´to, po-váshemu, psihológiia.

– Plósko! Odnáko, vy` vsyo-taki ne dokazáli mne: pochemú zhe Púshkin psihólog?

Kogdá Nikítinu prihodílos` ospárivat` to, shto kazálos` emú rutínoi`, úzost`iu íli chem-nibud` vróde e´togo, to oby`knovénno on vskákival s mésta, khvatál sebiá obéimi rukámi za gólovu i nachinál so stónom bégat`

"Shchedrin is one thing, and Pushkin is another," Nikitin answered sulkily.

"I know people don't think much of Shchedrin at your school, but that's not the point. Tell me, in what sense is Pushkin a psychologist?"

"Why, do you mean to say he was not a psychologist? If you like, I'll give you examples."

And Nikitin recited several passages from "Onegin" and then from "Boris Godunov."

"I see no psychology in that." Varya sighed. "The psychologist is the man who describes the recesses of the human soul, and that's fine poetry and nothing more."

"I know the sort of psychology you want!" said Nikitin, offended. "You want some one to saw my finger with a blunt saw while I howl at the top of my voice–that's what you mean by psychology."

"That's pointless! But still you haven't shown me in what sense Pushkin is a psychologist?"

When Nikitin had to argue against anything that seemed to him narrow, conventional, or something of that kind, he usually leaped up from his seat, clutched at his head with both hands, and began with a moan, running from

Vocabulary

сам по себе́	on its own; on one's own; in a league of its own; all by itself; of its own accord; as such; on one's own account
угрю́мый, угрю́мая	morose; gloomy; moody; sulky; sullen; surly; sour; cheerless; dark; dismal
угрю́мость	grumpiness; surliness; sullenness; moodiness
отвеча́ть, отве́тить	answer; reply; account; suit; rejoin; respond; return; give a reply; give a response; correspond
отве́т	response; answer; rejoinder; replication; reply
знать	know; see; be aware; be familiar with
зна́ние	knowledge; cognition; cognizance; knowing; notion; science; acquaintance
знать	grand people; gentlefolks; elite; nobles; nobility
приме́р	example; instance; pattern; illustration
наприме́р	for example; for one; for instance; say; let us say; specifically; case in point; like

бе́гать из угла́ в у́гол. И тепе́рь то же са́мое: он вскочи́л, схвати́л себя́ за го́лову и со сто́ном прошёлся вокру́г стола́, пото́м сел поо́даль.

За него́ вступи́лись офице́ры. Штабс-капита́н Поля́нский стал уверя́ть Ва́рю, что Пу́шкин в са́мом де́ле психо́лог, и в доказа́тельство привёл два стиха́ из Ле́рмонтова; пору́чик Ге́рнет сказа́л, что е́сли бы Пу́шкин не́ был психо́логом, то ему́ не поста́вили бы в Москве́ па́мятника.

– Э́то ха́мство! – доноси́лось с друго́го конца́ стола́. – Я так и губерна́тору сказа́л: э́то, ва́ше превосходи́тельство, ха́мство!

– Я бо́льше не спо́рю! – кри́кнул Ники́тин. – Э́то его́ же ца́рствию не бу́дет конца́! Ба́ста! Ах, да поди́ ты прочь, пога́ная соба́ка! – кри́кнул он на Со́ма, кото́рый положи́л ему́ на коле́ни го́лову и ла́пу.

”Ррр... нга-нга-нга”... – послы́шалось из-под сту́ла.

– Созна́йтесь, что вы не пра́вы! – кри́кнула Варя́. – Созна́йтесь!

Но пришли́ го́стьи-ба́рышни, и спор прекрати́лся сам собо́й. Все отпра́вились в зал. Варя́ се́ла за роя́ль и ста́ла игра́ть та́нцы. Протанцева́ли снача́ла вальс, пото́м по́льку, пото́м кадри́ль с grand-rond, кото́рое провёл по всем ко́мнатам штабс-капита́н Поля́нский, пото́м опя́ть ста́ли танцева́ть вальс.

---

iz ugla´ v u´gol. I tepe´r` to zhe sa´moe: on vskochi´l, skhvati´l sebia´ za go´lovu i so sto´nom proshyo´lsia vokru´g stola´, poto´m sel poo´dal`.

Za nego´ vstupi´lis` ofitse´ry. Shtabs-kapita´n Polia´nskii` stal uveria´t` Variu, shto Pu´shkin v sa´mom de´le psiho´log, i v dokaza´tel`stvo privyo´l dva stiha´ iz Le´rmontova; poru´chik Ge´rnet skaza´l, shto e´sli by` Pu´shkin ne by`l psiho´logom, to emu´ ne posta´vili by` v Moskve´ pa´miatneyka.

– E´to ha´mstvo! – donosi´los` s drugo´go kontsa´ stola´. – Ia tak i guberna´toru skaza´l: e´to, va´she prevoshodi´tel`stvo, ha´mstvo!

– Ia bo´l`she ne spo´riu! – kri´knul Niki´tin. – E´to ego´ zhe tsa´rstviiu ne bu´det kontsa´! Ba´sta! Akh, da podi´ ty` proch`, poga´naia soba´ka! – kri´knul on na So´ma, koto´ry`i` polozhi´l emu´ na kole´ni go´lovu i la´pu.

“Rrr... nga-nga-nga”... – posly´shalos` iz-po´d stu´la.

– Sozna´i`tes`, shto vy` ne pra´vy`! – kri´knula Varia´. – Sozna´i`tes`!

No prishli´ go´st`i-bary´shni, i spor prekrati´lsia sam sobo´i`. Vse otpra´vilis` v zal. Varia´ se´la za roia´l` i sta´la igra´t` ta´ntsy. Protantseva´li snacha´la val`s, poto´m po´l`ku, poto´m kadri´l` s grand-rond, koto´roe provyo´l po vsem ko´mnatam shtabs-kapita´n Polia´nskii`, poto´m opia´t` sta´li tantseva´t` val`s.

one end of the room to another. And it was the same now: he jumped up, clutched his head in his hands, and with a moan walked round the table, then he sat down a little way off.

The officers took his part. Staff Captain Polyansky began assuring Varya that Pushkin really was a psychologist, and to prove it quoted two lines from Lermontov; Lieutenant Gernet said that if Pushkin had not been a psychologist they would not have erected a monument to him in Moscow.

"That's loutishness!" was heard from the other end of the table. "I said as much to the governor: 'It's loutishness, your Excellency!'"

"I won't argue any more!" cried Nikitin. "It's unending! Enough! Ach, get away, you nasty dog!" he cried to Som, who laid his head and paw on his knees.

"Rrr... nga-nga-nga..." came from under the chair.

"Admit that you are wrong!" cried Varya. "Admit it!"

But some young ladies came in, and the argument dropped of itself. They all went into the drawing-room. Varya sat down at the piano and began playing dances. They danced first a waltz, then a polka, then a quadrille with a grand chain which Staff Captain Polyansky led through all the rooms, then a waltz again.

Vocabulary

схвати́ть, хвата́ть, схва́тывать	grasp; seize; snatch; claw; grab; snap; grabble; get hold of; catch
хвати́ть, хвата́ть	be sufficient; have enough; last
хва́тка	grip; grasp; hug; hold; snap; snatch; clutch
хва́ткий, хва́ткая	grasping; crafty; quick
хват	holdfast; grasp
стон	groan; moan; howl; groaning
стона́ть, застона́ть	groan; moan; howl; wail; whimper
вокру́г	round; around; about; over
сесть, сади́ться	sit down; board; embark; get in; entrain; shrink; get on; get up; go down; seat oneself; sit oneself; get aboard; take one's seat; mount; set; settle; have a seat; sit up
сиде́нье	sitting; seat; bottom; place
сидя́чий, сидя́чая	sedentary; sitting; sit-down; confining; desk-bound

Старики́ во вре́мя та́нцев сиде́ли в за́ле, кури́ли и смотре́ли на мо-
лодёжь. Ме́жду ни́ми находи́лся и Шебалди́н, дире́ктор городско́го
креди́тного о́бщества, слави́вшийся свое́й любо́вью к литерату́ре и
сцени́ческому иску́сству. Он положи́л нача́ло ме́стному ”Музыка́льно-
драмати́ческому кружку́” и сам принима́л уча́стие в спекта́клях, игра́я
почему́-то всегда́ то́лько одни́х смешны́х лаке́ев и́ли чита́я нараспе́в
”Гре́шницу”. Зва́ли его́ в го́роде му́мией, так как он был высо́к, о́чень
тощ, жи́лист и име́л всегда́ торже́ственное выраже́ние лица́ и ту́склые
неподви́жные глаза́. Сцени́ческое иску́сство он люби́л так и́скренно,
что да́же брил себе́ усы́ и бо́роду, а э́то ещё бо́льше де́лало его́ похо́жим
на му́мию.

После grand-rond он нереши́тельно, ка́к-то бо́ком подошёл к Ники́ти-
ну, ка́шлянул и сказа́л:

– Я име́л удово́льствие прису́тствовать за ча́ем во вре́мя спо́ра. Вполне́
разделя́ю ва́ше мне́ние. Мы с ва́ми единомы́шленники, и мне бы́ло бы
о́чень прия́тно поговори́ть с ва́ми. Вы изво́лили чита́ть ”Га́мбургскую
драматурги́ю” Ле́ссинга?

– Нет, не чита́л.

Starikí vo vrémia tántsev sidéli v zále, kuríli i smotréli na molodyózh`.
Mézhdu ními nahodílsia i Shebaldín, diréktor gorodskógo kredítnogo
óbshchestva, slávivshii`sia svoéi` liubóv`iu k literatúre i scenícheskomu
iskússtvu. On polozhíl nachálo méstnomu ”Muzy`kál`no-dramatícheskomu
kruzhkú” i sam prinimál uchástie v spektácliakh, igráia pochemu-to vsegdá
tól`ko odníkh smeshny`kh lakéev íli chitáia naraspév ”Gréshnitsu”.
Zváli egó v górode múmiei`, tak kak on by`l vy`sók, óchen` toshch, zhílist
i imél vsegdá torzhéstvennoe vy`razhénie litsá i túscly`e nepodvízhny`e
glazá. Scenícheskoe iskússtvo on liubíl tak ískrenno, shto dázhe bril sebé
usý i bórodu, a éto eshchyó ból`she délalo egó pohо́zhim na múmiiu.

Pósle grand-rond on nereshítel`no, kák-to bókom podoshyól k Nikítinu,
káshlianul i skazál:

– ´Ia imél udovо́l`stvie prisútstvovat` za cháem vo vrémia spо́ra. Vpolné
razdeliáiu váshe mnénie. My` s vámi edinomy`shlenniki, i mne by`lo by`
о́chen` priíatno pogovorít` s vámi. Vy` izvо́lili chitát` “Gámburgskuiu
dramaturgíiu” Léssinga?

– Net, ne chitál.

During the dancing the old men sat in the drawing-room, smoking and looking at the young people. Among them was Shebaldin, the director of the municipal bank, who was famed for his love of literature and dramatic art. He had founded the local Musical and Dramatic Society, and took part in the performances himself, confining himself, for some reason, to playing comic footmen or to reading in a sing-song voice "The Woman who was a Sinner." His nickname in the town was "the Mummy," as he was tall, very lean and scraggy, and always had a solemn air and fixed, lustreless eyes. He was so devoted to the dramatic art that he even shaved his moustache and beard, and this made him still more like a mummy.

After the grand chain, he shuffled up to Nikitin sideways, coughed, and said:

"I had the pleasure of being present during the argument at tea. I fully share your opinion. We are of one mind, and it would be a great pleasure to me to talk to you. Have you read Lessing on the dramatic art of Hamburg?"

"No, I haven't."

Vocabulary

молодёжь	youth; young people; young blood; young adults; the young; the youngsters; young things
молодёжный, молодёжная	youth; post-teen; young
находи́ться	be situated; be; belong; lie; stand; exist; sit; reside; be located
нахожде́ние	standing; location; residence; discovery; finding
о́бщество	company; society; association; community; assembly; institute; institution; presence
обще́ственный, обще́ственная	social; public; common; communal; community
обще́ственность	community; public; society; general public; public representatives
о́бщность	community; commonness; alliance; solidarity; communion; intercommunity; commonality; belonging; collectivity

Шебалдин ужаснулся и замахал руками так, как будто ожёг себе пальцы, и, ничего не говоря, попятился от Никитина. Фигура Шебалдина, его вопрос и удивление показались Никитину смешными, но он всё-таки подумал:

"В самом деле неловко. Я – учитель словесности, а до сих пор ещё не читал Лессинга. Надо будет прочесть".

Перед ужином все, молодые и старые, сели играть в "судьбу". Взяли две колоды карт: одну сдали всем поровну, другую положили на стол рубашкой вверх.

– У кого на руках эта карта, – начал торжественно старик Шелестов, поднимая верхнюю карту второй колоды, – тому судьба пойти сейчас в детскую и поцеловаться там с няней.

Удовольствие целоваться с няней выпало на долю Шебалдина. Все гурьбой окружили его, повели в детскую и со смехом, хлопая в ладоши, заставили поцеловаться с няней. Поднялся шум, крик...

– Не так страстно! – кричал Шелестов, плача от смеха. – Не так страстно!

Shebaldín uzhasnúlsia i zamahál rukámi tak, kak búdto ozhyóg sebé pal`tsy`, i, nichegó ne govoriá, popiátilsia ot Nikítina. Figúra Shebaldiná, egó voprós i udivlénie pokazális` Nikítinu smeshny´mi, no on vsyó-taki podúmal:

"V sámom déle nelóvko. Ia – uchítel` slovésnosti, a do sikh por eshchyó ne chitál Léssinga. Nádo búdet prochést`".

Péred úzhinom vse, molodý´e i starý`e, séli igrát` v "sud`bú". Vziáli dve kolódy` kart: odnú sdáli vsem pórovnu, drugúiu polozhíli na stol rubáshkoi` vverkh.

– U kogó na rukákh e´ta kárta, – nachál torzhéstvenno starík Shélestov, podnimáia vérkhniuiu kártu vtoró`i` kolódy`, – tomú sud`bá poi´tí séi`chás v détskuiu i potselovát`sia tam s niánei`.

Udovól`stvie tselovát`sia s niánei` vy´palo na dóliu Shebaldiná. Vse gur`bói` okruzhíli egó, povelí v détskuiu i so sméhom, khlópaia v ladóshi, zastávili potselovát`sia s niánei`. Podniálsia shum, krik...

– Ne tak strástno! – krichál Shélestov, plácha ot sméha. – Ne tak strástno!

Shebaldin was horrified, and waved his hands as though he had burnt his fingers, and saying nothing more, staggered back from Nikitin. Shebaldin's appearance, his question, and his surprise, struck Nikitin as funny, but he thought none the less:

"It really is awkward. I am a teacher of literature, and to this day I've not read Lessing. I must read him."

Before supper the whole company, old and young, sat down to play "fate." They took two packs of cards: one pack was dealt round to the company, the other was laid on the table face downwards.

"The one who has this card in his hand," old Shelestov began solemnly, lifting the top card of the second pack, "is fated to go into the nursery and kiss the nurse."

The pleasure of kissing the nurse fell to the lot of Shebaldin. They all crowded round him, took him to the nursery, and laughing and clapping their hands, made him kiss the nurse. There was a great uproar and shouting...

"Not so ardently!" cried Shelestov with tears of laughter. "Not so ardently!"

Vocabulary

ужасну́ться, ужаса́ться	be terrified; be horrified
ужасну́ть, ужаса́ть	horrify; terrify; dismay; frighten
ужаса́ющий, ужаса́ющая	horrifying; flagrant; horrific; shocking; spine-chilling; appalling; bloodcurdling; staggering; stomach-churning; dismaying; terrifying; spine-chilling; startling; blatant
у́жас	horror; terror; fright; ghastliness; horridness; dread; nightmare
ужа́сный, ужа́сная	horrible; dreadful; awful; apalling; abysmal; beastly; blatant; dire; frightful; ghastly; grisly; heinous; hideous; horrid; tremendous; shocking
замаха́ть, маха́ть, махну́ть	swing; wave; wag; strike; flap; brandish
мах	stroke; flap
отма́шка	start; wave off

Никитину вышла судьба исповедовать всех. Он сел на стул среди залы. Принесли шаль и накрыли его с головой. Первой пришла к нему исповедоваться Варя.

— Я знаю ваши грехи, — начал Никитин, глядя в потёмках на её строгий профиль. — Скажите мне, сударыня, с какой это стати вы каждый день гуляете с Полянским? Ох, недаром, недаром она с гусаром!

— Это плоско, — сказала Варя и ушла.

Затем под шалью заблестели большие неподвижные глаза, обозначился в потёмках милый профиль и запахло чем-то дорогим, давно знакомым, что напоминало Никитину комнату Манюси.

— Мария Годфруа, — сказал он и не узнал своего голоса — так он был нежен и мягок, — в чём вы грешны?

Манюся прищурила глаза и показала ему кончик языка, потом засмеялась и ушла. А через минуту она уже стояла среди залы, хлопала в ладоши и кричала:

— Ужинать, ужинать, ужинать!

И все повалили в столовую.

За ужином Варя опять спорила и на этот раз с отцом. Полянский солидно ел, пил красное вино и рассказывал Никитину, как он раз

Nikítinu vy`shla sud`bá ispovédovat` vsekh. On sel na stul sredí zály`. Prineslí shal` i nakry`li egó s golovói`. Pérvoi` prishlá k nemú ispovédovat`sia Varia.

— `Ia znáiu váshi grehí, — náchal Nikítin, gliádia v potyómkakh na eyó strógii` profíl`. — Skazhíte mne, sudáry`nia, s kakói` e`to státi vy` kázhdy`i` den` guliáete s Poliánskim? Okh, nedárom, nedárom oná s gusárom!

— E`to plósko, — skazála Variá i ushlá.

Zatém pod shal`iu zablestéli bol`shíe nepodvízhny`e glazá, oboznáchilsia v potyómkakh míly`i` profíl` i zapákhlo chém-to dorogím, davnó znakómy`m, shto napominálo Nikítinu kómnatu Maniúsi.

— Maríia Godfruá, — skazál on i ne uznál svoegó gólosa — tak on by`l nézhen i miágok, — v chem vy` gréshny`?

Maniúsia prishchúrila glazá i pokazála emú kónchik iazy`ká, potóm zasmeiálas` i ushlá. A cherez minútu oná uzhé stoiála sredí zály`, khlópala v ladóshi i krichála:

— Úzhinat`, úzhinat`, úzhinat`!

I vse povalíli v stolóvuiu.

Za úzhinom Variá opiát` spórila i na e`tot raz s ottsóm. Poliánskii` solídno el, pil krásnoe vinó i rasskázy`val Nikítinu, kak on raz zimóiu,

It was Nikitin's "fate" to hear the confessions of all. He sat on a chair in the middle of the drawing-room. A shawl was brought and put over his head. The first who came to confess to him was Varya.

"I know your sins," Nikitin began, looking in the darkness at her stern profile. "Tell me, madam, how do you explain your walking with Polyansky every day? Oh, it's not for nothing she walks with an hussar!"

"That's pointless," said Varya, and walked away.

Then under the shawl he saw the shine of big motionless eyes, caught the lines of a dear profile in the dark, together with a long-familiar, precious fragrance which reminded Nikitin of Manyusya's room.

"Marie Godefroi," he said, and did not know his own voice, it was so soft and tender, "what are your sins?"

Manyusya screwed up her eyes and put out the tip of her tongue at him, then she laughed and went away. And a minute later she was standing in the middle of the drawing-room, clapping her hands and crying:

"Supper, supper, supper!"

And they all streamed into the dining-room.

At supper Varya had another argument, and this time with her father. Polyansky ate solidly, drank red wine, and described to Nikitin how once in

Vocabulary

судьба́	fate; doom; fortune; destiny; star; chance; luck; karma; Nemesis; hap; lines; predestination; a stroke of fate
судьби́на	fate; lot
судьбоно́сный, судьбоно́сная	fateful; momentous; life-changing; seminal; decisive; earthshattering
испове́довать, испове́дать	profess; interrogate; hear a shrift; receive confession; embrace
испове́доваться, испове́даться	confess; make one's confession; shrive; make shrift; get off the chest
и́споведь	confession; shrift
испове́дник	confessor
испове́дальный, испове́дальная	confessional; confessionary
испове́дальня	confessional
шаль	shawl; wrap; scarf; pashmina

зимо́ю, бу́дучи на войне́, всю ночь простоя́л по коле́но в боло́те; не-
прия́тель был бли́зко, так что не позволя́лось ни говори́ть, ни кури́ть,
ночь была́ холо́дная, тёмная, дул пронзи́тельный ве́тер. Ники́тин
слу́шал и коси́лся на Маню́сю. Она́ гляде́ла на него́ неподви́жно, не
мига́я, то́чно заду́малась о чём-то и́ли забы́лась... Для него́ э́то бы́ло и
прия́тно, и мучи́тельно.

”Заче́м она́ на меня́ так смо́трит? – му́чился он. – Э́то нело́вко. Мо́гут
заме́тить. Ах, как она́ ещё молода́, как наи́вна!”

Го́сти ста́ли расходи́ться в по́лночь. Когда́ Ники́тин вы́шел за воро́та,
во второ́м эта́же до́ма хло́пнуло око́шко и показа́лась Маню́ся.

– Серге́й Васи́льич! – окли́кнула она́.

– Что прика́жете?

– Вот что... – проговори́ла Маню́ся, ви́димо, приду́мывая, что бы
сказа́ть. – Вот что... Поля́нский обеща́л прийти́ на днях со свое́й фото-
гра́фией и снять всех нас. На́до бу́дет собра́ться.

– Хорошо́.

Маню́ся скры́лась, окно́ хло́пнуло, и то́тчас же в до́ме кто-то заигра́л
на роя́ле.

---

buduchi na voi`ne, vsiu noch` prostoia´l po kole´no v bolo´te; nepriia´tel` by`l
bli´zko, tak shto ne pozvolia´los` ni govori´t`, ni kuri´t`, noch` by`la´ holo´dnaia,
tyo´mnaia, dul pronzi´tel`ny`i` ve´ter. Niki´tin slu´shal i kosi´lsia na Maniu´siu.
Ona´ gliade´la na nego´ nepodvi´zhno, ne miga´ia, to´chno zadu´malas` o chyo´m-
to i´li zaby´las`... Dlia nego´ e`to by`lo i priia´tno, i muchi´tel`no.

”Zache´m ona´ na menia´ tak smo´trit? – mu´chilsia on. – E`to nelo´vko. Mo´gut
zame´tit`. Akh, kak ona´ eshchyo´ moloda´, kak nai´vna!”

Go´sti sta´li rashodi´t`sia v po´lnoch`. Kogda´ Niki´tin vy´shel za voro´ta, vo
vtoro´m e`ta´zhe do´ma khlo´pnulo oko´shko i pokaza´las` Maniu´sia.

– Serge´i` Vasi´l`ich! – ocli´knula ona´.

– Shto prika´zhete?

– Vot shto... – progovori´la Maniu´sia, vi´dimo, pridu´my`vaia, shto by`
skaza´t`. – Vot shto... Polia´nskii` obeshcha´l prii´ti` na dniakh so svoe´i`
fotografiei` i sniat` vsekh nas. Na´do bu´det sobra´t`sia.

– Horosho´.

Maniu´sia skry´las`, okno´ khlo´pnulo, i to´tchas zhe v do´me kto-to zaigra´l
na roia´le.

a winter campaign he had stood all night up to his knees in a bog; the enemy was so near that they were not allowed to speak or smoke, the night was cold and dark, a piercing wind was blowing. Nikitin listened and stole side-glances at Manyusya. She was gazing at him immovably, without blinking, as though she was pondering something or was lost in a reverie... It was pleasure and agony to him both at once.

"Why does she look at me like that?" was the question that fretted him. "It's awkward. People may notice it. Oh, how young, how naïve she is!"

The party broke up at midnight. When Nikitin went out at the gate, a window opened on the first floor, and Manyusya showed herself at it.

"Sergey Vassilych!" she called.

"What is it?"

"I tell you what..." said Manyusya, evidently thinking of something to say. "I tell you what... Polyansky said he would come in a day or two with his camera and take us all. We must meet here."

"Very well."

Manyusya vanished, the window was slammed, and some one immediately began playing the piano in the house.

Vocabulary

болото	moor; marsh; bog; mire; swamp
болотный, болотная	bog; swamp; marshy; mossy; moorish
заболоченность	swampiness; bogginess; quantity of bogs
заболоченный, заболоченная	waterlogged; slumpy; water-sick; swamped; marshy
Болотная	Bolotnaya Square in Moscow, a symbol of the opposition movement in modern Russia
по колено	knee-high
неприятель	enemy; adversary; foe
неприятельский, неприятельская	enemy; hostile
позволить, позволять	let; allow; consent; permit
позволение	permission; leave; allowance; leaving; permit
позволительный	permissible; allowable; justifiable; excusable

"Ну, дом! – думал Никитин, переходя́ че́рез у́лицу. – Дом, в кото́ром сто́нут одни́ то́лько еги́петские го́луби, да и те потому́, что ина́че не уме́ют выража́ть свое́й ра́дости!"

Но не у одни́х то́лько Шеле́стовых жило́сь ве́село. Не прошёл Ники́тин и двухсо́т шаго́в, как и из друго́го до́ма послы́шались зву́ки роя́ля. Прошёл он ещё немно́го и уви́дел у воро́т мужика́, игра́ющего на балала́йке. В саду́ орке́стр гря́нул попурри́ из ру́сских пе́сен...

Ники́тин жил в полуверсте́ от Шеле́стовых, в кварти́ре из восьми́ ко́мнат, кото́рую он нанима́л за три́ста рубле́й в год вме́сте со свои́м това́рищем, учи́телем геогра́фии и исто́рии Ипполи́том Ипполи́тычем. Э́тот Ипполи́т Ипполи́тыч, ещё не ста́рый челове́к, с ры́жею боро́дкой, курно́сый, с лицо́м грубова́тым и неинтеллиге́нтным, как у мастерово́го, но добро́душным, когда́ верну́лся домо́й Ники́тин, сиде́л у себя́ за столо́м и поправля́л учени́ческие ка́рты. Са́мым ну́жным и са́мым ва́жным счита́лось у него́ по геогра́фии черче́ние карт, а по исто́рии – зна́ние хроноло́гии; по це́лым ноча́м сиде́л он и си́ним карандашо́м поправля́л ка́рты свои́х ученико́в и учени́ц и́ли же составля́л хронологи́ческие табли́чки.

"Nu, dom! – dumal Nikítin, perehodiá che′rez u′litsu. – Dom, v koto′rom sto′nut odní to′l`ko egi′petskie go′lubi, da i te potomú, shto ina′che ne ume′iut vy`razhat` svoe′i` ra′dosti!"

No ne u odní kh to′l`ko She′lestovy`kh zhilos` ve′selo. Ne proshyó l Nikítin i dvukhsó t shagov, kak i iz drugó go dó ma posly′shalis` zvú ki roiá lia. Proshyó l on eshchyó nemnó go i uví del u voró t muzhiká, igra′iushchego na balalá i`ke. V sadú orké str griá nul popurrí iz rú sskikh pé sen...

Nikítin zhil v poluverste′ ot She′lestovy`kh, v kvartí re iz vos′mí ko′mnat, kotó ruiu on nanimá l za trí sta rublé i` v god vmé ste so svoí m tová rishchem, uchí telem geografii i istó rii Ippolí tom Ippolí ty`chem. E′tot Ippolí t Ippolí ty`ch, eshchyó ne stary`i` chelové k, s ry′zheiu boró dkoi`, kurnosy`i`, s litsó m grubová ty`m i neintelligé ntny`m, kak u masterovó go, no dobro′dushny`m, kogda′ vernú lsia domó i` Nikítin, sidé l u sebiá za stoló m i popravliá l uchení cheskie ka′rty`. Sá my`m nú zhny`m i sá my`m vá zhny`m schitá los` u nego′ po geografii cherché nie kart, a po istó rii – znanie khronoló gii; po tse′ly`m nochá m sidé l on i sí nim karandashó m popravliá l ka′rty` svoí kh ucheniko′v i uchení ts í li zhe sostavliá l khronologí cheskie tablí chki.

"Well, it is a house!" thought Nikitin while he crossed the street. "A house in which there is no moaning except from Egyptian pigeons, and they only do it because they have no other means of expressing their joy!"

But the Shelestovs were not the only festive household. Nikitin had not gone two hundred paces before he heard the strains of a piano from another house. A little further he met a peasant playing the balalaika at the gate. In the gardens the band struck up a potpourri of Russian songs...

Nikitin lived nearly half a mile from the Shelestovs' in a flat of eight rooms at the rent of three hundred roubles a year, which he shared with his colleague Ippolit Ippolitych, a teacher of geography and history. When Nikitin went in this Ippolit Ippolitych, a snub-nosed, middle-aged man with a reddish beard, with a coarse, good-natured, unintellectual face like a workman's, was sitting at the table correcting his pupils' maps. He considered that the most important and necessary part of the study of geography was the drawing of maps, and of the study of history the learning of chronology: he would sit for nights together correcting in blue pencil the maps drawn by the boys and girls he taught, or making chronological tables.

Vocabulary

переходи́ть, перейти́	cross; go over; pass; exceed; change; transit; overpass; proceed
перехо́д	passage; march; transition; conversion; crossing; pass; transit
перехо́дный, перехо́дная	transitional; transient; crossover; intermediate; half-way
у́лица	street; outdoors; road; drive
у́лочка	back street; side street; off street
у́личный, у́личная	street; outdoorsy; gutter
стона́ть, застона́ть	groan; moan; howl; wail; whimper
стон	groan; moan; howl; groaning
ина́че	differently; otherwise; or else; alternatively; the other way; to the contrary
уме́ть, суме́ть	can; know how; be able; manage
уме́ние	skill; faculty; art; know-how; knack; competence
уме́лец	fixer; handyman; expert; craftsman

– Кака́я сего́дня великоле́пная пого́да! – сказа́л Ники́тин, входя́ к нему́. – Удивля́юсь вам, как э́то вы мо́жете сиде́ть в ко́мнате.

Ипполи́т Ипполи́тыч был челове́к неразгово́рчивый; он и́ли молча́л, и́ли же говори́л то́лько о том, что всем давно́ уже́ изве́стно. Тепе́рь он отве́тил так:

– Да, прекра́сная пого́да. Тепе́рь май, ско́ро бу́дет настоя́щее ле́то. А ле́то не то, что зима́. Зимо́ю ну́жно пе́чи топи́ть, а ле́том и без пече́й тепло́. Ле́том откро́ешь но́чью о́кна, и всё-таки тепло́, а зимо́ю – двойны́е ра́мы, и всё-таки хо́лодно.

Ники́тин посиде́л о́коло стола́ не бо́льше мину́ты и соску́чился.

– Споко́йной но́чи! – сказа́л он, поднима́ясь и зева́я. – Хоте́л бы́ло я рассказа́ть вам не́что романи́ческое, меня́ каса́ющееся, но ведь вы – геогра́фия! Начнёшь вам о любви́, а вы сейча́с: ”В како́м году́ была́ би́тва при Ка́лке?” Ну вас к чёрту с ва́шими би́твами и с Чуко́тскими носа́ми!

– Что же вы се́рдитесь?

– Да доса́дно!

– Kaka´ia sego´dnia velikole´pnaia pogo´da! – skaza´l Niki´tin, vhodia´ k nemu´. – Udivlia´ius` vam, kak e´to vy` mo´zhete side´t` v ko´mnate.

Ippoli´t Ippoli´ty`ch by`l chelove´k nerazgovo´rchivy`i`; on i´li molcha´l, i´li zhe govori´l to´l`ko o tom, shto vsem davno´ uzhe´ izve´stno. Tepe´r` on otve´til tak:

– Da, prekra´snaia pogo´da. Tepe´r` mai`, sko´ro bu´det nastoia´shchee le´to. A le´to ne to, shto zima´. Zimo´iu nu´zhno pe´chi topi´t`, a le´tom i bez peche´i` teplo´. Le´tom otkro´esh` noch`iu o´kna, i vsyo-taki teplo´, a zimo´iu – dvoi´ny`e ramy`, i vsyo-taki ho´lodno.

Niki´tin poside´l o´kolo stola´ ne bo´l`she minu´ty` i sosku´chilsia.

– Spoko´i`noi` no´chi! – skaza´l on, podnima´ias` i zeva´ia. – Hote´l by`lo ia rasskaza´t` vam ne´chto romani´cheskoe, menia´ kasa´iushcheesia, no ved` vy` – geogra´fiia! Nachnyo´sh` vam o liubvi´, a vy` sei`cha´s: ”V kako´m godu´ by`la´ bi´tva pri Ka´lke?” Nu vas k chyo´rtu s va´shimi bi´tvami i s Chuko´tskimi nosa´mi!

– Shto zhe vy` se´rdites`?

– Da dosa´dno!

"What a lovely day it has been!" said Nikitin, going in to him. "I wonder at you–how can you sit indoors?"

Ippolit Ippolitych was not a talkative person; he either remained silent or talked of things which everybody knew already. Now what he answered was:

"Yes, very fine weather. It's May now; we soon shall have real summer. And summer's a very different thing from winter. In the winter you have to heat the stoves, but in summer you can keep warm without. In summer you have your window open at night and still are warm, and in winter you are cold even with the double frames in."

Nikitin had not sat at the table for more than one minute before he was bored.

"Good-night!" he said, getting up and yawning. "I wanted to tell you something romantic concerning myself, but you are–geography! If one talks to you of love, you will ask one at once, 'What was the date of the Battle of Kalka?' Confound you, with your battles and your Chukotsky capes!"

"What are you cross about?"
"Why, it is vexatious!"

Vocabulary

великоле́пный, великоле́пная	magnificent; glorious; gorgeous; swell; terrific; colossal; grand; imperial
великоле́пие	magnificence; brilliance; pomp; splendour; glory; grandeur; glare; opulence
входи́ть, войти́	enter; come; be included in; penetrate into; get in; go in
вход	entrance; admittance; doorway; gateway
удиви́ться, удивля́ться	marvel; show surprise; to be amazed at
удиви́ть, удивля́ть	astonish; daze; surprise; knock out; amaze; take breath away
удивле́ние	astonishment; surprise; amazement; wonder; marvel; wonderment
удиви́тельный, удиви́тельная	wonderful; miraculous; amazing; astonishing; extraordinary; marvellous; surprising

И, досадуя, что он не объяснился ещё с Манюсей и что ему не с кем теперь поговорить о своей любви, он пошёл к себе в кабинет и лёг на диван. В кабинете было темно и тихо. Лёжа и глядя в потёмки, Никитин стал почему-то думать о том, как через два или три года он поедет зачем-нибудь в Петербург, как Манюся будет провожать его на вокзал и плакать; в Петербурге он получит от неё длинное письмо, в котором она будет умолять его скорее вернуться домой. И он напишет ей... Своё письмо начнёт так: милая моя крыса...

— Именно, милая моя крыса, — сказал он и засмеялся.

Ему было неудобно лежать. Он подложил руки под голову и задрал левую ногу на спинку дивана. Стало удобно. Между тем окно начало заметно бледнеть, на дворе заголосили сонные петухи. Никитин продолжал думать о том, как он вернётся из Петербурга, как встретит его на вокзале Манюся и, вскрикнув от радости, бросится ему на шею; или, ещё лучше, он схитрит: приедет ночью потихоньку, кухарка отворит ему, потом на цыпочках пройдёт он в спальню, бесшумно разденется и – бултых в постель! А она проснётся и – о радость!

I, dosaduia, shto on ne ob``iasnilsia eshchyo s Maniusei` i shto emu ne s kem teper` pogovorit` o svoei` liubvi, on poshyol k sebe v kabinet i lyog na divan. V kabinete by`lo temno i tiho. Lyozha i gliadia v potyomki, Nikitin stal pochemu-to dumat` o tom, kak cherez dva ili tri goda on poedet zachem-nibud` v Peterburg, kak Maniusia budet provozhat` ego na vokzal i plakat`; v Peterburge on poluchit ot neyo dlinnoe pis`mo, v kotorom ona budet umoliat` ego skoree vernut`sia domoi`. I on napishet ei`... Svoyo pis`mo nachnyot tak: milaia moia kry`sa...

— Imenno, milaia moia kry`sa, — skazal on i zasmeialsia.

Emu by`lo neudobno lezhat`. On podlozhil ruki pod golovu i zadral levuiu nogu na spinku divana. Stalo udobno. Mezhdu tem okno nachalo zametno blednet`, na dvore zagolosili sonny`e petuhi. Nikitin prodolzhal dumat` o tom, kak on vernyotsia iz Peterburga, kak vstretit ego na vokzale Maniusia i, vskriknuv ot radosti, brositsia emu na sheiu; ili, eshchyo luchshe, on shitrit: priedet noch`iu potihon`ku, kuharka otvorit emu, potom na tsy`pochkakh proi`dyot on v spal`niu, besshumno razdenetsia i – bulty`kh v postel`! A ona prosnyotsia i – o radost`!

And vexed that he had not spoken to Manyusya, and that he had no one to talk to of his love, he went to his study and lay down upon the sofa. It was dark and still in the study. Lying and gazing into the darkness, Nikitin for some reason began thinking how in two or three years he would go to Petersburg, how Manyusya would see him off at the station and would cry; in Petersburg he would get a long letter from her in which she would entreat him to come home as quickly as possible. And he would write to her... He would begin his letter like that: "My dear rat..."

"Yes, my dear rat," he said, and he laughed.

He was lying in an uncomfortable position. He put his arms under his head and put his left leg over the back of the sofa. He felt more comfortable. Meanwhile the window was perceptibly becoming paler and paler, sleepy cocks began crowing in the yard. Nikitin went on thinking how he would come back from Petersburg, how Manyusya would meet him at the station, and with a shriek of delight would fling herself on his neck; or, better still, he would cheat her and come home by stealth late at night: the cook would open the door, then he would go on tiptoe to the bedroom, undress noise-lessly, and jump into bed! And she would wake up and be overjoyed!

Vocabulary

досáдовать	feel annoyed; be vexed; be disturbed
досáда	vexation; annoyance; fret; chagrin; nuisance; pique; disappointment; discontent; displeasure
досадúть, досаждáть	annoy; chagrin; molest; roil; get under the skin; plague
досáдный, досáдная	annoying; vexatious; deplorable; aggravating; sad; pesky; provoking; maddening; tormenting; embarrassing; lamentable; regrettable
объясня́ться, объясни́ться	have it out with; explain oneself; be explained; be accounted for by; be due to; result from
объясня́ть, объясни́ть	explain; illustrate; account for; comment; interpret; elucidate; justify
объясне́ние	explanation; declaration; interpretation
лечь, лежáть	lie; to be down; rest; overlay; underlay
лежáнка	sleeping ledge; stove-couch; bench

Воздух совсем побелел. Кабинета и окна уж не было. На крылечке пивоваренного завода, того самого, мимо которого сегодня проезжали, сидела Манюся и что-то говорила. Потом она взяла Никитина под руку и пошла с ним в загородный сад. Тут он увидел дубы и вороньи гнёзда, похожие на шапки. Одно гнездо закачалось, выглянул из него Шебалдин и громко крикнул: "Вы не читали Лессинга!"

Никитин вздрогнул всем телом и открыл глаза. Перед диваном стоял Ипполит Ипполитыч и, откинув назад голову, надевал галстук.

– Вставайте, пора на службу, – говорил он. – А в одежде спать нельзя. От этого одежда портится. Спать надо в постели, раздевшись...

И он, по обыкновению, стал длинно и с расстановкой говорить о том, что всем давно уже известно.

Первый урок у Никитина был по русскому языку, во втором классе. Когда он ровно в девять часов вошёл в этот класс, то здесь, на чёрной доске, были написаны мелом две большие буквы: М. Ш. Это, вероятно, значило: Маша Шелестова.

"Уж пронюхали, подлецы... – подумал Никитин. – И откуда они всё знают?

Vozdukh sovsem pobelel. Kabineta i okna uzh ne` by`lo. Na kry`lechke pivovarennogo zavoda, togo samogo, mimo kotorogo segodnia proezzhali, sidela Maniusia i shto-to govorila. Potom ona vziala Nikitina pod ruku i poshla s nim v zagorodny`i` sad. Tut on uvidel duby` i voron`i gnyozda, pohozhie na shapki. Odno gnezdo zakachalos`, vy`glianul iz nego Shebaldin i gromko kriknul: "Vy` ne chitali Lessinga!"

Nikitin vzdrognul vsem telom i otkry`l glaza. Pered divanom stoial Ippolit Ippolity`ch i, otkinuv nazad golovu, nadeval galstuk.

– Vstavai`te, pora na sluzhbu, – govoril on. – A v odezhde spat` nel`zia. Ot e`togo odezhda portitsia. Spat` nado v posteli, razdevshis`...

I on, po oby`knoveniiu, stal dlinno i s rasstanovkoi` govorit` o tom, shto vsem davno uzhe izvestno.

Pervy`i` urok u Nikitina by`l po russkomu iazy`ku, vo vtorom classe. Kogda on rovno v deviat` chasov voshyol v e`tot class, to zdes`, na chyornoi` doske, by`li napisany` melom dve bol`shie bukvy`: M. Sh. E`to, veroiatno, znachilo: Masha Shelestova.

"Uzh proniuhali, podletsy`... – podumal Nikitin. – I otkuda oni vsyo znaiut?

The air turned totally white. By now there was no window, no study. On the steps of the brewery by which they had ridden that day Manyusya was sitting, saying something. Then she took Nikitin by the arm and went with him to the suburban garden. There he saw the oaks and the crows' nests like hats. One of the nests rocked; out of it peeped Shebaldin, shouting loudly: "You have not read Lessing!"

Nikitin shuddered all over and opened his eyes. Ippolit Ippolitych was standing before the sofa, and throwing back his head, was putting on his cravat.

"Get up; it's time for school," he said. "You shouldn't sleep in your clothes; it spoils your clothes. You should sleep in your bed, undressed..."

And as usual he began slowly and emphatically saying what everybody knew all along.

Nikitin's first lesson was on Russian language in the second class. When at nine o'clock punctually he went into the classroom, he saw written with chalk on the blackboard two large letters–M. S. That, no doubt, meant Masha Shelestova.

"They've scented it out already, the rascals..." thought Nikitin. "How is it they know everything?"

Vocabulary

побеле́ть, беле́ть	bleach; whiten; turn white
побеле́вший, побеле́вшая	whited; cream faced
ми́мо	past; by; beside; off; wide
проезжа́ть, прое́хать	travel; drive through; get by; pass
прое́зд	passage; thoroughfare; transit; passway; back alley; lane; drive; travel
сиде́ть, усиде́ть	sit; stay; be seated; cover; hang; incubate; keep indoors
уси́дчивый, уси́дчивая	plodding; assiduous; persevering; sedulous; diligent; industrious
взять, брать	take; draw upon; conquer; get
взя́тка	bribe; grease; trick; boodle; graft; corruptive payment; payoff; hush-money
взя́тие	seizure; capture; take; hold

Второй уро́к по слове́сности был в пя́том кла́ссе. И тут на доске́ бы́ло напи́сано М. Ш., а когда́ он, ко́нчив уро́к, выходи́л из э́того кла́сса, сза́ди него́ разда́лся крик, то́чно в театра́льном райке́:

— Ура́-а-а! Шеле́стова!!

От спанья́ в оде́жде бы́ло нехорошо́ в голове́, те́ло изнемога́ло от ле́ни. Ученики́, ка́ждый день жда́вшие ро́спуска пе́ред экза́менами, ничего́ не де́лали, томи́лись, шали́ли от ску́ки. Ники́тин то́же томи́лся, не замеча́л ша́лостей и то и де́ло подходи́л к окну́. Ему́ была́ видна́ у́лица, я́рко освещённая со́лнцем. Над дома́ми прозра́чное голубо́е не́бо, пти́цы, а далеко́-далеко́, за зелёными сада́ми и дома́ми, просто́рная, бесконе́чная даль с сине́ющими ро́щами, с дымко́м от бегу́щего по́езда...

Вот по у́лице в тени́ ака́ций, игра́я хлы́стиками, прошли́ два офице́ра в бе́лых ки́телях. Вот на лине́йке прое́хала ку́ча евре́ев с седы́ми борода́ми и в картуза́х. Гуверна́нтка гуля́ет с дире́кторскою вну́чкой... Пробежа́л куда́-то Сом с двумя́ дворня́жками... А вот, в про́стеньком се́ром пла́тье и в кра́сных чуло́чках, держа́ в руке́ "Ве́стник Евро́пы", прошла́ Ва́ря. Была́, должно́ быть, в городско́й библиоте́ке...

Vtoro´i` uro´k po slove´snosti by`l v pia´tom cla´sse. I tut na doske´ by`lo napi´sano M. Sh., a kogda´ on, ko´nchiv uro´k, vy`hodi´l iz e`togo cla´ssa, sza´di nego´ razda´lsia krik, to´chno v teatra´l`nom rai`ke´:

— Ura-a-a! She´lestova!!

Ot span`ia´ v ode´zhde by`lo nehorosho´ v golove´, te´lo iznemoga´lo ot le´ni. Ucheniki´, ka´zhdy`i` den` zhda´vshie ro´spuska pe´red e`kza´menami, nichego´ ne de´lali, tomi´lis`, shali´li ot sku´ki. Niki´tin to´zhe tomi´lsia, ne zamecha´l sha´lostei` i to i de´lo podhodi´l k oknu´. Emu´ by`la´ vidna´ u´litsa, ia´rko osveshchyónnaia so´lntsem. Nad doma´mi prozra´chnoe golubo´e ne´bo, pti´tsy`, a daleko´-daleko´, za zelyóny`mi sada´mi i doma´mi, prosto´rnaia, beskone´chnaia dal` s sine´iushchimi ro´shchami, s dy`mko´m ot begu´shchego po´ezda...

Vot po u´litse v teni´ aka´tsii`, igra´ia khly`stikami, proshli´ dva ofitse´ra v be´ly`kh ki´teliakh. Vot na line´i`ke proe´hala ku´cha evre´ev s sedy`mi boroda´mi i v kartuza´kh. Guverna´ntka gulia´et s dire´ktorskoiu vnu´chkoi`... Probezha´l kudá-to Som s dvumia´ dvornia´zhkami... A vot, v pro´sten`kom se´rom plat`e i v kra´sny`kh chulo´chkakh, derzha´ v ruke´ "Ve´stnik Evro´py", proshla´ Va´ria. By`la´, dolzhno´ by`t`, v gorodsko´i` bibliote´ke...

The second lesson on literature was in the fifth class. And there M. S. was written on the blackboard; and when he went out of the classroom at the end of the lesson, he heard the shout behind him as though from a theatre gallery:

"Hurrah! Shelestova!!"

His head was heavy from sleeping in his clothes, his body was weighted down with inertia. The boys, who were expecting every day to break up before the examinations, did nothing, were restless, and so bored that they got into mischief. Nikitin, too, was restless, did not notice their pranks, and was continually going to the window. He could see the street brilliantly lighted up with the sun; above the houses the blue limpid sky, the birds, and far, far away, beyond the green gardens and the houses, vast indefinite distance, the forests in the blue haze, the smoke from a passing train...

Here two officers in white coats, playing with their whips, passed in the street in the shade of the acacias. Here a lot of Jews, with grey beards, and caps on, drove past in a wagonette. The governess walked by with the director's granddaughter... Som ran by in the company of two mongrels... And then Varya, wearing a simple grey dress and red stockings, carrying the "Vestnik Evropy" in her hand, passed by. She must have been to the town library...

Vocabulary

уро́к	lesson; task; example; tutorial; class; study
класс	class; form; classroom; sort; kind; denomination; nature; notion; rank; species; type
кла́ссный, кла́ссная	class; ace-high; bang-on; big-time; posh; formidable; cool; first-rate; indoor
кла́ссик	classic; classicist
кла́ссики	hopscotch
класси́ческий, класси́ческая	classic; classical; traditional; vintage
кла́ссовый, кла́ссовая	class; class-specific
сза́ди	behind; after; back; at the rear of
разда́ться, раздава́ться	sound; split; be heard; give way; separate; expand; peal; bulge; ring; arise; proceed; resound
то́чно	indeed; just; accurately; truly; exactly; as if; as though

А уро́ки ко́нчатся ещё не ско́ро – в три часа́! По́сле же уро́ков нужно идти́ не домо́й и не к Ше́лестовым, а к Во́льфу на уро́к. Э́тот Вольф, бога́тый евре́й, приня́вший лютера́нство, не отдава́л свои́х дете́й в гимна́зию, а приглаша́л к ним гимнази́ческих учителе́й и плати́л по пяти́ рубле́й за уро́к...

“Ску́чно, ску́чно, ску́чно!”

В три часа́ он пошёл к Во́льфу и вы́сидел у него́, как ему́ показа́лось, це́лую ве́чность. Вы́шел от него́ в пять часо́в, а в седьмо́м уже́ до́лжен был идти́ в гимна́зию, на педагоги́ческий сове́т – составля́ть расписа́ние у́стных экза́менов для IV и VI кла́ссов!

Когда́, по́здно ве́чером, шел он из гимна́зии к Ше́лестовым, се́рдце у него́ би́лось и лицо́ горе́ло. Неде́лю и ме́сяц тому́ наза́д вся́кий раз, собира́ясь объясни́ться, он приготовля́л це́лую речь с предисло́вием и с заключе́нием, тепе́рь же у него́ не́ было нагото́ве ни одного́ сло́ва, в голове́ всё перепу́талось, и он то́лько знал, что сего́дня он наве́рное объясни́тся и что до́льше ждать нет никако́й возмо́жности.

“Я приглашу́ её в сад, – обду́мывал он, – немно́жко погуля́ю и объясню́сь”...

A uróki kónchatsia eshchyó ne skóro – v tri chasá! Pósle zhe urókov nuzhno idtí ne domói` i ne k Shélestovy`m, a k Vol`fu na urók. E´tot Vol`f, bogáty`i` evréi`, priávshii liuteránstvo, ne otdavál svoíkh detéi` v gimnáziiu, a priglashál k nim gimnazícheskikh uchiteléi` i platíl po piatí rubléi` za urók...

“Skúchno, skúchno, skúchno!”

V tri chasá on poshyól k Vol`fu i vy`sidel u negó, kak emú pokazálos`, tse´luiu véchnost`. Vy`shel ot negó v piat` chasóv, a v sed`móm uzhé dólzhen by`l idtí v gimnáziiu, na pedagogícheskii` sovét – sostavliát` raspisánie ústny`kh e`kzámenov dlia IV i VI klássov!

Kogdá, pózdno vécherom, shel on iz gimnázii k Shélestovy`m, sérdtse u negó bílos` i litsó gorélo. Nedéliu i mésiats tomú nazád vsiákii` raz, sobiráias` ob``iasnít`sia, on prigotovliál tse´luiu rech` s predislóviem i s zacliuchéniem, tepér` zhe u negó né by`lo nagotóve ni odnogó sло́va, v golové vsyo pereputálos`, i on tól`ko znal, shto segódnia on naveрnoe ob``iasnít`sia i shto dól`she zhdat` net nikakói` vozmо́zhnosti.

“Ia priglashú eyó v sad, – obdúmy`val on, – nemnózhko guliáiu i ob``iasniús`”...

And it would be a long time before lessons were over–at three o'clock! And after lessons he could not go home nor to the Shelestovs', but must go to give a lesson at Wolf's. This Wolf, a wealthy Jew who had turned Lutheran, did not send his children to school, but had them taught at home by the school teachers, and paid five roubles a lesson...

"Boring, boring, boring!"

At three o'clock he went to Wolf's and spent there, as it seemed to him, an eternity. He left there at five o'clock, and before seven he had to be at school again to a meeting of the teachers–to draw up the plan for the oral examinations of the fourth and sixth classes!

When late in the evening he left school and went to the Shelestovs', his heart was beating and his face was flushed. A month before, even a week before, he had, every time that he made up his mind to speak to her, prepared a whole speech, with an introduction and a conclusion. Now he had not one word ready; everything was in a muddle in his head, and all he knew was that today he would certainly declare himself, and that it was utterly impossible to wait any longer.

"I will ask her to come to the garden," he thought; "we'll walk about a little and I'll speak..."

Vocabulary

ко́нчиться, конча́ться	die; end; expire; finish; stop; give out; result in; give off; come to an end
ко́нчить, конча́ть	close; end; finish; stop; be through; complete; get through; climax; shoot off
ко́нченый, ко́нченая	burnt-out; down-at-heel; washed-up
приня́ть, принима́ть	accept; take; admit; assume; embrace; entertain; pass; receive; recognize; put on
приня́тие	taking; acceptance; admission; adoption; assumption; reception; embracement; recipiency; passing; initiation
отда́ть, отдава́ть	return; give back; give away; send; devote; deliver; book; put; contribute; kick; render
учи́тель, учи́тельница	instructor; pedagogue; teacher; guru
учи́ть	instruct; drill; train; teach

В пере́дней не́ было ни души́; он вошёл в за́лу, пото́м в гости́ную... Тут то́же никого́ не́ было. Слы́шно бы́ло, как наверху́, во второ́м этаже́, с ке́м-то спо́рила Ва́ря и как в де́тской стуча́ла но́жницами наёмная швея́.

Была́ в до́ме ко́мнатка, кото́рая носи́ла три назва́ния: ма́ленькая, проходна́я и тёмная. В ней стоя́л большо́й ста́рый шкап с медикаме́нтами, с по́рохом и охо́тничьими принадле́жностями. Отсю́да вела́ во второ́й эта́ж у́зкая деревя́нная ле́стничка, на кото́рой всегда́ спа́ли ко́шки. Бы́ли тут две́ри: одна́ – в де́тскую, друга́я – в гости́ную. Когда́ вошёл сюда́ Ники́тин, что́бы отпра́виться наве́рх, дверь из де́тской отвори́лась и хло́пнула так, что задрожа́ли и ле́стница и шкап; вбежа́ла Маню́ся в тёмном пла́тье, с куско́м си́ней мате́рии в рука́х, и, не замеча́я Ники́тина, шмы́гнула к ле́стнице.

– Посто́йте... – останови́л её Ники́тин. – Здра́вствуйте, Годфруа́... Позво́льте...

Он запыха́лся, не знал что говори́ть; одно́ю руко́й держа́л её за ру́ку, а друго́ю – за си́нюю мате́рию. А она́ не то испуга́лась, не то удиви́лась и гляде́ла на него́ больши́ми глаза́ми.

V perédnei` ne´ by`lo ni dushí; on voshól v zálu, potóm v gostínuiu... Tut tózhe nikogó ne´ by`lo. Sly´shno by`lo, kak naverhú, vo vtoróm e`tazhé, s kém-to spórila Varia i kak v détskoi` stuchála nózhnitsami nayómnaia shveia´.

By`lá v dóme kómnatka, kotóraia nosíla tri nazvániia: málen`kaia, prohodnáia i tyómnaia. V nei` stoiál bol`shói` stáry`i` shkap s medikaméntami, s pórohom i ohótneych`imi prinadlézhnostiami. Otsiúda velá vo vtorói` e`tazh úzkaia dereviánnaia léstnichka, na kotóroi` vsegdá spáli kóshki. By´li tut dvéri: odná – v détskuiu, drugáia – v gostínuiu. Kogdá voshyól siuda Nikítin, shtóby` otprávit`sia navérkh, dver` iz détskoi` otvoríolas` i khlópnula tak, shto zadrozháli i léstnitsa i shkap; vbezhála Maniúsia v tyómnom plát`e, s kuskóm sínei` matérii v rukákh, i, ne zamechaia Nikítina, shmy`gnúla k léstnetse.

– Postói`te... – ostanovíl eyó Nikítin. – Zdrávstvui`te, Godfruá... Pozvól`te...

On zapy`hálsia, ne znal shto govorít`; odnóiu rukói` derzhál eyó za rúku, a drugóiu – za síniuiu matériiu. A oná ne to ispugálas`, ne to udivílas` i gliadéla na negó bol`shími glazámi.

There was not a soul in the hall; he went into the drawing-room and then into the sitting-room... There was no one there either. He could hear Varya arguing with some one upstairs, on the first floor, and the clink of the hired dressmaker's scissors in the nursery.

There was a little room in the house which had three names: the little room, the passage room, and the dark room. There was a big cupboard in it where they kept medicines, gunpowder, and their hunting gear. Leading from this room to the first floor was a narrow wooden staircase where cats were always asleep. There were two doors in it–one leading to the nursery, one to the sitting-room. When Nikitin went into this room to go upstairs, the door from the nursery opened and shut with such a bang that it made the stairs and the cupboard tremble; Manyusya, in a dark dress, ran in with a piece of blue material in her hand, and, not noticing Nikitin, darted towards the stairs.

"Stay..." said Nikitin, stopping her. "Good-evening, Godefroi... Allow me..."

He gasped, he did not know what to say; with one hand he held her hand and with the other the blue material. And she was half frightened, half surprised, and looked at him with big eyes.

Vocabulary

то́же, та́кже	also; too; as well; likewise; so; both; either
спо́рить, поспо́рить	dispute; argue; debate; quarrel; bet; contend; bicker; spar; contest; wrangle; polemize
спор	dispute; controversy; argument; wrangle; quarrel; contention; litigation; fight; debate
спо́рный, спо́рная	disputable; questionable; controversial; argumentative; attackable; debatable; objectionable
спо́рщик, спо́рщица	disputant; wrangler; polemicist; polemist
наёмный, наёмная	hired; rent; mercenary; hack; wage laborer
нанима́ть, наня́ть	hire; engage; rent; lodge; employ
носи́ть	carry; wear; bear; sport
носи́льщик	porter; baggage-man; bearer
но́ский, но́ская	hard-wearing; serviceable; durable; long-wearing
назва́ние	name; title; appellation; appellative; denomination; designation; epithet
назва́ть, называ́ть	call; name; mention; term; entitle; denominate

– Позвольте... – продолжал Никитин, боясь, чтоб она не ушла. – Мне нужно вам кое-что сказать... Только... здесь неудобно. Я не могу, не в состоянии... Понимаете ли, Годфруа, я не могу... вот и всё...

Синяя материя упала на пол, и Никитин взял Манюсю за другую руку. Она побледнела, зашевелила губами, потом попятилась назад от Никитина и очутилась в углу между стеной и шкапом.

– Честное слово, уверяю вас... – сказал он тихо. – Манюся, честное слово...

Она откинула назад голову, а он поцеловал её в губы и, чтоб этот поцелуй продолжался дольше, он взял её за щёки пальцами; и как-то так вышло, что сам он очутился в углу между шкапом и стеной, а она обвила руками его шею и прижалась к его подбородку головой.

Потом оба побежали в сад.

Сад у Шелестовых был большой, на четырёх десятинах. Тут росло с два десятка старых клёнов и лип, была одна ель, всё же остальное составляли фруктовые деревья: черешни, яблони, груши, дикий каштан, серебристая маслина... Много было и цветов.

Никитин и Манюся молча бегали по аллеям, смеялись, задавали изредка друг другу отрывистые вопросы, на которые не отвечали,

– Pozvól`te... – prodolzhál Nikítin, boiás`, shtob oná ne ushlá. – Mne núzhno vam koe-shto skazát... Tól`ko... zdes` neudóbno. Ia ne mogú, ne v sostoiánii... Ponimáete li, Godfruá, ia ne mogú... vot i vsyo...

Síniaia matériia upála na pol, i Nikítin vzial Maniúsiu za drugúiu rúku. Oná poblednéla, zashevelíla gubámi, potóm popiátilas` nazád ot Nikítina i ochutílas` v uglú mézhdu stenói` i shkápom.

– Chéstnoe slóvo, uveriáiu vas... – skazál on tího. – Maniúsia, chéstnoe slóvo...

Oná otkínula nazád gólovu, a on potselovál eyó v gúby` i, shtob e`tot potselúi` prodolzhálsia dól`she, on vzial eyó za shchyóki pál`tsami; i kak-to tak vý`shlo, shto sam on ochutílsia v uglú mézhdu shkápom i stenói`, a oná obvilá rukámi egó shéiu i prizhálas` k egó podboródku golovói`.

Potóm óba pobezháli v sad.

Sad u Shélestovy`kh by`l bol`shói`, na chety`ryókh desiatínakh. Tut rosló s dva desiátka stáry`kh clyónov i lip, by`lá odná el`, vsyo zhe ostal`nóe sostavliáli fruktóvy`e derév`ia: cheréshni, iábloni, grúshi, díkii` kashtán, serebrístaia maslína... Mnógo bý`lo i tsvetóv.

Nikítin i Maniúsia mólcha bégali po alléiam, smeiális`, zadaváli ízredka drug drúgu otrý`visty`e voprosy`, na kotóry`e ne otvecháli, a nad sádom

"Allow me..." Nikitin went on, afraid she would go away. "There's something I must say to you... Only... it's inconvenient here. I cannot, I am incapable... Understand, Godefroi, I can't... that's all..."

The blue material slipped on to the floor, and Nikitin took Manyusya by the other hand. She turned pale, moved her lips, then stepped back from Nikitin and found herself in the corner between the wall and the cupboard.

"On my honour, I assure you..." he said softly. "Manyusya, on my honour..."

She threw back her head and he kissed her lips, and that the kiss might last longer he put his fingers to her cheeks; and it somehow happened that he found himself in the corner between the cupboard and the wall, and she put her arms round his neck and pressed her head against his chin.

Then they both ran into the garden.

The Shelestovs had a big garden of nine acres. There were about twenty old maples and lime-trees in it; there was one fir-tree, and all the rest were fruit-trees: cherries, apples, pears, horse-chestnuts, silvery olive-trees... There were heaps of flowers, too.

Nikitin and Manyusya ran along the avenues in silence, laughed, asked each other from time to time disconnected questions which they did not

Vocabulary

позво́лить, позволя́ть	let; allow; admit; consent; permit; accept; afford; assume; enable; suppose; tolerate; make possible; give the nod to
позволе́ние	permission; leave; allowance; consent; courtesy; favour; permit
позволи́тельный, позволи́тельная	permissible; allowable; justifiable; excusable
продолжа́ть, продо́лжить	continue; go on; lengthen; prolong; go; keep; follow; proceed; protract; pursue; carry on; extend; resume
продолже́ние	continuation; course; sequel; extension; resumption; prolongation; maintenance; duration
продолжа́тель, продолжа́тельница	continuator; continuer; successor
состоя́ние	condition; status; circumstance; station; position; situation; shape; substance; fortune; capital

а над садом светил полумесяц и на земле из тёмной травы, слабо освещённой этим полумесяцем, тянулись сонные тюльпаны и ирисы, точно прося, чтобы и с ними объяснились в любви.

Когда Никитин и Манюся вернулись в дом, офицеры и барышни были уже в сборе и танцевали мазурку. Опять Полянский водил по всем комнатам grand-rond, опять после танцев играли в судьбу. Перед ужином, когда гости пошли из залы в столовую, Манюся, оставшись одна с Никитиным, прижалась к нему и сказала:

— Ты сам поговори с папой и Варей. Мне стыдно...

После ужина он говорил со стариком. Выслушав его, Шелестов подумал и сказал:

— Очень вам благодарен за честь, которую вы оказываете мне и дочери, но позвольте мне поговорить с вами по-дружески. Буду говорить с вами не как отец, а как джентльмен с джентльменом. Скажите, пожалуйста, что вам за охота так рано жениться? Это только мужики женятся рано, но там, известно, хамство, а вы-то с чего? Что за удовольствие в такие молодые годы надевать на себя кандалы?

---

svetíl polumésiats i na zemlé iz tyómnoi̇̀ travy̒, slábo osveshchyónnoi̇̀ e̒tim polumésiatsem, tianúlis̀ sónny̒e tiul`pány̒ i írisy̒, tóchno prosiá, shtóby̒ i s ními ob``iasnílis̀ v liubví.

Kogdá Nikítin i Maniúsia vernúlis̀ v dom, ofitséry̒ i báry̒shni by̒́li uzhé v sbóre i tantseváli mazúrku. Opiát̀ Poliánskii̇̀ vodíl po vsem kómnatam grand-rond, opiát̀ pósle tántsev igráli v sud`bú. Péred úzhinom, kogdá gósti poshlí iz zály̒ v stolóvuiu, Maniúsia, ostávshis̀ odná s Nikítiny̒m, prizhálas̀ k nemú i skazála:

— Ty̒́ sam pogovorí s pápoi̇̀ i Várei̇̀. Mne sty̒́dno...

Pósle úzhina on govoríl so starikóm. Vy̒́slushav egó, Shélestov podúmal i skazál:

— Óchen` vam blagodáren za chest̀, kotóruiu vy̒́ okázy̒vaete mne i dócheri, no pozvól`te mne pogovorít̀ s vámi po-drúzheski. Búdu govorít̀ s vámi ne kak otéts, a kak dzhentl`mén s dzhentl`ménom. Skazhíte, pozhálui̇̀sta, shto vam za ohóta tak ráno zhenít̀sia? E̒to tól`ko muzhikí zhéniatsia ráno, no tam, izvéstno, hámstvo, a vy̒́-to s chegó? Shto za udovól`stvie v takíe molody̒́e gódy̒ nadevát̀ na sebiá kandály̒?

answer. A crescent moon was shining over the garden, and drowsy tulips and irises were stretching up from the dark grass in its faint light, as though entreating for words of love for them, too.

When Nikitin and Manyusya went back to the house, the officers and the young ladies were already assembled and dancing the mazurka. Again Polyansky led the grand chain through all the rooms, again after dancing they played "fate." Before supper, when the visitors had gone from the drawing-room into the dining-room, Manyusya, left alone with Nikitin, pressed close to him and said:

"You must speak to papa and Varya yourself. I am ashamed..."

After supper he talked to the old father. After listening to him, Shelestov thought a little and said:

"I am very grateful for the honour you do me and my daughter, but let me speak to you as a friend. I will speak to you, not as a father, but as one gentleman to another. Tell me, please, why do you want to be married so young? Only peasants are married so young, and that, of course, is loutishness. But why should you? Where's the satisfaction of putting on the fetters at your young age?"

Vocabulary

светить	shine; beacon; beam; light; lamp; glow; gleam; glisten
свет	light; world; day; society; dear; darling; shine; colour; glow
светлый, светлая	light; bright; serene; blond; luminous; clear; cheerful; fair; lightsome; lucid
светлость	serenity; grace; Ladyship; Lordship
светлячок	glowworm; firefly; lighting bug
земля	earth; ground; sod; deck; shores; soil; country; territory; planet; world; land
земляной, земляная	earth; mud; land; ashy; earthen; dirt; excavatory; ground; terrene
землистый, землистая	earthy; ashy; sallow; muddy; terrene
земельный	land; agrarian; territorial
земляк	countryman; homeboy; compatriot

– Я во́все не мо́лод! – оби́делся Ники́тин. – Мне 27-й год.

– Па́па, конова́л пришёл! – кри́кнула из друго́й ко́мнаты Варя́.

И разгово́р прекрати́лся. Домо́й провожа́ли Ники́тина Варя́, Маню́ся и Поля́нский. Когда́ подошли́ к его́ кали́тке, Варя́ сказа́ла:

– Что э́то ваш таи́нственный Митрополи́т Митрополи́тыч никуда́ не пока́зывается? Пусть бы к нам пришёл.

Таи́нственный Иппол́ит Ипполи́тыч, когда́ вошёл к нему́ Ники́тин, сиде́л у себя́ на посте́ли и снима́л пантало́ны.

– Не ложи́тесь, голу́бчик! – сказа́л ему́ Ники́тин, задыха́ясь. – Постой-те, не ложи́тесь!

Иппол́ит Ипполи́тыч бы́стро наде́л пантало́ны и спроси́л встре-во́женно:

– Что тако́е?

– Я женю́сь!

Ники́тин сел ря́дом с това́рищем и, гля́дя на него́ удивлённо, то́чно удивля́ясь самому́ себе́, сказа́л:

– Предста́вьте, женю́сь! На Ма́ше Ше́лестовой! Сего́дня предложе́ние сде́лал.

– ́Ia vóvse ne mólod! – obídelsia Nikítin. – Mne 27-i` god.

– Pápa, konovaĺ prishyóĺ! – kríknula iz drugo´i` ko´mnaty` Varia´.

I razgovoŕ prekratı́lsia. Domo´i` provozha´li Nikítina Varia´, Maniu´sia i Poliánskii`. Kogda´ podoshli´ k ego´ kalítke, Varia´ skaza´la:

– Shto e´to vash taínstvenny`i` Mitropolíit Mitropolíty`ch nikuda´ ne poka´zy`vaetsia? Pust` by` k nam prishyoĺ.

Taínstvenny`i` Ippolíit Ippolíty`ch, kogda´ voshyóĺ k nemu´ Nikítin, side´l u sebia´ na poste´li i snima´l pantalony`.

– Ne lozhítes`, golu´bchik! – skaza´l emu´ Nikítin, zady`ha´ias`. – Posto´i`te, ne lozhítes`!

Ippolíit Ippolíty`ch by´stro nade´l pantalony` i sprosíil vstrevo´zhenno:

– Shto tako´e?

– ́Ia zheniu´s`!

Nikítin sel ria´dom s tova´rishchem i, glia´dia na nego´ udivlyónno, to´chno udivlia´ias` samomu´ sebe´, skaza´l:

– Predsta´v`te, zheniu´s`! Na Ma´she She´lestovoi`! Sego´dnia predlozhénie sde´lal.

"I am not young!" said Nikitin, offended. "I am in my twenty-seventh year."

"Papa, the farrier has come!" cried Varya from the other room.

And the conversation broke off. Varya, Manyusya, and Polyansky saw Nikitin home. When they reached his gate, Varya said:

"Why is it your mysterious Metropolit Metropolitych never shows himself anywhere? He might come and see us."

The mysterious Ippolit Ippolitych was sitting on his bed, taking off his trousers, when Nikitin went in to him.

"Don't go to bed, my dear fellow!" said Nikitin breathlessly. "Stop a minute; don't go to bed!"

Ippolit Ippolitych put on his trousers hurriedly and asked in a flutter:

"What is it?"

"I am getting married!"

Nikitin sat down beside his companion, and looking at him wonderingly, as though surprised at himself, said:

"Only fancy, I am getting married! To Masha Shelestova! I made an offer today."

Vocabulary

оби́деться, обижа́ться	take offence; be aggrieved; take amiss; huff; resent; take displeasure
оби́деть, обижа́ть	offend; hurt; wrong; overreach; aggrieve; damnify; injure; insult; mortify; snub
оби́да	insult; grievance; harm; offence; wrong; hurt; injury; resentment
оби́женный, оби́женная	offended; sore; resentful; pained; injured; affronted; aggrieved; hurt
оби́дчивый, оби́дчивая	touchy; squeamish; susceptible; resentful; sensitive; quick to take offence
друго́й, друга́я	other; next; second; alternative; another; different; new; else
разгово́р	talk; conversation; discourse; colloquy; chat
разговори́ть	get smb. to talk
разгово́рчивый, разгово́рчивая	talkative; communicative; well-spoken; chatty

– Что ж? Она́ де́вушка, ка́жется, хоро́шая. То́лько молода́ о́чень.

– Да, молода́! – вздохну́л Ники́тин и озабо́ченно пожа́л плеча́ми. – О́чень, о́чень молода́!

– Она́ у меня́ в гимна́зии учи́лась. Я её зна́ю. По геогра́фии учи́лась ничего́ себе́, а по исто́рии – пло́хо. И в кла́ссе была́ невнима́тельна.

Ники́тину вдруг почему́-то ста́ло жаль своего́ това́рища и захоте́лось сказа́ть ему́ что-нибудь ла́сковое, утеши́тельное.

– Голу́бчик, отчего́ вы не же́нитесь? – спроси́л он. – Ипполи́т Ипполи́тыч, отчего́ бы вам, наприме́р, на Ва́ре не жени́ться? Э́то чудна́я, превосхо́дная де́вушка! Пра́вда, она́ о́чень лю́бит спо́рить, но зато́ се́рдце... како́е се́рдце! Она́ сейча́с про вас спра́шивала. Жени́тесь на ней, голу́бчик! А?

Он отли́чно знал, что Варя́ не пойдёт за э́того ску́чного курно́сого челове́ка, но всё-таки убежда́л его́ жени́ться на ней. Заче́м?

– Жени́тьба – шаг серьёзный, – сказа́л Ипполи́т Ипполи́тыч, поду́мав. – На́до обсуди́ть всё, взве́сить, а так нельзя́. Благоразу́мие никогда́ не меша́ет, а в осо́бенности в жени́тьбе, когда́ челове́к, переста́в быть холосты́м, начина́ет но́вую жизнь.

– Shto zh? Oná dévushka, kázhetsia, horóshaia. Tól`ko molodá óchen`.

– Da, molodá! – vzdokhnúl Nikítin i ozabóchenno pozhál plechámi. – Óchen`, óchen` molodá!

– Oná u meniá v gimnázii uchílas`. ´Ia eyó znáiu. Po geográfii uchílas` nichegó sebé, a po istórii – plóho. I v clásse by`lá nevnimátel`na.

Nikítinu vdrug pochemú-to stálo zhal` svoegó továrishcha i zahoté los` skazát` emú shto-nibud` láskovoe, uteshítel`noe.

– Golúbchik, otchegó vy` ne zhénites`? – sprosíl on. – Ippolít Ippolíty`ch, otchegó by` vam, naprimér, na Váre ne zhenít`sia? E´to chudnáia, pre-voshódnaia dévushka! Právda, oná óchen` liúbit sporít`, no zató sérdtse... kakóe sérdtse! Oná sei`chás pro vas spráshivala. Zhenítes` na nei`, go-lúbchik! A?

On otlíchno znal, shto Variá ne poi`dyót za e´togo skúchnogo kurnósogo chelovéka, no vsyo-taki ubezhdál egó zhenít`sia na nei`. Zaché m?

– Zhenít`ba – shag ser`yozny`i`, – skazál Ippolít Ippolíty`ch, podúmav. – Nádo obsudít` vsyo, vzvésít`, a tak nel`ziá. Blagorazúmie nikogdá ne mesháet, a v osóbennosti v zhenít`be, kogdá chelovék, perestáv by`t` holostým, nachináet nóvuiu zhizn`.

"Well? She seems a good sort of girl. Only she is very young."

"Yes, she is young!" sighed Nikitin, and shrugged his shoulders with an apprehensive air. "Very, very young!"

"She was my pupil at school. I know her. She wasn't bad at geography, but she was no good at history. And she was inattentive in class, too."

Nikitin for some reason felt suddenly sorry for his companion, and longed to say something kind and comforting to him.

"My dear fellow, why don't you get married?" he asked. "Ippolit Ippolitych, why don't you marry Varya, for instance? She is a splendid, excellent girl! It's true she is very fond of arguing, but a heart... what a heart! She was just asking about you. Marry her, my dear fellow! Eh?"

He knew perfectly well that Varya would not marry this dull, snub-nosed man, but still persuaded him to marry her–why?

"Marriage is a serious step," said Ippolit Ippolitych after a moment's thought. "One has to look at it all round and weigh things thoroughly; it's not to be done rashly. Prudence is always a good thing, and especially in marriage, when a man, ceasing to be a bachelor, begins a new life."

Vocabulary

де́вушка	girl; lass; maiden
де́вичий, де́вичья	maiden; maidenly; virgin; maidenlike; virginal
деви́чество	girlhood; maidenhood; virginity
деви́чник	hen night; hen party
хоро́ший, хоро́шая	good; fine; satisfactory; solid; fair; decent; kind
хоро́шенький, хоро́шенькая	pretty; nice; comely; pin-up; bonny; minion
хороши́ст, хороши́стка	B student
хороше́ть, похороше́ть	smarten; grow prettier; get prettier; improve in appearance
прихора́шиваться, прихороши́ться	preen oneself; smarten up; gussy up; preen one's feathers; prink oneself up; doll oneself up; perk oneself up
озабо́ченный, озабо́ченная	anxious; solicitous; preoccupied; apprehensive; concerned; worried

И он заговорил о том, что всем давно уже известно. Никитин не стал слушать его, простился и пошёл к себе. Он быстро разделся и быстро лёг, чтобы поскорее начать думать о своём счастии, о Манюсе, о будущем, улыбнулся и вдруг вспомнил, что он не читал ещё Лессинга.

"Надо будет прочесть... – подумал он. – Впрочем, зачем мне его читать? Ну его к чёрту!"

И утомлённый своим счастьем, он тотчас же уснул и улыбался до самого утра.

Снился ему стук лошадиных копыт о бревенчатый пол; снилось, как из конюшни вывели сначала вороного Графа Нулина, потом белого Великана, потом сестру его Майку...

II

"В церкви было очень тесно и шумно, и раз даже кто-то вскрикнул, и протоиерей, венчавший меня и Манюсю, взглянул через очки на толпу и сказал сурово:

I on zagovoríl o tom, shto vsem davnó uzhé izvéstno. Nikítin ne stal slúshat` egó, prostílsia i poshyól k sebé. On bý`stro razdélsia i bý`stro lyog, shto by` poskoreé nachát` dúmat` o svoém schástii, o Maniúse, o búdushchem, ulý`bnúlsia i vdrug vspómnil, shto on ne chitál eshchyó Léssinga.

"Nádo búdet prochést`... – podúmal on. – Vpróchem, zachém mne egó chitát`? Nu egó k chyórtu!"

I utomlyónny`i` svoím schást`em, on tótchas zhe usnúl i ulý`bálsia do sámogo utrá.

Sní`lsia emú stuk loshadíny`kh kopý`t o brevénchaty`i` pol; sní`los`, kak iz koniúshni vý`veli snachála voronógo Gráfa Núlina, potóm bélogo Velikána, potóm sestrú egó Maí`ku...

II

"V tsérkvi bý`lo óchen` tésno i shúmno, i raz dázhe kto-to vskrí`knul, i protoieréi`, venchávshii` meniá i Maniúsiu, vzglianúl chérez ochkí na tolpú i skazál suróvo:

And he talked of what every one has known for ages. Nikitin did not stay to listen, said goodnight, and went to his own room. He undressed quickly and quickly got into bed, in order to be able to think the sooner of his happiness, of Manyusya, of the future; he smiled, then suddenly recalled that he had not read Lessing.

"I must read him..." he thought. "Though, after all, why should I? To hell with him!"

And exhausted by his happiness, he fell asleep at once and went on smiling till the morning.

He dreamed of the thud of horses' hoofs on a wooden floor; he dreamed of the black horse Count Nulin, then of the white Giant and its sister Maika, being led out of the stable...

II

"It was very crowded and noisy in the church, and once some one cried out, and the head priest, who was marrying Manyusya and me, looked through his spectacles at the crowd, and said severely:

Vocabulary

давно́	long ago; long since; long; way back; for a long time; this many a day; many years ago; of old; far; far back; a long time ago
да́вний, да́вняя, давни́шний, давни́шняя	old; distant; aforetime; former; old-established; once; long-standing
да́вность	remoteness; limitation; statute of limitation
да́веча	recently; lately; then; a while back; a while ago; the other day
уже́	already; as early as; as late as; before; yet; by now
изве́стный, изве́стная	known; familiar; well-known; renowned; famous; notorious; certain; distinguished; reputed; famed; illustrious; noted; prominent
изве́стие	news; information; bulletin; word; knowledge; tidings

– Не ходи́те по це́ркви и не шуми́те, а сто́йте ти́хо и моли́тесь. На́до страх бо́жий име́ть.

Шафера́ми у меня́ бы́ли два мои́х това́рища, а у Мани́ – штабс-капита́н Поля́нский и пору́чик Ге́рнет. Архиере́йский хор пел великоле́пно. Треск свече́й, блеск, наря́ды, офице́ры, мно́жество весёлых, дово́льных лиц и како́й-то осо́бенный, возду́шный вид у Мани́, и вся вообще́ обстано́вка и слова́ венча́льных моли́тв тро́гали меня́ до слёз, наполня́ли торжество́м. Я ду́мал: как расцвела́, как поэти́чески краси́во сложи́лась в после́днее вре́мя моя́ жизнь! Два го́да наза́д я был ещё студе́нтом, жил в дешёвых номера́х на Негли́нном, без де́нег, без родны́х и, как каза́лось мне тогда́, без бу́дущего. Тепе́рь же я – учи́тель гимна́зии в одно́м из лу́чших губе́рнских городо́в, обеспе́чен, люби́м, избало́ван. Для меня́ вот, ду́мал я, собрала́сь тепе́рь э́та толпа́, для меня́ горя́т три паникади́ла, ревёт протодья́кон, стара́ются певчие, и для меня́ так мо́лодо, изя́щно и ра́достно э́то молодо́е существо́, кото́рое немно́го погодя́ бу́дет называ́ться мое́ю жено́й. Я вспо́мнил пе́рвые встре́чи, на́ши пое́здки за́ город, объясне́ние в любви́ и пого́ду, кото́рая, как наро́чно, всё ле́то была́ ди́вно хороша́; и то сча́стье, кото́рое когда-

---

– Ne hodíte po tsérkvi i ne shumíte, a stói`te tího i molítes`. Nádo strakh bózhii` imét`.

Shaferámi u meniá býli dva moíkh továrishcha, a u Maní – shtabs-kapitán Poliánskii` i porúchik Gérnet. Arhieréi`skii` hor pel velikolépno. Tresk svehéi`, blesk, nariády`, ofitséry`, mnózhestvo vesyóly`kh, do-vól`ny`kh lits i kakói`-to osóbenny`i`, vozdúshny`i` vid u Maní, i vsia voo-bshché obstanóvka i slová venhál`ny`kh molítv trógali meniá do slyoz, napolniáli torzhestvóm. Ia dúmal: kak rastsvelá, kak poéticheski krasívo slozhílas` v poslédnee vrémia moiá zhizn`! Dva góda nazád ia býl esh-chyó studéntom, zhil v deshyóvy`kh nomerákh na Neglínnom, bez déneg, bez rodný`kh i, kak kazálos` mne togdá, bez búdushchego. Tepér` zhe ia – uchítel` gimnázii v odnóm iz lúchshikh gubérnskikh gorodóv, obespéchen, liubím, izbalóvan. Dlia meniá vot, dúmal ia, sobralás` tepér` éta tolpá, dlia meniá goriát tri panikadíla, revyót protod`iákon, staráiutsia pévchie, i dlia meniá tak mólodo, iziáshchno i rádostno éto molodóe sushchestvó, kotoroe nemnógo pogodiá búdet nazy`vát`sia móeiu zhenói`. Ia vspómnil pérvy`e vstréchi, náshi pое́zdki zá gorod, ob``iasnénie v liubví i pogódu, kotoraia, kak naróchno, vsyo léto by`lá dívno horoshá; i to schást`e, kotoroe kogda-

'Don't move about the church, and don't make a noise, but stand quietly and pray. You should have the fear of God.'

"My best men were two of my colleagues, and Manya's best men were Staff Captain Polyansky and Lieutenant Gernet. The bishop's choir sang superbly. The sputtering of the candles, the brilliant light, the dresses, the officers, the numbers of gay, happy faces, and a special ethereal look in Manya, everything together–the surroundings and the words of the wedding prayers–moved me to tears and filled me with triumph. I thought how my life had blossomed, how poetically it was shaping itself lately! Two years ago I was still a student, I was living in cheap furnished rooms in Neglinny Lane, without money, without relations, and, as I fancied then, with nothing to look forward to. Now I am a school teacher in one of the best provincial towns, with a secure income, loved, spoiled. It is for my sake, I thought, this crowd is collected, for my sake three candelabra have been lighted, the deacon is booming, the choir is doing its best; and it's for my sake that this young creature, whom I soon shall call my wife, is so young, so elegant, and so joyful. I recalled our first meetings, our rides into the country, my declaration of love and the weather, which, as though expressly, was so exquisitely fine all the summer; and the happiness which at one time

Vocabulary

ходи́ть	go; walk; sail; ply; move; visit; attend; circulate; wear; look after; take care of; nurse; step; straddle; foster
ходо́к	goer; walker; lover-boy; womanizer
хо́дкий, хо́дкая, ходово́й, ходова́я	marketable; current; quick; saleable; popular; best-selling
хо́дка	trip; jail sentence; prison term
хо́дики	wag-on-the-wall
це́рковь	church; chapel; place of worship; fold
церко́вный, церко́вная	church; ecclesiastic; ecclesiastical; spiritual; churchly; clerical
церко́вник	churchman; cleric; churcher
воцерковлённый, воцерковлённая	church-going; churched
моли́ться, помоли́ться	pray; offer prayers; bend the knee; be at devotion; say grace; worship

то на Негли́нном представля́лось мне возмо́жным то́лько в рома́нах и по́вестях, тепе́рь я испы́тывал на са́мом де́ле, каза́лось, брал его́ рука́ми.

По́сле венча́ния все в беспоря́дке толпи́лись о́коло меня́ и Мани́ и выража́ли своё и́скреннее удово́льствие, поздравля́ли и жела́ли сча́стья. Брига́дный генера́л, стари́к лет под се́мьдесят, поздра́вил одну́ то́лько Маню́сю и сказа́л ей ста́рческим скрипу́чим го́лосом, так гро́мко, что пронесло́сь по всей це́ркви:

– Наде́юсь, ми́лая, и по́сле сва́дьбы вы оста́нетесь всё таки́м же роза́ном.

Офице́ры, дире́ктор и все учителя́ улыбну́лись из прили́чия, и я то́же почу́вствовал на своём лице́ прия́тную неи́скреннюю улы́бку. Миле́йший Ипполи́т Ипполи́тыч, учи́тель исто́рии и геогра́фии, всегда́ говоря́щий то, что всем давно́ изве́стно, кре́пко пожа́л мне ру́ку и сказа́л с чу́вством:

– До сих пор вы бы́ли не жена́ты и жи́ли одни́, а тепе́рь вы жена́ты и бу́дете жить вдвоём.

Из це́ркви пое́хали в двухэта́жный нештукату́ренный дом, кото́рый я получа́ю тепе́рь в прида́ное. Кро́ме э́того до́ма, за Ма́ней деньга́ми

to na Negli'nnom predstavlia'los` mne vozmo'zhny`m to'l`ko v roma'nakh i po'vestiakh, tepe'r` ia ispy'ty`val na sa'mom de'le, kaza'los`, bral ego' ruka'mi.

Po'sle vencha'niia vse v bespo'ria'dke tolpi'lis` o'kolo menia' i Mani' i vy`razha'li svoyo' i'skrennee udovo'l`stvie, pozdravlia'li i zhela'li scha'st`ia. Briga'dny`i` genera'l, stari'k let pod se'm`desiat, pozdra'vil odnu' to'l`ko Maniu'siu i skaza'l ei` sta'rcheskim skripu'chim go'losom, tak gro'mko, shto proneslo's` po vsei` tse'rkvi:

– Nade'ius`, mi'laia, i po'sle sva'd`by` vy` osta'netes` vsyo taki'm zhe ro'za-nom.

Ofitse'ry`, dire'ktor i vse uchitelia' uly`bnu'lis` iz prili'chiia, i ia to'zhe pochu'vstvoval na svoyo'm litse' priia'tnuiu nei`skrenniuiu uly`bku. Mile'i`shii` Ippoli't Ippoli'ty`ch, uchi'tel` isto'rii i geogra'fii, vsegda' govoria'shchii` to, shto vsem davno' izve'stno, kre'pko pozha'l mne ru'ku i skaza'l s chu'vstvom:

– Do sikh por vy` by'li ne zhena'ty` i zhi'li odni', a tepe'r` vy` zhena'ty` i bu'dete zhit` vdvoe'm.

Iz tse'rkvi poe'hali v dvukhe'ta'zhny`i` neshtukatu'renny`i` dom, koto'ry`i` ia polucha'iu tepe'r` v prida'noe. Kro'me e'togo do'ma, za Ma'nei` den`ga'mi

in Neglinny Lane seemed to me possible only in novels and stories, I was now experiencing in reality–I was now, as it were, holding it in my hands.

"After the ceremony they all crowded in disorder round Manya and me, expressed their genuine pleasure, congratulated us and wished us happiness. The brigadier-general, an old man of about seventy, confined himself to congratulating Manyusya, and said to her in a squeaky, aged voice, so loud that it could be heard all over the church:

"'I hope that even after you are married you may remain the rose you are now, my dear.'

"The officers, the director, and all the teachers smiled from politeness, and I was conscious of an agreeable artificial smile on my face, too. Dear Ippolit Ippolitych, the teacher of history and geography, who always says what every one has known for ages, pressed my hand warmly and said with feeling:

"'Hitherto you have been unmarried and have lived alone, and now you are married and no longer single.'

"From the church we went to a two-storied unstuccoed house which I am receiving as part of the dowry. Besides that house Manya is bringing me

Vocabulary

возмо́жный, возмо́жная	conceivable; eventual; feasible; potential; practicable; liable; contingent; presumable; probable; thinkable; virtual; expectative; impliable; affordable; likely; would-be; alleged; optional
возмо́жность	possibility; capability; capacity; alternative; feasibility; chance; occasion; opportunity; resource; room; potential; opening; eventuality; contingency; modality; odds; potentiality
рома́н, рома́ны	novel; affair; romance
романи́ст	novelist; Romanist; Romance philologist
по́весть	story; tale; narrative; novella; short novel
повествова́ние	narration; narrative; recital; relation; account of events; recountal; story; story-telling
повествова́ть	narrate; be a narrative
на са́мом де́ле	in reality; actually; as a matter of fact; in effect; in truth; virtually; indeed

тысяч двадцать и ещё какая-то Мелитоновская пустошь со сторожкой, где, как говорят, множество кур и уток, которые без надзора становятся дикими. По приезде из церкви я потягивался, развалясь у себя в новом кабинете на турецком диване, и курил; мне было мягко, удобно и уютно, как никогда в жизни, а в это время гости кричали ура, и в передней плохая музыка играла туши и всякий вздор. Варя, сестра Мани, вбежала в кабинет с бокалом в руке и с каким-то странным, напряжённым выражением, точно у неё рот был полон воды; она, по-видимому, хотела бежать дальше, но вдруг захохотала и зарыдала, и бокал со звоном покатился по полу. Мы подхватили её под руки и увели.

— Никто не может понять! — бормотала она потом в самой дальней комнате, лёжа на постели у кормилицы. — Никто, никто! Боже мой, никто не может понять!

Но все отлично понимали, что она старше своей сестры Мани на четыре года и всё ещё не замужем и что плакала она не из зависти, а из грустного сознания, что время её уходит и, быть может, даже ушло. Когда танцевали кадриль, она была уже в зале, с заплаканным, сильно

ty'siach dvadtsat` i eshchyo kaka'ia-to Melitonovskaia pustosh` so storozhkoi`, gde, kak govoriat, mnozhestvo kur i utok, kotory`e bez nadzora stanoviatsia di'kimi. Po prie'zde iz tserkvi ia potia'givalsia, razvalias` u se-bia' v novom kabinete na turetskom divane, i kuri'l; mne by'lo mia'gko, udobno i uiutno, kak nikogda v zhi'zni, a v e'to vremia gosti krichali ura', i v perednei` plohaia muzy'ka igrala tushi i vsiakii` vzdor. Varia', ses-tra' Mani', vbezhala v kabinet s bokalom v ruke' i s kaki'm-to stranny`m, napriazhyonny`m vy`razhe'nii, tochno u neyo' rot by`l polon vody'; ona', po-vi'dimomu, hotela bezhat` dal`she, no vdrug zahohotala i zary`dala, i bokal so zvonom pokati'lsia po polu. My` podkhvati'li eyo' pod ru'ki i uveli'.

— Nikto' ne mozhet ponia't`! — bormotala ona' potom v samoi` dal`nei` komnate, lyozha na poste'li u kormi'litsy`. — Nikto', nikto! Bozhe moi`, nikto' ne mozhet poniat`!

No vse otli'chno ponimali, shto ona' starshe svoei` sestry` Mani' na chety`re goda i vsyo eshchyo ne zamuzhem i shto plakala ona' ne iz zavisti, a iz grustnogo soznaniia, shto vremia eyo' uhodit i, by`t` mozhet, dazhe ush-lo'. Kogda' tantsevali kadri'l`, ona' by`la uzhe' v za'le, s zaplakanny`m, si'l`no

about twenty thousand roubles, as well as some Melitonovsky waste land with a shanty on it, where I am told there are numbers of hens and ducks which are not looked after and are turning wild. When I got home from the church, I stretched myself at full length on the low sofa in my new study and began to smoke; I felt snug, cosy, and comfortable, as I never had in my life before. And meanwhile the wedding party were shouting 'Hurrah!' while a wretched band in the hall played flourishes and all sorts of trash. Varya, Manya's sister, ran into the study with a wineglass in her hand, and with a queer, strained expression, as though her mouth were full of water; apparently she had meant to go on further, but she suddenly burst out laughing and sobbing, and the wineglass crashed on the floor. We took her by the arms and led her away.

"'Nobody can understand!' she muttered afterwards, lying on the old nurse's bed in a back room. 'Nobody, nobody! My God, nobody can understand!'

"But every one understood very well that she was four years older than her sister Manya, and still unmarried, and that she was crying, not from envy, but from the sad consciousness that her time was passing, and perhaps had passed. When they danced the quadrille, she was back in the drawing-room

Vocabulary

мно́жество	crowd; dozens; host; variety; abundance; many; plurality; scores; plenty; throng; legion; mass; a great many; multitude; set
мно́жественность	plurality; manifoldness; diversification; multiplicity
мно́жественный, мно́жественная	plural; diversified; multiple; multiplex; multivariate; multiway
мно́житься, умно́житься	multiply
надзо́р	supervision; surveillance; control; charge; oversight; intendance; watch
надзира́ть	oversee; supervise; patrol; superintend; inspect
надзира́тель	supervisor; inspector; jailer; warden
поднадзо́рный, поднадзо́рная	regulated; supervised

напудренным лицом, и я видел, как штабс-капитан Полянский держал перед ней блюдечко с мороженым, а она кушала ложечкой...

Уже шестой час утра. Я взялся за дневник, чтобы описать своё полное, разнообразное счастье, и думал, что напишу листов шесть и завтра прочту Мане, но, странное дело, у меня в голове всё перепуталось, стало неясно, как сон, и мне припоминается резко только этот эпизод с Варей и хочется написать: бедная Варя! Вот так бы всё сидел и писал: бедная Варя! Кстати же зашумели деревья: будет дождь; каркают вороны, и у моей Мани, которая только что уснула, почему-то грустное лицо".

Потом Никитин долго не трогал своего дневника. В первых числах августа начались у него переэкзаменовки и приёмные экзамены, а после Успеньева дня – классные занятия. Обыкновенно в девятом часу утра он уходил на службу и уже в десятом начинал тосковать по Мане и по своём новом доме и посматривал на часы. В низших классах он заставлял кого-нибудь из мальчиков диктовать и, пока дети писали, сидел на подоконнике с закрытыми глазами и мечтал; мечтал ли он о будущем, вспоминал ли о прошлом – всё у него выходило одинаково

napúdrenny`m litsóm, i ia vídel, kak shtabs-kapitán Poliánskii` derzhál péred neí` bliúdechko s morózheny`m, a oná kúshala lózhechkoi`...

Uzhé shestói` chas utrá. Ia vziálsia za dnevník, shtoby` opisát` svoé pólnoe, raznoobráznoe schást`e, i dúmal, shto napishú listóv shest` i závtra prochtú Máne, no, stránnoe délo, u meniá v golové vsyo pereputálos`, stálo neiásno, kak son, i mne pripomináetsia rézko tól`ko e`tot e`pizód s Várei` i hóchetsia napisát`: bédnaia Variá! Vot tak by` vsyo sidél i pisál: bédnaia Variá! Kstáti zhe zashuméli derév`ia: búdet dozhd`; kárkaiut voróny`, i u moeí` Maní, kotóraia tól`ko shto usnúla, pochemú-to grústnoe litsó".

Potóm Nikítin dólgo ne trógal svoegó dnevnika. V pérvy`kh chíslakh ávgusta nachalís` u negó pereе`kzamenóvki i priyómny`e e`kzámeny`, a pósle Uspén`eva dnia – clássny`e zaniátiia. Oby`knovénno v deviátom chasú utrá on uhodíl na slúzhbu i uzhé v desiátom nachinál toskovát` po Máne i po svoyóm nóvom dóme i posmátrival na chasy`. V nízshikh clássakh on zastavliál kogó-nibúd` iz mál`chikov diktovát` i, poká déti pisáli, sidél na podokónnike s zakrý`ty`mi glazámi i mechtál; mechtál li on o búdushchem, vspominál li o próshlom – vsyo u negó vy`hodílo odinákovo prekrásno,

with a tear-stained and heavily powdered face, and I saw Staff Captain Polyansky holding a plate of ice-cream before her while she ate it with a spoon...

"It is past five o'clock in the morning. I took up my diary to describe my complete and perfect happiness, and thought I would write a good six pages, and read it tomorrow to Manya; but, strange to say, everything is muddled in my head and as misty as a dream, and I can remember vividly nothing but that episode with Varya, and I want to write, 'Poor Varya!' I could go on sitting here and writing 'Poor Varya!' By the way, the trees have begun rustling; it will rain. The crows are cawing, and my Manya, who has just gone to sleep, has for some reason a sorrowful face."

For a long while afterwards Nikitin did not touch his diary. At the beginning of August he had re-examinations and admission examinations, and after the fifteenth the classes began. As a rule he set off for school before nine in the morning, and before ten o'clock he was looking at his watch and pining for his Manya and his new house. In the lower forms he would set some boy to dictate, and while the boys were writing, would sit in the window with his eyes shut, dreaming; whether he dreamed of the future or recalled the past, everything seemed to him equally delightful, like a fairy

Vocabulary

держа́ть, подержа́ть	hold; keep; support; have; sustain; take the load; maintain; retain
держа́ва	superpower; orb; globe
держа́вный, держа́вная	sovereign; holding supreme power
держимо́рда	goon
ку́шать, поку́шать	eat
ку́шанье	dish; meal; food; viand; plat; course
описа́ть, опи́сывать	describe; render an account of; depict; paint; picture; portray; report; write down
описа́ние	description; account; essay; portrayal; depiction
описа́тельный, описа́тельная	descriptive; depictive; expositive; expository
о́пись	list; inventory; register
опи́ска	slip of the pen; lapse

прекра́сно, похо́же на ска́зку. В ста́рших кла́ссах чита́ли вслух Го́голя и́ли про́зу Пу́шкина, и э́то нагоня́ло на него́ дремо́ту, в воображе́нии выраста́ли лю́ди, дере́вья, поля́, верховы́е ло́шади, и он говори́л со вздо́хом, как бы восхища́ясь а́втором:

— Как хорошо́!

Во вре́мя большо́й переме́ны Маня́ присыла́ла ему́ за́втрак в бе́лой, как снег, салфе́точке, и он съеда́л его́ ме́дленно, с расстано́вкой, что́бы продли́ть наслажде́ние, а Ипполи́т Ипполи́тыч, обыкнове́нно за́втракавший одно́ю то́лько бу́лкой, смотре́л на него́ с уваже́нием и с за́вистью и говори́л что-нибудь изве́стное, вро́де:

— Без пи́щи лю́ди не мо́гут существова́ть.

Из гимна́зии Ники́тин шёл на ча́стные уро́ки, и когда́ наконе́ц в шесто́м часу́ возвраща́лся домо́й, то чу́вствовал и ра́дость и трево́гу, как бу́дто не был до́ма це́лый год. Он вбега́л по ле́стнице, запыха́вшись, находи́л Маню́, обнима́л её, целова́л и кля́лся, что лю́бит её, жить без неё не мо́жет, уверя́л, что стра́шно соску́чился, и со стра́хом спра́шивал её, здоро́ва ли она́ и отчего́ у неё тако́е невесёлое лицо́. Пото́м вдвоём обе́дали. По́сле обе́да он ложи́лся в кабине́те на дива́н и кури́л, а она́ сади́лась во́зле и расска́зывала вполго́лоса.

---

pohózhe na skázku. V stárshikh clássakh chitáli vslukh Gógolia íli prózu Púshkina, i éto nagoniálo na negó dremótu, v voobrazhénii vy`rastáli liúdi, derév`ia, poliá, verhovy`e lóshadi, i on govoríl so vzdóhom, kak by` voshishcháias` ávtorom:

— Kak horoshó!

Vo vrémia bol`shói` peremény` Maniá prisy`lála emú závtrak v béloi`, kak sneg, salfétochke, i on s``edál egó médlenno, s rasstanóvkoi`, shtó by` prodlít` naslazhdénie, a Ippolít Ippolíty`ch, oby`knovénno závtrakavshii` odnóiu tól`ko búlkoi`, smotrél na negó s uvazhéniem i s závist`iu i govoríl shtó-nibud` izvéstnoe, vróde:

— Bez píshchi liúdi ne mógut sushchestvovát`.

Iz gimnázii Nikítin shyol na chástny`e uróki, i kogdá nakonéts v shestóm chasú vozvrashchálsia domói`, to chúvstvoval i rádost` i trevógu, kak búdto ne by`l dóma tsély`i` god. On vbegál po léstnitse, zapy`hávshis`, nahodíl Maniú, obnimál eyó, tselovál i cliálsia, shto liúbit` eyó, zhit` bez neyó ne mózhet, uveriál, shto stráshno soskúchilsia, i so stráhom spráshival eyó, zdoróva li oná i otchegó u neyó takóe nevesyóloe litsó. Potóm vdvoyóm obédali. Pósle obéda on lozhílsia v kabinéte na diván i kuríl, a oná sadílas` vózle i rasskázy`vala vpolgólosa.

tale. In the senior classes they were reading aloud Gogol or Pushkin's prose works, and that made him sleepy; people, trees, fields, riding horses, rose before his imagination, and he would say with a sigh, as though fascinated by the author:

"How lovely!"

At the midday recess Manya used to send him lunch in a snow-white napkin, and he would eat it slowly, with pauses, to prolong the enjoyment of it; and Ippolit Ippolitych, whose lunch as a rule consisted of nothing but bread, looked at him with respect and envy, and gave expression to some familiar fact, such as:

"Men cannot live without food."

After school Nikitin went straight to give his private lessons, and when at last after five o'clock he got home, he felt excited and anxious, as though he had been away for a year. He would run upstairs breathless, find Manya, embrace her, and kiss her and swear that he loved her, that he could not live without her, declare that he had missed her fearfully, and ask her in trepidation how she was and why she looked so depressed. Then they would dine together. After dinner he would lie on the sofa in his study and smoke, while she sat beside him and talked in a low voice.

Vocabulary

похо́жий, похо́жая	like; resembling; similar; alike; akin; cognate; twin; kin to; semblable
похо́жесть	resembling; similarity
походи́ть	be like; resemble; border; simulate; take after; analogize with; to be analogous to
ска́зка	fairy tale; tale; fib
ска́зочный, ска́зочная	fabulous; fantastic; fairy; dreamy; fab; dream-like; fairytale; storybook; fabled
ска́зочник, ска́зочница	fantasist; storyteller; writer of fairy tales
скази́тель, скази́тельница	narrator of folk tales; storyteller
сказ	narration; tale
про́за	prose
прозаи́ческий, прозаи́ческая	prosaic; earthly; earthian; practic; unimaginative; mundane; matter-of-fact

Самыми счастливыми днями у него были теперь воскресенья и праздники, когда он с утра до вечера оставался дома. В эти дни он принимал участие в наивной, но необыкновенно приятной жизни, напоминавшей ему пастушеские идиллии. Он не переставая наблюдал, как его разумная и положительная Маня устраивала гнездо, и сам тоже, желая показать, что он не лишний в доме, делал что-нибудь бесполезное, например, выкатывал из сарая шарабан и оглядывал его со всех сторон. Манюся завела от трех коров настоящее молочное хозяйство, и у неё в погребе и на погребице было много кувшинов с молоком и горшочков со сметаной, и всё это она берегла для масла. Иногда ради шутки Никитин просил у неё стакан молока; она пугалась, так как это был непорядок, но он со смехом обнимал её и говорил:

— Ну, ну, я пошутил, золото моё! Пошутил!

Или же он посмеивался над её педантизмом, когда она, например, найдя в шкапу завалящий, твёрдый, как камень, кусочек колбасы или сыру, говорила с важностью:

— Это съедят в кухне.

Он замечал ей, что такой маленький кусочек годится только в мышеловку, а она начинала горячо доказывать, что мужчины ничего не

Samy`mi schastlí vy`mi dniámi u nego by`li tepér` voskresén`ia i prázdniki, kogdá on s utrá do véchera ostavá lsia dóma. V é ti dni on prinimá l uchástie v naí vnoi`, no neoby`knovénno priiátnoi` zhízni, napominávshei` emú pastúsheskie idí llii. On ne perestavá ia nabliudá l, kak egó razúmnaia i polozhí tel`naia Mania ustrá ivala gnezdó, i sam tózhe, zhelá ia pokazát`, shto on ne lí shnii` v dóme, délal shto-nibud` bespoléznoe, naprimér, vy`káty`val iz sará ia sharabán i ogliády`val egó so vsekh storón. Maniúsia zavelá ot trekh koróv nastoiáshchee molóchnoe hoziá i`stvo, i u neyó v pógrebe i na pogrebítse by`lo mnógo kuvshínov s molokóm i gorshóchkov so smetánoi`, i vsyo é to oná bereglá dlia másla. Inogdá rádi shútki Nikítin prosí l u neyó stakán moloká; oná pugálas`, tak kak é to by`l neporiádok, no on so sméhom obnimá l eyó i govorí l:

— Nu, nu, ia poshutí l, zó loto moyó! Poshutí l!

Í li zhe on posmé ivalsia nad eyó pedantízmom, kogdá oná, naprimér, nai dia v shkapú zavaliáshchii`, tvyórdy`i`, kak kámen`, kusóchek kolbasy` í li sy`ru, govorí la s vázhnost`iu:

— É to s``ediát v kú khne.

On zamechá l ei`, shto takó i` má len`kii` kusóchek godítsia tó l`ko v my`shelóvku, a oná nachiná la goriachó dokázy`vat`, shto muzhchíny` niche-

His happiest days now were Sundays and holidays, when he was at home from morning till evening. On those days he took part in the naïve but extraordinarily pleasant life which reminded him of a pastoral idyll. He was never weary of watching how his sensible and practical Manya was arranging her nest, and anxious to show that he was of some use in the house, he would do something useless–for instance, bring the chaise out of the stable and look at it from every side. Manyusya had installed a regular dairy with three cows, and in her cellar she had many jugs of milk and pots of sour cream, and she kept it all for butter. Sometimes, by way of a joke, Nikitin would ask her for a glass of milk, and she would be quite upset because it was against her rules; but he would laugh and embrace her, saying:

"There, there; I was joking, my darling! I was joking!"

Or he would laugh at her strictness when, finding in the cupboard some stale bit of cheese or sausage as hard as a stone, she would say seriously:

"They will eat that in the kitchen."

He would observe that such a small scrap was only fit for a mousetrap, and she would reply warmly that men knew nothing about housekeeping,

Vocabulary

пра́здник	holiday; festival; feast; rejoicings; festal day; red-letter day
пра́здничный, пра́здничная	holiday; festive; festal; convivial; gala; celebratory; go-to-meeting
предпра́здничный, предпра́здничная	pre-holiday; pre-festive
пра́здновать, отпра́здновать	celebrate; commemorate; solemnize; feast; rejoice; triumph; jubilize; jubilate; hold a jubilee; make festival; party
пра́здный, пра́здная	idle; indolent; truant; easeful; leisured; unoccupied; sybarite; gossipy; high stepping; vacant; easygoing
праздношата́ющийся, праздношата́ющаяся	rambler; vagrant; vagabond
наи́вный, наи́вная	naive; ingenuous; unsophisticated; simple-hearted; innocent; simple; untutored

понима́ют в хозя́йстве и что прислу́гу ниче́м не удиви́шь, пошли́ ей в ку́хню хоть три пу́да заку́сок, и он соглаша́лся и в восто́рге обнима́л её. То, что в её слова́х бы́ло справедли́во, каза́лось ему́ необыкнове́нным, изуми́тельным; то же, что расходи́лось с его́ убежде́ниями, бы́ло, по его́ мне́нию, наи́вно и умили́тельно.

Иногда́ на него́ находи́л филосо́фский стих, и он начина́л рассужда́ть на каку́ю-нибудь отвлечённую те́му, а она́ слу́шала и смотре́ла ему́ в лицо́ с любопы́тством.

— Я бесконе́чно сча́стлив с тобо́й, моя́ ра́дость, — говори́л он, перебира́я ей па́льчики и́ли распуска́я и опя́ть заплета́я ей ко́су. — Но на э́то своё сча́стье я не смотрю́ как на не́что тако́е, что свали́лось на меня́ случа́йно, то́чно с не́ба. Э́то сча́стье — явле́ние вполне́ есте́ственное, после́довательное, логи́чески ве́рное. Я ве́рю в то, что челове́к есть творе́ц своего́ сча́стья, и тепе́рь я беру́ и́менно то, что я сам созда́л. Да, говорю́ без жема́нства, э́то сча́стье созда́л я сам и владе́ю им по пра́ву. Тебе́ изве́стно моё про́шлое. Сиро́тство, бе́дность, несча́стное де́тство, тоскли́вая ю́ность — всё э́то борьба́, э́то путь, кото́рый я прокла́дывал к сча́стью...

---

gó ne ponimáiut v hoziái`stve i shto prislúgu nichém ne udivísh`, poshlí ei` v kúkhniu hot` tri púda zakúsok, i on soglashálsia i v vostórge obnimál eyó. To, shto v eyó slovákh býlo spravedlívo, kazálos` emú neoby`knovénny`m, izumítel`ny`m; to zhe, shto rashodílos` s egó ubezhdéniiami, býlo, po egó mnéniiu, naívno i umilítel`no.

Inogdá na negó nahodíl filosófskii` stikh, i on nachinál rassuzhdát` na kakúiu-nibud` otvlechyónnuiu tému, a oná slúshala i smotréla emú v litsó s liubopýtstvom.

— Ia beskonechéno schástliv s tobói`, moiá rádost`, — govoríl on, perebiráia ei` pál`chiki íli raspuskáia i opiát` zapletáia ei` kósu. — No na éto svoé schást`e ia ne smotriú kak na néchto takóe, shto svalílos` na meniá sluchái`no, tóchno s néba. Éto schást`e — iavlénie vpolné estéstvennoe, poslédovatel`noe, logícheski vérnoe. Ia vériu v to, shto chelovék est` tvoréts svoegó schást`ia, i tepér` ia berú ímenno to, shto ia sam sózdal. Da, govoriú bez zhemánstva, éto schást`e sózdal ia sam i vladéiu im po právu. Tebé izvéstno moé próshloe. Sirótstvo, bédnost`, neschástnoe détstvo, tosklívaia iúnost` — vsyo éto bor`bá, éto put`, kotorýi` ia proclády`val k schást`iu...

and that it was just the same to the servants if you were to send down a hundredweight of savouries to the kitchen. He would agree, and embrace her enthusiastically. Everything that was just in what she said seemed to him extraordinary and amazing; and what did not fit in with his convictions seemed to him naïve and touching.

Sometimes he was in a philosophical mood, and he would begin to discuss some abstract subject while she listened and looked at his face with curiosity.

"I am immensely happy with you, my joy," he used to say, playing with her fingers or plaiting and unplaiting her hair. "But I don't look upon this happiness of mine as something that has come to me by chance, as though it had dropped from heaven. This happiness is a perfectly natural, consistent, logical consequence. I believe that man is the creator of his own happiness, and now I am enjoying just what I have myself created. Yes, I speak without false modesty: I have created this happiness myself and I have a right to it. You know my past. My parentlessness, poverty, unhappy childhood, my depressing youth,—all this was a struggle, all this was the path by which I made my way to happiness..."

Vocabulary

понима́ть, поня́ть	understand; comprehend; see; realize; appreciate; grasp; apprehend; fathom; conceive; perceive
поня́тие	idea; notion; comprehension; concept
поня́тный, поня́тная	intelligible; understandable; clear; plain; comprehensible; apprehensible; popular; coherent; lucid; luminous; natural; transparent
хозя́йство	economy; household; farm; establishment; house; property; farmstead; husbandry
хозя́йственный, хозя́йственная	economic; thrifty; housewifely; household
хозя́ин	owner; principal; landlord; host; innkeeper; manager; farmer; proprietor; lord; employer
хозя́йка	mistress; landlady; hostess; housewife; proprietress; missis; missus; employer; manager
прислу́га	servant; domestic; girl; help; maid; maidservant; gunners; crew

В октябре́ гимна́зия понесла́ тяжёлую поте́рю: Ипполи́т Ипполи́тыч заболе́л ро́жей головы́ и сконча́лся. Два после́дних дня пе́ред сме́ртью он был в бессозна́тельном состоя́нии и бре́дил, но и в бреду́ говори́л то́лько то, что всем изве́стно:

— Во́лга впада́ет в Каспи́йское мо́ре... Ло́шади ку́шают овёс и се́но...

В тот день, когда́ его́ хорони́ли, уче́ния в гимна́зии не́ было. Това́рищи и ученики́ несли́ кры́шку и гроб, и гимнази́ческий хор всю доро́гу до кла́дбища пел "Свя́тый бо́же". В проце́ссии уча́ствовало три свяще́нника, два дья́кона, вся мужска́я гимна́зия и архиере́йский хор в пара́дных кафта́нах. И гля́дя на торже́ственные по́хороны, встре́чные прохо́жие крести́лись и говори́ли:

— Дай бог вся́кому так помере́ть.

Верну́вшись с кла́дбища домо́й, растро́ганный Ники́тин отыска́л в столе́ свой дневни́к и написа́л:

"Сейча́с опусти́ли в моги́лу Ипполи́та Ипполи́товича Рыжи́цкого.

Мир пра́ху твоему́, скро́мный тру́женик! Ма́ня, Ва́ря и все же́нщины, бы́вшие на похорона́х, и́скренно пла́кали, быть мо́жет, оттого́, что зна́ли, что э́того неинтере́сного, заби́того челове́ка не люби́ла никогда́ ни одна́ же́нщина. Я хоте́л сказа́ть на моги́ле това́рища тёплое сло́во,

In October the school sustained a heavy loss: Ippolit Ippolitych was taken ill with erysipelas on the head and died. For two days before his death he was unconscious and delirious, but even in his delirium he said nothing that was not known to every one:

"The Volga flows into the Caspian Sea... Horses eat oats and hay..."

There were no lessons at school on the day of his funeral. His colleagues and pupils were the coffin-bearers, and the school choir sang all the way to the grave the anthem "Holy God." Three priests, two deacons, all his pupils and the staff of the boys' school, and the bishop's choir in their best kaftans, took part in the procession. And passers-by who met the solemn procession, crossed themselves and said:

"God grant us all such a death."

Returning home from the cemetery much moved, Nikitin got out his diary from the desk and wrote:

"We have just consigned to the tomb Ippolit Ippolitovich Ryzhitsky.

Peace to your ashes, modest worker! Manya, Varya, and all the women at the funeral, wept from genuine feeling, perhaps because they knew this uninteresting, humble man had never been loved by a woman. I wanted to say a warm word at my colleague's grave, but I was warned that this might

Vocabulary

тяжёлый, тяжёлая	heavy; difficult; hard; laborious; serious; severe; grave; grievous; oppressive; painful; thorny; trying; weighty; hefty; rough; rugged; sore; stodgy; heavyweight; punishing; grinding; taxing
тя́жесть	heaviness; burden; seriousness; bulk; plummet; dead-weight; load
тяжеле́ть, отяжеле́ть	become heavy; grow heavy
поте́ря	loss; waste; miss; deprivation
потеря́ть, теря́ть	lose; cast; shed
боле́ть, заболе́ть	be sick; be ill; ache; ail; pain; get sick; be taken ill; sicken; relapse; lapse into illness
боле́знь	sickness; illness; disease; disorder; malady; trouble; ailment
боле́зненный, боле́зненная	sickly; ailing; morbid; painful; frail; unhealthy; sore; sick; unsound; unwholesome

но меня́ предупреди́ли, что э́то мо́жет не понра́виться дире́ктору, так как он не люби́л поко́йного. По́сле сва́дьбы э́то, ка́жется, пе́рвый день, когда́ у меня́ не легко́ на душе́..."

Зате́м во весь уче́бный сезо́н не́ было никаки́х осо́бенных собы́тий.

Зима́ была́ вя́лая, без моро́зов, с мо́крым сне́гом; под Креще́нье, наприме́р, всю ночь ве́тер жа́лобно выл по-осе́ннему, и текло́ с крыш, а у́тром во вре́мя водосвя́тия поли́ция не пуска́ла никого́ на ре́ку, так как, говори́ли, лед наду́лся и потемне́л. Но, несмотря́ на дурну́ю пого́ду, Ники́тину жило́сь так же сча́стливо, как и ле́том. Да́же ещё приба́вилось одно́ ли́шнее развлече́ние: он научи́лся игра́ть в винт. То́лько одно́ иногда́ волнова́ло и серди́ло его́ и, каза́лось, меша́ло ему́ быть вполне́ счастли́вым: э́то ко́шки и соба́ки, кото́рых он получи́л в прида́ное. В ко́мнатах всегда́, осо́бенно по утра́м, па́хло, как в звери́нце, и э́того за́паха ниче́м нельзя́ бы́ло заглуши́ть; ко́шки ча́сто дра́лись с соба́ками. Злу́ю Му́шку корми́ли по десяти́ раз в день, она́ по-пре́жнему не признава́ла Ники́тина и ворча́ла на него́:

— Ррр... нга-нга-нга...

displease the director, as he did not like the deceased. I believe that this is the first day since my marriage that my heart has been heavy..."

There was no other event of note in the scholastic year.

The winter was mild, with wet snow and no frost; on Epiphany Eve, for instance, the wind howled all night as though it were autumn, and water trickled off the roofs; and in the morning, at the ceremony of the blessing of the water, the police allowed no one to go on the river, because they said the ice was swelling up and looked dark. But in spite of bad weather Nikitin's life was as happy as in summer. And, indeed, he acquired another source of pleasure; he learned to play vint. Only one thing troubled him, moved him to anger, and seemed to prevent him from being perfectly happy: the cats and dogs which formed part of his wife's dowry. The rooms, especially in the morning, always smelt like a menagerie, and nothing could destroy the odour; the cats frequently fought with the dogs. The spiteful Mushka was fed a dozen times a day; she still refused to recognize Nikitin and growled at him:

"Rrr... nga-nga-nga..."

Vocabulary

предупреди́ть, предупрежда́ть	warn; anticipate; exhort; forestall; notice; prevent; be beforehand with; give a warning
предупрежде́ние	warning; notice; notification; prevention; premonition; caution; exhortation; note of warning; forestalling; admonition
предупреди́тельный, предупреди́тельная	preventive; obliging; attentive; warning; precautionary; cautionary; proactive; helpful; deliberate; considerate; preemptive
поко́йный, поко́йная, поко́йник, поко́йница	decedent; defunct; departed; stiff
поко́йный, поко́йная	quiet; calm; easy; deceased; late; gone; departed; defunct
поко́иться	rest; be based; repose; lie; sleep; reside
упоко́иться	be at peace; repose; give up his soul in peace
поко́и	chamber; a suite of rooms; private quarters
поко́й	peace; quietude; rest; repose; calm; ease

Ка́к-то Вели́ким посто́м в по́лночь возвраща́лся он домо́й из клу́ба, где игра́л в ка́рты. Шёл дождь, бы́ло темно́ и гря́зно. Ники́тин чу́вствовал на душе́ неприя́тный оса́док и ника́к не мог поня́ть, отчего́ э́то: оттого́ ли, что он проигра́л в клу́бе двена́дцать рубле́й, и́ли оттого́, что оди́н из партнёров, когда́ распла́чивались, сказа́л, что у Ники́тина ку́ры де́нег не клюю́т, очеви́дно, намека́я на прида́ное? Двена́дцать рубле́й бы́ло не жа́лко, и слова́ партнёра не содержа́ли в себе́ ничего́ оби́дного, но всё-таки бы́ло неприя́тно. Да́же домо́й не хоте́лось.

— Фуй, как нехорошо́! — проговори́л он, остана́вливаясь о́коло фонаря́.

Ему́ пришло́ в го́лову, что двена́дцати рубле́й ему́ оттого́ не жа́лко, что они́ доста́лись ему́ да́ром. Вот е́сли бы он был рабо́тником, то знал бы це́ну ка́ждой копе́йке и не был бы равноду́шен к вы́игрышу и про́игрышу. Да и всё сча́стье, рассужда́л он, доста́лось ему́ да́ром, понапра́сну и в су́щности бы́ло для него́ тако́ю же ро́скошью, как лека́рство для здоро́вого; е́сли бы он, подо́бно грома́дному большинству́ люде́й, был угнетён забо́той о куске́ хле́ба, боро́лся за существова́ние, е́сли бы у него́ боле́ли спина́ и грудь от рабо́ты, то у́жин, тёплая ую́тная кварти́ра и семе́йное сча́стье бы́ли бы потре́бностью, награ́дой

One night in Lent he was returning home from the club where he had been playing cards. It was dark, raining, and muddy. Nikitin had an unpleasant feeling at the bottom of his heart and could not account for it. He did not know whether it was because he had lost twelve roubles at the club, or whether because one of the players, when they were settling up, had said that of course Nikitin had pots of money, with obvious reference to his wife's dowry. He did not regret the twelve roubles, and there was nothing offensive in what had been said; but, still, there was the unpleasant feeling. He did not even feel a desire to go home.

"Foo, how horrid!" he said, standing still at a lamp-post.

It occurred to him that he did not regret the twelve roubles because he got them for nothing. If he had been a working man he would have known the value of every kopeck, and would not have been so careless whether he lost or won. And his good-fortune had all, he reflected, come to him by chance, for nothing, and really was as superfluous for him as medicine for the healthy. If, like the vast majority of people, he had been harassed by anxiety for his daily bread, had been struggling for existence, if his back and chest had ached from work, then supper, a warm snug home, and domestic happiness, would have been the necessity, the compensation, the

Vocabulary

вели́кий, вели́кая	great; large; big; grand; mighty
вели́чие	grandeur; greatness; elevation; majesty; nobility; royalty; lordliness; mightiness; bigness; luster; splendour; magnitude
возвели́чивать, возвели́чить	exalt; praise; glorify; aggrandize; dignify; extol
велича́ть	bename; title; entitle
ве́лик	bicycle
пост	post; station; office; appointment; quarters; seat; fast; fasting day
пости́ться	fast; keep a fast
по́стный, по́стная	fast; vegetable; lean; sour; sanctimonious; meat-less; meagre; lenten
постово́й	sentry
ка́рта	map; chart; card; menu
ка́рточный	card

и украше́нием его́ жи́зни; тепе́рь же всё э́то име́ло како́е-то стра́нное, неопределённое значе́ние.

   — Фуй, как нехорошо́! — повтори́л он, отли́чно понима́я, что э́ти рассужде́ния са́ми по себе́ уже́ дурно́й знак.

   Когда́ он пришёл домо́й, Ма́ня была́ в посте́ли. Она́ ро́вно дыша́ла и улыба́лась и, по-ви́димому, спала́ с больши́м удово́льствием. Во́зле неё, сверну́вшись клубо́чком, лежа́л бе́лый кот и мурлы́кал. Пока́ Ники́тин зажига́л свечу́ и заку́ривал, Ма́ня просну́лась и с жа́дностью вы́пила стака́н воды́.

   — Мармела́ду нае́лась, — сказа́ла она́ и засмея́лась. — Ты у на́ших был? — спроси́ла она́, помолча́в.

   — Нет, не был.

   Ники́тин уже́ знал, что штабс-капита́н Поля́нский, на кото́рого в после́днее вре́мя си́льно рассчи́тывала Ва́ря, получи́л перево́д в одну́ из за́падных губе́рний и уже́ де́лал в го́роде проща́льные визи́ты, и поэ́тому в до́ме те́стя бы́ло ску́чно.

   — Ве́чером заходи́ла Ва́ря, — сказа́ла Ма́ня, садя́сь. — Она́ ничего́ не говори́ла, но по лицу́ ви́дно, как ей тяжело́, бедня́жке. Терпе́ть не могу́ Поля́нского. То́лстый, обрю́зг, а когда́ хо́дит и́ли танцу́ет, щёки

---

zhízni; tepér` zhe vsyo éto imélo kakóe-to stránnoe, neopredelyónnoe znachénie.

   — Fui`, kak nehoroshó! — povtoríl on, otlíchno ponimáia, shto éti rassuzhdéniia sámi po sebé uzhé durnói` znak.

   Kogdá on prishyól domói`, Mánia by`lá v postéli. Oná róvno dy`shála i uly`bálas` i, po-vídimomu, spalá s bol`shím udovól`stviem. Vózle neyó, svernúvshis` clubóchkom, lezhál bély`i` kot i murlý`kal. Poká Nikítin zazhigál svechú i zakúrival, Mánia prosnúlas` i s zhádnost`iu vý`pila stakán vodý`.

   — Marmeládu naélas`, — skazála oná i zasmeiálas`. — Ty` u náshikh by`́l? — sprosíla oná, pomolcháv.

   — Net, ne by`́l.

   Nikítin uzhé znal, shto shtabs-kapitán Poliánskii`, na kotórogo v poslédnee vrémia sí`lno rasschíty`vala Vária, poluchíl perevód v odnú iz západny`kh gubérnii` i uzhé délal v górode proshchál`ny`e vizíty`, i poétomu v dóme téstia by`́lo skúchno.

   — Vécherom zahodíla Vária, — skazála Mánia, sadiás`. — Oná nichegó ne govoríla, no po litsú vídno, kak ei` tiazheló, bedniázhke. Terpét` ne mogú Poliánskogo. Tólsty`i`, obriúzg, a kogdá hódit íli tantsúet, shchyóki

crown of his life; as it was, all this had a strange, indefinite significance for him.

"Foo, how horrid!" he repeated, knowing perfectly well that these reflections were in themselves a bad sign.

When he got home Manya was in bed: she was breathing evenly and smiling, and was evidently sleeping with great enjoyment. Near her the white cat lay curled up, purring. While Nikitin lit the candle and lighted his cigarette, Manya woke up and greedily drank a glass of water.

"I ate too much marmalade," she said, and laughed. "Have you been home?" she asked after a pause.

"No, I haven't."

Nikitin knew already that Staff Captain Polyansky, on whom Varya had been building great hopes of late, was being transferred to one of the western provinces, and was already making his farewell visits in the town, and so it was depressing at his father-in-law's.

"Varya looked in this evening," said Manya, sitting up. "She did not say anything, but one could see from her face how wretched she is, poor darling. I can't bear Polyansky. He is fat and bloated, and when he walks or dances

Vocabulary

украше́ние	attire; adornment; finery; garnish; decoration; ornament; decor
украша́ть, укра́сить	adorn; array; beautify; bedeck; embellish; garnish; grace; deck; decorate
укра́шенный, укра́шенная	decked; decorated; garnished; embellished
жизнь	life; existence; day; living; breath; time; being; subsistence
живо́й, жива́я	living; alive; lively; vivid; vivacious; nimble; real; true; animate; active; agile; alert; cheery
жить	live; reside; lodge; exist; be; stay; bide; dwell; be alive
житьё́	life; living
житие́	life; legend
жильё́	accommodation; dwelling; residence; habitation; abode; crib

трясу́тся... Не моего́ рома́на. Но всё-таки я счита́ла его́ поря́дочным челове́ком.

– Я и тепе́рь счита́ю его́ поря́дочным.

– А зачéм он так ду́рно поступи́л с Ва́рей?

– Почему́ же ду́рно? – спроси́л Ники́тин, начина́я чу́вствовать раздраже́ние про́тив бе́лого кота́, кото́рый потя́гивался, вы́гнув спи́ну. – Наско́лько мне изве́стно, он предложе́ния не де́лал и обеща́ний никаки́х не дава́л.

– А зачéм он ча́сто быва́л в до́ме? Éсли не наме́рен жени́ться, то не ходи́.

Ники́тин потуши́л свечу́ и лег. Но не хоте́лось ни спать, ни лежа́ть. Ему́ каза́лось, что голова́ у него́ грома́дная и пуста́я, как амба́р, и что в ней бро́дят но́вые, каки́е-то осо́бенные мы́сли в ви́де дли́нных тене́й. Он ду́мал о том, что, кро́ме мя́гкого лампа́дного све́та, улыба́ющегося ти́хому семе́йному сча́стью, кро́ме э́того мирка́, в кото́ром так споко́йно и сла́дко живётся ему́ и вот э́тому коту́, есть ведь ещё друго́й мир... И ему́ стра́стно, до тоски́ вдруг захоте́лось в э́тот друго́й мир, что́бы самому́ рабо́тать где́-нибудь на заво́де и́ли в большо́й мастерско́й, говори́ть с ка́федры, сочиня́ть, печа́тать, шуме́ть, утомля́ться, страда́ть... Ему́

triasútsia... Ne moegó romána. No vsyo-taki ia schitála egó poriádochny`m chelovékom.

–´Ia i tepe´r` schitáiu egó poriádochny`m.

– A zachе́m on tak dúrno postupи́l s Várei`?

– Pochemú zhe dúrno? – sprosи́l Nikи́tin, nachináia chúvstvovat` razdrazhе́nie prо́tiv bе́logo kotá, kotо́ry`i` potiágivalsia, vy`gnuv spи́nu. – Naskо́l`ko mne izvе́stno, on predlozhе́niia ne dе́lal i obeshchánii` nikakи́kh ne davál.

– A zachе́m on chа́sto by`vа́l v dо́me? Е́sli ne namе́ren zhenи́t`sia, to ne hodи́.

Nikи́tin potushи́l svechú i leg. No ne hotе́los` ni spat`, ni lezhát`. Emú kazálos`, shto golová u negо́ grom а́dnaia i pustáia, kak ambár, i shto v nei` brо́diat nо́vy`e, kakи́e-to osо́benny`e my`sli v vи́de dlи́nny`kh tenе́i`. On dúmal o tom, shto, krо́me miágkogo lampа́dnogo svе́ta, uly`báiushchegosia tи́homu seméi`nomu schа́st`iu, krо́me e´togo mirkа́, v kotо́rom tak spokо́i`no i sládko zhivyо́tsia emú i vot e´tomu kotú, est` ved` eshchyо́ drugо́i` mir... I emú strа́stno, do toskи́ vdrug zahotе́los` v e´tot drugо́i` mir, shtoby` samomú rabо́tat` gdé-nibud` na zavо́de и́li v bol`shо́i` masterskо́i`, govorи́t` s káfedry`, sochiniát`, pechа́tat`, shumе́t`, utomliát`sia, stradát`... Emú

his cheeks shake... He is not a man I would choose. But, still, I did think he was a decent person."

"I think he is a decent person now."

"Then why has he treated Varya so badly?"

"Why badly?" asked Nikitin, beginning to feel irritation against the white cat, who was stretching and arching its back. "As far as I know, he has made no proposal and has given her no promises."

"Then why was he so often at the house? If he didn't mean to marry her, he oughtn't to have come."

Nikitin put out the candle and got into bed. But he felt disinclined to lie down and to sleep. He felt as though his head were immense and empty as a barn, and that new, peculiar thoughts were wandering about in it like tall shadows. He thought that, apart from the soft light of the icon lamp, that beamed upon their quiet domestic happiness, that apart from this little world in which he and this cat lived so peacefully and happily, there was another world... And he had a passionate, poignant longing to be in that other world, to work himself at some factory or big workshop, to speak from a lectern, to write, to publish, to raise a stir, to exhaust himself, to suffer... He

Vocabulary

счита́ть (ду́мать)	consider; regard; reckon; esteem; judge; hold; think; deem; look; find
счита́ть, посчита́ть, подсчита́ть	add together; add up; calculate; cast; compute; count; tally; figure up; reckon up; take an account of
счёты	abacus; ball-frame; counting frame; beads
поря́дочный, поря́дочная	orderly; decent; respectable; all-right; clean-living; sportsmanlike; scrupulous; proper; sizeable
поря́дочность	decency; sportsmanship; respectability; ethics; integrity
поступа́ть, поступи́ть	act; deal; handle; enter; join; matriculate; become; be received; behave; comply; do; proceed
посту́пок	act; behavior; conduct; action; deed; proceeding; step; move
раздраже́ние	temper; anger; aggravation; annoyance; fret; irritancy; inflammation

захоте́лось чего́-нибу́дь тако́го, что захвати́ло бы его́ до забве́ния са-
мого́ себя́, до равноду́шия к ли́чному сча́стью, ощуще́ния кото́рого
так однообра́зны. И в воображе́нии вдруг, как живо́й, вы́рос бри́тый
Шебалди́н и проговори́л с у́жасом:

– Вы не чита́ли да́же Ле́ссинга! Как вы отста́ли! Бо́же, как вы
опусти́лись!

Маня́ опя́ть ста́ла пить во́ду. Он взгляну́л на её ше́ю, по́лные пле́чи
и грудь и вспо́мнил сло́во, кото́рое когда́-то в це́ркви сказа́л брига́дный
генера́л: роза́н.

– Роза́н, – пробормота́л он и засмея́лся.

В отве́т ему́ под крова́тью заворча́ла со́нная Му́шка:

– Ррр... нга-нга-нга...

Тяжёлая зло́ба, то́чно холо́дный молото́к, поверну́лась в его́ душе́,
и ему́ захоте́лось сказа́ть Ма́не что́-нибудь гру́бое и да́же вскочи́ть и
уда́рить её. Начало́сь сердцебие́ние.

– Так зна́чит, – спроси́л он, сде́рживая себя́, – е́сли я ходи́л к вам в
дом, то непреме́нно до́лжен был жени́ться на тебе́?

– Коне́чно. Ты сам э́то отли́чно понима́ешь.

– Ми́ло.

---

zahote´los` chego´-nibu´d` tako´go, shto zakhvati´lo by` ego´ do zabve´niia
samogo´ sebia´, do ravnodu´shiia k li´chnomu schast`iu, oshchushche´niia
koto´rogo tak odnoobra´zny`. I v voobrazhe´nii vdrug, kak zhivo´i`, vy´ros
bri´ty`i` Shebaldi´n i progovori´l s u´zhasom:

– Vy` ne chita´li da´zhe Le´ssinga! Kak vy` otsta´li! Bo´zhe, kak vy`
opusti´lis`!

Mania´ opia´t` sta´la pit` vo´du. On vzglianu´l na eyo´ she´iu, po´lny`e ple´chi
i grud` i vspo´mnil slo´vo, koto´roe kogda´-to v tse´rkvi skaza´l briga´dny`i`
genera´l: rozan.

– Roza´n, – probormota´l on i zasmeia´lsia.

V otve´t emu´ pod krova´t`iu zavorcha´la so´nnaia Mu´shka:

– Rrr... nga-nga-nga...

Tiazhyo´laia zlo´ba, to´chno holo´dny`i` molotо́k, povernu´las` v ego´ dushe´,
i emu´ zahote´los` skaza´t` Ma´ne shto´-nibud` gru´boe i da´zhe vskochí´t` i
udarít` eyo´. Nachalо́s` serdtsebie´nie.

– Tak zna´chit, – sprosí´l on, sde´rzhivaia sebia´, – e´sli ia hodí´l k vam v
dom, to nepreme´nno do´lzhen by´l zhení´t`sia na tebe´?

– Kone´chno. Ty` sam e´´to otlí´chno ponima´esh`.

– Mí´lo.

wanted something that would engross him till he forgot himself, ceased to care for the personal happiness which yielded him only sensations so monotonous. And suddenly there rose vividly before his imagination the figure of Shebaldin with his clean-shaven face, saying to him with horror:

"You haven't even read Lessing! You are quite behind the times! How you have gone to seed!"

Manya woke up and again drank some water. He glanced at her neck, at her plump shoulders and throat, and remembered the word the brigadier-general had used in church–"rose."

"Rose," he muttered, and laughed.

His laugh was answered by a sleepy growl from Mushka under the bed: "Rrr... nga-nga-nga..."

A heavy anger turned like a cold hammer in his soul, and he felt tempted to say something rude to Manya, and even to jump up and hit her. His heart began throbbing.

"So then," he asked, restraining himself, "since I went to your house, I was bound in duty to marry you?"

"Of course. You know that very well."

"That's nice."

Vocabulary

захвати́ть, захва́тывать	capture; occupy; clench; enrapture; enthrall; grab; grasp; grip; invade; possess; seize; take; make prize of; take by storm; catch; infatuate
захва́т	seizure; capture; usurpation; grab; catch; clutch; hold; clench; clinch; takeover
захва́тчик	invader; aggressor; usurper; intruder; occupier
захва́ченный, захва́ченная	captured; absorbed; occupied
забве́ние	oblivion; silence; limbo; forgetfulness; abandon; neglect; anodyne
ли́чный, ли́чная	individual; intimate; private; direct; face-to-face; privy; subjective; personal
ли́чностный, ли́чностная	personal
ли́чность	personality; identity; character; individual; person; individuality

И через минуту опять повторил:

— Мило.

Чтобы не сказать лишнего и успокоить сердце, Никитин пошёл к себе в кабинет и лёг на диван без подушки, потом полежал на полу, на ковре.

"Какой вздор! — успокаивал он себя. — Ты — педагог, работаешь на благороднейшем поприще... Какого же тебе ещё нужно другого мира? Что за чепуха!"

Но тотчас же он с уверенностью говорил себе, что он вовсе не педагог, а чиновник, такой же бездарный и безличный, как чех, преподаватель греческого языка; никогда у него не было призвания к учительской деятельности, с педагогией он знаком не был и ею никогда не интересовался, обращаться с детьми не умеет; значение того, что он преподавал, было ему неизвестно, и, быть может, даже он учил тому, что не нужно. Покойный Ипполит Ипполитыч был откровенно туп, и все товарищи и ученики знали, кто он и чего можно ждать от него; он же, Никитин, подобно чеху, умеет скрывать свою тупость и ловко обманывает всех, делая вид, что у него, слава богу, всё идёт хорошо. Эти новые мысли пугали Никитина, он отказывался от них,

I cherez minútu opiát` povtoríl:

— Mílo.

Shtóby` ne skazát` líshnego i uspokóit` sérdtse, Nikítin poshyól k sebé v kabinét i lyog na diván bez podúshki, potóm polezhál na polú, na kovré.

"Kakói` vzdor! — uspokáival on sebiá. — Ty` — pedagóg, rabótaesh` na blagoródnei`shem póprishche... Kakógo zhe tebé eshchyó núzhno drugógo míra? Shto za chepuhá!"

No tótchas zhe on s uvérennost`iu govoríl sebé, shto on vóvse ne pedagóg, a chinóvnik, takói` zhe bezdárny`i` i bezlíchny`i`, kak chekh, prepodavátel` grécheskogo iazy`ká; nikogdá u negó ne by`lo prizvániia k uchítel`skoi` déiatel`nosti, s pedagógiei` on znakóm ne by`l i éiu nikogdá ne interesoválsia, obrashchát`sia s det`mí ne uméet; znachénie togó, shto on prepodavál, by`lo emú neizvéstno, i, by`t` mózhet, dázhe on uchíl tomú, shto ne núzhno. Pokói`ny`i` Ippolít Ippolíty`ch by`l otkrovénno tup, i vse továrishchi i uchenikí ználi, kto on i chegó mózhno zhdat` ot negó; on zhe, Nikítin, podóbno chéhu, uméet skry`vát` svoiu túpost` i lóvko obmány`vaet vsekh, délaia vid, shto u negó, sláva bógu, vsyo idyót horosho. É`ti nóvy`e my`sli pugáli Nikítina, on otkázy`valsia ot nikh, nazy`vál ikh

And a minute later he repeated:

"That's nice."

To relieve the throbbing of his heart, and to avoid saying too much, Nikitin went to his study and lay down on the sofa, without a pillow; then he lay on the floor on the carpet.

"What nonsense it is!" he said to reassure himself. "You are a pedagogue, you are working in the noblest of callings... What need have you of any other world? What rubbish!"

But immediately he told himself with conviction that he was not a pedagogue, but simply a government employee, as commonplace and mediocre as the Czech who taught Greek. He had never had a vocation for teaching, he knew nothing of the theory of teaching, and never had been interested in the subject; he did not know how to treat children; he did not understand the significance of what he taught, and perhaps did not teach the right things. Poor Ippolit Ippolitych had been frankly stupid, and all the boys, as well as his colleagues, knew what he was and what to expect from him; but he, Nikitin, like the Czech, knew how to conceal his stupidity and cleverly deceived every one by pretending that, thank God, his teaching was a success. These new ideas frightened Nikitin; he rejected them, called them

Vocabulary

опя́ть	again; more; afresh; over again
повторя́ть, повтори́ть	repeat; review lessons; reiterate; reduplicate; rehearse; renew; resound; reword; say over; go over; echo; say again
повто́р	repeat; iteration; rerun; recurrence; repetition; replay
повто́рный, повто́рная	repeated; second; iterated; repetitive; recurrent
ми́лый; ми́лая	nice; dear; darling; sweet; agreeable; cute; lovable; likable; pleasant; lovesome; lovely; endearing; pretty; cunning; kind; amiable
мила́шка	sweetie; pretty little thing
милёнок	dearie
милова́ться	snog
вздор	nonsense; balderdash; trash; baloney; fiddlesticks; humbug; mush; rubbish; slosh; slush

называл их глупыми и верил, что всё это от нервов, что сам же он будет смеяться над собой...

И в самом деле, под утро он уже смеялся над своею нервностью и называл себя бабой, но для него уже было ясно, что покой потерян, вероятно, навсегда и что в двухэтажном нештукатуренном доме счастье для него уже невозможно. Он догадывался, что иллюзия иссякла и уже начиналась новая, нервная, сознательная жизнь, которая не в ладу с покоем и личным счастьем.

На другой день, в воскресенье, он был в гимназической церкви и виделся там с директором и товарищами. Ему казалось, что все они были заняты только тем, что тщательно скрывали своё невежество и недовольство жизнью, и сам он, чтобы не выдать им своего беспокойства, приятно улыбался и говорил о пустяках. Потом он ходил на вокзал и видел там, как пришёл и ушёл почтовый поезд, и ему приятно было, что он один и что ему не нужно ни с кем разговаривать.

Дома застал он тестя и Варю, которые пришли к нему обедать. Варя была с заплаканными глазами и жаловалась на головную боль, а Шелестов ел очень много и говорил о том, как теперешние молодые люди ненадёжны и как мало в них джентльменства.

---

glupy`mi i veril, shto vsyo e`to ot nervov, shto sam zhe on budet smeiat`sia nad soboi`...

I v samom dele, pod utro on uzhe smeialsia nad svoeiu nervnost`iu i nazy`val sebia baboi`, no dlia nego uzhe by`lo iasno, shto pokoi` poterian, veroiatno, navsegda i shto v dvukhe`tazhnom neshtukaturennom dome schast`e dlia nego uzhe nevozmozhno. On dogady`valsia, shto illiuziia issiacla i uzhe nachinalas` novaia, nervnaia, soznatel`naia zhizn`, kotoraia ne v ladu s pokoem i lichny`m schast`em.

Na drugoi` den`, v voskresen`e, on by`l v gimnazicheskoi` tserkvi i videlsia tam s direktorom i tovarishchami. Emu kazalos`, shto vse oni by`li zaniaty` tol`ko tem, shto tshchatel`no skry`vali svoyo nevezhestvo i nedovol`stvo zhizn`iu, i sam on, shtoby` ne vy`dat` im svoego bespokoi`stva, priiatno uly`balsia i govoril o pustiakakh. Potom on hodil na vokzal i videl tam, kak prishyol i ushyol pochtovy`i` poezd, i emu priiatno by`lo, shto on odin i shto emu ne nuzhno ni s kem razgovarivat`.

Doma zastal on testia i Variu, kotory`e prishli k nemu obedat`. Varia by`la s zaplakanny`mi glazami i zhalovalas` na golovnuiu bol`, a Shelestov el ochen` mnogo i govoril o tom, kak tepereshnie molody`e liudi nenadyozhny` i kak malo v nikh dzhentl`menstva.

stupid, and believed that all this was due to his nerves, that he would laugh at himself...

And he did, in fact, by the morning laugh at his nervousness and call himself a cissy; but it was clear to him that his peace of mind was lost, perhaps, for ever, and that in that two-story unstuccoed house happiness was henceforth impossible for him. He realized that the illusion had evaporated, and that a new life of unrest and clear sight was beginning which was incompatible with peace and personal happiness.

Next day, which was Sunday, he was at the school chapel, and there met his colleagues and the director. It seemed to him that they were entirely preoccupied with concealing their ignorance and discontent with life, and he, too, to conceal his uneasiness, smiled affably and talked of trivialities. Then he went to the station and saw the mail train come in and go out, and it was agreeable to him to be alone and not to have to talk to any one.

At home he found Varya and his father-in-law, who had come to dinner. Varya's eyes were red with crying, and she complained of a headache, while Shelestov ate a great deal, saying that young men nowadays were unreliable, and that there was very little gentlemanly feeling among them.

Vocabulary

глу́пый, глу́пая	foolish; silly; stupid; absurd; dumb; fatuous; feather-brained; feather-headed; dense; inept; thick; brainless; dull; headless; mindless; obtuse; thoughtless; witless
глу́пость	stupidity; foolery; nonsense; absurdity; folly; foolishness; imbecility; inanity; ineptitude; silliness; idiocy
глупи́ть, сглупи́ть	make a fool of oneself; act foolishly; be foolish; be silly; act in a foolish manner; do a foolish thing
глупы́ш, глупы́шка	silly; dumb bunny; silly sausage
глупе́ц	fool; blockhead; imbecile; cuckoo; fathead; featherhead; nut; dipstick
ве́рить, пове́рить	believe; credit; trust; accredit; trow; take stock in; place faith in; have faith in
ве́ра	faith; belief; trust; religion; credence; credit

– Это хамство! – говорил он. – Так я ему прямо и скажу: это хамство, милостивый государь!

Никитин приятно улыбался и помогал Мане угощать гостей, но после обеда пошёл к себе в кабинет и заперся.

Мартовское солнце светило ярко, и сквозь оконные стёкла падали на стол горячие лучи. Было ещё только двадцатое число, но уже ездили на колёсах, и в саду шумели скворцы. Похоже было на то, что сейчас вот войдёт Манюся, обнимет одною рукой за шею и скажет, что подали к крыльцу верховых лошадей или шарабан, и спросит, что ей надеть, чтобы не озябнуть. Начиналась весна такая же чудесная, как и в прошлом году, и обещала те же радости... Но Никитин думал о том, что хорошо бы взять теперь отпуск и уехать в Москву и остановиться там на Неглинном в знакомых номерах. В соседней комнате пили кофе и говорили о штабс-капитане Полянском, а он старался не слушать и писал в своём дневнике: "Где я, боже мой?! Меня окружает пошлость и пошлость. Скучные, ничтожные люди, горшочки со сметаной, кувшины с молоком, тараканы, глупые женщины... Нет ничего страшнее, оскорбительнее, тоскливее пошлости. Бежать отсюда, бежать сегодня же, иначе я сойду с ума!"

– E´to hamstvo! – govoríl on. – Tak ia emú priamo i skazhu: e´to hámstvo, mílostivy`i` gosudar´!

Nikítin priiatno uly`bálsia i pomogál Máne ugoshchat` gostéi`, no posle obéda poshyól k sebé v kabinét i zápersia.

Mártovskoe sólntse svetílo iárko, i skvoz` okónny`e styócla pádali na stol goriáchie luchí. By`lo eshchyó tól`ko dvadtsátoe chisló, no uzhé ézdili na kolyósakh, i v sadú shuméli skvortsy`. Pohózhe by`lo na to, shto sei`chás vot voi`dyót Maniúsia, obnímet odnóiu rukói` za shéiu i skázhet, shto podáli k kry`l`tsú verhovy´kh loshadéi` íli sharabán, i sprósit, shto ei` nadét`, shtoby` ne oziábnut`. Nachinálas` vesná takáia zhe chudésnaia, kak i v próshlom godú, i obeshchála te zhe rádosti... No Nikítin dúmal o tom, shto horoshó by` vziat` tepér` ótpusk i uéhat` v Moskvú i ostanovít`sia tam na Neglínnom v znakómy`kh nomerákh. V sosédnei` kómnate píli kófe i govoríli o shtabs-kapitáne Poliánskom, a on starálsia ne slúshat` i pisál v svoém dnevníke: "Gde ia, bózhe moí`?! Meniá okruzháet póshlost` i póshlost. Skuchny`e, nichtózhny`e liúdi, gorshóchki so smetánoi`, kuvshíny` s molokóm, tarakány`, glúpy`e zhénshchiny`... Net nichegó strashnée, oskorbítel`nee, toslívee póshlosti. Bezhát` otsiúda, bezhát` segódnia zhe, ináche ia soi`dú s umá!"

"It's loutishness!" he said. "I shall tell him so to his face: 'It's loutishness, sir!'"

Nikitin smiled affably and helped Manya to look after their guests, but after dinner he went to his study and shut the door.

The March sun was shining brightly in through the windows and shedding its warm rays on the table. It was only the twentieth of the month, but already people were driving with wheels, and the starlings were noisy in the garden. It was just the weather in which Manyusya would come in, put one arm round his neck, tell him the riding horses or the chaise were at the door, and ask him what she should put on to keep warm. Spring was beginning as exquisitely as last spring, and it promised the same joys... But Nikitin was thinking that it would be nice to take a holiday and go to Moscow, and stay at his old lodgings in Neglinny Lane there. In the next room they were drinking coffee and talking of Staff Captain Polyansky, while he tried not to listen and wrote in his diary: "Where am I, my God?! I am surrounded by vulgarity and vulgarity. Wearisome, insignificant people, pots of sour cream, jugs of milk, cockroaches, stupid women... There is nothing more terrible, mortifying, and distressing than vulgarity. I must escape from here, I must escape today, or I shall go out of my mind!"

Vocabulary

хамство	loutish behaviour; low conduct; rudeness; discourtesy; offence; impudence; boorishness
хам, хамло	cad; boor; caveman; lout; vulgarian; yob
хамский, хамская	caddish; boorish; swinish
хамить, нахамить	be rude; push around
прямо	straight; blankly; directly; downright
прямой, прямая	direct; straight; downright; outspoken; frank; through; right; straightforward
прямота	frankness; straightforwardness; sincerity; integrity; sportsmanship; plain dealing; straight speaking; downrightness; fair-dealing; plain-speaking; candour; directness
милостивый, милостивая	gracious; kind; benign; benignant; clement; merciful; charitable
милость	mercy; pardon; kindness; benefaction; grace; favour; favoritism

Ра́дость

Б ы́ло двена́дцать часо́в но́чи.

Ми́тя Кулда́ров, возбуждённый, взъеро́шенный, влете́л в кварти́ру свои́х роди́телей и бы́стро заходи́л по всем ко́мнатам. Роди́тели уже́ ложи́лись спать. Сестра́ лежа́ла в посте́ли и дочи́тывала после́днюю страни́чку рома́на. Бра́тья-гимнази́сты спа́ли.

– Отку́да ты? – удиви́лись роди́тели. – Что с тобо́й?

– Ох, не спра́шивайте! Я ника́к не ожида́л! Нет, я ника́к не ожида́л! Это... это да́же невероя́тно!

Ми́тя захохота́л и сел в кре́сло, бу́дучи не в си́лах держа́ться на нога́х от сча́стья.

– Это невероя́тно! Вы не мо́жете себе́ предста́вить! Вы погляди́те!

Сестра́ спры́гнула с посте́ли и, наки́нув на себя́ одея́ло, подошла́ к бра́ту. Гимнази́сты просну́лись.

– Что с тобо́й? На тебе́ лица́ нет!

Ra´dost`

B y´lo dvena´dtsat` chaso´v no´chi.

Mi´tia Kulda´rov, vozbuzhdyo´nny`i`, vz`ero´shenny`i`, vlete´l v kvarti´ru svoi´kh rodi´telei` i by´stro zahodi´l po vsem ko´mnatam. Rodi´teli uzhe´ lozhi´lis` spat`. Sestra´ lezha´la v poste´li i dochi´ty`vala posle´dniuiu strani´chku roma´na. Bra´t`ia-gimnazi´sty` spa´li.

– Otku´da ty`? – udivi´lis` rodi´teli. – Shto s tobo´i`?

– Okh, ne sprashivai`te! Ia nika´k ne ozhida´l! Net, ia nika´k ne ozhida´l! E´to... e´to da´zhe neveroia´tno!

Mi´tia zahohota´l i sel v kre´slo, bu´duchi ne v si´lakh derzha´t`sia na noga´kh ot schast`ia.

– E´to neveroia´tno! Vy` ne mo´zhete sebe´ predsta´vit`! Vy` pogliadi´te!

Sestra´ spry´gnula s poste´li i, naki´nuv na sebia´ odeia´lo, podoshla´ k bra´tu. Gimnazi´sty` prosnu´lis`.

– Shto s tobo´i`? Na tebe´ litsa´ net!

Joy

It was twelve o'clock at night.

Mitya Kuldarov, with excited face and ruffled hair, flew into his parents' flat, and hurriedly walked through all the rooms. His parents had already gone to bed. His sister was in bed, finishing the last page of a novel. His schoolboy brothers were asleep.

"Where have you come from?" cried his parents in amazement. "What is the matter with you?

"Oh, don't ask! I never expected it! No, I never expected it! It's... it's positively incredible!"

Mitya laughed and sank into an armchair, so overcome by happiness that he could not stand on his legs.

"It's incredible! You can't imagine! Look!"

His sister jumped out of bed and, throwing a quilt round her, went in to her brother. The schoolboys woke up.

"What's the matter with you? You don't look like yourself!"

Vocabulary

возбуждённый, возбуждённая	excited; ablaze; astir; hectic; overwrought; tense; wild; aglow; feverish; heated; hot; tumultuous; nervous; agitated
возбуждение	excitement; agitation; drive; emotion; ferment; impulse; stimulation; fermentation; fume; irritation; thrill
возбуждать, возбудить	stir up; arouse; incite; agitate; pique; wake; stimulate; provoke; raise; rouse; electrify; engender; ferment; fire; galvanize; infuse; intoxicate
взъерошенный, взъерошенная	disheveled; mussy; tousled
ерошить, взъерошить	dishevel; tousle; bristle up; ruffle
влететь, влетать	blow in; breeze in; fly into; catch hell
быстро	rapidly; quickly; readily; promptly; fast
быстрый, быстрая	quick; fast; swift; agile; fleet; prompt; speedy

– Это я от радости, мамаша! Ведь теперь меня знает вся Россия! Вся! Раньше только вы одни знали, что на этом свете существует коллежский регистратор Дмитрий Кулдаров, а теперь вся Россия знает об этом! Мамаша! О, Господи!

Митя вскочил, побегал по всем комнатам и опять сел.

– Да что такое случилось? Говори толком!

– Вы живёте, как дикие звери, газет не читаете, не обращаете никакого внимания на гласность, а в газетах так много замечательного! Ежели что случится, сейчас всё известно, ничего не укроется! Как я счастлив! О, Господи! Ведь только про знаменитых людей в газетах печатают, а тут взяли да про меня напечатали!

– Что ты? Где?

Папаша побледнел. Мамаша взглянула на образ и перекрестилась. Гимназисты вскочили и, как были, в одних коротких ночных сорочках, подошли к своему старшему брату.

– Да-с! Про меня напечатали! Теперь обо мне вся Россия знает! Вы, мамаша, спрячьте этот нумер на память! Будем читать иногда. Поглядите!

– E'to ia ot ra'dosti, mama'sha! Ved` tepe'r` menia' zna'et vsia Rossi'ia! Vsia! Ra'nshe to'l`ko vy` odni' zna'li, shto na e'tom sve'te sushchestvu'et kolle'zhskii` registra'tor Dmi'trii` Kulda'rov, a tepe'r` vsia Rossi'ia zna'et ob e'tom! Mama'sha! O, Go'spodi!

Mi'tia vskochi'l, pobe'gal po vsem ko'mnatam i opia't` sel.

– Da shto tako'e sluchi'los`? Govori' to'lkom!

– Vy` zhivyo'te, kak di'kie zve'ri, gaze't ne chita'ete, ne obrashcha'ete nika'ko'go vnima'niia na gla'snost`, a v gaze'takh tak mno'go zamecha'tel`nogo! E'zheli shto sluchi'tsia, sei`cha's vsyo izve'stno, nichego' ne ukro'etsia! Kak ia scha'stliv! O, Go'spodi! Ved` to'l`ko pro znameni'ty`kh liude'i` v gaze'takh pecha'taiut, a tut vzia'li da pro menia' napecha'tali!

– Shto ty`? Gde?

Papa'sha pobledne'l. Mama'sha vzglianu'la na o'braz i perekresti'las`. Gimnazi'sty` vskochi'li i, kak by`li, v odni'kh koro'tkikh nochny`kh soro'chkakh, podoshli' k svoemu' sta'rshemu bra'tu.

– Da-s! Pro menia' napecha'tali! Tepe'r` obo' mne vsia Rossi'ia zna'et! Vy`, mama'sha, spria'ch`te e'tot nu'mer na pa'miat`! Bu'dem chita't` inogda'. Pogliadi'te!

"It's because I am so delighted, Mamma! Now all Russia knows of me! All Russia! Till now only you knew that there was a registration clerk called Dmitry Kuldarov, and now all Russia knows it! Mamma! Oh, Lord!"

Mitya jumped up, ran up and down all the rooms, and then sat down again.

"Why, what has happened? Tell us sensibly!"

"You live like wild beasts, you don't read the newspapers and take no notice of what's published, and there's so much that is interesting in the papers! If anything happens it's all known at once, nothing is hidden! How happy I am! Oh, Lord! It's only celebrated people whose names are published in the papers, and now they have gone and published mine!"

"What do you mean? Where?"

The papa turned pale. The mamma glanced at the holy image and crossed herself. The schoolboys jumped out of bed and, just as they were, in short nightshirts, went up to their older brother.

"Yes! My name has been published! Now all Russia knows of me! Keep the paper, mamma, in memory of it! We will read it sometimes. Look!"

Vocabulary

ра́ньше	formerly; first; before; earlier; in advance; prior to; precedently; previously
то́лько	only; but; alone; as late as; barely; as little as; merely; nothing but; solely
существова́ть	exist; subsist; live; breathe
существова́ние	existence; subsistence; being; essence; life
существо́	creature; essence; subject matter; subject; entity; existence; thing; point
суще́ственный, суще́ственная	essential; substantial; fundamental; integral; material; constituent; intrinsic; intrinsical; vital; constitutive; important; significant; considerable
опя́ть	again; more; afresh; over again
сесть, сади́ться	sit down; board; embark; get in; entrain; shrink; get on; get up; go down; seat oneself; sit oneself; get aboard; take one's seat; mount; set; settle; have a seat; sit up

Митя вытащил из кармана нумер газеты, подал отцу и ткнул пальцем в место, обведённое синим карандашом.

– Читайте!

Отец надел очки.

– Читайте же!

Мамаша взглянула на образ и перекрестилась. Папаша кашлянул и начал читать:

"29-го декабря, в одиннадцать часов вечера, коллежский регистратор Дмитрий Кулдаров...

– Видите, видите? Дальше!

...коллежский регистратор Дмитрий Кулдаров, выходя из портерной, что на Малой Бронной, в доме Козихина, и находясь в нетрезвом состоянии...

– Это я с Семёном Петровичем... Всё до тонкостей описано! Продолжайте! Дальше! Слушайте!

...и находясь в нетрезвом состоянии, поскользнулся и упал под лошадь стоявшего здесь извозчика, крестьянина дер. Дурыкиной, Юхновского уезда, Ивана Дротова. Испуганная лошадь, перешагнув через Кулдарова и протащив через него сани с находившимся в них

Mítia výtashchil iz karmána númer gazéty`, pódal ottsú i tknul pál`tsem v mésto, obvedyónnoe sínim karandashóm.

– Chitái`te!

Otéts nadél ochkí.

– Chitái`te zhe!

Mamásha vzglianúla na óbraz i perekrestí las`. Papásha káshlianul i náchal chitát`:

"29-go dekabriá, v odínnadtsat` chasóv véchera, kollézhskii` registrátor Dmítrii` Kuldárov...

– Vídite, vídite? Dal`she!

...kollézhskii` registrátor Dmítrii` Kuldárov, vy`hodiá iz pórternoi`, shto na Máloi` Brónnoi`, v dóme Kozíhina, i nahodiás` v netrézvom sostoiánii...

– Éto ia s Semyónom Petróvichem... Vsyo do tónkostei` opísano! Prodolzhái`te! Dal`she! Slúshai`te!

...i nahodiás` v netrézvom sostoiánii, poskol`znúlsia i upál pod lóshad` stoiávshego zdes` izvózchika, krest`iánina der. Durýkinoi`, Iukhnóvskogo uézda, Ivána Drótova. Ispugannaia lóshad`, pereshagnúv cherez Kuldárova i protashchív cherez nego sáni s nahodívshimsia v nikh vtorói` gíl`dii

Mitya pulled out of his pocket a copy of the paper, gave it to his father, and pointed with his finger to a passage marked with blue pencil.

"Read it!"

The father put on his spectacles.

"Do read it!"

The mamma glanced at the holy image and crossed herself. The papa cleared his throat and began to read:

"At eleven o'clock on the evening of the 29th of December, a registration clerk of the name of Dmitry Kuldarov..."

"You see, you see! Go on!"

"...a registration clerk of the name of Dmitry Kuldarov, coming from the bar in Kozihin's building in Little Bronnaya in an intoxicated condition..."

"That's me and Semyon Petrovich... It's all described exactly! Continue! Go on! Listen!"

"...intoxicated condition, slipped and fell under a horse belonging to a sledge-driver, a peasant of the village of Durykino in the Yuhnovsky district, called Ivan Drotov. The frightened horse, stepping over Kuldarov and drawing the sledge over him, together with a Moscow merchant of the sec-

Vocabulary

вы́тащить, выта́скивать	take out; draw; extract; fish out; lug out; pull out
карма́н	pocket; pouch
карма́нный, карма́нная	pocket; pocketable; vest-pocket; puppet; hand-held; palm-size; pocket-size
прикарма́нить, прикарма́нивать	abstract; pocket; cabbage; help oneself to; steal; filch
карма́нник	pickpocket; petty thief
газе́та	newspaper; paper; gazette; journal
газе́тный, газе́тная	news; newspaper; paper
газе́тчик	newsman; newsboy; news-agent; pressman; journalist
пода́ть, подава́ть	present; lodge; serve; hand in; put in; give in; file; sue; submit
по́дать	tribute
пода́ча	presentation; feed; submission; service

второй ги́льдии моско́вским купцо́м Степа́ном Лу́ковым, помча́лась по у́лице и была́ заде́ржана дво́рниками. Кулда́ров, внача́ле находя́сь в бесчу́вственном состоя́нии, был отведён в полице́йский уча́сток и освиде́тельствован врачо́м. Уда́р, кото́рый он получи́л по заты́лку...

— Э́то я об огло́блю, папа́ша. Да́льше! Вы да́льше чита́йте!

...кото́рый он получи́л по заты́лку, отнесён к лёгким. О случи́вшемся соста́влен протоко́л. Потерпе́вшему по́дана медици́нская по́мощь"...

— Веле́ли заты́лок холо́дной водо́й прима́чивать. Чита́ли тепе́рь? А? То́-то вот! Тепе́рь по всей Росси́и пошло́! Да́йте сюда́!

Ми́тя схвати́л газе́ту, сложи́л её и су́нул в карма́н.

— Побегу́ к Мака́ровым, им покажу́... На́до ещё Иваниц́ким показа́ть, Ната́лии Ива́новне, Ани́симу Васи́льичу... Побегу́! Проща́йте!

Ми́тя наде́л фура́жку с кока́рдой и, торжеству́ющий, ра́достный, вы́бежал на у́лицу.

moskóvskim kuptsóm Stepánom Lúkovy`m, pomchálas` po úlitse i by`lá zadérzhana dvórnikami. Kuldárov, vnachále nahodiás` v beschúvstvennom sostoiánii, by`l otvedyón v politsé i `skii` uchástok i osvidétel`stvovan vrachóm. Udár, kotóry`i` on poluchíl po zaty`lku...

— É`to ia ob oglóbliu, papásha. Dál`she! Vy` dál`she chitái`te!

...kotóry`i` on poluchíl po zaty`lku, otnesyón k lyógkim. O sluchívshemsia sostávlen protokól. Poterpévshemu pódana meditsínskaia pómoshch`"...

— Veléli zaty`lok holódnoi` vodói` primáchivat`. Chitáli tepér`? A? Tó-to vot! Tepér` po vsei` Rossí i poshló! Dái`te siudá!

Mítia skhvatíl gazétu, slozhíl eyó i súnul v karmán.

— Pobegú k Makárovy`m, im pokazhú... Nádo eshchyó Ivanítskim pokazát`, Natálii Ivánovne, Anísimu Vasí l`ichu... Pobegú! Proshchái`te!

Mítia nadél furázhku s kokárdoi` i, torzhestvúiushchii`, rádostny`i`, vy`bezhal na úlitsu.

ond guild called Stepan Lukov, who was in it, dashed along the street and was caught by some house-porters. Kuldarov, at first in an unconscious condition, was taken to the police station and there examined by the doctor. The blow he had received on the back of his head..."

"It was from the shaft, papa. Go on! Read the rest!"

"...he had received on the back of his head turned out not to be serious. The incident was duly reported. Medical aid was given to the injured man"...

"They told me to foment the back of my head with cold water. You have read it now? Ah! So you see! Now it's all over Russia! Give it here!"

Mitya seized the paper, folded it up and put it into his pocket.

"I'll run round to the Makarovs and show it to them... I must show it to the Ivanitskys too, Natalya Ivanovna, and Anisim Vassilyich... I'll run! Good-bye!"

Mitya put on his cap with its cockade and, joyful and triumphant, ran into the street.

Vocabulary

купец	merchant; marketeer; negotiant; tradesman; trader; shopkeeper
купчиха	tradeswoman; wife of a merchant
купеческий, купеческая	merchant
купечество	merchants; merchantry
купить, покупать	buy; purchase; get; acquire
мчаться, помчаться	tear; rush; race; dash; speed
задерживать, задержать	hinder; impede; keep; arrest; apprehend; bind; catch; delay; detain; intercept; restrain
задержка	delay; trouble; break; timeout; arrest; balk; impediment; stoppage; detention; hitch; holdback

Выигрышный биле́т

Ива́н Дми́трич, челове́к сре́дний, прожива́ющий с семьёй ты́сячу две́сти рубле́й в год и о́чень дово́льный свое́й судьбо́й, ка́к-то по́сле у́жина сел на дива́н и стал чита́ть газе́ту.

— Забы́ла я сего́дня в газе́ту погляде́ть, — сказа́ла его́ жена́, убира́я со стола́. — Посмотри́, нет ли там табли́цы тиражей?

— Да, есть, — отве́тил Ива́н Дми́трич. — А ра́зве твой биле́т не пропа́л в зало́ге?

— Нет, я во вто́рник носи́ла проце́нты.

— Како́й но́мер?

— Се́рия 9499, биле́т 26.

— Так-с... Посмо́трим-с... 9499 и 26.

Ива́н Дми́трич не ве́рил в лотере́йное сча́стие и в друго́е вре́мя ни за что не стал бы гляде́ть в табли́цу тиражей, но тепе́рь от не́чего де́лать и — бла́го, газе́та была́ пе́ред глаза́ми — он провёл па́льцем све́рху вниз по номера́м се́рий. И то́тчас же, то́чно в насме́шку над его́ неве́рием, не да́льше как во второ́й строке́ све́рху ре́зко бро́силась в глаза́ цифра 9499! Не погляде́в, како́й но́мер биле́та, не проверя́я себя́, он бы́стро

Výigrỳshnỳi̇̀ bilḗt

Iván Dmítrich, chelovék srédnii̇̀, prozhivái̇́ushchii̇̀ s sem̀yói̇̀ týsiachu dvésti rublė́i̇̀ v god i ócheǹ dovól̀nỳi̇̀ svoéi̇̀ sud̀bói̇̀, kȧ́k-to pósle úzhina sel na diván i stal chitát̀ gazétu.

— Zabý́la ia segódnia v gazétu pogliadét̀, — skazála egó zhená, ubirái̇́ia so stolá. — Posmotrí, net li tam tablítsỳ tirazhéi̇̀?

— Da, est̀, — otvétil Iván Dmítrich. — A rázve tvoi̇̀ bilét ne propál v zalóge?

— Net, ia vo vtórnik nosíla protséntỳ.

— Kakói̇̀ nómer?

— Sériia 9499, bilét 26.

— Tak-s... Posmótrim-s... 9499 i 26.

Iván Dmítrich ne véril v loteréi̇̀noe schástie i v drugóe vrémia ni za shto ne stal bỳ gliadét̀ v tablítsu tirazhéi̇̀, no tepér̀ ot néchego délat̀ i — blágo, gazéta bỳ́la péred glazámi — on provyól pál̀tsem svérhu vniz po nomerám séríi̇̀. I tótchas zhe, tóchno v nasméshku nad egó nevériem, ne dál̀she kak vo vtorói̇̀ stroké svérhu rézko brósilas̀ v glazá tsífra 9499! Ne pogliadév, kakói̇̀ nómer biléta, ne proveriái̇́ia sebiá, on bỳ́stro opustíl gazétu na koléni

The Winning Ticket

Ivan Dmitrich, an average man who lived with his family on an income of twelve hundred a year and was very well satisfied with his lot, sat down on the sofa after supper and began reading the newspaper.

"I forgot to look at the newspaper today," his wife said to him as she cleared the table. "Look and see whether the list of drawings is there."

"Yes, it is," replied Ivan Dmitrich; "but hasn't your ticket lapsed?"

"No; I took the interest on Tuesday."

"What is the number?"

"Series 9,499, number 26."

"All right... We will look... 9,499 and 26."

Ivan Dmitrich had no faith in lottery luck, and would not, as a rule, have consented to look at the lists of winning numbers, but now, as he had nothing else to do and as the newspaper was before his eyes, he passed his finger downwards along the column of series numbers. And immediately, as though in mockery of his scepticism, no further than the second line from the top, his eyes were caught by the figure 9,499! He hurriedly dropped the paper on his knees without looking to see the number of the ticket, without

Vocabulary

вы́игрыш	win; gain; prize; profit; advantage; winning; gainings; scoring
вы́игрышный, вы́игрышная	winning; advantageous; profitable; beneficial
вы́игрывать, вы́играть	win; gain; benefit; score; take; to be ahead; compare favourably; show to good advantage; outgun; have the upper hand
биле́т	ticket; card; note; bill
биле́тный, биле́тная	ticket
билетёр, билетёрша	usher; ticket collector; seat attendant; ticket controller
сре́дний, сре́дняя	middle; medium; central; average; secondary; intermediate; median; mid; moderate
дово́льный, дово́льная	content; satisfied; glad; contented; pleased; comfortable; happy

опусти́л газе́ту на коле́ни и, как бу́дто кто плесну́л ему́ на живо́т холо́д-
ной водо́й, почу́вствовал под ло́жечкой прия́тный холодо́к: и щеко́тно,
и стра́шно, и сла́дко!

– Ма́ша, 9499 есть! – сказа́л он глу́хо.

Жена́ погляде́ла на его́ удивлённое, испу́ганное лицо́ и поняла́, что
он не шу́тит.

– 9499? – спроси́ла она́, бледне́я и опуска́я на стол сло́женную ска́терть.

– Да, да... Серьёзно есть!

– А но́мер биле́та?

– Ах, да! Ещё но́мер биле́та. Впро́чем, посто́й... погоди́. Нет, каково́?
Всё-таки но́мер на́шей се́рии есть! Всё-таки, понима́ешь...

Ива́н Дми́трич, гля́дя на жену́, улыба́лся широко́ и бессмы́сленно,
как ребёнок, кото́рому пока́зывают блестя́щую вещь. Жена́ то́же улы-
ба́лась: ей, как и ему́, прия́тно бы́ло, что он назва́л то́лько се́рию и
не спеши́т узна́ть но́мер счастли́вого биле́та. Томи́ть и дразни́ть себя́
наде́ждой на возмо́жное сча́стие – э́то так сла́дко, жу́тко!

– На́ша се́рия есть, – сказа́л Ива́н Дми́трич по́сле до́лгого молча́ния.
– Зна́чит, есть вероя́тность, что мы вы́играли. То́лько вероя́тность, но
всё же она́ есть!

---

i, kak búdto kto plesnúl emú na zhivót holódnoi` vodói`, pochúvstvoval
pod lózhechkoi` priiátny`i` holodók: i shchekótno, i stráshno, i sládko!

– Másha, 9499 est`! – skazál on glúho.

Zhená pogliadéla na egó udivlyónnoe, ispúgannoe litsó i ponialá, shto
on ne shútit.

– 9499? – sprosíla oná, blednéia i opuskáia na stol slózhennuiu skátert`.

– Da, da... Ser`yózno est`!

– A nómer biléta?

– Akh, da! Eshchyó nómer biléta. Vpróchem, postói`... pogodí. Net, ka-
kovó? Vsyó-taki nómer náshei` sérii est`! Vsyó-taki, ponimáesh`...

Iván Dmítrich, gliádia na zhenú, uly`bálsia shirokó i bessmýslenno,
kak rebyónok, kotóromu pokázy`vaiut blestiáshchuiu veshch`. Zhená tózhe
uly`bálas`: ei`, kak i emú, priiátno býlo, shto on nazvál tól`ko sériiu i
ne speshít uznát` nómer schastlívogo biléta. Tomít` i draznít` sebiá nadézhdoi`
na vozmózhnoe schástie – e`to tak sládko, zhútko!

– Násha sériia est`, – skazál Iván Dmítrich pósle dólgogo molchániia.
– Znáchit, est` veroiátnost`, shto my` vý`igrali. Tól`ko veroiátnost`, no vsyó
zhe oná est`!

checking himself, and, just as though some one had dabbled cold water on his belly, he felt an agreeable chill in the pit of the stomach; tingling and terrible and sweet!

"Masha, 9,499 is there!" he said in a hollow voice.

His wife looked at his astonished and panic-stricken face, and realized that he was not joking.

"9,499?" she asked, turning pale and dropping the folded tablecloth on the table.

"Yes, yes... It really is there!"

"And the number of the ticket?"

"Oh, yes! There's the number of the ticket too. But stay... wait. No, I say! Anyway, the number of our series is there! Anyway, you understand..."

Looking at his wife, Ivan Dmitrich gave a broad, senseless smile, like a baby when a bright object is shown it. His wife smiled too; it was as pleasant to her as to him that he only mentioned the series, and did not try to find out the number of the winning ticket. To torment and tantalize oneself with hopes of possible fortune is so sweet, so thrilling!

"It is our series," said Ivan Dmitrich, after a long silence. "So there is a probability that we have won. It's only a probability, but there it is!"

Vocabulary

опусти́ть, опуска́ть	lower; cast down; hang; drop; draw; sink; depress; let down; let drop; let fall; move down; put down
плесну́ть, плеска́ть	dabble; bedash
плеска́ться	splash; dabble; splatter
холо́дный, холо́дная	cold; bleak; distant; frigid; chill; chilly; wintry; frozen; frosty; glacial; hard; icy
хо́лод	cold; chill; chillness; freeze; frigidity; coldness
холода́ть, похолода́ть	become cold
холоде́ц	jelly
стра́шный, стра́шная	terrible; frightful; dreadful; awful; fearful; horrible; tremendous; desperate; grim; hideous; horrid; lurid; virulent; woeful; ghastly
страши́ться	dread; fear; tremble; have a dread of
страши́ть	frighten; horrify; daunt; intimidate

– Ну, тепе́рь взгляни́.

– Посто́й. Ещё успе́ем разочарова́ться. Это во второ́й строке́ све́рху, зна́чит, вы́игрыш в 75000. Это не де́ньги, а си́ла, капита́л! И вдруг я погляжу́ сейча́с в табли́цу, а там – 26! А? Послу́шай, а что́ е́сли мы в са́мом де́ле вы́играли?

Супру́ги ста́ли смея́ться и до́лго гляде́ли друг на дру́га мо́лча. Возмо́жность сча́стья отума́нила их, они́ не могли́ да́же мечта́ть, сказа́ть, на что им обо́им нужны́ э́ти 75000, что они́ ку́пят, куда́ пое́дут. Ду́мали они́ то́лько о ци́фрах 9499 и 75000, рисова́ли их в своём воображе́нии, а о са́мом сча́стье, кото́рое бы́ло так возмо́жно, им ка́к-то не ду́малось.

Ива́н Дми́трич, держа́ в рука́х газе́ту, не́сколько раз прошёлся из угла́ в у́гол и, то́лько когда́ успоко́ился от пе́рвого впечатле́ния, стал понемно́гу мечта́ть.

– А что, е́сли мы вы́играли? – сказа́л он. – Ведь э́то но́вая жизнь, э́то катастро́фа! Биле́т твой, но е́сли бы он был мои́м, то я пре́жде всего́, коне́чно, купи́л бы ты́сяч за 25 каку́ю-нибудь недви́жимость вро́де име́ния; ты́сяч 10 на единовре́менные расхо́ды: но́вая обстано́вка...

– Nu, teper` vzgliani´.

– Posto´i`. Eshchyo´ uspe´em razocharovat`sia. E´to vo vtoro´i` stroke´ sve´rhu, zna´chit, vy´igry`sh v 75000. E´to ne den`gi, a si´la, kapita´l! I vdrug ia pogliazhu´ sei`cha´s v tabli´tsu, a tam – 26! A? Poslu´shai`, a shto e´sli my` v sa´mom de´le vy´igrali?

Supru´gi sta´li smeiat`sia i do´lgo gliade´li drug na dru´ga mo´lcha. Vozmo´zhnost` scha´st`ia otuma´nila ikh, oni´ ne mogli´ da´zhe mechta´t`, skaza´t`, na shto im obo´im nuzhny` e´ti 75000, shto oni´ ku´piat, kuda´ poe´dut. Du´mali oni´ to´l`ko o tsi´frakh 9499 i 75000, risova´li ikh v svoe´m voobrazhe´nii, a o samo´m scha´st`e, koto´roe by´lo tak vozmo´zhno, im ka´k-to ne du´malos`.

Iva´n Dmi´trich, derzha´ v ruka´kh gazetu, ne´skol`ko raz proshyo´lsia iz ugla´ v u´gol i, to´l`ko kogda´ uspoko´ilsia ot pe´rvogo vpechatle´niia, stal ponemno´gu mechta´t`.

– A shto, e´sli my` vy´igrali? – skaza´l on. – Ved` e´to no´vaia zhizn`, e´to katastro´fa! Bile´t tvoi`, no e´sli by` on by´l moi´m, to ia pre´zhde vsego´, kone´chno, kupi´l by` ty´siach za 25 kaku´iu-nibud` nedvi´zhimost` vro´de ime´niia; ty´siach 10 na edinovre´menny`e rasho´dy`: no´vaia obstano´vka...

"Well, now look."

"Wait a little. We have plenty of time to be disappointed. It's on the second line from the top, so the prize is seventy-five thousand. That's not money, but power, capital! And in a minute I shall look at the list, and there–26! Eh? I say, what if we really have won?"

The husband and wife began laughing and staring at one another in silence. The possibility of happiness bewildered them; they could not have said, could not have dreamed, what they both needed that seventy-five thousand for, what they would buy, where they would go. They thought only of the figures 9,499 and 75,000 and pictured them in their imagination, while somehow they could not think of the happiness itself which was so possible.

Ivan Dmitrich, holding the paper in his hand, walked several times from corner to corner, and only when he had recovered from the first impression began dreaming a little.

"And if we have won," he said–"why, it will be a new life, it will be a transformation! The ticket is yours, but if it were mine I should, first of all, of course, spend twenty-five thousand on real property in the shape of an estate; ten thousand on immediate expenses, new furnishing... travelling,

Vocabulary

взгляну́ть, взгля́дывать	look; glance; take a slant; peek; give a glance; give a look; take a glance; take a look; take a peep at; get an insight into
взгляд	glance; look; sight; eye; judgement; outlook; stare; gaze; regard; opinion; view; feeling; judgment; mind; notion; stand
успе́ть, успева́ть	have time; catch; make it; manage
разочарова́ться, разочаро́вываться	disenchant with; give up hope on; be disillusioned
разочарова́ние	disappointment; blight; disillusion; chagrin; frustration; mortification; disenchantment; disillusionment; eye-opener; bummer
разочаро́ванный, разочаро́ванная	disappointed; disenchanted; frustrated
си́ла	strength; force; might; efficacy; energy; volume; potency; vigour; effect; violence

путеше́ствие, долги́ заплати́ть и про́чее... Остальны́е 40 ты́сяч в банк под проце́нты...

— Да, име́ние — э́то хорошо́, — сказа́ла жена́, садя́сь и опуска́я на коле́ни ру́ки.

— Где́-нибудь в Ту́льской и́ли Орло́вской губе́рнии... Во-пе́рвых, да́чи не ну́жно, во-вторы́х, всё-таки дохо́д.

И в его́ воображе́нии затолпи́лись карти́ны, одна́ друго́й ла́сковей, поэти́чней, и во всех э́тих карти́нах он ви́дел себя́ самого́ сы́тым, споко́йным, здоро́вым, ему́ тепло́, да́же жа́рко! Вот он, пое́вши холо́дной, как лёд, окро́шки, лежи́т вверх живото́м на горя́чем песке́ у са́мой ре́чки и́ли в саду́ под ли́пой... Жа́рко... Сыни́шка и дочь по́лзают во́зле, ро́ются в песке́ и́ли ло́вят в траве́ козя́вок. Он сла́дко дре́млет, ни о чем не ду́мает и всем те́лом чу́вствует, что ему́ не идти́ на слу́жбу ни сего́дня, ни за́втра, ни послеза́втра. А надое́ло лежа́ть, он иде́т на сеноко́с и́ли в лес за гриба́ми и́ли же гляди́т, как мужики́ ло́вят не́водом ры́бу. Когда́ сади́тся со́лнце, он берёт простыню́, мы́ло и плетётся в купа́льню, где не спеша́ раздева́ется, до́лго разгла́живает ладо́нями свою́ го́лую грудь и ле́зет в во́ду. А в воде́, о́коло ма́товых мы́льных круго́в суетя́тся рыбёшки, кача́ются зелёные водоросли.

---

puteshéstvie, dolgí zaplatít` i próchee... Ostal`nýe 40 týsiach v bank pod protsénty`...

— Da, iménie – éto horoshó, — skazála zhená, sadiás` i opuskáia na koléni rúki.

— Gdé-nibud` v Túl`skoi` íli Orlóvskoi` gubérnii... Vo-pérvy`kh, dáchi ne núzhno, vo-vtorý`kh, vsyo-taki dohód.

I v egó voobrazhénii zatolpílis` kartíny`, odná drugói` láskovei`, poe`tíchnei`, i vo vsekh étikh kartínakh on vídel sebiá samogó sýty`m, spokói`ny`m, zdoróvy`m, emú tepló, dázhe zhárko! Vot on, poévshi holódnoi`, kak lyod, okróshki, lezhít vverkh zhivotóm na goriáchem peské u sámoi` réchki íli v sadú pod lípoi`... Zhárko... Sýníshka i doch` pólzaiut vózle, róiutsia v peské íli lóviat v travé koziávok. On sládko drémlet, ni o chem ne dúmaet i vsem télom chúvstvuet, shto emú ne idtí na slúzhbu ni segódnia, ni závtra, ni poslezа́vtra. A nadoе́lo lezhát`, on idét na senokós íli v les za gribámi íli zhe gliadít, kak muzhikí lóviat névodom rýbu. Kogdá sadítsia sólntse, on beryót prostý`niu, mýlo i pletyótsia v kupа́l`niu, gde ne speshá razdeváetsia, dólgo razglázhivaet ladóniami svoiú góluiu grud` i lézet v vódu. A v vodé, ókolo mátovy`kh mý`l`ny`kh krugov suetiátsia rý`byóshki, kacháiutsia zelyóny`e vódorosli. Pósle kupа́n`ia chai`

paying debts, and so on... The other forty thousand I would put in the bank and get interest on it..."

"Yes, an estate, that would be nice," said his wife, sitting down and dropping her hands on her laps.

"Somewhere in the Tula or Oryol provinces... In the first place we shouldn't need a summer house, and besides, it would always bring in an income."

And pictures came crowding on his imagination, each more gracious and poetical than the last. And in all these pictures he saw himself well-fed, serene, healthy, felt warm, even hot! Here, after eating a summer soup, cold as ice, he lay on his back on the burning sand close to a stream or in the garden under a lime-tree... It is hot... His little boy and girl are crawling about near him, digging in the sand or catching bugs in the grass. He dozes sweetly, thinking of nothing, and feeling all over that he need not go to the office today, tomorrow, or the day after. Or, tired of lying still, he goes to the hayfield, or to the forest for mushrooms, or watches the peasants catching fish with a net. When the sun sets he takes a sheet and soap and saunters to the bathing place, where he undresses at his leisure, slowly rubs his bare chest with his hands, and goes into the water. And in the water, near the opaque soapy circles, little fish flit to and fro and green water-weeds nod

Vocabulary

путешéствие	journey; tour; voyage; travel; trip; travelling
путешéственник, путешéственница	traveller; tourist; explorer; voyager
путешéствовать	travel; journey; tour; hike; peregrinate; voyage
долг	debt; duty; honors; arrearage; credit; liabilities; obligation
долговóй, долговáя	debt; promissory
должни́к, должни́ца	debtor; promiser; person in arrears
одолжи́ть, одáлживать	lend; borrow; oblige; spare
плати́ть, заплати́ть	pay; settle; fee; disburse; give; part; render
плáта	pay; fee; wages; fare; rent; board; charge; allowance; payment; premium
имéние	estate; domain; property
имéть	have; possess; bear; hold; own; keep
дáча	dacha; summer house; feed; input

После купанья чай со сливками и со сдобными кренделями... Вечером прогулка или винт с соседями.

– Да, хорошо бы купить имение, – говорит жена, тоже мечтая, и по лицу её видно, что она очарована своими мыслями.

Иван Дмитрич рисует себе осень с дождями, с холодными вечерами и с бабьим летом. В это время нужно нарочно подольше гулять по саду, огороду, по берегу реки, чтобы хорошенько озябнуть, а потом выпить большую рюмку водки и закусить солёным рыжиком или укропным огурчиком и – выпить другую. Детишки бегут с огорода и тащат морковь и редьку, от которой пахнет свежей землёй... А после развалиться на диване и не спеша рассматривать какой-нибудь иллюстрированный журнал, а потом прикрыть журналом лицо, расстегнуть жилетку, отдаться дремоте...

За бабьим летом следует хмурое, ненастное время. Днём и ночью идёт дождь, голые деревья плачут, ветер сыр и холоден. Собаки, лошади, куры – всё мокро, уныло, робко. Гулять негде, из дому выходить нельзя, целый день приходится шагать из угла в угол и тоскливо поглядывать на пасмурные окна. Скучно!

so slívkami i so sdóbny`mi kréndeliami... Vécherom progúlka íli vint s sosédiami.

– Da, horoshó by` kupít` iménie, – govorít zhená, tózhe mechtáia, i po litsú eyó vídno, shto oná ocharóvana svoími my`sliami.

Iván Dmítrich risúet sebé ósen` s dozhdiámi, s holódny`mi vecherámi i s báb`im létom. V e`to vrémia núzhno naróchno podól`she guliát` po sádu, ogoródu, po béregu rekí, shtoby` horoshén`ko oziábnut`, a potóm vy`pit` bol`shúiu riúmku vódki i zakusít` solyóny`m ry`zhikom íli ukrópny`m ogúrchikom i – vy`pit` drugúiu. Detíshki begút s ogoróda i táshchat morkóv` i réd`ku, ot kotóroi` pákhnet svézhei` zemlyói`... A pósle razvalít`sia na diváne i ne speshá rassmátrivat` kakói`-nibud` illiustrírovanny`i` zhurnál, a potóm prikry`t` zhurnálom litsó, rasstegnút` zhilétku, otdát`sia dremóte...

Za báb`im létom sléduet khmúroe, nenástnoe vrémia. Dnyom i nóch`iu idyót dozhd`, góly`e derév`ia pláchut, véter sy`r i hóloden. Sobáki, lóshadi, kúry` – vsyo mókro, uný`lo, róbko. Guliát` negde, iz dómu vy`hodít` nel`zia, tsély`i` den` prihóditsia shagát` iz ugla v úgol i tosclívo pogliády`vat` na pásmurny`e ókna. Skúchno!

their heads. After bathing there is tea with cream and milk rolls... In the evening a walk or vint with the neighbours.

"Yes, it would be nice to buy an estate," said his wife, also dreaming, and from her face it was evident that she was enchanted by her thoughts.

Ivan Dmitrich pictured to himself autumn with its rains, its cold evenings, and its Indian summer. At that season he would have to take longer walks about the garden, the kitchen-garden and beside the river, so as to get thoroughly chilled, and then drink a big glass of vodka and eat a salted mushroom or a soused cucumber, and then–drink another. The children would come running from the kitchen-garden, bringing a carrot and a radish smelling of fresh earth... And then, he would lie stretched full length on the sofa, and in leisurely fashion turn over the pages of some illustrated magazine, or, covering his face with it and unbuttoning his waistcoat, give himself up to slumber...

The Indian summer is followed by cloudy, gloomy weather. It rains day and night, the bare trees weep, the wind is damp and cold. The dogs, the horses, the fowls–all are wet, depressed, downcast. There is nowhere to walk; one can't go out; one has to pace up and down the room all day, looking despondently at the grey windows. It is dreary!

Vocabulary

купа́нье, купа́ние	bath; bathe; bathing; dip
купа́ть, искупа́ть	bath; bathe
купа́льщик, купа́льщица	bather
купа́льный, купа́льная	swimming; bathing
купа́льник	bathing costume; swimming suit; swimsuit
купа́льня	bath; bathhouse; pool
прогу́лка	walk; stroll; outing; promenade; ramble; airing; constitutional
прогу́л	truancy; absence; no-show
прогу́льщик, прогу́льщица	truant; shirker; quitter; absentee
прогу́ливать, прогуля́ть	shirk; wag; play wag; skip class; play truant
прогу́ливаться	walk about; take a walk; promenade; stroll

Ива́н Дми́трич останови́лся и посмотре́л на жену́.

— Я, зна́ешь, Ма́ша, за грани́цу пое́хал бы, — сказа́л он.

И он стал ду́мать о том, что хорошо́ бы пое́хать глубо́кой о́сенью за грани́цу, куда́-нибудь в ю́жную Фра́нцию, Ита́лию... И́ндию!

— Я то́же непреме́нно бы за грани́цу пое́хала, — сказа́ла жена́. — Ну, посмотри́ но́мер биле́та!

— Посто́й! Погоди́...

Он ходи́л по ко́мнате и продолжа́л ду́мать. Ему́ пришло́ на мысль: а что е́сли в са́мом де́ле жена́ пое́дет за грани́цу? Путеше́ствовать прия́тно одному́ и́ли же в о́бществе же́нщин легких, беззабо́тных, живу́щих мину́той, а не таки́х, кото́ры́е всю доро́гу ду́мают и говоря́т то́лько о де́тях, вздыха́ют, пуга́ются и дрожа́т над ка́ждой копе́йкой. Ива́н Дми́трич предста́вил себе́ свою́ жену́ в ваго́не со мно́жеством узелко́в, корзи́нок, свёртков; она́ о чём-то вздыха́ет и жа́луется, что у неё от доро́ги разболе́лась голова́, что у неё ушло́ мно́го де́нег; то и де́ло прихо́дится бе́гать на ста́нцию за кипятко́м, бутербро́дами, водо́й... Обе́дать она́ не мо́жет, потому́ что э́то до́рого...

"А ведь она́ бы меня́ в ка́ждой копе́йке усчи́ты́вала, — поду́мал он, взгляну́в на жену́. — Биле́т-то её, а не мой! Да и заче́м ей за грани́цу

Iván Dmítrich ostanoví lsia i posmotré l na zhenú.

— Ia, znáesh`, Másha, za granítsu poé hal by`, — skazá l on.

I on stal dúmat` o tom, shto horoshó by` poé hat` glubókoi` osen`iu za granítsu, kuda-nibud` v iuzhnuiu Frántsiiu, Itáliiu... Índiiu!

— Ia tózhe nepreménno by` za granítsu poé hala, — skazá la zhená. — Nu, posmotrí nómer biléta!

— Postó i`! Pogodí...

On hodí l po kómnate i prodolzhá l dúmat`. Emú prishló na my`sl`: a shto é sli v sámom dé le zhená poé det za granítsu? Putesheéstvovat` priiátno odnomú í li zhe v óbshchestve zhénshchin légkikh, bezzabótny`kh, zhivúshchikh minútoi`, a ne takí kh, kotóry`e vsiu dorógu dúmaiut i govoriát tó l`ko o dé tiakh, vzdy`há iut, puga iutsia i drozhá t nad kázhdoi` kopé i`koi`. Iván Dmítrich predstávil sebé svoiú zhenú v vagóne so mnózhestvom uzelkóv, korzínok, svyórtkov; oná o chyóm-to vzdy`há et i zhá luetsia, shto u neyó ot dorógi razbolé las` golová, shto u neyó ushló mnógo dé neg; to i dé lo prihóditsia bégat` na stántsiiu za kipiatkóm, buterbródami, vodó i`... Obédat` oná ne mózhet, potomú shto é to dórogo...

"A ved` oná by` meniá v kázhdoi` kopé i`ke uschíty`vala, — podúmal on, vzglianúv na zhenú. — Bilé t-to eyó, a ne moi`! Da i zachém ei` za granítsu

Ivan Dmitrich stopped and looked at his wife.

"I should go abroad, you know, Masha," he said.

And he began thinking how nice it would be in late autumn to go abroad somewhere to the South of France... to Italy... to India!

"I should certainly go abroad too," his wife said. "But look at the number of the ticket!"

"Wait, wait!.."

He walked about the room and went on thinking. It occurred to him: what if his wife really did go abroad? It is pleasant to travel alone, or in the society of light, careless women who live in the present, and not such as think and talk all the journey about nothing but their children, sigh, and tremble with dismay over every kopeck. Ivan Dmitrich imagined his wife in the train with a multitude of parcels, baskets, and bags; she would be sighing over something, complaining that the train made her head ache, that she had spent so much money... At the stations he would continually be having to run for boiling water, sandwiches, drinking water... She wouldn't have dinner because of its being too expensive...

"She would begrudge me every kopeck," he thought, with a glance at his wife. "The ticket is hers, not mine! Besides, what is the use of her going

Vocabulary

заграница	oversea; overseas; abroad
заграничный, заграничная	foreign; abroad; oversea; overseas; transborder
глубокий, глубокая	deep; low; remote; profound; complete; great; saturated; rooted; keen; rich; sound; intense; intensive; intimate; comprehensive
глубина	depth; profundity; background; deepness; gamut; intensity
глубинный, глубинная	deep-sea; deep-water
непременно	without fail; certainly; surely; sure; by all means; without doubt
непременный, непременная	indispensable; permanent; bound; essential; fundamental; automatic; sure
мысль	thought; idea; conception; notion; reflection
мыслить	think; imagine; cerebrate; conceive; reason

ехать? Чего она там не видала? Будет в номере сидеть да меня не отпускать от себя... Знаю!"

И он первый раз в жизни обратил внимание на то, что его жена постарела, подурнела, вся насквозь пропахла кухней, а сам он ещё молод, здоров, свеж, хоть женись во второй раз.

"Конечно, всё это пустяки и глупости, – думал он, – но... зачем бы она поехала за границу? Что она там понимает? А ведь поехала бы... Воображаю... А на самом деле для неё что Неаполь, что Клин – всё едино. Только бы мне помешала. Я бы у неё в зависимости был. Воображаю, как бы только получила деньги, то сейчас бы их по-бабьи под шесть замков... От меня будет прятать... Родне своей будет благотворить, а меня в каждой копейке усчитает".

Вспомнил Иван Дмитрич родню. Все эти братцы, сестрицы, тётеньки, дяденьки, узнав про выигрыш, приползут, начнут нищенски клянчить, маслено улыбаться, лицемерить. Противные, жалкие люди! Если им дать, то они ещё попросят; а отказать – будут клясть, сплетничать, желать всяких напастей.

---

e'hat`? Chego' ona' tam ne vida'la? Bu'det v no'mere side't` da menia' ne otpuska't` ot sebia... Zna'iu!"

I on pe'rvy`i` raz v zhi'zni obrati'l vnima'nie na to, shto ego' zhena' postare'la, podurne'la, vsia naskvo'z` propa'khla ku'khnei`, a sam on eshchyo' mo'lod, zdoro'v, svezh, hot` zheni's` vo vtoro'i` raz.

"Kone'chno, vsyo e'to pustiaki' i glu'posti, – du'mal on, – no... zache'm by` ona' poe'hala za grani'tsu? Shto ona' tam ponima'et? A ved` poe'hala by`... Voobrazha'iu... A na sa'mom de'le dlia neyo' shto Nea'pol`, shto Clin – vsyo edi'no. To'l`ko by` mne pomesha'la. Ia by` u neyo' v zavi'simosti by`l. Voobrazha'iu, kak by` to'l`ko poluchi'la den`gi, to sei`cha's by` ikh po-ba'b`i pod shest` zamko'v... Ot menia' bu'det priata't`... Rodne' svoe'i` bu'det blagotvori't`, a menia' v ka'zhdoi` kope'i`ke uschita'et".

Vspo'mnil Iva'n Dmi'trich rodniu. Vse e'ti bra'ttsy`, sestri'tsy`, tyo'ten`ki, dia'den`ki, uznav pro vy`'igry`sh, pripolzu't, nachnu't ni'shchenski clia'nchit`, ma'sleno uly`ba't`sia, litseme'rit`. Proti'vny`e, zha'lkie liu'di! E'sli im dat`, to oni' eshchyo' popro'siat; a otkaza't` – bu'det cliast`, sple'tneychat`, zhela't` vsia'kikh napa'stei`.

abroad? What does she want there? She would shut herself up in the hotel room, and not let me out of her sight... I know!"

And for the first time in his life his mind dwelt on the fact that his wife had grown elderly and plain, and that she was saturated through and through with the smell of cooking, while he was still young, fresh, and healthy, and might well have got married again.

"Of course, all that is silly nonsense," he thought; "but... why should she go abroad? What would she make of it? And yet she would go, of course... I can fancy... In reality it is all one to her, whether it is Naples or Klin. She would only be in my way. I should be dependent upon her. I can fancy how, like a regular woman, she will lock the money up as soon as she gets it... She will hide it from me... She will look after her relations and grudge me every kopeck."

Ivan Dmitrich thought of her relations. All those wretched brothers and sisters and aunts and uncles would come crawling about as soon as they heard of the winnings, would begin whining like beggars, and fawning upon them with oily, hypocritical smiles. Wretched, detestable people! If they were given anything, they would ask for more; while if they were refused, they would swear at them, slander them, and wish them every kind of misfortune.

Vocabulary

отпуска́ть, отпусти́ть	let go; release; set free; dismiss; sell; provide; allot; slacken; remit; grow; absolve; issue; loosen; part with
о́тпуск	leave; vacation; sale; supply; allotment; holiday; leave of absence
отпускни́к, отпускни́ца	vacationer; holidayer
отпускны́е	holiday pay
обрати́ть внима́ние	note; notice; point out; bring to notice; cognize; heed; mark; draw attention
дурне́ть, подурне́ть	grow plain; lose one's looks; look worse; lose one's beauty; grow ugly
дурно́й, дурна́я	bad; plain; ugly; stupid; naughty; sinister
пустя́к	trifle; nonsense; nothing; trinket; fig; fribble
пустяко́вый, пустяко́вая	trifling; frivolous; piddling; fiddling; paltry; peddling; insignificant; petty

Ива́н Дми́трич припомина́л свои́х ро́дственников, и их ли́ца, на кото́рые он пре́жде гляде́л безразли́чно, каза́лись ему́ тепе́рь проти́вными, ненави́стными.

"Э́то таки́е га́дины!" – ду́мал он.

И лицо́ жены́ ста́ло каза́ться то́же проти́вным, ненави́стным. В душе́ его́ закипа́ла про́тив неё зло́ба, и он со злора́дством ду́мал:

"Ничего́ не смы́слит в деньга́х, а потому́ скупа́. Е́сли бы вы́играла, дала́ бы мне то́лько сто рубле́й, а остальны́е – под замо́к".

И он уже́ не с улы́бкою, а с не́навистью гляде́л на жену́. Она́ то́же взгляну́ла на него́, и то́же с не́навистью и со зло́бой. У неё бы́ли свои́ ра́дужные мечты́, свои́ пла́ны, свои́ соображе́ния; она́ отли́чно понима́ла, о чём мечта́ет её муж. Она́ зна́ла, кто пе́рвый протяну́л бы ла́пу к её вы́игрышу.

"На чужо́й-то счёт хорошо́ мечта́ть! – говори́л её взгляд. – Нет, ты не сме́ешь!"

Муж по́нял ее́ взгляд; не́нависть заворо́чалась у него́ в груди́, и, что́бы досади́ть свое́й жене́, он назло́ ей бы́стро загляну́л на четвёртую страни́цу газе́ты и провозгласи́л с торжество́м:

– Се́рия 9499, биле́т 46! Но не 26!

Iván Dmítrich pripominál svoíkh ródstvennikov, i ikh lítsa, na kotóry`e on prézhde gliadél bezrazlíchno, kazális` emú teper` protívny`mi, nenavístny`mi.

"É`to takíe gádiny`!" – dúmal on.

I litsó zheny` stálo kazát`sia tózhe protívny`m, nenavístny`m. V dushé egó zakipála protiv neyó zlóba, i on so zlorádstvom dúmal:

"Nichegó ne smy`slit v den`gákh, a potomú skupá. Ésli by` vy`ígrala, dalá by` mne tól`ko sto ruble´i`, a ostál`ny`e – pod zamók".

I on uzhé ne s uly`bkoiu, a s nénavist`iu gliadél na zhenú. Oná tózhe vzglianúla na negó, i tózhe s nénavist`iu i so zlóboi`. U neyó by`li svoí ráduzhny`e mechty`, svoí plány`, svoí soobrazhéniia; oná otlíchno ponimála, o chyom mechtáet eyó muzh. Oná znála, kto pérvy`i` protianúl by` lápu k eyó vy`ígry`shu.

"Na chuzhói`-to schyot horoshó mechtát`! – govoríl eyó vzgliad. – Net, ty` ne sméesh`!"

Muzh pónial eé vzgliad; nénavist` zavoróchalas` u negó v grudí, i, shtóby` dosadít` svoéi` zhené, on nazló ei` by`stro zaglianúl na chetvyórtuiu stranítsu gazéty` i provozglasíl s torzhestvóm:

– Seriia 9499, bilét 46! No ne 26!

Ivan Dmitrich remembered his own relations, and their faces, at which he had looked impartially in the past, struck him now as repulsive and hateful.

"They are such reptiles!" he thought.

And his wife's face, too, struck him as repulsive and hateful. Anger surged up in his soul against her, and he thought malignantly:

"She knows nothing about money, and so she is stingy. If she won it she would give me a hundred roubles, and put the rest away under lock and key."

And he looked at his wife, not with a smile now, but with hatred. She glanced at him too, and also with hatred and anger. She had her own rosy daydreams, her own plans, her own reflections; she understood perfectly well what her husband's dreams were. She knew who would be the first to try and grab her winnings.

"It's very nice making daydreams at other people's expense!" is what her eyes expressed. "No, don't you dare!"

Her husband understood her look; hatred began stirring again in his chest, and in order to annoy his wife he glanced quickly, to spite her at the fourth page of the newspaper and read out triumphantly:

"Series 9,499, number 46! Not 26!"

Vocabulary

припомин́ать, припóмнить	remember; recollect; call to memory; bring to mind; call to mind
рóдственник, рóдственница	relative; relation; kinsman; connection; family member
рóдственный, рóдственная	related; kindred; cognate; of blood; allied; affined; akin
родствó	relationship; relatives; alliance; blood; kinship; relation
породни́ться	become relatives
прéжде	before; formerly; first; heretofore; hitherto; aforetime; previously; previous to; prior to
прéжний, прéжняя	former; previous; late; sometime; prior; old; foregone; used
упрежд́ать, упреди́ть	preempt; preact
упрежд́ающий	preemptive; preventive

Надежда и ненависть обе разом исчезли, и тотчас же Ивану Дмитричу и его жене стало казаться, что их комнаты темны, малы и низки, что ужин, который они съели, не насыщает, а только давит под желудком, что вечера длинны и скучны...

– Чёрт знает что, – сказал Иван Дмитрич, начиная капризничать. – Куда ни ступишь, везде бумажки под ногами, крошки, какая-то скорлупа. Никогда не подметают в комнатах! Придётся из дому уходить, чёрт меня подери совсем. Уйду и повешусь на первой попавшейся осине.

Nadezhda i nenavist` obe razom ischezli, i totchas zhe Ivanu Dmitrichu i ego zhene stalo kazat`sia, shto ikh komnaty temny`, maly` i nizki, shto uzhin, kotory`i` oni s``eli, ne nasy`shchaet, a tol`ko davit pod zheludkom, shto vechera dlinny` i skuchny`...

– Chyort znaet shto, – skazal Ivan Dmitrich, nachinaia kapriznichat`. – Kuda ni stupish`, vezde bumazhki pod nogami, kroshki, kakaia-to skorlupa. Nikogda ne podmetaiut v komnatakh! Pridyotsia iz domu uhodit`, chyort menia poderi sovsem. Ui`du i poveshus` na pervoi` popavshei`sia osine.

Hatred and hope both disappeared at once, and it began immediately to seem to Ivan Dmitrich and his wife that their rooms were dark and small and low-pitched, that the supper they had been eating was not doing them good, but lying heavy on their stomachs, that the evenings were long and wearisome...

"What the devil's the meaning of it?" said Ivan Dmitrich, beginning to be ill-humoured. "Wherever one steps there are bits of paper under one's feet, crumbs, husks. The rooms are never swept! One is simply forced to go out. Damnation take my soul entirely! I shall go and hang myself on the first aspen-tree."

Vocabulary

надѐжда	hope; expectation; expectancy; reliance; resort; trust; hopefulness; promise
надѐяться, понадѐяться	hope; expect; trust; plan; ween; bargain; depend; recline; rely; have reliance in
нѐнависть	hatred; hate; loathing; abhorrence
ненавѝдеть, возненавѝдеть	hate; abhor; abominate; detest; execrate; loathe; have in detestation; hold in detestation

Хамелео́н

Че́рез база́рную пло́щадь идёт полице́йский надзира́тель Очуме́лов в но́вой шине́ли и с узелко́м в руке́. За ним шага́ет ры́жий городово́й с решето́м, до́верху напо́лненным конфиско́ванным крыжо́вником. Круго́м тишина́... На пло́щади ни души́... Откры́тые две́ри ла́вок и кабако́в гляди́т на свет Бо́жий уны́ло, как голо́дные па́сти; о́коло них нет да́же ни́щих.

— Так ты куса́ться, окая́нная? — слы́шит вдруг Очуме́лов. — Ребя́та, не пуща́й её! Ны́нче не ве́лено куса́ться! Держи́! А... а!

Слы́шен соба́чий визг. Очуме́лов гляди́т в сто́рону и ви́дит: из дровяно́го скла́да купца́ Пичу́гина, пры́гая на трёх нога́х и огля́дываясь, бежи́т соба́ка. За ней го́нится челове́к в си́тцевой крахма́льной руба́хе и расстёгнутой жиле́тке. Он бежи́т за ней и, пода́вшись ту́ловищем вперёд, па́дает на зе́млю и хвата́ет соба́ку за за́дние ла́пы. Слы́шен втори́чно соба́чий визг и крик: “Не пуща́й!” Из ла́вок высо́вываются со́нные физионо́мии, и ско́ро о́коло дровяно́го скла́да, сло́вно из земли́ вы́росши, собира́ется толпа́.

— Ника́к беспоря́док, ва́ше благоро́дие!.. — говори́т городово́й.

Hameleón

Cherez bazárnuiu plóshchad` idyót politsé`i`skii` nadzirátel` Ochumélov v nóvoi` shinéli i s uzelkóm v ruké. Za nim shagáet ry`zhii` gorodovói` s reshetóm, dóverhu napólnenny`m konfiskóvanny`m kry`zhóvnikom. Krugóm tishiná... Na plóshchadi ni dushí... Otkry`ty`e dvéri lávok i kabakóv gliadiát na svet Bózhii` uny`lo, kak golódny`e pásti; ókolo nikh net dázhe ní`shchikh.

— Tak ty` kusát`sia, okaiánnaia? — sly`shit vdrug Ochumélov. — Rebiáta, ne pushchái` eyó! Ny`nche ne véleno kusát`sia! Derzhí! A... a!

Sly`shen sobáchii` vizg. Ochumélov gliadít v stóronu i ví`dit: iz drovia-nógo sclada kuptsá Pichúgina, pry`gaia na tryokh nogákh i ogliady`vaias`, bezhít sobáka. Za nei` gónitsia chelové`k v sí`ttsevoi` krakhmá`l`noi` rubákhe i rasstyógnutoi` zhilétke. On bezhít za nei` i, podavshis` túlovishchem vperyód, pádaet na zémliu i khvatáet sobáku za zádnie lápy`. Sly`shen vtoríchno sobáchii` vizg i krik: “Ne pushchái`!” Iz lávok vy`sovy`vaiutsia sónny`e fizionómii, i skoró ókolo drovianógo sclada, slóvno iz zemlí vy`rosshi, sobiráetsia tolpá.

— Niká`k besporiádok, váshe blagoró`die!.. — govorít gorodovói`.

A Chameleon

The police superintendent Ochumelov is walking across the market square wearing a new overcoat and carrying a parcel in his hand. A red-haired policeman strides after him with a sieve full of confiscated gooseberries. There is silence all around... Not a soul in the square... The open doors of the shops and taverns look out upon God's world disconsolately, like hungry mouths; there is not even a beggar near them.

"So you bite, you damned brute?" Ochumelov hears suddenly. "Lads, don't let her go! Biting is prohibited nowadays! Hold her! Ah... ah!"

There is the sound of a dog yelping. Ochumelov looks in the direction of the sound and sees a dog, hopping on three legs and looking about her, run out of merchant Pichugin's timber-yard. A man in a starched cotton shirt, with his waistcoat unbuttoned, is chasing her. He runs after her, and throwing his body forward falls down and seizes the dog by her hind legs. Once more there is a yelping and a shout of "Don't let go!" Sleepy countenances are protruded from the shops, and soon a crowd, which seems to have sprung out of the earth, is gathered at the timber-yard.

"It looks like disorder, your honour!.." says the policeman.

Vocabulary

база́рный, база́рная	market; vulgar; cheap
база́р	market; bazaar; bazar
база́рить, побаза́рить	have a chat; make a scene
пло́щадь	square; space; surface; place
площа́дный, площа́дная	vulgar
но́вый, но́вая	new; modern; advanced; emergent; fresh; latter-day; mint; new-built; new-made; novel; original; recent
новизна́	novelty; originality; newness; modernity
конфиско́ванный, конфиско́ванная	confiscated; forfeited
конфискова́ть, конфиско́вывать	confiscate; seize; sequestrate; impound; appropriate; condemn
конфиска́ция	forfeit; confiscation; seizure; expropriation

Очумелов делает полуоборот налево и шагает к сборищу. Около самых ворот склада, видит он, стоит вышеписанный человек в расстёгнутой жилетке и, подняв вверх правую руку, показывает толпе окровавленный палец. На полупьяном лице его как бы написано: "Ужо я сорву с тебя, шельма!" да и самый палец имеет вид знамения победы. В этом человеке Очумелов узнаёт золотых дел мастера Хрюкина. В центре толпы, растопырив передние ноги и дрожа всем телом, сидит на земле сам виновник скандала – белый борзой щенок с острой мордой и жёлтым пятном на спине. В слезящихся глазах его выражение тоски и ужаса.

– По какому это случаю тут? – спрашивает Очумелов, врезываясь в толпу. – Почему тут? Это ты зачем палец?.. Кто кричал?

– Иду я, ваше благородие, никого не трогаю... – начинает Хрюкин, кашляя в кулак. – Насчёт дров с Митрий Митричем, – и вдруг эта подлая ни с того, ни с сего за палец... Вы меня извините, я человек, который работающий... Работа у меня мелкая. Пущай мне заплатят, потому – я этим пальцем, может, неделю не пошевельну... Этого, ваше благородие, и в законе нет, чтоб от твари терпеть... Ежели каждый будет кусаться, то лучше и не жить на свете...

Ochumélov délaet poluoborót nalévo i shagáet k sbórishchu. Ókolo sámy`kh vorót scláda, vídit on, stoít vy`shepísanny`i` chelovék v rasstyógnutoi` zhilétke i, podniáv vverkh právuiu rúku, pokázy`vaet tolpé okrovávlenny`i` páléts. Na polup`iánom litsé egó kak by` napísano: "Uzhó ia sorvú s tebiá, shel`má!" da i sámy`i` páléts iméet vid znameniia pobédy`. V é`tom chelovéke Ochumélov uznayót zoloty`kh del mástera Khriúkina. V tséntre tolpy`, rastopy`riv perédnie nógi i drozhá vsem télom, sidít na zemlé sam vinóvnik skandála – bély`i` borzói` shchenók s ostrói` mórdoi` i zhyólty`m piatnóm na spiné. V sleziáshchikhsia glazákh egó vy`razhénie toskí i uzhasa.

– Po kakómu é`to slúchaiu tut? – spráshivaet Ochumélov, vrézy`vaias` v tolpú. – Pochemú tut? É`to ty` zachém páléts?.. Kto krichál?

– Idú ia, váshe blagoródie, nikogó ne trógaiu... – nachináet Khriúkin, káshliaia v kulák. – Naschyót drov s Mítrii` Mítrichem, – i vdrug é`ta pódlaia ni s togó, ni s segó za páléts... Vy` meniá izviníte, ia chelovék, kotóry`i` rabótaiushchii`... Rabóta u meniá mélkaia. Pushcháì` mne zaplátiat, potomú – ia é`tim pál`tsem, mózhet, nedéliu ne poshevel`nú... É`togo, váshe blagoródie, i v zakóne net, shtob ot tvári terpét`... Ézheli kázhdy`i` búdet kusát`sia, to lúchshe i ne zhit` na sveté...

Ochumelov makes a half turn to the left and strides towards the crowd. He sees the aforementioned man in the unbuttoned waistcoat standing close by the gate of the timber-yard, holding his right hand in the air and displaying a bleeding finger to the crowd. On his half-drunken face there is plainly written: "I'll pay you out, you rogue!" and indeed the very finger has the look of a flag of victory. In this man Ochumelov recognises Hryukin, the goldsmith. The culprit who has caused the scandal, a white borzoy puppy with a sharp muzzle and a yellow patch on her back, is sitting on the ground with her fore-paws outstretched in the middle of the crowd, trembling all over. There is an expression of misery and terror in her tearful eyes.

"What's the occasion here?" Ochumelov inquires, pushing his way through the crowd. "Why here? Why your finger?.. Who was it shouted?"

"I was walking along here, not interfering with anyone, your honour..." Hryukin begins, coughing into his fist. "It was about firewood with Mitry Mitrich, when suddenly this low brute for no rhyme or reason bit my finger... You must excuse me, I am a working man... Mine is fine work. I must have damages, for I shan't be able to use this finger for a week, maybe... It's not even the law, your honour, that one should put up with it from a beast... If everyone is going to bite, life won't be worth living..."

Vocabulary

сбо́рище	crowd; gathering; mob; band
расстёгнутый, расстёгнутая	unbuttoned; undone; unfastened
расстегну́ть, расстёгивать	unbutton; unclasp; unhook
пока́зывать, показа́ть	show; exhibit; approve; display; feature; indicate; present; register; reveal
показа́ться, пока́зываться	turn up; appear; peer; seem; show; sound; make an appearance; come in sight; come into view
пока́з	demonstration; showing; exhibition; show; display; exhibit; exposition; parade; presentation
показу́ха	window dressing; veneer; flashiness; swank
побе́да	victory; conquest; triumph; win
победи́тель, победи́тельница	winner; victor; conqueror; vanquisher; prize winner; champion; top dog
победи́ть	win; be victorious; conquer; vanquish; defeat

– Гм!.. Хорошо́... – говори́т Очуме́лов стро́го, ка́шляя и шевеля́ бровя́ми. – Хорошо́... Чья соба́ка? Я э́того так не оста́влю. Я покажу́ вам, как соба́к распуска́ть! Пора́ обрати́ть внима́ние на подо́бных господ, не жела́ющих подчиня́ться постановле́ниям! Как оштрафу́ют его́, мерза́вца, так он узна́ет у меня́, что зна́чит соба́ка и про́чий бродя́чий скот! Я ему́ покажу́ Ку́зькину мать!.. Елды́рин, – обраща́ется надзира́тель к городово́му, – узна́й, чья э́то соба́ка, и составля́й протоко́л! А соба́ку истреби́ть на́до. Неме́для! Она́ наве́рное бе́шеная... Чья э́то соба́ка, спра́шиваю?

– Э́то, кажи́сь, генера́ла Жига́лова! – говори́т кто-то из толпы́.

– Генера́ла Жига́лова? Гм!.. Сними́-ка, Елды́рин, с меня́ пальто́... У́жас как жа́рко! Должно́ полага́ть, пе́ред дождём... Одного́ то́лько я не понима́ю: как она́ могла́ тебя́ укуси́ть? – обраща́ется Очуме́лов к Хрю́кину. – Не́што она́ доста́нет до па́льца? Она́ ма́ленькая, а ты ведь вон како́й здорови́ла! Ты, должно́ быть, расковыря́л па́лец гво́здиком, а пото́м и пришла́ в твою́ го́лову иде́я, чтоб сорва́ть. Ты ведь... изве́стный наро́д! Зна́ю вас, черте́й!

– Он, ва́ше благоро́дие, цыга́ркой ей в ха́рю для сме́ха, а она́ – не будь ду́ра и тя́пни... Вздо́рный челове́к, ва́ше благоро́дие!

– Gm!.. Horoshó... – govorít Ochumélov strógo, káshliaia i sheveliá broviámi. – Horoshó... Ch`ia sobáka? Ia e´togo tak ne ostávliu. Ia pokazhú vam, kak sobák raspuskát`! Porá obratít` vnimánie na podóbny`kh gospód, ne zheláiushchikh podchiniát`sia postanovléniiam! Kak oshtrafúiut egó, merzávtsa, tak on uznáet u meniá, shto znáchit sobáka i próchii` brodiáchii` skot! Ia emú pokazhú Ku´z`kinu mat`!.. Eldy´rin, – obrashcháetsia nadzirátel` k gorodovómu, – uznái`, ch`ia e´to sobáka, i sostavliái` protokól! A sobáku istrebít` nádo. Nemédlia! Oná navérnoe béshenaia... Ch`ia e´to sobáka, spráshivaiu?

– E´to, kazhís`, generála Zhigálova! – govorít kto-to iz tolpy´.

– Generála Zhigálova? Gm!.. Snimí-ka, Eldy´rin, s meniá pal`tó... U´zhas kak zhárko! Dolzhnó polagát`, péred dozhdyóm... Odnogó tól`ko ia ne ponimáiu: kak oná moglá tebiá ukusít`? – obrashcháetsia Ochumélov k Khriúkinu. – Néshto oná dostánet do pál`tsa? Oná málen`kaia, a ty` ved` von kakói` zdorovíla! Ty`, dolzhnó by`t`, raskovy`riál pálets gvózdikom, a pото́m i prishlá v tvoiú gólovu idéia, shtob sorvát`. Ty` ved`... izvéstny`i` naród! Znáiu vas, chertéi`!

– On, váshe blagoródie, tsy`gárkoi` ei` v háriu dlia sméha, a oná – ne bud` dúra i tiápni... Vzdórny`i` chelovék, váshe blagoródie!

"H'm!.. Very good..." says Ochumelov sternly, coughing and moving his eyebrows. "Very good... Whose dog is it? I won't let this pass. I'll teach you to let your dogs run all over the place! It's time these people were looked after, if they won't obey the regulations! When he's fined, the blackguard, I'll teach him what it means to keep dogs and such stray cattle! I'll give him a lesson!.. Yeldyrin," says the superintendent, addressing the policeman, "find out whose dog this is and draw up a report! And the dog must be exterminated. Without delay! It's sure to be mad... Whose dog is it, I ask?"

"I fancy it's General Zhigalov's!" says someone in the crowd.

"General Zhigalov's? H'm!.. Help me off with my coat, Yeldyrin... It's frightfully hot! It must be a sign of rain... There's one thing I can't make out, how she came to bite you?" Ochumelov turns to Hryukin. "Surely she couldn't reach your finger. She's a little dog, and you are a great hulking fellow! You must have scratched your finger with a nail, and then the idea struck you to get damages for it. We all know... your sort! I know you devils!"

"He put a cigarette in her muzzle, your honour, for a joke, and she had the sense to bite him... He is a nonsensical fellow, your honour!"

Vocabulary

стро́гий, стро́гая	strict; severe; austere; stern; stringent; harsh; rigorous; heavy; chaste
стро́гость	severity; austerity; strictness; rigour; sternness; chastity; restraint; stringency
строга́ч	severe reprimand
шевели́ть, пошевели́ть	stir; move; turn; budge
шевели́сь!	chop-chop; leg it!; get going!; move it!; hurry up!
шевеле́ние	stir; displacement; perturbation
оста́вить, оставля́ть	leave; abandon; drop; forsake; let; quit; relinquish; retire; put away
подо́бный, подо́бная	alike; conformable; corresponding; near of kin; parallel; similar; such
подо́бие	resemblance; image; similarity; likeness
уподо́биться, уподобля́ться	resemble; emulate

– Врёшь, криво́й! Не вида́л, так, ста́ло быть, заче́м врать? Их благоро́дие у́мный господи́н и понима́ют, е́жели кто врёт, а кто по со́вести, как пе́ред Бо́гом... А е́жели я вру, так пуща́й мирово́й рассу́дит. У него́ в зако́не ска́зано... Ны́нче все равны́... У меня́ у самого́ брат в жанда́рмах... е́жели хоти́те знать...

– Не рассужда́ть!

– Нет, э́то не генера́льская... – глубокомы́сленно замеча́ет городово́й. – У генера́ла таки́х нет. У него́ всё бо́льше лега́вые...

– Ты э́то ве́рно зна́ешь?

– Ве́рно, ва́ше благоро́дие...

– Я и сам зна́ю. У генера́ла соба́ки дороги́е, поро́дистые, а э́та – чёрт зна́ет что! Ни ше́рсти, ни ви́да... по́длость одна́ то́лько... И э́такую соба́ку держа́ть?!.. Где же у вас ум? Попади́сь э́такая соба́ка в Петербу́рге и́ли Москве́, то зна́ете, что бы́ло бы? Там не посмотре́ли бы в зако́н, а момента́льно – не дыши́! Ты, Хрю́кин, пострада́л и де́ла э́того так не оставля́й... Ну́жно проучи́ть! Пора́...

– А мо́жет быть, и генера́льская... – ду́мает вслух городово́й. – На мо́рде у ней не напи́сано... Наме́дни во дворе́ у него́ таку́ю ви́дел.

– Vryosh`, krivoi`! Ne vidáll, tak, stálo by`t`, zachém vrat`? Ikh blagoródie úmny`i` gospodín i ponimáiut, ézheli kto vryot, a kto po sóvesti, kak péred Bógom... A ézheli ia vru, tak pushchái` mirovoi` rassúdit. U negó v zakóne ská zano... Ny`nche vse ravny`... U meniá u samogó brat v zhandármakh... ézheli hotíte znat`...

– Ne rassuzhdát`!

– Net, éto ne generál`skaia... – glubokomy`slenno zamecháet gorodovoi`. – U generála takíkh net. U negó vsyo ból`she legávy`e...

– Ty` éto vérno znáesh`?

– Vérno, váshe blagoródie...

– ́Ia i sam znáiu. U generála sobáki dorogíe, poródisty`e, a éta – chyort znáet shto! Ni shérsti, ni ví da... pódlost` odná tó l`ko... I étakuiu sobáku derzhát`?!.. Gde zhe u vas um? Popadís` étakaia sobáka v Peterbúrge íli Moskvé, to znáete, shto býlo by`? Tam ne posmotréli by` v zakón, a momentá l`no – ne dy`shí! Ty`, Khriúkin, postradá l i dé la étogo tak ne ostavliái`... Núzhno prouchít`! Porá...

– A mózhet by`t`, i generál`skaia... – dúmaet vslukh gorodovoi`. – Na mórde u nei` ne napí sano... Namédni vo dvoré u negó takúiu ví del.

"That's a lie, squinteye! You didn't see, so why tell lies about it? His honour is a wise gentleman, and will see who is telling lies and who is telling the truth, as in God's sight... And if I am lying let the justice of the peace decide. It's written in his law... We are all equal nowadays... My own brother is in the gendarmes... let me tell you..."

"Don't argue!"

"No, that's not the General's dog," says the policeman, with profound conviction, "the General hasn't got one like that. His are mostly pointers..."

"Do you know that for a fact?"

"Yes, your honour..."

"I know it, too. The General has valuable dogs, thoroughbred, and this is goodness knows what! No coat, no shape... A low creature... And to keep a dog like that?!.. Where're your brains? If a dog like that were to turn up in Petersburg or Moscow, do you know what would happen? They would not worry about the law, they would strangle it in a twinkling! You've been injured, Hryukin, and don't let the matter drop... We must give them a lesson! It is high time..."

"Yet maybe it is the General's..." says the policeman, thinking aloud. "It's not written on her muzzle... I saw one like her the other day in his yard."

Vocabulary

врать, совра́ть	lie; make a mistake; be inaccurate; fib
враньё́	lies; fibs
врун, вру́нья	liar
у́мный, у́мная	clever; smart; wise; intelligent; brainy; knowledgeable; sagacious; shrewd; able-minded
ум	intellect; mind; sense; head; wit; intelligence; brain
у́мник, у́мница	brain; headpiece; clever cookie
у́мничать	try to be clever; be clever with; philosophize
со́весть	conscience; scruples
со́вестливый, со́вестливая	conscientious; scrupulous
рассуди́ть	judge; decide; consider; arbitrate
рассу́док	sense; mind; reason; judgement; brain; intellect; intelligence
рассу́дочный	rational; cerebral

— Вести́мо, генера́льская! — говори́т го́лос из толпы́.

— Гм!.. Наде́нь-ка, брат Елды́рин, на меня́ пальто́... Что́-то ве́тром подуло́... Зноби́т... Ты отведёшь её к генера́лу и спро́сишь там. Ска́-жешь, что я нашёл и присла́л... И скажи́, что́бы её не выпуска́ли на у́лицу... Она́, мо́жет быть, дорога́я, а е́жели ка́ждый свинья́ бу́дет ей в нос сига́ркой ты́кать, то до́лго ли испо́ртить. Соба́ка — не́жная тварь... А ты, болва́н, опусти́ ру́ку! Не́чего свой дура́цкий па́лец выставля́ть! Сам винова́т!..

— По́вар генера́льский идёт, его́ спро́сим... Эй, Про́хор! Поди́-ка, ми́лый, сюда́! Погляди́ на соба́ку... Ва́ша?

— Вы́думал! Э́таких у нас отродя́сь не быва́ло!

— И спра́шивать тут до́лго не́чего, — говори́т Очуме́лов. — Она́ бродя́-чая! Не́чего тут до́лго разгова́ривать... Е́жели сказа́л, что бродя́чая, ста́ло быть и бродя́чая... Истреби́ть, вот и всё.

— Э́то не на́ша, — продолжа́ет Про́хор. — Э́то генера́лова бра́та, что наме́днись прие́хал. Наш не охо́тник до борзы́х. Брат и́хний охо́ч...

— Vestímo, generáľskaia! – govorít gólos iz tolpý.

—Gm!.. Nadeň`-ka, brat Eldý`rin, na meniá palʻtó... Shto-to vétrom podulo... Znobít... Ty` otvedyósh` eyó k generálu i sprósish` tam. Skazhesh`, shto ia nashyól i prislál... I skazhí, shtoby` eyó ne vy`puskáli na úlitsu... Oná, mózhet by`t`, dorogáia, a ézheli kázhdy`i` svin`ia búdet ei` v nos sigárkoi` ty`ʻkat`, to dólgo li ispórtit`. Sobáka – nézhnaia tvar`... A ty`, bolván, opustí rúku! Néchego svoi` durátskii` pálets vy`stavliát`! Sam vinovát!..

— Póvar generáľskii` idyót, egó sprósim... E`ì, Próhor! Podí-ka, míly`i`, siuda! Pogliadí na sobáku... Vásha?

— Vy`ʻdumal! E`ʻtakikh u nas otrodiás` ne by`válo!

—I sprashivaṫ tut dólgo néchego, – govorít Ochumélov. – Oná brodiáchaia! Néchego tut dólgo razgováriva t`... Ézheli skazál, shto brodiáchaia, stálo by`t` i brodiáchaia... Istrebíť, vot i vsyo.

— E`to ne násha, — prodolzháet Próhor. — E`to generálova bráta, shto namédnis` priéhal. Nash ne ohótneyk do borzy`kh. Brat íkhnii` ohóch...

"It is the General's, that's certain!" says a voice in the crowd.

"H'm!.. Help me on with my overcoat, brother Yeldyrin... The wind's getting up... I am cold... You take her to the General's, and inquire there. Say I found her and sent her... And tell them not to let her out into the street... She may be a valuable dog, and if every swine goes sticking a cigar in her snout, she will soon be ruined. A dog is a delicate animal... And you put your hand down, you blockhead! It's no use your displaying your stupid finger! It's your own fault!.."

"Here comes the General's cook, let's ask him... Hey, Prohor! Come here, my dear man! Look at this dog... Is it one of yours?"

"What an idea! We have never had one like that!"

"There's no need to waste time asking," says Ochumelov. "It's a stray dog! There's no need to waste time talking about it... Since I say it's a stray dog, a stray dog it is... It must be exterminated, that's all about it."

"It is not our dog," Prohor goes on. "It belongs to the General's brother, who arrived the other day. Our master does not care for borzoys. But his Excellency's brother is fond of them..."

Vocabulary

брат	brother; old boy!; friar; bro
бра́тский, бра́тская	brotherly; fraternal
брата́ться, побрата́ться	fraternize
отводи́ть, отвести́	lead; turn off; avert; reject; allot; parry; allocate; allow; disclaim; appropriate; derive; divert; except; retract; withdraw; put aside
присыла́ть, присла́ть	send; mail; submit
выпуска́ть, вы́пустить	let out; release; produce; issue; publish; omit; leave out; graduate; turn; deliver; discharge; ease; eject; emit; exhaust; float; give out; let loose; put out; send out; let drop
выпускно́й, выпускна́я	graduate; final; leaving; discharge; outlet; exhaust; senior
вы́пуск	issue; output; exhaust; release; emission

– Да ра́зве бра́тец и́хний прие́хали? Влади́мир Ива́ныч? – спра́шивает Очуме́лов, и всё лицо́ его́ залива́ется улы́бкой умиле́ния. – Ишь ты, Го́споди! А я и не знал! Погости́ть прие́хали?

– В го́сти...

– Ишь ты, Го́споди... Соску́чились по бра́тце... А я ведь и не знал! Так э́то и́хняя соба́чка? О́чень рад... Возьми́ её... Собачо́нка ничего́ себе́... Шу́страя така́я... Цап э́того за па́лец! Ха-ха-ха... Ну, чего́ дрожи́шь? Ррр... Рр... Се́рдится, ше́льма... цу́цык э́такий...

Про́хор зовёт соба́ку и идёт с ней от дровяно́го скла́да... Толпа́ хохо́чет над Хрю́киным.

– Я ещё́ доберу́сь до тебя́! – грози́т ему́ Очуме́лов и, запа́хиваясь в шине́ль, продолжа́ет свой путь по база́рной пло́щади.

– Da rázve brátets íkhnii` prie´hali? Vladímir Ivány`ch? – sprášivaet Ochume´lov, i vsyo litsó egó zalivá etsia ulý`bkoi` umilé niia. – Ish` ty`, Góspodi! A ia i ne znal! Pogostí t` prie´hali?

– V gósti...

– Ish` ty`, Góspodi... Soskúchilis` po bráttse... A ia ved` i ne znal! Tak e´to íkhniaia sobáchka? Óchen` rad... Voz´mí eyó... Sobachónka nichegó sebé... Shústraia taká ia... Tsap e´togo za pálets! Ha-ha-ha... Nu, chegó drozhí sh`? Rrr... Rr... Sérditsia, she´l`ma... tsútsy`k e´takii`...

Pró hor zovýot sobá ku i idyót s nei` ot drovianógo sclá da... Tolpá hohó chet nad Khriú kiny`m.

– Ia eshchyó doberú s` do tebiá! – grozí t emú Ochume´lov i, zapá hivaias` v shine´l`, prodolzhá et svoi` put` po bazárnoi` plóshchadi.

"You don't say his Excellency's brother is here? Vladimir Ivanych?" asks Ochumelov, and his whole face beams with a tender smile. "Well, I never! And I didn't know! Has he come on a visit?"

"On a visit..."

"Well, I never... He has been missing his brother... And there I didn't know! So this is his honour's dog? Delighted to hear it... Take her... It's not a bad pup... A lively creature... Snapped at this fellow's finger! Ha-ha-ha... Come, why are you shivering? Rrr... Rr... The rogue's angry... a nice little pup..."

Prohor calls the dog, and walks away from the timber-yard with her... The crowd laughs at Hryukin.

"I'll make you smart yet!" Ochumelov threatens him, and wrapping himself in his overcoat, goes on his way across the market square.

Vocabulary

ра́зве	really; perhaps; only; unless; is that so?; is it?
умиле́ние	tenderness; affection
умиля́ться, умили́ться	melt
уми́льный, уми́льная	affecting; touching
гости́ть, погости́ть	visit; stay with; stop with; be on a visit; sojourn
гость	guest; visitor; caller; houseguest; client; stranger
гостево́й, гостева́я	guest
шу́стрый, шу́страя	nimble; sharp; spry; lively

Пересолил

Землеме́р Глеб Гаври́лович Смирно́в прие́хал на ста́нцию "Гнилу́шки". До уса́дьбы, куда́ он был вы́зван для межева́ния, остава́лось ещё прое́хать на лошадя́х вёрст тридцать-со́рок. (Е́жели возни́ца не пьян и ло́шади не кля́чи, то и тридцати́ вёрст не бу́дет, а ко́ли возни́ца с му́хой да ко́ни наморены́, то це́лых пятьдеся́т наберётся.)

   — Скажи́те, пожа́луйста, где я могу́ найти́ здесь почто́вых лошаде́й? — обрати́лся землеме́р к станцио́нному жанда́рму.

   — Кото́рых? Почто́вых? Тут за сто вёрст путёвой соба́ки не сы́щешь, а не то что почто́вых... Да вам куда́ е́хать?

   — В Де́вкино, име́ние генера́ла Хо́хотова.

   — Что ж? — зевну́л жанда́рм. — Ступа́йте за ста́нцию, там на дворе́ иногда́ быва́ют мужики́, во́зят пассажи́ров.

Землеме́р вздохну́л и поплёлся за ста́нцию. Там, по́сле до́лгих по́исков, разгово́ров и колеба́ний, он нашёл здорове́ннейшего мужика́, угрю́мого, рябо́го, оде́того в рва́ную сермя́гу и ла́пти.

Peresolíl

Zemlemér Gleb Gavrílovich Smirnóv priéhal na stántsiiu "Gnilúshki". Do usád`by`, kudá on by`l vy´zvan dlia mezhevániia, ostávalos` eshchyó proéhat` na loshadiákh vyorst trídtsat`-sorok. (Ézheli voznítsa ne p`ian i lóshadi ne cliáchi, to i tridtsatí vyorst ne búdet, a kóli voznítsa s múhoi` da kóni namereny´, to tsély`kh piat`desiát naberyótsia.)

   — Skazhíte, pozhálui`sta, gde ia mogú nai´tí zdes` pochtóvy`kh loshadeí`? — obratí`lsia zemlemér k stantsiónnomu zhandármu.

   — Kotóry`kh? Pochtóvy`kh? Tut za sto vyorst putyóvoi` sobáki ne sy´shchesh`, a ne to shto pochtóvy`kh... Da vam kudá éhat`?

   — V Dévkino, iménie generála Hóhotova.

   — Shto zh? — zevnúl zhandárm. — Stupái`te za stántsiiu, tam na dvoré inogdá by`váiut muzhikí, vóziat passazhírov.

Zemlemér vzdokhnúl i poplyólsia za stántsiiu. Tam, pósle dólgikh póiskov, razgovórov i kolebánii`, on nashyól zdorovénnei`shego muzhiká, ugriúmogo, riabógo, odétogo v rvánuiu sermiágu i lápti.

Overdoing It

Gleb Gavrilovich Smirnov, a land surveyor, arrived at the station of Gnilushki. He had another twenty or thirty miles to drive before he would reach the estate which he had been summoned to survey. (If the driver were not drunk and the horses were not bad, it would hardly be twenty miles, but if the driver had had a drop and his steeds were worn out it would mount up to a good forty.)

"Tell me, please, where can I get post-horses here?" the surveyor asked of the station gendarme.

"What? Post-horses? There's no finding a decent dog for seventy miles round, let alone post-horses... But where do you want to go?"

"To Devkino, General Hohotov's estate."

"Well," yawned the gendarme, "go outside the station, there are sometimes peasants in the yard there, they will take passengers."

The surveyor heaved a sigh and made his way out of the station. There, after prolonged enquiries, conversations, and hesitations, he found a huge, sullen-looking pock-marked peasant, wearing a tattered grey smock and bark-shoes.

Vocabulary

пересоли́ть, переса́ливать	oversalt; overshoot oneself; overshoot the mark; overdo
пересо́ленный, пересо́ленная	oversalted; too salty
уса́дьба	farm; manor; barton; farmstead; homestead; place; hall; villa; country estate
оста́ться, остава́ться	remain; stay; continue; keep; rest; stick; be left; remain behind; stop with
оста́ток	remainder; balance; surplus; remnant; residue; rest; relic; remains
оста́точный, оста́точная	residual; permanent; vestigial
ло́шадь	horse; hack; steed
лошади́ный, лошади́ная	horse; equine; horsy
лоша́дник	horselover

– Чёрт зна́ет кака́я у тебя́ теле́га! – помо́рщился землеме́р, влеза́я в теле́гу. – Не разберёшь, где у неё зад, где перёд...

– Что ж тут разбира́ть-то? Где лошади́ный хвост, там перёд, а где сиди́т ва́ша ми́лость, там зад...

Лошадёнка была́ молода́я, но то́щая, с растопы́ренными нога́ми и поку́санными уша́ми. Когда́ возни́ца приподня́лся и стегну́л её верёвочным кнуто́м, она́ то́лько замота́ла голово́й, когда́ же он вы́бранился и стегну́л её ещё раз, то теле́га взви́згнула и задрожа́ла, как в лихора́дке. По́сле тре́тьего уда́ра теле́га покачну́лась, по́сле же четвёртого она́ тро́нулась с ме́ста.

– Э́так мы всю доро́гу пое́дем? – спроси́л землеме́р, чу́вствуя си́льную тря́ску и удивля́ясь спосо́бности ру́сских возни́ц соединя́ть ти́хую, черепа́шью езду́ с ду́шу вывора́чивающей тря́ской.

– До-о-е́дем! – успоко́ил возни́ца. – Кобы́лка молода́я, шу́страя... Дай ей то́лько разбежа́ться, так пото́м и не остано́вишь... Но-о-о, прокля́... та́я!

Когда́ теле́га вы́ехала со ста́нции, бы́ли су́мерки. Напра́во от землеме́ра тяну́лась тёмная, замёрзшая равни́на, без конца́ и кра́ю... Пое́дешь

"You have got a queer sort of cart!" said the surveyor, frowning as he clambered into the cart. "There is no making out which is the back and which is the front..."

"What is there to make out? Where the horse's tail is, there's the front, and where your honour's sitting, there's the back..."

The little mare was young, but thin, with legs planted wide apart and frayed ears. When the driver stood up and lashed her with a whip made of cord, she merely shook her head; when he swore at her and lashed her once more, the cart squeaked and shivered as though in a fever. After the third lash the cart gave a lurch, after the fourth, it moved forward.

"Are we going to drive like this all the way?" asked the surveyor, violently jolted and marvelling at the capacity of Russian drivers for combining a slow tortoise-like pace with a jolting that turns the soul inside out.

"We shall ge-et there!" the peasant reassured him. "The mare is young and frisky... Only let her get running and then there is no stopping her... No-ow, cur-sed brute!"

It was dusk by the time the cart drove out of the station. On the surveyor's right hand stretched a dark frozen plain, endless and boundless... If you

Vocabulary

мо́рщиться, помо́рщиться	crinkle; wrinkle; pucker; crumple; wince; corrugate; scringe; ridge; purse; cockle
морщи́нистый, морщи́нистая	wrinkled; creasy; liny; rugged; rugose; wizen; wizened; puckered; wrinkly; crinkly; withered
морщи́на	wrinkle; furrow; crinkle; pucker; cockle; corrugation; line; ruck; seam; buckle; crumple
влеза́ть, влезть	get in; climb up; get on; contract; incur; mount; edge in
разбира́ть, разобра́ть	take to pieces; dismantle; pull down; investigate; inquire into; review; analyze; make out; decipher; understand; sort out; buy up
разбира́тельство	trial; investigation; discussion; judgment
разбо́рка	taking to pieces; dismantling; breakdown; demolition; resolution; take-down; sorting; shootout; brawl
разбо́р	analysis; review; critique; investigation; scrutiny

по ней, так наве́рно зае́дешь к чёрту на кули́чки. На горизо́нте, где она́ исчеза́ла и слива́лась с не́бом, лени́во догора́ла холо́дная осе́нняя заря́... Нале́во от доро́ги в темне́ющем во́здухе вы́сились каки́е-то бугры́, не то прошлого́дние сто́ги, не то дере́вня. Что бы́ло впереди́, землеме́р не ви́дел, и́бо с э́той стороны́ всё по́ле зре́ния застила́ла широ́кая, неуклю́жая спина́ возни́цы. Бы́ло ти́хо, но хо́лодно, моро́зно.

“Кака́я, одна́ко, здесь глушь! – ду́мал землеме́р, стара́ясь прикры́ть свои́ у́ши воротнико́м от шине́ли. – Ни кола́ ни двора́. Не ровён час – нападу́т и огра́бят, так никто́ и не узна́ет, хоть из пу́шек пали́... Да и возни́ца ненадёжный... Ишь, кака́я спини́ща! Э́такое дитя́ приро́ды па́льцем тро́нет, так душа́ вон! И мо́рда у него́ зве́рская, подозри́тель-ная”.

– Эй, ми́лый, – спроси́л землеме́р, – как тебя́ зову́т?

– Меня́-то? Клим.

– Что, Клим, как у вас здесь? Не опа́сно? Не шаля́т?

– Ничего́, Бог ми́ловал... Кому́ ж шали́ть?

drove over it you would certainly get to the other side of beyond. On the horizon, where it vanished and melted into the sky, there was the languid glow of a cold autumn sunset... On the left of the road, mounds of some sort, that might be last year's stacks or might be a village, rose up in the gathering darkness. The surveyor could not see what was in front as his whole field of vision on that side was covered by the broad clumsy back of the driver. The air was still, but it was cold and frosty.

"What a wilderness it is here!" thought the surveyor, trying to cover his ears with the collar of his overcoat. "Neither post nor paddock. If, by ill-luck, one were attacked and robbed no one would hear you, whatever uproar you made... And the driver is not one you could depend on... Ugh, what a huge back! A child of nature like that has only to touch one with a finger and it would be all up with one! And his mug is suspicious and brutal-looking."

"Hey, my good man," said the surveyor, "what is your name?"

"Mine? Klim."

"Well, Klim, what is it like in your parts here? Not dangerous? Any robbers on the road?"

"It is all right, the Lord has spared us... Who should go robbing on the road?"

Vocabulary

наве́рно, наверняка́	probably; for certain; without fail; definitely; surely
зае́хать, заезжа́ть	call on; drive; go; run in; stop by
зае́зжий, зае́зжая	visitant; stranger; out-of-towner
зае́зд	visit; lap; ride; heat; check-in; arrival
исчеза́ть, исче́знуть	disappear; vanish; pass away; submerge; die; disperse; evaporate
исчезнове́ние	disappearance; dissolution; exit; vanishing; dissipation; evaporation
гра́бить, огра́бить	rob; plunder; loot; pillage; strip; sack; ransack; forage; hijack; pinch; pirate; prey; ravage
граби́тель	robber; mugger; looter; burglar; pillager
граби́тельский, граби́тельская	predatory; burglarious; extortionate; rapacious; ravenous
грабёж	robbery; pillage; plunder; sack; booty; grabbing; looting; rip-off

– Это хорошо́, что не шаля́т... Но на вся́кий слу́чай всё-таки я взял с собо́й три револьве́ра, – совра́л землеме́р. – А с револьве́ром, зна́ешь, шу́тки пло́хи. С десятью́ разбо́йниками мо́жно спра́виться...

Стемне́ло. Теле́га вдруг заскрипе́ла, завизжа́ла, задрожа́ла и, сло́вно не́хотя, поверну́ла нале́во.

“Куда́ же э́то он меня́ повёз? – поду́мал землеме́р. – Е́хал всё пря́мо и вдруг нале́во. Чего́ до́брого, завезёт, подле́ц, в каку́ю-нибудь трущо́бу и... и... Быва́ют ведь слу́чаи!”

– Послу́шай, – обрати́лся он к возни́це. – Так ты говори́шь, что здесь не опа́сно? Это жаль... Я люблю́ с разбо́йниками дра́ться... На вид-то я худо́й, боле́зненный, а си́лы у меня́, сло́вно у быка́... Одна́жды напа́ло на меня́ три разбо́йника... Так что ж ты ду́маешь? Одного́ я так тра́хнул, что... что, понима́ешь, Бо́гу ду́шу о́тдал, а два други́е из-за меня́ в Сиби́рь пошли́ на ка́торгу. И отку́да у меня́ си́ла берётся, не зна́ю... Возьмёшь одно́й руко́й како́го-нибу́дь здорови́лу, вро́де тебя́, и... и сковырнёшь.

Клим огляну́лся на землеме́ра, заморга́л всем лицо́м и стегну́л по лошадёнке.

– E'to horosho', shto ne shalia't... No na vsia'kii` slu'chai` vsyo'-taki ia vzial s sobo'i` tri revol`ve'ra, – sovra'l zemleme'r. – A s revol`ve'rom, zna'esh`, shu'tki plo'hi. S desiat`iu' razbo'i`nikami mo'zhno spra'vit`sia...

Stemne'lo. Tele'ga vdrug zaskripe'la, zavizzha'la, zadrozha'la i, slo'vno ne'hotia, povernu'la nale'vo.

“Kuda' zhe e'to on menia' povyo'z? – poduʹmal zemleme'r. – E'hal vsyo pria'mo i vdrug nale'vo. Chego' do'brogo, zavezyo't, podle'ts, v kaku'iu-nibud` trushcho'bu i... i... By`va'iut ved` slu'chai!”

– Poslu'shai`, – obrati'lsia on k vozni'tse. – Tak ty` govori'sh`, shto zdes` ne opa'sno? E'to zhal`...ʹIa liubliu' s razbo'i`nikami dra't`sia... Na vi'd-to ia hudo'i`, bole'znenny`i`, a si'ly` u menia', slo'vno u by`ka'... Odna'zhdy` napa'lo na menia' tri razbo'i`nika... Tak shto zh ty` du'maesh`? Odnogo' ia tak tra'khnul, shto... shto, ponima'esh`, Bo'gu du'shu otda'l, a dva drugi'e iz-za menia' v Sibi'r` poshli' na ka'torgu. I otku'da u menia' si'la beryo'tsia, ne zna'iu... Voz'myo'sh` odno'i` ruko'i` kako'go-nibu'd` zdorovi'lu, vro'de tebia', i... i skovy`rne'sh`.

Klim oglianu'lsia na zemleme'ra, zamorga'l vsem litso'm i stegnu'l po loshadyo'nke.

"It's a good thing there are no robbers... But to be ready for anything I have got three revolvers with me," said the surveyor untruthfully. "And it doesn't do to trifle with a revolver, you know. One can manage a dozen robbers..."

It had become quite dark. The cart suddenly began creaking, squeaking, shaking, and, as though unwillingly, turned to the left.

"Where is he taking me to?" the surveyor wondered. "He has been driving straight and now all at once to the left. I shouldn't wonder if he'll take me, the rascal, to some den and... and... Things like that do happen!"

"I say," he said, addressing the driver, "so you tell me it's not dangerous here? That's a pity... I like a fight with robbers... I am thin and sickly-looking, but I have the strength of a bull... Once three robbers attacked me... And what do you think? I gave one such a blow that... that he gave up his soul to God, you understand, and the other two were sent to penal servitude in Siberia. And where I get the strength I can't say... One grips a strapping fellow of your sort with one hand and... and wipes him out."

Klim looked round at the surveyor, wrinkled up his whole face, and lashed his little mare.

Vocabulary

шали́ть, нашали́ть, пошали́ть	be naughty; romp; play; be up to mischief; buck; caper; fool around; frolic
ша́лость	prank; frolic; caper; trick; spree; waggery; desipience; mischief
шаловли́вый, шаловли́вая	playful; mischievous; frolic; naughty; prankish; roguish; tricksy; wicked
шалу́н, шалу́нья	naughty child; minx
на вся́кий слу́чай	just in case; keep on the safe side; for the sake of good order
разбо́йник, разбо́йница	robber; bandit; highwayman; brigand
разбо́йничать	rob; pirate
разбо́йничий, разбо́йничья	predatory; robber's; brigandish
разбо́й	robbery; brigandage; plunder
нехо́тя	unwillingly; grudgingly; with reluctance

– Да, брат... – продолжа́л землеме́р. – Не дай Бог со мной связа́ться. Ма́ло того́, что разбо́йник без рук, без ног оста́нется, но ещё и пе́ред судо́м отве́тит... Мне все су́дьи и испра́вники знако́мы. Челове́к я казённый, ну́жный... Я вот е́ду, а нача́льству изве́стно... так и гляди́т, чтоб мне кто-нибудь ху́да не сде́лал. Везде́ по доро́ге за ку́стиками уря́дники да со́тские понаты́каны... По... по... посто́й! – заора́л вдруг землеме́р. – Куда́ же э́то ты въе́хал? Куда́ ты меня́ везёшь?

– Да не́што не ви́дите? Лес!

"Действи́тельно, лес... – поду́мал землеме́р. – А я́-то испуга́лся! Одна́ко, не ну́жно выдава́ть своего́ волне́ния... Он уже́ заме́тил, что я тру́шу. Отчего́ э́то он стал так ча́сто на меня́ огля́дываться? Наве́рное, замышля́ет что-нибудь... Ра́ньше е́хал е́ле-е́ле, нога́ за но́гу, а тепе́рь ишь как мчи́тся!"

– Послу́шай, Клим, заче́м ты так го́нишь ло́шадь?

– Я её не гоню́. Сама́ разбежа́лась... Уж как разбежи́тся, так никаки́м сре́дствием её не остано́вишь... И сама́ она́ не ра́да, что у ней но́ги таки́е.

– Da, brat... – prodolzhál zemlemér. – Ne dai` Bog so mnoi` sviazát`sia. Málo togó, shto razbói`nik bez ruk, bez nog ostánetsia, no eshchyó i péred sudóm otvétit... Mne vse súd`i i isprávniki znakómy`. Chelovék ia kazyónny`i`, núzhny`i`... Ia vot édu, a nachál`stvu izvéstno... tak i gliadíat, shtob mne kto-nibud` húda ne sdélal. Vezdé po doróge za kústikami uriádniki da sótskie ponatý`kany`... Po... po... postói`! – zaorál vdrug zemlemér. – Kudá zhe éto ty` v`éhal? Kudá ty` meniá vezyósh`?

– Da néshto ne vídite? Les!

"Dei`stvítel`no, les... – podúmal zemlemér. – A iá-to ispugálsia! Odnáko, ne núzhno vy`davát` svoegó volnéniia... On uzhé zamétil, shto ia trúshu. Otchegó éto on stal tak chásto na meniá ogliadý`vat`sia? Navérnoe, zamý`shliaet shto-nibud`... Rán`she éhal éle-éle, nogá za nógu, a tepér` ish` kak mchítsia!"

– Poslúshai`, Klim, zachém ty` tak gónish` lóshad`?

– Ia eyó ne goniú. Samá razbezhálas`... Uzh kak razbezhítsia, tak nikakím srédstviem eyó ne ostanóvish`... I samá oná ne ráda, shto u nei` nógi takíe.

"Yes, brother..." the surveyor went on. "God forbid anyone should tackle me. The robber would have lost his limbs, and, what's more, he would have to answer for it in the court too... I know all the judges and the police captains. I am a man in the Government, a man of importance... Here I am travelling and the authorities know... they keep a regular watch over me to see no one does me a mischief. There are policemen and constables stuck behind bushes all along the road... Sto... sto... stop!" the surveyor bawled suddenly. "Where have you got to? Where are you taking me to?"

"Why, don't you see? It's a forest!"

"It certainly is a forest..." thought the surveyor. "I was frightened! But it won't do to betray my feelings... He has noticed already that I am scared. Why is it he has taken to looking round at me so often? He is plotting something for certain... At first he drove like a snail and now how he is dashing along!"

"I say, Klim, why are you making the horse go like that?"

"I am not making her go. She is racing along of herself... Once she gets into a run there is no means of stopping her... It's no pleasure to her that her legs are like that."

Vocabulary

связа́ться, свя́зываться	get in touch; connect; interconnect; reach; tie in; contact; associate
связа́ть, свя́зывать	connect; tie; bind; unite; associate; put through; band; articulate; brace; fasten; immobilize; interconnect; knot; link; knit up
свя́занный, свя́занная	connected; concerned with; conjunct; fixed; related; uneasy; associated; collocated; coupled; fasciated; linked; coherent; cohesive; restrained; bound; constrained; tied; under obligation
связи́ст, связи́стка	operator; buzzer; courier
связь	connection; tie; bond; relation; contact; signal; conjunction; binding; association; linkage; coherence; cohesion; brace; intercourse; cooperation
нача́льство	command; authority; superior; top brass
нача́льственный, нача́льственная	bossy

– Врёшь, брат! Вижу, что врёшь! Только я тебе не советую так быстро ехать. Попридержи-ка лошадь... Слышишь? Попридержи!

– Зачем?

– А затем... затем, что за мной со станции должны выехать четыре товарища. Надо, чтоб они нас догнали... Они обещали догнать меня в этом лесу... С ними веселей будет ехать,.. Народ здоровый, коренастый... у каждого по пистолету... Что это ты всё оглядываешься и движешься, как на иголках? а? Я, брат, тово... брат... На меня нечего оглядываться... интересного во мне ничего нет... Разве вот револьверы только... Изволь, если хочешь, я их выну, покажу... Изволь...

Землемер сделал вид, что роется в карманах, и в это время случилось то, чего он не мог ожидать при всей своей трусости. Клим вдруг вывалился из телеги и на четвереньках побежал к чаще.

– Караул! – заголосил он. – Караул! Бери, окаянный, и лошадь и телегу, только не губи ты моей души! Караул!

– Vryosh`, brat! Vízhu, shto vryosh`! Tól`ko ia tebé ne sovétuiu tak býstro éhat`. Popriderzhí-ka loshad`... Slýshish`? Popriderzhí!

– Zachém?

– A zatém... zatém, shto za mnoi` so stántsii dolzhný vý`ehat` chetý`re továrishcha. Nádo, shtob oní nas dognáli... Oní obeshcháli dognát` meniá v e`tom lesú... S ními veseléi` búdet éhat`,.. Naród zdoróvy`i`, korenásty`i`... u kázhdogo po pistolétu... Shto e`to ty` vsyo ogliadý`vaesh`sia i dvízhesh`sia, kak na igólkakh? a? Ia, brat, tovó... brat... Na meniá néchego ogliadý`vat`sia... interésnogo vo mne nichegó net... Rázve vot revol`véry` tól`ko... Izvól`, ésli hóchesh`, ia ikh vý`nu, pokazhú... Izvól`...

Zemlemér sdélal vid, shto roétsia v karmánakh, i v e`to vrémia sluchílos` to, chegó on ne mog ozhidát` pri vsei` svoéi` trúsosti. Klim vdrug vy`válilsia iz telégi i na chetverén`kakh pobezhál k cháshche.

– Karaúl! – zagolosíl on. – Karaúl! Berí, okaiánny`i`, i lóshad` i telégu, tól`ko ne gubí ty` moéi` dushí! Karaúl!

"You are lying, my brother! I see that you are lying! Only I advise you not to drive so fast. Hold your horse in a bit... Do you hear? Hold her in!"

"What for?"

"Why... why, because four comrades were to drive after me from the station. We must let them catch us up... They promised to overtake me in this forest... It will be more cheerful to travel in their company... They are a strong, sturdy set of fellows... And each of them has got a pistol... Why do you keep looking round and fidgeting as though you were sitting on needles? eh? I, my brother, er... my brother... there is no need to look around at me... there is nothing interesting about me... Except perhaps the revolvers... Well, if you like I will take them out and show you... If you like..."

The surveyor made a pretence of feeling in his pockets and at that moment something happened which he could not have expected with all his cowardice. Klim suddenly rolled off the cart and ran on all fours into the forest.

"Help!" he roared. "Help! Take the horse and the cart, you devil, only don't take my life! Help!"

Vocabulary

сове́товать, посове́товать	advise; admonish; suggest; recommend; consult; counsel
сове́т	advice; suggestion; piece of advice; board; council; counsel; hint; recommendation; tip; Soviet
сове́тчик, сове́тчица	adviser; guide; consultant
сове́тский, сове́тская	Soviet
догна́ть, догоня́ть	overtake; drive; pursue; try to catch up; overhaul; run down; draw upon; hurry after; run for
догоня́лки	a game of tag (touch)
вдого́нку	after; in pursuit of; on the heels
здоро́вый, здоро́вая	healthy; sound; wholesome; strong; fit; sturdy; robust; buxom; hygienic
здоро́вье	health; robustness; soundness; well-being
здоровя́к	sturdy guy; stalwart

Послы́шались ско́рые, удаля́ющиеся шаги́, треск хво́роста – и всё смо́лкло... Землеме́р, не ожида́вший тако́го реприма́нда, пе́рвым де́лом останови́л ло́шадь, пото́м усе́лся поудо́бней на теле́ге и стал ду́мать.

“Убежа́л... испуга́лся, дура́к... Ну, как тепе́рь быть? Самому́ продол-жа́ть путь нельзя́, потому́ что доро́ги не зна́ю, да и мо́гут поду́мать, что я у него́ ло́шадь укра́л... Как быть?” – Клим! Клим!

– Клим!.. – отве́тило э́хо.

От мы́сли, что ему́ всю ночь придётся просиде́ть в тёмном лесу́ на хо́лоде и слы́шать то́лько волко́в, э́хо да фы́рканье то́щей кобы́лки, землеме́ра ста́ло коро́бить вдоль спины́, сло́вно холо́дным терпуго́м.

– Кли́мушка! – закрича́л он. – Голу́бчик! Где ты, Кли́мушка?

Часа́ два крича́л землеме́р, и то́лько по́сле того́, как он охри́п и поми-ри́лся с мы́слью о ночёвке в лесу́, сла́бый ветеро́к донёс до него́ чей-то стон.

– Клим! Э́то ты, голу́бчик? Пое́дем!

– У... убьёшь!

Posly´shalis` skory´e, udalia´iushchiesia shagi´, tresk khvo´rosta – i vsyo smo´lclo... Zemleme´r, ne ozhida´vshii´ tako´go reprima´nda, pe´rvy´m de´lom ostanovi´l loshad`, poto´m use´lsia poudo´bnei´ na tele´ge i stal du´mat`.

“Ubezha´l... ispuga´lsia, dura´k... Nu, kak tepe´r` by`t`? Samomu´ prodolzhat` put` nel`zia`, potomu´ shto doro´gi ne zna´iu, da i mo´gut podu´mat`, shto ia u nego´ loshad` ukra´l... Kak by`t`?” – Klim! Klim!

– Klim!.. – otve´tilo e´ho.

Ot my´sli, shto emu´ vsiu noch` pridyo´tsia proside´t` v tyo´mnom lesu´ na ho´lode i sly´shat` to´l`ko volko´v, e´ho da fy´rkan`e to´shchei´ koby´lki, zemleme´ra sta´lo koro´bit` vdol` spiny´, slo´vno holo´dny´m terpugo´m.

– Kli´mushka! – zakricha´l on. – Golu´bchik! Gde ty`, Kli´mushka?

Chasa´ dva kricha´l zemleme´r, i to´l`ko po´sle togo, kak on okhri´p i pomiri´lsia s my´sl`iu o nochyo´vke v lesu´, sla´by`i´ vetero´k donyo´s do nego´ che´i´-to ston.

– Klim! E´to ty`, golu´bchik? Poe´dem!

– U... ub`yo´sh`!

There was the sound of footsteps hurriedly retreating, of twigs snapping–
and all was still... The surveyor had not expected such a dénouement. He
first stopped the horse and then settled himself more comfortably in the cart
and fell to thinking.

"He has run off... he was scared, the fool... Well, what's to be done now?
I can't go on alone because I don't know the way; besides they may think I
have stolen his horse... What's to be done?"–"Klim! Klim!" he cried.

"Klim!.." answered the echo.

At the thought that he would have to sit through the whole night in the
cold and dark forest and hear nothing but the wolves, the echo, and the
snorting of the scraggy mare, the surveyor began to have twinges down his
spine as though it were being rasped with a cold file.

"Klimushka!" he shouted. "Dear fellow! Where are you, Klimushka?"

For two hours the surveyor shouted, and it was only after he was quite
husky and had resigned himself to spending the night in the forest that a
faint breeze wafted the sound of a moan to him.

"Klim! Is it you, dear fellow? Let us go on!"

"You'll mu-ur-der me!"

Vocabulary

смолка́ть, смо́лкнуть	grow silent; become silent
убега́ть, убежа́ть	run away; escape; bolt; boil over; get off; make off; flee; go off; run off
пуга́ться, испуга́ться	be afraid; lose courage; get the wind-up; have the wind-up; be scared by; get a fright; get a scare; have a fright; take fright
пуга́ть, испуга́ть	frighten; scare; affright; make afraid; intimidate; dismay; startle; spook; alarm
испу́г	fright; consternation; dismay; startle; boggle
испу́ганный, испу́ганная	afraid; frightened; scared; startled
пуга́ч	popgun
дура́к	fool; simpleton; bone-head; booby; blunderhead; jackass; ass; idiot
ду́ра	silly woman; goose; fool; idiot

— Да я пошути́л, голу́бчик! Накажи́ меня́ Госпо́дь, пошути́л! Каки́е у меня́ револьве́ры! Э́то я от стра́ха врал! Сде́лай ми́лость, пое́дем! Мёрзну!

Клим, сообрази́в, вероя́тно, что настоя́щий разбо́йник давно́ бы уж исче́з с ло́шадью и теле́гой, вы́шел из ле́су и нереши́тельно подошёл к своему́ пассажи́ру.

— Ну, чего́, ду́ра, испуга́лся? Я... я пошути́л, а ты испуга́лся... Сади́сь!

— Бог с тобо́й, ба́рин, — проворча́л Клим, влеза́я в теле́гу. — Е́сли б знал, и за сто целко́вых не повёз бы. Чуть я не по́мер от стра́ха...

Клим стегну́л по лошадёнке. Теле́га задрожа́ла. Клим стегну́л ещё раз, и теле́га покачну́лась. По́сле четвёртого уда́ра, когда́ теле́га тро́нулась с ме́ста, землеме́р закры́л у́ши воротнико́м и заду́мался. Доро́га и Клим ему́ уже́ не каза́лись опа́сными.

— Da ia poshuti´l, golu´bchik! Nakazhi´ menia´ Gospo´d`, poshuti´l! Kaki´e u menia´ revol`ve´ry`! E´to ia ot stra´ha vral! Sde´lai` mi´lost`, poe´dem! Myo´rznu!

Klim, soobrazi´v, veroia´tno, shto nastoia´shchii` razbo´i`nik davno´ by` uzh ische´z s lo´shad`iu i tele´goi`, vy´shel iz le´su i nereshi´tel`no podoshyo´l k svoemu´ passazhi´ru.

— Nu, chego´, du´ra, ispuga´lsia? Ia... ia poshuti´l, a ty` ispuga´lsia... Sadi´s`!

— Bog s tobo´i`, ba´rin, — provorcha´l Klim, vleza´ia v tele´gu. — E´sli b znal, i za sto tselko´vy`kh ne povyo´z by`. Chut` ia ne po´mer ot stra´ha...

Klim stegnu´l po loshadyo´nke. Tele´ga zadrozha´la. Klim stegnu´l eshchyo´ raz, i tele´ga pokachnu´las`. Po´sle chetvyo´rtogo uda´ra, kogda´ tele´ga tro´nulas` s me´sta, zemleme´r zakry´l u´shi vorotneyko´m i zadu´malsia. Doro´ga i Klim emu´ uzhe´ ne kaza´lis` opa´sny`mi.

"But I was joking, my dear man! I swear to God I was joking! As though I had revolvers! I told a lie because I was frightened! For goodness sake let us go on! I am freezing!"

Klim, probably reflecting that a real robber would have vanished long ago with the horse and cart, came out of the forest and went hesitatingly up to his passenger.

"Well, what were you frightened of, silly? I... I was joking and you were frightened... Get in!"

"God be with you, sir," Klim muttered as he clambered into the cart, "if I had known I wouldn't have taken you for a hundred roubles. I almost died of fright..."

Klim lashed at the little mare. The cart shivered. Klim lashed once more and the cart gave a lurch. After the fourth stroke of the whip when the cart moved forward, the surveyor hid his ears in his collar and sank into thought. The road and Klim no longer seemed dangerous to him.

Vocabulary

шути́ть, пошути́ть	joke; jest; make fun; poke fun at; speak in jest
шу́тка	joke; jest; fun; trick; trifle; witticism; prank
шутли́вый, шутли́вая	playful; jocular; gamesome; prankish; jesting; humorous
шутни́к, шутни́ца	joker; jester; droll; humorist; hoaxer; prankster
шут	fool; jester; clown; buffoon
шути́ха	firecracker; flip-flap; pin wheel; petard
голу́бчик, голу́бушка	dear; dove; honey; my darling; old thing
каза́ться, показа́ться	seem; appear; look; show; sound; carry a face; come across

Смерть чино́вника

В оди́н прекра́сный ве́чер не ме́нее прекра́сный экзеку́тор, Ива́н Дми́трич Червяко́в, сиде́л во второ́м ряду́ кре́сел и гляде́л в бино́кль на "Корневи́льские колокола́". Он гляде́л и чу́вствовал себя́ на верху́ блаже́нства. Но вдруг... В расска́зах ча́сто встреча́ется э́то "но вдруг". А́вторы пра́вы: жизнь так полна́ внеза́пностей! Но вдруг лицо́ его́ помо́рщилось, глаза́ подкати́лись, дыха́ние останови́лось... он отвёл от глаз бино́кль, нагну́лся и... апчхи́!!! Чихну́л, как ви́дите. Чиха́ть нико́му и нигде́ не возбраня́ется. Чиха́ют и мужики́, и полицейме́йстеры, и иногда́ да́же и та́йные сове́тники. Все чиха́ют. Червяко́в ниско́лько не сконфу́зился, утёрся плато́чком и, как ве́жливый челове́к, погляде́л вокру́г себя́: не обеспоко́ил ли он кого́-нибу́дь свои́м чиха́ньем? Но тут уж пришло́сь сконфу́зиться. Он уви́дел, что старичо́к, сиде́вший впереди́ него́, в пе́рвом ряду́ кре́сел, стара́тельно вытира́л свою́ лы́сину и ше́ю перча́ткой и бормота́л что́-то. В старичке́ Червяко́в узна́л ста́тского генера́ла Бризжа́лова, слу́жащего по ве́домству путе́й сообще́ния.

Smert` chinóvnika

Vodín prekrásny`i` vécher ne ménee prekrásny`i` e`kzekútor, Iván Dmítrich Cherviakóv, sidél vo vtoróm riadú krésel i gliadél v binócl` na "Kornevíl`skie kolokolá". On gliadél i chúvstvoval sebiá na verhú blazhénstva. No vdrug... V rasskázakh chásto vstrecháetsia éto "no vdrug". Ávtory` právy`: zhizn` tak polná vnezápnostei`! No vdrug litsó egó pomórshchilos`, glazá podkatílis`, dy`hánie ostanovílos`... on otvyól ot glaz binócl`, nagnúlsia i... apchhí!!! Chikhnúl, kak vídite. Chihát` nikomú i nigdé ne vozbraniáetsia. Chiháiut i muzhikí, i politseíméi`stery`, i inogdá dázhe i tái`ny`e sovétneyki. Vse chiháiut. Cherviakóv niskо́l`ko ne skonfúzilsia, utyórsia platóchkom i, kak vézhlivy`i` chelovék, pogliadél vokrúg sebiá: ne obespokóil li on kogó-nibúd` svoím chihán`em? No tut uzh prishlо́s` skonfúzit`sia. On uvídel, shto starichо́k, sidévshii` vperedí negó, v pе́rvom riadú krésel, starátel`no vy`tirál svoiú lýsinu i shéiu perchátkoi` i bormotál shto-to. V starichké Cherviakóv uznál státskogo generála Brizzhálova, slúzhashchego po védomstvu putéi` soobshchéniia.

The Death of a Government Clerk

One fine evening, a no less fine government clerk called Ivan Dmitrich Chervyakov was sitting in the second row of the stalls, gazing through an opera glass at the Cloches de Corneville. He gazed and felt at the acme of bliss. But suddenly... In stories one so often meets with this "But suddenly." The authors are right: life is so full of surprises! But suddenly his face puckered up, his eyes disappeared, his breathing was arrested... he took the opera glass from his eyes, bent over and... Aptchee!!! he sneezed as you perceive. It is not forbidden for anyone to sneeze anywhere. Peasants sneeze and so do police superintendents, and sometimes even privy councillors. All men sneeze. Chervyakov was not in the least embarrassed, he wiped his face with his handkerchief, and like a polite man, looked round to see whether he had disturbed any one by his sneezing. But then he was overcome with embarrassment. He saw that an old gentleman sitting in front of him in the first row of the stalls was carefully wiping his bald head and his neck with his glove and muttering something to himself. In the old gentleman, Chervyakov recognised Brizzhalov, a civilian general serving in the Department of Transport.

Vocabulary

чу́вствовать; почу́вствовать	feel; sense; perceive; experience; to be sensible of; be conscious of
чу́вство	sense; feeling; sensation; sentiment; emotion; love; affection
чувстви́тельный, чувстви́тельная	sensitive; sentimental; sensible; biting; grievous; susceptible; feeling; delicate; tender; sore; impressionable
чувстви́тельность	sensibility; response; delicacy; sensitivity; emotionalism; sentimentality; tenderness
чу́вственный, чу́вственная	sensuous; sensual; voluptuous; carnal; erotic
чу́вственность	eroticism; sexuality; sensuality; voluptuousness
ча́сто	time and again; often; frequently; oftentimes; repeatedly; many a time; scores of times
ча́стый, ча́стая	frequent; thick; dense; quick; rapid; repeated
частота́	frequency; periodicity

"Я его́ обры́згал! – поду́мал Червяко́в. – Не мой нача́льник, чужо́й, но всё-таки нело́вко. Извини́ться на́до".

Червяко́в ка́шлянул, пода́лся ту́ловищем вперёд и зашепта́л генера́лу на у́хо:

– Извини́те, ва́ше-ство, я вас обры́згал... я неча́янно...

– Ничего́, ничего́...

– Ра́ди Бо́га, извини́те. Я ведь... я не жела́л!

– Ах, сиди́те, пожа́луйста! Да́йте слу́шать!

Червяко́в сконфу́зился, глу́по улыбну́лся и на́чал гляде́ть на сце́ну. Гляде́л он, но уж блаже́нства бо́льше не чу́вствовал. Его́ на́чало по-му́чивать беспоко́йство. В антра́кте он подошёл к Бризжа́лову, походи́л во́зле него́ и, поборо́вши ро́бость, пробормота́л:

– Я вас обры́згал, ва́ше-ство... Прости́те... Я ведь... не то чтобы...

– Ах, полноте́... Я уж забы́л, а вы всё о том же! – сказа́л генера́л и нетерпели́во шевельну́л ни́жней губо́й.

"Забы́л, а у самого́ ехи́дство в глаза́х, – поду́мал Червяко́в, по-дозри́тельно погля́дывая на генера́ла. – И говори́ть не хо́чет. На́до бы ему́ объясни́ть, что я во́все не жела́л... что э́то зако́н приро́ды, а

"Ia egó obrýzgal! – poduмal Cherviakóv. – Ne moi` nachál`nik, chuzhói`, no vsyo-taki nelóvko. Izvinít`sia nádo".

Cherviakóv káshlianul, podálsia túlovishchem vperyód i zasheptál generálu na úho:

– Izviníte, váshe-stvo, ia vas obrýzgal... ia necháianno...

– Nichegó, nichegó...

– Rádi Bóga, izviníte. Ia ved`... ia ne zhelál!

– Akh, sidíte, pozhálui`sta! Dái`te slúshat`!

Cherviakóv skonfúzilsia, glúpo uly`bnúlsia i náchal gliadét` na stsénu. Gliadél on, no uzh blazhénstva ból`she ne chúvstvoval. Egó náchalo pomúchivat` bespokói`stvo. V antrákte on podoshyól k Brizzhálovu, poho-díl vózle negó i, poboróvshi róbost`, probormotál:

– Ia vas obrýzgal, váshe-stvo... Prostíte... Ia ved`... ne to shtóby`...

– Akh, polnoté... Ia uzh zabýl, a vy` vsyo o tom zhe! – skazál generál i neterpelívo shevel`núl nízhnei` gubói`.

"Zabýl, a u samogó́ ehídstvo v glazákh, – poduмal Cherviakóv, podozrítel`no pogliadý`vaia na generála. – I govorít` ne hóchet. Nádo by` emú ob``iasnít`, shto ia vóvse ne zhelál... shto éto zakón priródy`,

"I have spattered him!" thought Chervyakov. "He is not my boss, but still it is awkward. I must apologise."

Chervyakov gave a cough, bent his whole body forward, and whispered in the general's ear:

"Pardon, your Excellency, I spattered you accidentally..."

"Never mind, never mind..."

"For goodness sake excuse me. I... I did not mean to!"

"Oh, please, sit down! Let me listen!"

Chervyakov was embarrassed, he smiled stupidly and fell to gazing at the stage. He gazed at it but was no longer feeling bliss. He began to be troubled by uneasiness. In the interval, he went up to Brizzhalov, walked beside him, and overcoming his shyness, muttered:

"I spattered you, your Excellency... Forgive me... You see... I didn't do it to..."

"Oh, that's enough... I'd forgotten it, and you keep on about it!" said the general, moving his lower lip impatiently.

"He has forgotten, but there is a fiendish light in his eyes," thought Chervyakov, looking suspiciously at the general. "And he doesn't want to talk. I ought to explain to him that I really didn't intend... that it is the law of

Vocabulary

брызгать, обрызгать	splutter; scatter; splash; spatter; sprinkle; gush; dabble; dash; jet; spit; superfuse; splatter; spring
брызги	splash; spray; splutter; sputter; spatter; spill
начальник, начальница	chief; superior; head; governor; principal
начальствовать	command; manage
начальственный, начальственная	bossy
чужой, чужая	alien; strange; foreign; unfamiliar
чужак	outsider; interloper; intruder
чуждый, чуждая	foreign; strange; alien; extraneous; unfamiliar; unknown
чураться	shy away from; shun; stray away from; avoid; steer clear
нечаянно	by accident; unawares; accidentally; carelessly; casually; unwittingly; inadvertently

то поду́мает, что я плю́нуть хоте́л. Тепе́рь не поду́мает, так по́сле поду́мает!.."

Придя́ домо́й, Червяко́в рассказа́л жене́ о своём неве́жестве. Жена́, как показа́лось ему́, сли́шком легкомы́сленно отнесла́сь к происше́дшему; она́ то́лько испуга́лась, а пото́м, когда́ узна́ла, что Бризжа́лов "чужо́й", успоко́илась.

— А всё-таки ты сходи́, извини́сь, — сказа́ла она́. — Поду́мает, что ты себя́ в пу́блике держа́ть не уме́ешь!

— То́-то вот и есть! Я извиня́лся, да он ка́к-то стра́нно... Ни одного́ сло́ва пу́тного не сказа́л. Да и не́когда бы́ло разгова́ривать.

На друго́й день Червяко́в наде́л но́вый вицмунди́р, подстри́гся и пошёл к Бризжа́лову объясни́ть... Войдя́ в приёмную генера́ла, он уви́дел там мно́го проси́телей, а ме́жду проси́телями и самого́ генера́ла, кото́рый уже́ на́чал приём проше́ний. Опроси́в не́сколько проси́телей, генера́л по́днял глаза́ и на Червяко́ва.

— Вчера́ в "Арка́дии", е́жели припо́мните, ва́ше-ство, — на́чал докла́дывать экзеку́тор, — я чихну́л-с и... неча́янно обры́згал... Изв...

— Каки́е пустяки́... Бог зна́ет что! Вам что уго́дно? — обрати́лся генера́л к сле́дующему проси́телю.

---

a to podúmaet, shto ia pliúnut` hoté l. Teper̀ ne podúmaet, tak pósle podúmaet!.."

Pridiá domó i`, Cherviakóv rasskazá l zhené o svoyóm nevézhestve. Zhena, kak pokazá los` emú, slíshkom legkomýslenno otneslás` k proisshé dshemu; oná tól`ko ispugá las`, a potóm, kogdá uzná la, shto Brizzhá lov "chuzhó i`", uspokó ilas`.

— A vsyó-taki tỳ shodí, izviní s`, — skazá la oná. — Podú maet, shto tỳ sebiá v pú blike derzhá t` ne umé esh`!

— Tó-to vot i est̀! Ia izviniá lsia, da on ká k-to strá nno... Ni odnogó slová pú tnogo ne skazá l. Da i né kogda bý lo razgovári vat`.

Na drugó i` den` Cherviakóv naḍé l nóvỳ i` vitsmundí r, podstrí gsia i poshyó l k Brizzhá lovu ob``iasní t`... Voi̇́ diá v priyómnuiu generá la, on uví del tam mnógo prosí telei`, a mé zhdu prosí teliami i samogó generá la, kotórỳ i` uzhé ná chal priyóm proshé nii`. Oprosí v né skol`ko prosí telei`, generá l pó dnial glazá i na Cherviakóva.

— Vchera v "Arká dii", é zheli pripó mnite, vashe-stvo, — ná chal doclá dỳ vat` e`kzeku̇tor, — ia chikhnú l-s i... necháianno obrý̀ zgal... Izv...

— Kakí e pustiakí ... Bog znáet shto! Vam shto ugó dno? — obratí lsia generá l k slé duiushchemu prosí teliu.

nature or else he will think I meant to spit on him. He doesn't think so now, but he will think so later!.."

On getting home, Chervyakov told his wife of his breach of good manners. It struck him that his wife took too frivolous a view of the incident; she was a little frightened, but when she learned that Brizzhalov was in a different department, she was reassured.

"Still, you had better go and apologise," she said, "or he will think you don't know how to behave in public!"

"That's just it! I did apologise, but he took it somehow queerly... He didn't say a word of sense. There wasn't time to talk properly."

Next day Chervyakov put on a new uniform, had his hair cut and went to Brizzhalov's to explain... Going into the general's reception room he saw there a number of petitioners and among them the general himself, who was beginning to interview them. After questioning several petitioners the general raised his eyes and looked at Chervyakov.

"Yesterday at the Arcadia, if you recollect, your Excellency," the clerk began reporting, "I sneezed and... accidentally spattered... Exc..."

"What nonsense... It's beyond anything! What can I do for you?" said the general addressing the next petitioner.

Vocabulary

плю́нуть, плева́ть	spit; expectorate; give up
плево́к	spit; spittle; exspuition
плёвый, плёвая	easy-peasy
по́сле	after; later on; following; behind; next; past; in succession to; beyond
неве́жество	ignorance; dark; barbarism; naivety; unfamiliarity; breach of good manners
неве́жественный, неве́жественная	ignorant; rude; unintelligent; untaught; clueless; unenlightened; unknowing; naive; dark
неве́жа	boor; cad; churl; goop
неве́жда	illiterate; know-nothing; a man of little culture
легкомы́сленный, легкомы́сленная	light-minded; frivolous; thoughtless; airy; fast; flippant; careless; light-headed
легкомы́слие	levity; frivolity; flippancy; lightness; airiness; mindlessness; silliness; carelessness; fastness; thoughtlessness

"Говори́ть не хо́чет! – поду́мал Червяко́в, бледне́я. – Се́рдится, значит... Нет, э́того нельзя́ так оста́вить... Я ему́ объясню́..."

Когда́ генера́л ко́нчил бесе́ду с после́дним проси́телем и напра́вился
во вну́тренние апарта́менты, Червяко́в шагну́л за ним и забормота́л:

– Ва́ше-ство! Е́жели я осме́ливаюсь беспоко́ить ва́ше-ство, то и́менно
из чу́вства, могу́ сказа́ть, раска́яния!.. Не наро́чно, са́ми изво́лите знать-
с!

Генера́л состро́ил плакси́вое лицо́ и махну́л руко́й.

– Да вы про́сто смеётесь, милостисда́рь! – сказа́л он, скрыва́ясь за
две́рью.

"Каки́е же тут насме́шки? – поду́мал Червяко́в. – Во́все тут нет ника-
ки́х насме́шек! Генера́л, а не мо́жет поня́ть! Когда́ так, не ста́ну же я
бо́льше извиня́ться пе́ред э́тим фанфаро́ном! Чёрт с ним! Напишу́ ему́
письмо́, а ходи́ть не ста́ну! Ей-бо́гу, не ста́ну!"

Так ду́мал Червяко́в, идя́ домо́й. Пи́сьма́ генера́лу он не написа́л.
Ду́мал, ду́мал, и ника́к не вы́думал э́того письма́. Пришло́сь на друго́й
день идти́ самому́ объясня́ть.

―――――

"Govorít ne hóchet! – podúmal Cherviakóv, bledné ia. – Sérditsia,
znáchit... Net, é togo nel ziá tak ostavít ... Ia emú ob``iasníu..."

Kogdá generál kónchil besédu s poslédnim prosítelem i naprávilsia vo
vnútrennie apartámenty`, Cherviakov shagnúl za nim i zabormotál:

– Váshe-stvo! Ézheli ia osmé livaius` bespokó it` váshe-stvo, to ímenno iz
chúvstva, mogú skazát`, raská ianiia!.. Ne naróchno, sámi izvó lite znat`-s!

Generál sostró il plaksí voe litsó i makhnúl rukó i`.

– Da vy` prósto smeyótes`, milostisdár`! – skazál on, skry`va ias` za
dvér iu.

"Kakíe zhe tut nasméshki? – podúmal Cherviakóv. – Vóvse tut net
nikakíkh nasméshek! Generál, a ne mózhet poniát`! Kogdá tak, ne stánu
zhe ia ból`she izviniát`sia péred é tim fanfarónom! Chyort s nim! Napishú
emú pis mó, a hodít` ne stánu! Ei`-bógu, ne stánu!"

Tak dúmal Cherviakov, idia domó i`. Pis má generálu on ne napisál.
Dúmal, dúmal, i niká k ne vy` dumal é togo pis má. Prishlós` na drugó i` den`
idtí samomú ob``iasniát`.

"He won't speak," thought Chervyakov, turning pale; "that means that he is angry... No, it can't be left like this... I will explain to him..."

When the general had finished his conversation with the last of the petitioners and was turning towards his inner apartments, Chervyakov took a step towards him and muttered:

"Your Excellency! If I venture to trouble your Excellency, it is simply from a feeling I may say of regret!.. It was not intentional if you will graciously believe me!"

The general made a lachrymose face, and waved his hand.

"Why, you are simply making fun of me, sir!" he said as he closed the door behind him.

"Where's the making fun in it?" thought Chervyakov. "There is nothing of the sort! He is a general, but he can't understand! If that is how it is I am not going to apologise to that fanfaron any more! The devil take him! I'll write a letter to him, but I won't go! By Jove, I won't!"

So thought Chervyakov as he walked home. He did not write a letter to the general. He pondered and pondered and could not make up that letter. He had to go next day to explain in person.

Vocabulary

сердиться, осерчать	be angry; boil; bristle; fume; be out of temper; be vexed with; sulk with; get cross; get mad
сердитый, сердитая	angry; mad; wrathful; irascible; fretful; cross
сердитость	gruffness; anger
нельзя	impossible; one cannot; must not; you mustn't
последний, последняя	last; late; latest; ultimate; final; latter; worst; extreme; recent
проситель, просительница	petitioner; applicant; suitor; suppliant; supplicant; pleader
просительный, просительная	deprecatory; pleading; precatory; suppliant; supplicant; petitionary; beseeching; deprecative; supplicatory
просить, попросить	ask; request; invite; petition; solicit
внутренний, внутренняя	inner; inside; internal; interior; inland; home; intrinsic; inward; indoor; inherent; domestic; intimate; midland; moral; home-base; in-house

– Я вчера́ приходи́л беспоко́ить ва́ше-ство, – забормота́л он, когда́ генера́л по́днял на него́ вопроша́ющие глаза́, – не для того́, что́бы смея́ться, как вы изво́лили сказа́ть. Я извиня́лся за то, что, чиха́я, бры́з-нул-с... а смея́ться я и не ду́мал. Сме́ю ли я смея́ться? Е́жели мы бу́дем смея́ться, так никако́го тогда́, зна́чит, и уваже́ния к персо́нам... не бу́дет...

– Пошёл вон!! – га́ркнул вдруг посине́вший и затря́сшийся генера́л.

– Что-с? – спроси́л шёпотом Червяко́в, мле́я от у́жаса.

– Пошёл вон!! – повтори́л генера́л, зато́пав нога́ми.

В животе́ у Червяко́ва что́-то оторва́лось. Ничего́ не ви́дя, ничего́ не слы́ша, он попя́тился к две́ри, вы́шел на у́лицу и поплёлся... Придя́ машина́льно домо́й, не снима́я вицмунди́ра, он лёг на дива́н и... по́мер.

– ´Ia vcherá prihodíl bespokóit` váshe-stvo, – zabormotál on, kogdá generál pódnial na nego´ voproshá iushchie glazá, – ne dlia togó, shtóby` smeiát`sia, kak vy` izvólili skazát`. ´Ia izviniálsia za to, shto, chihá ia, bry´znul-s... a smeiát`sia ia i ne dúmal. Sme´iu li ia smeiát`sia? Ézheli my` bu´dem smeiát`sia, tak nikakógo togdá, znáchit, i uvazhéniia k persónam... ne bu´det...

– Poshyól von!! – gárknul vdrug posinévshii` i zatriásshii`sia generál.

– Shto-s? – sprosíl shyópotom Cherviakóv, mlé ia ot u´zhasa.

– Poshyól von!! – povtoríl generál, zatópav nogámi.

V zhivoté u Cherviakóva shto-to otorválos`. Nichegó ne ví dia, nichegó ne sly´sha, on popiátilsia k dvéri, vy´shel na u´litsu i poplyólsia... Pridiá mashinál`no domó i`, ne snimá ia vitsmundíra, on lyog na diván i... pómer.

"I ventured to disturb your Excellency yesterday," he muttered, when the general raised enquiring eyes upon him, "not to make fun as you were pleased to say. I was apologising for having spattered you in sneezing... And I did not dream of making fun of you. Should I dare to make fun of you? If we should take to making fun, then there would be no respect... for important persons..."

"Be off!!" yelled the general, turning suddenly purple, and shaking all over.

"What?" asked Chervyakov, in a whisper turning numb with horror.

"Be off!" repeated the general, stamping.

Something seemed to give way in Chervyakov's stomach. Seeing nothing and hearing nothing he reeled to the door, went out into the street, and went staggering along... Reaching home mechanically, without taking off his uniform, he lay down on the sofa and... died.

Vocabulary

беспоко́ить, побеспоко́ить	upset; worry; disturb; bother; trouble; afflict; fret; incommode; inconvenience; harass; concern; discomfort; discommode; disquiet; perturb; vex
беспоко́йство	unrest; trouble; anxiety; discomfort; bother; inconvenience; uneasiness; worry; fizzle; concern; disturbance
беспоко́йный, беспоко́йная	restless; uneasy; disorderly; fidgety; restive; anxious; bothersome; busy; disquiet; feverish; fractious; hectic; impatient; inconvenient; troublesome; turbulent; unquiet; vexatious; worrisome

Оратор

В одно́ прекра́сное у́тро хорони́ли колле́жского асе́ссора Кири́лла Ива́новича Вавило́нова, уме́ршего от двух боле́зней, столь распространённых в на́шем оте́честве: от злой жены́ и алкоголи́зма. Когда́ погреба́льная проце́ссия дви́нулась от це́ркви к кла́дбищу, оди́н из сослужи́вцев поко́йного, не́кто Попла́вский, сел на изво́зчика и поскака́л к своему́ прия́телю Григо́рию Петро́вичу Запо́йкину, челове́ку молодо́му, но уже́ доста́точно популя́рному. Запо́йкин, как изве́стно мно́гим чита́телям, облада́ет ре́дким тала́нтом произноси́ть экспро́мтом сва́дебные, юбиле́йные и похоро́нные ре́чи. Он мо́жет говори́ть когда́ уго́дно: спросо́нок, натоща́к, в мертве́цки пья́ном ви́де, в горя́чке. Речь его́ течёт гла́дко, ро́вно, как вода́ из водосто́чной трубы́, и оби́льно; жа́лких слов в его́ ора́торском словаре́ гора́здо бо́льше, чем в любо́м тракти́ре тарака́нов. Говори́т он всегда́ красноречи́во и дли́нно, так что иногда́, в осо́бенности на купе́ческих сва́дьбах, что́бы останови́ть его́, прихо́дится прибега́ть к соде́йствию поли́ции.

— А я, бра́тец, к тебе́! — на́чал Попла́вский, заста́в его́ до́ма. — Сию́ же мину́ту одева́йся и е́дем. У́мер оди́н из на́ших, сейча́с его́ на тот

Orator

V odnó prekrásnoe útro horoníli kollézhskogo aséssora Kirílla Ivánovicha Vavilónova, umérshego ot dvukh boléznei`, stol` rasprostranyónny`kh v náshem otéchestve: ot zloi` zhený i alkogolízma. Kogdá pogrebál`naia protséssiia dvínulas` ot tsérkvi k cládbishchu, odín iz sosluzhívtsev pokói`nogo, nékto Poplávskii`, sel na izvózchika i poskakál k svoemú priiáteliu Grigóriiu Petróvichu Zapói`kinu, chelovéku molodómu, no uzhé dostátochno populiárnomu. Zapói`kin, kak izvéstno mnógim chitáteliam, obladáet rédkim talántom proiznosít` e`ksprómtom svádebny`e, iubiléi`ny`e i pohorónny`e réchi. On mózhet govorít` kogdá ugódno: sprosónok, natoshchák, v mertvétski p`iánom víde, v goriáchke. Rech` egó techét gládko, róvno, kak vodá iz vodostóchnoi` trubý, i obíl`no; zhálkikh slov v egó orátorskom slovaré gorázdo ból`she, chem v liubóm traktíre tarakánov. Govorít on vsegdá krasnorechívo i dlínno, tak shto inogdá, v osóbennosti na kupécheskikh svad`bakh, shtoby` ostanovít` egó, prihóditsia pribegát` k sodéi`stviiu polítsii.

— A ia, brátets, k tebé! — náchal Poplávskii`, zastáv egó dóma. — Siiú zhe minútu odevái`sia i édem. Úmer odín iz náshikh, sei`chás egó na tot

The Orator

One fine morning the collegiate assessor, Kirill Ivanovich Babilonov, who had died of the two afflictions so widely spread in our fatherland, a bad wife and alcoholism, was being buried. As the funeral procession set off from the church to the cemetery, one of the deceased's colleagues, called Poplavsky, got into a cab and galloped off to find a friend, one Grigory Petrovich Zapoykin, a man who though still young had acquired considerable popularity. Zapoykin, as many of my readers are aware, possesses a rare talent for impromptu speechifying at weddings, jubilees, and funerals. He can speak whenever he likes: half asleep, on an empty stomach, dead drunk or in a high fever. His words flow smoothly and evenly, like water out of a pipe, and in abundance; there are far more moving words in his oratorical vocabulary than there are cockroaches in any tavern. He always speaks eloquently and at great length, so much so that on some occasions, particularly at merchants' weddings, they have to resort to assistance from the police to stop him.

"I have come for you, my brother!" began Poplavsky, finding him at home. "Put on your hat and coat this minute and come along. One of our fellows is

Vocabulary

оратор	orator; speaker
ораторский, ораторская	declamatory; oratorical; elocutionary
ораторствовать	orate; discourse; perorate; declaim
оратория	oratory; oratorio
хоронить, схоронить	inter; tomb; lay to rest; bury
похороны	funeral; burial; exequy; obsequies
похоронный, похоронная	funeral; mortuary; obituary; obsequial; burial
умереть, умирать	die; decease; conk; croak; depart; evaporate; expire; part; perish; die away; die down
отечество, отчизна	motherland; homeland; mother country; the old country; fatherland; native land
отеческий; отеческая	fatherly; paternal; fatherlike; paternalistic

свет отправля́ем, так на́до, бра́тец, сказа́ть на проща́нье каку́ю-нибудь чепухо́вину... На тебя́ вся наде́жда. Умри́ кто-нибудь из ма́леньких, мы не ста́ли бы тебя́ беспоко́ить, а то ведь секрета́рь... канцеля́рский столп, не́которым о́бразом. Нело́вко таку́ю ши́шку без ре́чи хорони́ть.

— А, секрета́рь! — зевну́л Запо́йкин. — Э́то пья́ница-то?

— Да, пья́ница. Блины́ бу́дут, заку́ска... на изво́зчика полу́чишь. Пое́дем, душа́! Разведи́ там, на моги́ле, каку́ю-нибудь мантифо́лию поцицеро́нистей, а уж како́е спаси́бо полу́чишь!

Запо́йкин охо́тно согласи́лся. Он взъеро́шил во́лосы, напусти́л на лицо́ меланхо́лию и вы́шел с Попла́вским на у́лицу.

— Зна́ю я ва́шего секретаря́, — сказа́л он, садя́сь на изво́зчика. — Пройдо́ха и бе́стия, ца́рство ему́ небе́сное, каки́х ма́ло.

— Ну, не годи́тся, Гри́ша, руга́ть поко́йников.

— Оно́ коне́чно, *aut mortuis nihil bene*, но всё-таки он жу́лик.

Прия́тели догна́ли похоро́нную проце́ссию и присоедини́лись к ней. Поко́йника несли́ ме́дленно, так что до кла́дбища они́ успе́ли ра́за три забежа́ть в тракти́р и пропусти́ть за упоко́й души́ по ма́ленькой.

━━━━━━━━━━━━━━━━━━━━━━━━━

svet otpravliáem, tak nádo, brátets, skazát` na proshchán`e kakúiu-nibud` chepuhóvinu... Na tebiá vsia nadézhda. Umrí kto-nibud` iz málen`kikh, my` ne stáli by` tebiá bespokóit`, a to ved` sekretár`... kantseliárskii` stolp, nékotory`m óbrazom. Nelóvko takúiu shíshku bez réchi horonít`.

— A, sekretár`! — zevnúl Zapói`kin. — Éto p`iánitsa-to?

— Da, p`iánitsa. Bliný búdut, zakúska... na izvózchika polúchish`. Poédem, dushá! Razvedí tam, na mogíle, kakúiu-nibud` mantifóliiu potsitserónistei`, a uzh kakóe spasíbo polúchish`!

Zapói`kin ohótno soglasílsia. On vz`eróshil vólosy`, napustíl na litsó melanhóliiu i výshel s Poplávskim na úlitsu.

— Znáiu ia váshego sekretariá, — skazál on, sadiás` na izvózchika. — Proi`dóha i béstiia, tsárstvo emú nebésnoe, kakíkh málo.

— Nu, ne godítsia, Grísha, rugát` pokói`nikov.

— Onó konéchno, *aut mortuis nihil bene*, no vsyó-taki on zhúlik.

Priiáteli dognáli pohorónnuiu protséssiiu i prisoedinílis` k nei`. Pokói`nika neslí médlenno, tak shto do kládbishcha oní uspéli ráza tri zabezhát` v traktír i propustít` za upokói` dushí po málen`koi`.

dead, we are just sending him off to the other world, so you must do a bit of palavering by way of farewell to him... You are our only hope. If it had been one of the smaller fry it would not have been worth troubling you, but you see it's the secretary... a pillar of the office, in a sense. It's awkward for such a swell to be buried without a speech."

"Oh, the secretary!" yawned Zapoykin. "You mean the drunkard?"

"Yes, the drunkard. There will be pancakes, a lunch... you'll get your cab-fare. Come along, dear chap! You spout out some rigmarole like a regular Cicero at the grave and what gratitude you will earn!"

Zapoykin readily agreed. He ruffled up his hair, cast a shade of melancholy over his face, and went out into the street with Poplavsky.

"I know your secretary," he said, as he got into the cab. "A cunning rogue and a beast–the kingdom of heaven be his–such as you don't often come across."

"Come, Grisha, it is not the thing to abuse the dead."

"Of course not, *aut mortuis nihil bene*, but still he was a rascal."

The friends overtook the funeral procession and joined it. The deceased was borne along slowly so that before they reached the cemetery they were able three times to drop into a tavern and imbibe a little for the repose of the soul.

Vocabulary

отправля́ть, отпра́вить	send; forward; mail; post; exercise; perform; leave; set off; dispatch; dispense; transmit; consign; send out; ship off
отправле́ние	dispatch; departure; exercise; practice; function; administration; transaction
отпра́вка	dispatch; shipping; expedition; mailing; posting
отправи́тель, отправи́тельница	sender; mailer; transmitter; dispatcher; originator
сказа́ть, говори́ть	tell; observe; put; say; speak
проща́нье, проща́ние	leave-taking; farewell; adieu; goodbye; farewell address; parting; last respects
проща́льный, проща́льная	farewell; parting; valedictory
проща́ться, попроща́ться	take leave; bid farewell; say good-bye

На кладбище была отслужена лития. Тёща, жена и свояченица, по-корные обычаю, много плакали. Когда гроб опускали в могилу, жена даже крикнула: "Пустите меня к нему!", но в могилу за мужем не пошла, вероятно, вспомнив о пенсии. Дождавшись, когда всё утихло, Запойкин выступил вперёд, обвёл всех глазами и начал:

– Верить ли глазам и слуху? Не страшный ли сон сей гроб, эти заплаканные лица, стоны и вопли? Увы, это не сон, и зрение не об-манывает нас! Тот, которого мы ещё так недавно видели столь бод-рым, столь юношески свежим и чистым, который так недавно на наших глазах, наподобие неутомимой пчелы, носил свой мед в общий улей государственного благоустройства, тот, который... этот самый обратился теперь в прах, в вещественный мираж. Неумолимая смерть наложила на него коснеющую руку в то время, когда он, несмотря на свой согбенный возраст, был ещё полон расцвета сил и лучезарных надежд. Незаменимая потеря! Кто заменит нам его? Хороших чинов-ников у нас много, но Прокофий Осипыч был единственный. Он до глубины души был предан своему честному долгу, не щадил сил, не спал ночей, был бескорыстен, неподкупен... Как презирал он тех, кто старался в ущерб общим интересам подкупить его, кто

Na cladbishche by`la otsluzhena litiia. Tyoshcha, zhena i svoiachenitsa, pokorny`e oby`chaiu, mnogo plakali. Kogda grob opuskali v mogilu, zhena dazhe kriknula: "Pustite menia k nemu!", no v mogilu za muzhem ne poshla, veroiatno, vspomniv o pensii. Dozhdavshis`, kogda vsyo utikhlo, Zapoi`kin vy`stupil vperyod, obvyol vsekh glazami i nachal:

– Verit` li glazam i sluhu? Ne strashny`i` li son sei` grob, e`ti zaplakanny`e litsa, stony` i vopli? Uvy`, e`to ne son, i zrenie ne obmany`vaet nas! Tot, kotorogo my` eshchyo tak nedavno videli stol` bodry`m, stol` iunosheski svezhim i chisty`m, kotory`i` tak nedavno na nashikh glazakh, napodobie neutomimoi` pchely`, nosil svoi` med v obshchii` ulei` gosudarstvennogo blagoustroi`stva, tot, kotory`i`... e`tot samy`i` obratilsia teper` v prakh, v veshchestvenny`i` mirazh. Neumolimaia smert` nalozhila na nego kosneiushchuiu ruku v to vremia, kogda on, nesmotria na svoi` sogbenny`i` vozrast, by`l eshchyo polon rastsveta sil i luchezarny`kh nadezhd. Nezamenimaia poteria! Kto zamenit nam ego? Horoshikh chinovnikov u nas mnogo, no Prokofii` Osipy`ch by`l edinstvenny`i`. On do glubiny` dushi by`l predan svoemu chestnomu dolgu, ne shchadil sil, ne spal nochei`, by`l beskory`sten, nepodkupen... Kak preziral on tekh, kto staralsia v ushcherb obshchim interesam podkupit` ego, kto soblaznitel`ny`mi blagami zhizni

In the cemetery came the service by the graveside. The mother-in-law, the wife, and the sister-in-law in obedience to custom shed many tears. When the coffin was being lowered into the grave the wife even shrieked "Let me go with him!" but did not follow her husband into the grave probably recollecting her pension. Waiting till everything was quiet again Zapoykin stepped forward, turned his eyes on all present, and began:

"Can I believe my eyes and ears? Is it not a terrible dream this coffin, these tear-stained faces, these moans and lamentations? Alas, it is not a dream and our eyes do not deceive us! He whom we have only so lately seen, so full of vigour, so youthfully fresh and pure, who so lately before our eyes like an unwearying bee bore his honey to the common hive of the welfare of the state, he who... he is turned now to dust, to inanimate mirage. Inexorable death has laid his bony hand upon him at the time when, in spite of his bowed age, he was still full of the bloom of strength and radiant hopes. An irremediable loss! Who will fill his place for us? Good government servants we have many, but Prokofy Osipych was unique. To the depths of his soul he was devoted to his honest duty; he did not spare his strength but worked late at night, and was disinterested, impervious to bribes... How he despised those who to the detriment of the public interest sought to corrupt him, who

Vocabulary

кла́дбище	cemetery; graveyard; churchyard; necropolis; burial ground
кладби́щенский, кладби́щенская	cemeterial
поко́рный, поко́рная	obedient; humble; submissive; passive; tame; resigned; docile; duteous; dutiful; lamblike; prostrate; subservient
поко́рность	submission; obedience; humbleness; humility; passivity; resignation; irresistance; docility; prostration; acquiescence
покоря́ть, покори́ть	bend; conquer; enslave; oppress; overmaster; subdue; subject; subjugate; submit; vanquish; bring under control
покоря́ться, покори́ться	resign; submit; bend to; bow
покоре́ние	conquest; subjugation; subjection

соблазни́тельными бла́гами жи́зни пыта́лся вовле́чь его́ в изме́ну своему́ до́лгу! Да, на на́ших глаза́х Проко́фий О́сипыч раздава́л своё небольшо́е жа́лованье свои́м бедне́йшим това́рищам, и вы сейча́с са́ми слы́шали во́пли вдов и сиро́т, жи́вших его́ подая́ниями. Пре́данный служе́бному до́лгу и до́брым дела́м, он не знал ра́достей в жи́зни и да́же отказа́л себе́ в сча́стии семе́йного бытия́; вам изве́стно, что до конца́ дней свои́х он был хо́лост! А кто нам заме́нит его́ как това́рища? Как сейча́с ви́жу бри́тое, умилённое лицо́, обращённое к нам с до́брой улы́бкой, как сейча́с слы́шу его́ мя́гкий, не́жно-дру́жеский го́лос. Мир пра́ху твоему́, Проко́фий О́сипыч! Поко́йся, че́стный, благоро́дный тру́женик!

Запо́йкин продолжа́л, а слу́шатели ста́ли шушу́каться. Речь понра́вилась всем, вы́жала не́сколько слёз, но мно́гое показа́лось в ней стра́нным. Во-пе́рвых, непоня́тно бы́ло, почему́ ора́тор называ́л поко́йника Проко́фием О́сиповичем, в то вре́мя как того́ зва́ли Кири́ллом Ива́новичем. Во-вторы́х, всем изве́стно бы́ло, что поко́йный всю жизнь воева́л со свое́й зако́нной жено́й, а ста́ло быть не мог называ́ться холосты́м; в-тре́тьих, у него́ была́ густа́я ры́жая борода́, отродя́сь он не

---

py`ta`lsia vovle`ch` ego` v izme`nu svoemu` do`lgu! Da, na na`shikh glaza`kh Prokofii` O`sipy`ch razdava`l svoyo` nebol`sho`e zha`lovan`e svoi`m bedne`i`shim tova`rishcham, i vy` sei`cha`s sa`mi sly`shali vo`pli vdov i siro`t, zhi`vshikh ego` podaia`niiami. Pre`danny`i` sluzhe`bnomu do`lgu i do`bry`m dela`m, on ne znal ra`dostei` v zhi`zni i da`zhe otkaza`l sebe` v scha`stii seme`i`nogo by`tiia`; vam izve`stno, shto do kontsa` dnei` svoi`kh on by`l ho`lost! A kto nam zame`nit ego` kak tova`rishcha? Kak sei`cha`s vi`zhu bri`toe, umilyo`nnoe litso`, obrashchyo`nnoe k nam s do`broi` uly`bkoi`, kak sei`cha`s sly`shu ego` mia`gkii`, ne`zhno-dru`zheskii` go`los. Mir pra`hu tvoemu`, Prokofii` O`sipy`ch! Poko`i`sia, che`stny`i`, blagoro`dny`i` tru`zhenik!

Zapo`i`kin prodolzha`l, a slu`shateli sta`li shushu`kat`sia. Rech` ponra`vilas` vsem, vy`zhala ne`skol`ko slyoz, no mno`goe pokaza`los` v nei` stra`nny`m. Vo-pe`rvy`kh, neponia`tno by`lo, pochemu` ora`tor nazy`va`l poko`i`nika Proko`fiem O`sipovichem, v to vre`mia kak togo` zva`li Kiri`llom Iva`novichem. Vo-vtory`kh, vsem izve`stno by`lo, shto poko`i`ny`i` vsiu zhizn` voeva`l so svoe`i` zako`nnoi` zheno`i`, a sta`lo by`t` ne mog nazy`vat`sia holosty`m; v-tre`t`ikh, u nego` by`la` gusta`ia ry`zhaia boroda`, otrodia`s` on ne bri`lsia, a

by the seductive goods of this life strove to draw him to betray his duty! Yes, before our eyes Prokofy Osipych would divide his small salary between his poorer colleagues, and you have just heard yourselves the lamentations of the widows and orphans who lived upon his alms. Devoted to good works and his official duty, he gave up the joys of this life and even renounced the happiness of domestic existence; as you are aware, to the end of his days he was a bachelor! And who will replace him as a comrade? I can see now the kindly, shaven face turned to us with a gentle smile, I can hear now his soft, tender and friendly voice. Peace to thine ashes, Prokofy Osipych! Rest, honest, noble toiler!"

Zapoykin continued while his listeners began whispering together. His speech pleased everyone and drew some tears, but a good many things in it seemed strange. In the first place they could not make out why the orator called the deceased Prokofy Osipych when his name was Kirill Ivanovich. In the second, everyone knew that the deceased had spent his whole life quarrelling with his lawful wife, and so consequently could not be called a bachelor; in the third, he had a thick red beard and had never been known

Vocabulary

соблазни́тельный, соблазни́тельная	tempting; seductive; alluring; suggestive; inviting; provocative; embraceable; wooing; fetching; enticing; desirable; lusty; piquant; luscious
соблазня́ть, соблазни́ть	seduce; court; dangle; lure; entice; tempt
собла́зн	temptation; enticement; lure; seduction; honeypot; allurement; baiter; baiting
соблазне́ние	seduction
соблазни́тель	seducer; tempter; allurer; enticer
соблазни́тельница	temptress; vamp; seductress
бла́го	benefit; blessing; boon; good; well
бла́гостный, бла́гостная	serene
бла́гость	kindness; goodness; saintdom; sainthood
изме́на	treason; unfaithfulness; betrayal; sell-out; adultery; infidelity; treachery

бри́лся, а потому́ непоня́тно, чего́ ра́ди ора́тор назва́л его́ лицо́ бри́тым. Слу́шатели недоумева́ли, перегля́дывались и пожима́ли плеча́ми.

    — Проко́фий О́сипыч! — продолжа́л ора́тор, вдохнове́нно гля́дя в моги́лу. — Твоё лицо́ бы́ло некраси́во, да́же безобра́зно, ты был угрю́м и суро́в, но все мы зна́ли, что под се́ю ви́димой оболо́чкой бьётся че́стное, дру́жеское се́рдце!

    Ско́ро слу́шатели ста́ли замеча́ть не́что стра́нное и в само́м ора́торе. Он уста́вился в одну́ то́чку, беспоко́йно задви́гался и стал сам пожима́ть плеча́ми. Вдруг он умо́лк, рази́нул удивлённо рот и обернулся к Попла́вскому.

    — Послу́шай, он жив! — сказа́л он, гля́дя с у́жасом.

    — Кто жив?

    — Да Проко́фий О́сипыч! Вон он стои́т о́коло па́мятника!

    — Он и не умира́л! У́мер Кири́лл Ива́ныч!

    — Да ведь ты же сам сказа́л, что у вас секрета́рь по́мер!

    — Кири́лл Ива́ныч и был секрета́рь. Ты, чуда́к, перепу́тал! Проко́фий О́сипыч, э́то ве́рно, был у нас пре́жде секретарём, но его́ два го́да наза́д во второ́е отделе́ние перевели́ столонача́льником.

---

potomú neponiátno, chegó rádi orátor nazvál egó litsó bríty`m. Slúshateli nedoumevá li, peregliády`valis` i pozhimá li plechámi.

    – Prokófii` Ósipy`ch! – prodolzhál orátor, vdokhnovénno gliádia v mogí lu. – Tvoyó litsó by`lo nekrasí vo, dázhe bezobrázno, ty` by`l ugriúm i suróv, no vse my` zná li, shto pod séiu ví dimoi` obolóchkoi` b`yótsia chéstnoe, drúzheskoe sérdtse!

    Skóro slúshateli stá li zamechát` néchto stránnoe i v samóm orátore. On ustávilsia v odnú tóchku, bespokó i`no zadví galsia i stal sam pozhimát` plechámi. Vdrug on umó lk, razí nul udivlyónno rot i obernú lsia k Poplávskomu.

    – Poslúshai`, on zhiv! – skazál on, gliádia s úzhasom.

    – Kto zhiv?

    – Da Prokófii` Ósipy`ch! Von on stoít ókolo pámiatneyka!

    – On i ne umirál! Úmer Kirí ll Ivány`ch!

    – Da ved` ty` zhe sam skazál, shto u vas sekretár` pómer!

    – Kirí ll Ivány`ch i by`l sekretár`. Ty`, chudák, perepútal! Prokófii` Ósipy`ch, é`to vérno, by`l u nas prézhde sekretaryóm, no egó dva góda nazád vo vtoroé otdelénie perevelí stolonachá l`nikom.

to shave, and so no one could understand why the orator spoke of his shaven face. The listeners were perplexed; they glanced at each other and shrugged their shoulders.

"Prokofy Osipych," continued the orator, looking with an air of inspiration into the grave, "your face was plain, even hideous, you were morose and austere, but we all know that under that outer husk there beat an honest, friendly heart!"

Soon the listeners began to observe something strange in the orator himself. He gazed at one point, shifted about uneasily and began to shrug his shoulders too. All at once he ceased speaking, and gaping with astonishment, turned to Poplavsky.

"I say! he's alive!" he said, staring with horror.

"Who's alive?"

"Why, Prokofy Osipych! There he stands, by that tombstone!"

"He never died! It's Kirill Ivanych who's dead!"

"But you told me yourself your secretary was dead!"

"Kirill Ivanych was our secretary. You've muddled it, you queer fish! Prokofy Osipych was our secretary before, that's true, but two years ago he was transferred to the second division as head clerk."

Vocabulary

бри́ться, побри́ться	get shaved; shave; scrape one's chin; have a shave
брить, побри́ть	shave
бри́тый, бри́тая	shaven
бритьё́	shaving; shave
слу́шатель, слу́шательница	listener; hearer; student; auditor
слу́шать	listen; hear; attend; audition; follow; hark
недоумева́ть	puzzle; be at sea; be all at sea; wonder; be perplexed; be puzzled
перегля́дываться, перегляну́ться	exchange glances
моги́ла	grave; tomb; resting place; sepulcher
моги́льный, моги́льная	tomb; sepulchral; cemeterial
моги́льщик	grave digger

– А, чёрт вас разберёт!

– Что же остановился? Продолжай, неловко!

Запойкин обернулся к могиле и с прежним красноречием продолжал прерванную речь. У памятника, действительно, стоял Прокофий Осипыч, старый чиновник с бритой физиономией. Он глядел на оратора и сердито хмурился.

– И как это тебя угораздило! – смеялись чиновники, когда вместе с Запойкиным возвращались с похорон. – Живого человека похоронил.

– Нехорошо-с, молодой человек! – ворчал Прокофий Осипыч. – Ваша речь, может быть, годится для покойника, но в отношении живого она – одна насмешка-с! Помилуйте, что вы говорили? Бескорыстен, неподкупен, взяток не берёт! Ведь про живого человека это можно говорить только в насмешку-с. И никто вас, сударь, не просил распространяться про моё лицо. Некрасив, безобразен, так тому и быть, но зачем всенародно мою физиономию на вид выставлять? Обидно-с!

– A, chyort vas razberyót!

– Shto zhe ostanovílsia? Prodolzháĭ`, nelóvko!

Zapóĭ`kin obernúlsia k mogíle i s prézhnim krasnoréchiem prodolzhál prérvannuiu rech`. U pámiatneyka, deĭ`stvítel`no, stoiál Prokófiĭ Ósipy`ch, stáry`ĭ` chinóvnik s brítoi` fizionómiei`. On gliadél na orátora i serdíto khmurílsia.

– I kak é`to tebiá ugorázdilo! – smeiális` chinóvniki, kogdá vméste s Zapóĭ`kiny`m vozvrashchális` s pohorón. – Zhivógo chelovéka pohoroníl.

– Nehorosho-s, molodóĭ` chelovék! – vorchál Prokófiĭ Ósipy`ch. – Vásha rech`, mózhet by`t`, godítsia dlia pokóĭ`nika, no v otnoshénii zhivógo oná – odná nasméshka-s! Pomílui`te, shto vy` govoríli? Beskory`sten, nepodkupen, vziátok ne beryót! Ved` pro zhivógo chelovéka é`to mózhno govorít` tól`ko v nasméshku-s. I niktó vas, súdar`, ne prosíl rasprostraniát`sia pro moyó litsó. Nekrasív, bezobrázen, tak tomú i by`t`, no zachém vsenaródno moiú fizionómiiu na vid vy`stavliát`? Obídno-s!

"How the devil is one to tell?"

"Why are you stopping? Go on, it's awkward!"

Zapoykin turned to the grave, and with the same eloquence continued his interrupted speech. Prokofy Osipych, an old clerk with a clean-shaven face, was in fact standing by a tombstone. He looked at the orator and frowned angrily.

"Well, you have put your foot into it, haven't you!" laughed the clerks as they returned from the funeral with Zapoykin. "Burying a man alive!"

"It's unpleasant, young man!" grumbled Prokofy Osipych. "Your speech may be all right for a dead man, but in reference to a living one it is nothing but sarcasm! Upon my soul what have you been saying? Disinterested, incorruptible, won't take bribes! Such things can only be said of the living in sarcasm. And no one asked you, sir, to expatiate on my face. Plain, hideous, so be it, but why exhibit my countenance in that public way! It's insulting!"

Vocabulary

нело́вкий, нело́вкая	awkward; clumsy; inconvenient; embarrassing; angular; blundering; uncomfortable; artless; maladroit; stiff; uneasy
нело́вкость	awkwardness; discomfort; tension; maladroitness; unease; angularity; clumsiness
красноре́чие	eloquence; oratory; declamation; elocution
красноречи́вый, красноречи́вая	eloquent; silver-tongued; oratorical
па́мятник	monument; memorial; artifact
па́мятный, па́мятная	memorable; unforgettable; commemorative; commemorable; red-letter; well-remembered; memorial; all-time; notable; once-in-a-lifetime
па́мять	remembrance; recollection; mind; retention; memory; souvenir

CPSIA information can be obtained at www.ICGtesting.com
Printed in the USA
BVOW012258190213

313725BV00021B/661/P